KB068122

MICHAEL CONNELLY

The Drop

드롭 : 위기의 남자
The Drop

MICHAEL CONNELLY

마이클 코넬리 지음 | 한정아 옮김

알에이치코리아

Media Review

"스릴 만점. 보슈와 파트너는 길을 잘못 들어 헤매고 반전에 반전을 거듭 겪으며 예측 불가능한 결론을 향해 나아간다. 훌륭한 형사소설과 코넬리에게서나 기대해봄 직한 그런 결론을 향해."_USA 투데이

"《드롭》은 현재 활발히 활동 중인 범죄소설가 마이클 코넬리의 또 다른 성공작이다. 그가 작품을 발표할 때마다 재능이 더욱 빛을 발하고 오래도록 기억될 스토리가 탄생한다. 그러므로 축하할 준비를 하라. 코넬리가 새 책을 냈고 해리 보슈가 돌아왔다. 할렐루야!"_허핑턴 포스트

"《드롭》에서 코넬리는 플롯이 탄탄하고 긴장감이 넘치는 누아르 소설을 창조해 가장 깊은 어둠의 시간 속으로 독자들을 끌어들인다."_보스턴 글로브

"A학점. 코넬리의 한결같은 창작력에는 감탄사가 절로 나온다."_클리블랜드 플레인 딜러

"해리 보슈는 범죄소설에 등장하는 최고의 형사들 중 한 명이고, 코넬리는 최신작을 통해 독자들의 기대에 부응하고 있다."_AP통신

"이 책은 극적인 탐색과 예기치 못했던 반전, 음모와 배신, 위장과 탄로를 향해 거침없이 달려간다. 이런 것들은 코넬리의 다른 소설에서도 익히 볼 수 있는 뛰어난 속임수들이다."_뉴욕 타임스

"《드롭》은 디테일과 경찰의 생리에 관한 날카로운 통찰력, 로스앤젤레스의 풍부한 현장감, 영리한 플롯 그리고 무엇보다도 해리 보슈의 강렬한 존재감이라는 코넬리 소설의 다양한 장점들을 확인할 수 있는 작품이다."_퍼블리셔스 위클리

"범죄소설의 거장 마이클 코넬리는 사랑하는 주인공 형사에게 두 건의 사건을 해결하라고 던져줌으로써 긴장감을 두 배로 증가시킨다."_피플

"코넬리는 두 개의 큰 이야기 사이를 오가며 긴장감을 만들어내는 탁월한 능력을 보여준다. 그 긴장감은 심장 약한 독자는 견디기 힘들 정도이고, 내가 이런 소설을 읽으면서 바라는 게 바로 그런 긴장감이다."_워싱턴 인디펜던트

"코넬리는 디테일을 하나하나 쌓아가며 긴장감을 만들어내는 데 탁월한 능력을 갖고 있다."_월스트리트 저널

"코넬리는 낚싯줄을 던지듯 정보를 푼 다음 기뻐하는 독자를 낚아 올리는, 치밀하면서도 우아한 이야기꾼이다."_시카고 선-타임스

"코넬리는 범죄소설 거장으로서의 능력을 십분 발휘해 가장 훌륭한 작품을 창조해냈다."_데일리 메일(영국)

"독자들은 반체제적이고 반관료주의적인 보슈를 응원한다. 물론 어느 조직에나 윗선의 입김과 간섭은 있기 마련이지만 코넬리는 능숙하게 그 문제의 양면을 보여주고 있다. 애매모호함이 만연한 현실 세계를 잘 반영한 범죄소설."_북리스트

"보슈와 그의 창조자인 마이클 코넬리는《드롭》에서 최고점에 이른다."_내셔널 포스트(캐나다)

"코넬리는 자신이 현존하는 최고의 범죄소설가들 중 한 명인 이유를《드롭》에서도 확실하게 보여준다."_사우스 플로리다 선-센티널

"코넬리는 상충된 권력들과 있을 법한 절차상의 장벽들과 예상치 못한 대혼란을 이용해 두 사건을 치밀하게 교차시키면서 믿을 만한 플롯을 만들어낸다. 코넬리의 매력적인 플롯에 감흥을 못 느낀 독자라도 보슈의 통찰력과 진실성에는 감명을 받지 않을 수 없을 것이다. 미스터리 애호가들뿐만 아니라 일반 독자들까지도 이 매력적인 소설에 빨려 들어가게 될 것이다."_라이브러리 저널

Contents

해리 보슈가 아는 것을 알고 있는
릭과 팀, 제이에게 이 책을 바친다.

01

콜드 히트

미제사건 전담반에는 한 달에 한 번씩 크리스마스가 찾아왔다. 반장이 사무실 안을 돌면서 여섯 팀의 형사들에게 산타클로스가 선물을 나눠주듯 임무를 분배했다. 콜드 히트가 미제사건 전담반의 생명줄이었다. 이곳 형사들은 새롭게 발생한 살인사건과 출동명령을 기다리지 않았다. 그들은 콜드 히트를 기다렸다.

미제사건 전담반은 지난 50년간 로스앤젤레스에서 발생한 미제 살인사건을 재수사했다. 이 전담반에는 전담반장인 경위 밑에 총무라고 불리는 고참 형사와 열두 명의 형사, 그리고 사무직원이 한 명 있었다. 그리고 1만 건에 달하는 사건이 있었다. 2인 1조로 구성된 다섯 개의 형사팀이 맡고 싶은 연도를 임의로 골라 10년씩을 나누어 맡았다. 그들의 임무는 자기들이 맡은 기간에 발생한 미제사건의 자료를 사건기록 보관소에서 꺼내와 검토한 후 오랫동안 잊혔던 증거들을 현대의 과학기술로 재분석해달라고 의뢰하는 것이었다. 이렇게 제출한 모든 DNA 분석 요청 건은 칼 스테이트(캘리포니아 주립대학교−옮긴이)에 신설된 유전자 연구실에서 맡았다. 옛날 사건에서 나온 DNA가 전국 DNA 데이터베이스에 등록된 개인의 DNA와 일치하는 것으로 밝혀지면, 그것을 콜드 히트라고 불렀다. 유전자 연구실은 콜드 히트 결과 통지서를 매달 말일에 우편으로 발송했다. 그러면 로스앤젤레스 시내에 있는 경찰국 본부에는 하루 이틀 뒤에 도착했다. 콜드 히트 결과 통지서가 도착한 날이면 아침 8시쯤 반장이 자기 사무실 문을 열고 나와 전담반 사무실로 들어왔다. 그녀는 여러 개의 봉투를 들고 있었다. 콜드 히트 통지서가 누런 서류봉투에 개별적으로 들어 있었다. 일반적으로 그 봉투들은 DNA 분석을 의뢰한 형사들에게 전달되었다. 그러나 한 팀이 한 번에 처리하기 힘들 만큼 너무 많은 콜드 히트 결과가 나오는 경우도 종종 있었다. 형사들이 법정에 출두하거나 휴가 중인 경우도 있었다. 그리고 최고의 실력과 경험을 요하는 콜드 히트 사건들도 있었다. 그럴 땐 여섯 번째 형사팀이 등장했다. 해리 보슈 형사와 데이비드 추 형사가 그 여섯 번째 팀이었다. 그들은 이른바 '깍두기' 팀이었다. 남아도는 사건과 특별한 관심을 필요로 하는 사건을 맡아서 수사했다.

10월 3일 월요일 아침 반장실 문을 열고 형사실로 들어서는 게일 듀발 경위의 손에는 겨우 세 장의 서류봉투가 들려 있었다. DNA 분석 요청에 대한 결과가 너무나 미약한 것을 보고 해리 보슈는 한숨이 절로 나왔다. 봉투가 그것밖에 없으면 사건이 자기한테까지 돌아오지 않을 것임을 그는 알고 있었다.

보슈가 특수살인사건 전담반에 다시 배치되어 2년간 근무하다가 미제사건 전담반으로 돌아온 지도 1년이 다 되어가고 있었다. 그는 돌아오자마자 이 전담반의 리듬에 빠르게 적응했다. 이곳은 5분 대기조가 아니었다. 문을 박차고 나가 사건 현장으로 달려가는 일은 없었다. 사실 사건 현장이란 것이 없었다. 사건자료를 담은 서류상자가 있을 뿐이었다. 이곳은 대체로 8시에 출근해서 4시에 퇴근하는 부서였고 다른 부서들과 차이가 있다면 출장이 잦다는 거였다. 살인을 저지르고도 무사히 빠져나간 사람들은, 혹은 무사히 빠져나갔다고 생각하는 사람들은, 한 곳에 눌러살지 않는 경향이 있었다. 그들은 여기저기로 이사를 다녔고 따라서 미제사건 전담반 형사들은 그들을 잡으러 쫓아다녀야 했다.

이 전담반의 리듬에서 큰 부분을 차지하는 것이 바로 매달 누런 서류봉투를 기다리는 일이었다. 보슈는 크리스마스가 되기 며칠 전부터 잠을 이루기 힘들 때가 종종 있었다. 매달 첫 주에는 휴가를 내지 않았고 서류봉투가 들어올 가능성이 있을 땐 지각도 하지 않았다. 10대의 딸은 그가 매달 초에 기대감과 초조함에 시달린다는 것을 알아차리고 그 주기를 월경 주기에 비유했다. 보슈는 딸의 말을 농담으로 받아들이지 못하고 민망해했다.

경위가 들고 있는 봉투가 너무나 적은 것을 보고 보슈는 실망했다. 목구멍에 뭐가 걸린 것 같은 느낌이었다. 그는 새로운 사건을 원했다. 새 사건이 필요했다. 그가 문을 두드리고 경찰 배지를 보여줄 때, 그토록 오랜 세월이 흐른 후 정의의 화신이 갑자기 눈앞에 나타났을 때, 살인범이 어떤 표정을 짓는지 꼭 보고 싶었다. 그것은 중독성이 있는 희열이었고 지금 보슈는 바로 그 희열을 갈망하고 있었다.

경위는 첫 번째 봉투를 릭 잭슨에게 건네주었다. 잭슨과 파트너 리치 벵슨은 미제사건 전담반 초창기부터 함께해온 믿음직한 형사들이었다. 보슈는 첫 번째 봉투가 그리로 간 데에는 아무런 불만이 없었다. 그다음 봉투는 부재중인 테디 베이커의 책상에 놓였다. 그녀와 파트너 그레그 키호는 1991년 마리나 델 레이에서 발생한 항공사 승무원 교살 사건의 범인이 피해자와 함께 일하던 조종사였다는 것을 지문 감식을 통해 밝혀내고 그 조종사를 플로리다 주 탬파에서 긴급 체포해 압송하는 중이었다.

베이커와 키호는 그 승무원 피살사건으로 바쁠 것 같으니까 그 봉투는 다른 팀에게, 이를테면 우리 팀에게 넘기는 게 어떻겠느냐고 보슈가 제안하려는 찰나, 경위가 그를 보면서 하나 남은 봉투를 쥔 손으로 반장실을 가리키며 따라 들어오라고 신호를 보냈다.

"잠깐 들어갈래요? 팀, 당신도."

팀 마샤는 미제사건 전담반의 총무로, 주로 형사들을 관리하고 필요할 경우 업무를 대신해주는 3급 형사였다. 젊은 형사들의 멘토 역할을 했고 잭슨과 보슈 같은 고참 형사들이 게으름을 피우지 않도록 감시했다. 고참이라고 해봐야 잭슨과 보슈 둘밖에 없었기 때문에 걱정할 일은 별로 없었다. 그들은 사건을 해결하고자 하는 사명감이 강하기 때문에 이 전담반에 있는 거였다.

반장 말이 끝나기도 전에 보슈는 자리에서 벌떡 일어서서 반장실로 향했고 추와 마샤가 그 뒤를 따라갔다.

"문 닫고 이리 와서 앉아요." 듀발 경위가 말했다.

미제사건 전담반 반장실은 건물 모퉁이에 있었고 창밖으로 스프링 가(街) 건너편에 있는 로스앤젤레스 타임스 건물이 보였다. 듀발은 기자들이 길 건너 편집국에 앉아서 자기를 지켜보고 있다는 피해망상에 사로잡혀 항상 블라인드를 내리고 있었다. 덕분에 사무실은 어두컴컴한 동굴 같았다. 보슈와 추는 반장의 책상 바로 앞에 놓인 의자에 앉았다. 그들을 뒤따라 들어온 마샤는 책상 옆으로 가서 낡은 증거물 금고에 기대섰다.

"이건 당신들이 맡아줘요." 듀발 경위가 누런 서류봉투를 보슈에게 내밀면서 말했다. "뭔가 잘못된 게 있는데 그게 뭔지, 어쩌다가 그렇게 됐는지 조용히 알아봐요. 무슨 일이든 총무하고는 항상 의논하고, 여기저기 광고하고 돌아다니지는 말고."

봉투는 이미 개봉되어 있었다. 보슈가 봉투의 덮개를 열어 콜드 히트 결과 통지서를 꺼내 들자 추 형사가 그에게로 몸을 기울이고 함께 읽었다. 거기에는 DNA 분석을 의뢰한 사건의 번호와, 분석 결과 그 DNA 증거와 유전자 정보가 일치하는 것으로 밝혀진 사람의 이름과 나이, 파악된 최근 주소지와 전과 기록 등이 적혀 있었다. 보슈는 먼저 사건 번호 앞자리가 89인 것에 주목했다. 그것은 그 사건이 1989년에 발생한 사건이라는 뜻이었다. 그 범죄에 대한 구체적인 설명은 전혀 없고 오직 발생년도만 적혀 있었다. 1989년도 사건은 로스 슐러와 아드리아나 돌란 형사의 담당이었다. 1989년에 보슈는 특수살인사건 전담반에서 여러 살인사건을 수사하느라고 바빴는데, 얼마 전 자신이 맡았던 사건들 중 미제로 남은 사건 하나를 확인하다가 1989년에 발생한 사건은 슐러와 돌란의 담당이라는 것을 알게 되었다. 슐러와 돌란은 미제사건 전담반에서는 '애송이'로 통했다. 젊고 열정적이고 대단히 능력 있는 수사관들이었지만 살인사건 수사 경력은 둘이 합쳐도 8년이 채 안 됐다. 이 콜드 히트 사건에서 무언가 이상한 점이 있다면 반장이 보슈에게 사건을 맡기는 것이 전혀 놀라운 일이 아니었다. 이제까지 보슈가 수사한 살인사건이 이 전담반의 모든 형사들이 수사한 살인사건 수를 합한 것보다 많았다. 물론 잭슨은 제외하고. 잭슨은 강력계의 터줏대감 같은 존재니까.

다음으로 보슈는 콜드 히트 통지서에 적힌 이름에 주목했다. 클레이턴 S. 펠. 생소한 이름이었다. 그러나 펠의 전과를 보니 여러 차례 체포된 기록이 있었고 공연음란죄와 불법 감금, 강간 혐의로 세 번 유죄판결을 받은 기록도 있었다. 그는 강간죄로 6년을 복역한 후 18개월 전에 석방되었다. 4년간의 보호관찰 꼬리표가 붙어 있어서 캘리포니아 주 보호관찰국이 정보를 제공해주어 최근 주소지가 파악됐는데, 파노라마시티에 있는 성범죄자들의 사회복귀를 준비시키는 사회적응훈련원에서 살고 있었다.

펠의 전과로 볼 때 1989년의 사건은 성범죄 관련 살인사건일 것 같았다. 보슈는 긴장이 되기 시작했다. 얼른 뛰어나가 클레이턴 펠을 잡아와서 재판을 받게 해야 한다는 사명감이 들었다.

"보여요?" 듀발이 물었다.

"뭐가요?" 보슈가 되물었다. "이거 성범죄 관련 살인사건이죠? 이 자식은 전형적인 성폭행⋯⋯."

"생년월일을 봐요." 듀발이 말했다.

보슈가 고개를 숙이고 통지서를 읽자 추도 몸을 더 기울였다.

"응, 여기 있네." 보슈가 말했다. "1981년 11월 9일. 그런데 이게 왜⋯⋯."

"너무 어리잖아요." 추가 말했다.

보슈는 추를 흘끗 쳐다보고 나서 다시 통지서를 내려다보았다. 추의 말이 무슨 뜻인지 금방 알아차렸다. 클레이턴 펠은 1981년에 태어났다. 그렇다면 콜드 히트 통지서에 나온 살인사건이 발생했을 당시 겨우 여덟 살이었다는 거다.

"바로 그거야." 듀발이 말했다. "그러니까 슐러와 돌란에게서 수사기록과 증거물을 인계받아 어떻게 된 건지 소리소문 없이 알아봐요. 제발 두 사건을 섞은 게 아니어야 할 텐데."

슐러와 돌란이 좀 더 최근의 사건에서 채취한 유전자 증거를 그 옛날 사건의 증거로 잘못 알고 분석을 의뢰했다면, 두 사건의 증거가 오염되어 두 사건 모두 기소로 이어질 가능성은 물 건너갔다고 보면 됐다.

"당신이 말하려던 것처럼, 이 콜드 히트 통지서에 나와 있는 이 사람은 잔혹한 성폭행범이 틀림없어요. 그렇다고 해도 고작 여덟 살 때 사람을 죽이고 무사히 빠져나갔다? 그건 뭔가 이상하단 말이죠. 어떻게 된 건지 알아내서 보고해요. 그전에 아무것도 독단적으로 처리하지 말고. 슐러와 돌란이 사고를 친 거고 그걸 우리가 바로잡을 수 있다면, 굳이 감찰계나 다른 누구를 끌어들일 필요가 없단 말이죠. 우리끼리 바로잡자는 말이에요." 듀발이 말했다.

듀발 경위가 슐러와 돌란을 감찰계로부터 보호하려는 것처럼 들릴 수도 있겠지만, 사실은 자기 자신을 보호하고 있는 거였다. 자기 반에서 발생한 증거물 처리 과정에서의 문제를 알아서 잘 처리한 전담반장에게 경찰국 윗선에서 제재를 가하지는 않을 테니까.

"슐러와 돌란이 또 어떤 해를 맡았지?" 보슈가 물었다.

"최근 쪽으로는 97년하고 2000년." 마샤가 말했다. "아마 이 두 해 중 어느 해에 일어난 사건을 살펴보다가 섞였을 거야."

보슈는 고개를 끄덕였다. 어떤 시나리오인지 알 수 있었다. 한 사건에서 수집한 DNA 증거를 함부로 다루다가 다른 사건의 증거와 섞인다. 그 결과 두 사건이 오염되고 그 불똥이 모두에게 튄다.

"슐러와 돌란에겐 뭐라고 하죠?" 추가 물었다. "왜 우리가 사건을 맡느냐고 하면?"

듀발은 대신 대답해주길 바라는 것처럼 마샤를 올려다보았다.

"곧 재판이잖아." 팀 마샤가 말했다. "목요일에 배심원 선정이 시작된다던데."

듀발이 고개를 끄덕였다.

"재판에 집중하라고 빼주는 거라고 내가 말할게."

"그래도 이 사건을 맡고 싶다면요?" 추가 물었다. "자기들이 알아서 하겠다면 어떡하죠?"

"내가 잘 말해서 단념시킬게." 듀발이 말했다. "더 할 말 있나요, 여러분?"

보슈가 경위를 바라보았다.

"사건 수사는 우리가 맡을게요, 경위님. 하지만 동료 경찰에 대한 조사는 우리가 안 합니다."

"좋아요. 하라고도 안 해요. 잘 살펴보고 도대체 어떻게 거기서 여덟 살배기의 DNA가 나오게 된 건지 알려줘요."

보슈는 고개를 끄덕이고 자리에서 일어섰다.

"잊지 말아요." 듀발이 덧붙였다. "무슨 정보라도 입수하면 조치를 취하기 전에 나한테 보고부터 해야 된다는 거."

"알았어요." 보슈가 말했다.

형사들이 반장실을 나가려고 했다.

"해리, 당신은 잠깐만." 경위가 말했다.

보슈는 추를 바라보며 눈살을 찌푸렸다. 무슨 일인가 싶었다. 추와 마샤가 방을 나가자 경위가 책상 뒤에서 돌아 나와 문을 닫았다. 그러고는 문 앞에 서서 보슈를 바라보며 사무적인 어조로 말했다.

"드롭(DROP) 연장 신청 했던 거 허가 났어요. 소급해서 4년 주겠대요."

보슈는 듀발 경위를 바라보며 속으로 계산해보았다. 그는 고개를 끄덕였다. 불소급해서 최장기간인 5년을 신청했었지만 주는 대로 받을 생각이었다. 딸이 고등학교를 졸업한 직후에 퇴직해야 하겠지만, 지금 당장 나가는 것보다는 나았다.

"다행이지 뭐예요." 듀발이 말했다. "앞으로 39개월이나 더 함께 일할 수 있게 됐으니."

어조로 볼 때 보슈의 표정에서 실망감을 읽은 것이 틀림없었다.

"아니, 난 만족해요." 보슈가 급히 진화에 나섰다. "딸내미가 몇 살 때 그만두는 건가 계산 좀 해봤어요. 괜찮네. 좋아요."

"됐어요, 그럼."

경위는 회의가 끝났다는 뜻을 그런 식으로 표현했다. 보슈는 고맙다고 말한 후 반장실에서 나왔다. 전담반 사무실로 들어서면서 수많은 책상과 칸막이와 파일 캐비닛을 둘러보았다. 그에게는 여기가 집이었고 여기서 한동안 더 머물 수 있게 된 것이다.

02
하이 징고

미제사건 전담반은 5층 회의실 두 개를 강력계의 다른 전담반들과 함께 쓰고 있었다. 회의실을 쓰려면 회의실 문 밖에 걸린 클립보드에 이름과 시각을 적어 미리 예약해야 했다. 그러나 월요일 아침 이렇게 이른 시각에는 회의실이 둘 다 비어 있어서 보슈, 추, 슐러와 돌란은 예약 없이 작은 회의실을 차지하고 앉았다.

그들은 문제의 1989년 사건에 관한 수사자료와 작은 증거물 상자를 갖고 왔다.

모두 자리에 앉자 보슈가 입을 열었다. "자, 우리가 이 사건 맡는 거 다들 괜찮은 거야? 안 괜찮으면 반장한테 가서 자네들이 맡고 싶어 한다고 말할게."

"아뇨, 저흰 괜찮습니다." 슐러가 말했다. "둘 다 재판에 출석해야 해서요. 형사님이 맡아주시는 게 낫죠. 이 전담반에 와서 처음 맡은 사건이라 유죄평결 나오는 것까지 보고 마무리하고 싶거든요."

보슈는 고개를 끄덕이며 태연하게 살인사건 파일을 펼쳤다.

"그럼 어떻게 된 사건인지 설명 좀 해봐."

슐러가 돌란에게 고갯짓하자 돌란이 1989년 사건의 개요를 설명하기 시작했고 보슈는 수사자료를 넘기면서 그 설명을 들었다.

"피살자는 릴리 프라이스라고 19세의 여대생인데요. 어느 일요일 오후 베니스비치에서 자기 아파트로 걸어가다가 납치됐습니다. 당시 형사들은 납치 지점을 스피드웨이와 보이지 인근 지역으로 추정했고요. 프라이스는 보이지에 있는 아파트에서 룸메이트 세 명과 함께 살았는데, 사건 당일 룸메이트 한 명은 프라이스와 함께 해변에 있었고 두 명은 집에 있었답니다. 프라이스는 이 두 지점 사이의 어딘가에서 사라졌고요. 화장실 간다면서 집에 갔는데 집에는 안 온 거죠."

"해변에 수건과 워크맨을 두고 갔답니다." 슐러가 말했다. "선크림도요. 해변으로 돌아올 생각이었던 거죠. 그런데 돌아오지 않은 겁니다."

"프라이스는 다음 날 아침 그 동네 후미진 곳의 바위 위에서 벌거벗은 채 변사체로 발견됐어요." 돌란이 말했다. "성폭행당한 후 교살됐고요. 옷은 발견되지 않았습니다. 목을 조른 끈도 없었고요."

보슈는 빛바랜 폴라로이드 사진이 든 비닐 속지를 넘기면서 사진 속의 범죄현장을 살펴보았다. 피해자를 보고 있자니 앞날이 창창한 열다섯 살의 자기 딸이 저절로 생각났다. 예전에는 이런 사진을 보면 분노가 치밀었고, 살인범을 찾기 위해 맹렬히 달려나갈 힘을 그 분노에서 얻곤 했었다. 그러나 매디와 함께 살면서부터는 피해자의 모습을 보기가 점점 더 힘들어졌다.

그렇다고 해서 분노에서 힘을 얻지 못하는 건 아니었다.

"어디서 DNA를 추출했어?" 보슈가 물었다. "정액?"

"아뇨, 범인은 콘돔을 사용했거나 사정을 안 한 것 같아요." 돌란이 말했다. "정액이 없었거든요."

"DNA는 작은 혈흔에서 추출했습니다." 슐러가 말했다. "혈흔이 피해자의 목 뒤쪽, 오른쪽 귀밑에서 발견됐거든요. 그 부분에 상처는 없었습니다. 그래서 범인이 남긴 거라고 추측했죠. 피해자와 몸싸움을 벌이다가 베였거나 그전부터 피를 흘리고 있었던 거라고요. 딱 한 방울이었습니다. 아니, 핏방울이 아니라 피 얼룩이라고 해야 맞겠고요. 피해자는 어떤 끈으로 목이 졸려 사망했는데, 범인이 뒤에서 접근해 목을 졸랐다면 범인의 손이 바로 그 부분에 닿았을 겁니다. 그런데 범인의 손에 베인 상처가 있었다면……."

"범인의 피가 피해자의 몸에 묻었겠지." 추가 말했다.

"바로 그겁니다."

보슈는 피해자의 목에 묻은 혈흔을 찍은 폴라로이드 사진을 주목해서 보았다. 오랜 세월에 빛이 바래서 핏자국이 희미하게 보였다. 혈흔의 크기를 잴 수 있도록 피해자의 목에 자가 놓여 있었다. 혈흔은 직경이 2.5센티미터도 채 되지 않았다.

"그러니까 이 혈흔을 채취해서 보관하고 있었단 말이지." 보슈가 말했다. 추가적인 설명을 끌어내기 위해 한 말이었다.

"네, 그렇죠." 슐러가 말했다. "피 얼룩이라 면봉으로 표본을 채취해서 혈액형 검사를 했더라고요. O+형이었습니다. 채취한 표본은 시험관에 넣어서 보관했고요, 증거물 상자 속에 그대로 있었습니다. 혈흔이 분말로 변하긴 했지만요."

슐러가 펜으로 증거물 상자 뚜껑을 톡톡 두드렸다.

보슈는 주머니 속에서 휴대전화가 진동하는 것을 느꼈다. 평소 같으면 메시지로 넘어가게 내버려뒀겠지만 오늘은 딸이 아파서 학교에 못 가고 혼자 집에 있었다. 딸이 전화한 건 아닌지 확인해야 했다. 주머니에서 휴대전화를 꺼내 액정화면을 흘끗 쳐다보았다. 딸이 아니라, 예전에 파트너였고 지금은 경찰국장실에서 근무하는 키즈민 라이더 경위였다. 보슈는 회의가 끝난 다음에 전화를 걸어봐야겠다고 생각했다. 그들은 한 달에 한 번 정도 함께 점심을 먹곤 했는데, 보슈는 라이더가 오늘 한가하거나 그의 드롭 신청이 받아들여져 4년 더 일하게 되었다는 소식을 듣고 전화했을 거라고 추측했다. 그는 휴대전화를 주머니에 도로 집어넣었다.

"그 시험관 열어봤어?" 보슈가 물었다.

"아뇨, 물론 안 열어봤죠." 슐러가 대답했다.

"그래, 그러니까 혈흔 표본이 든 시험관을 DNA 연구실에 보냈단 말이군, 4개월 전에, 그렇지?" 보슈가 물었다.

"네, 맞습니다." 슐러가 대답했다.

보슈는 사건 파일을 뒤적이다가 부검소견서를 찾아내 펼쳤다. 그는 대화보다는 소견서에 더 관심이 있는 것처럼 행동하고 있었다.

"그리고 그때 그것 말고 다른 것도 보냈나?"

"프라이스 사건에서요?" 돌란이 물었다. "아뇨, 그 혈흔이 당시 담당 형사들이 찾아낸 유일한 생물학적 증거였는데요."

보슈는 돌란이 말을 계속하기를 바라면서 고개를 끄덕였다.

"하지만 그 당시에는 아무 성과가 없었죠." 돌란이 말했다. "용의자 한 명 특정하지 못했으니까. 그런데 그 콜드 히트에서 누가 나왔습니까?"

"그건 좀 이따 얘기하고." 보슈가 말했다. "그 혈흔을 DNA 연구실로 보낼 때 혹시 수사하고 있던 다른 사건의 증거물도 함께 보내지 않았어? 그때 보낸 게 그 혈흔 표본뿐이었나?"

"네, 혈흔 표본밖에 없었는데요." 슐러가 의심스러운 듯 눈을 가늘게 뜨고 보슈를 쳐다보았다. "무슨 일입니까, 보슈 형사님?"

보슈는 외투 안주머니에 손을 넣어 콜드 히트 결과 통지서를 꺼내 탁자에 놓고 슐러에게로 밀었다.

"분석 결과 그 DNA가 딱 이런 짓을 저질렀을 것 같은 성범죄자의 것으로 나왔어. 그런데 한 가지 문제가 있더라고."

슐러가 통지서를 펼쳤고 보슈와 추가 그랬듯이 돌란과 어깨를 맞대고 함께 읽었다.

"그게 뭔데요?" 돌란은 나이 문제를 아직 간파하지 못하고 있었다. "이 사람 완벽해 보이는데요."

"지금은 완벽하지." 보슈가 말했다. "그런데 그땐 여덟 살밖에 안 됐었거든."

"에이, 설마요." 돌란이 말했다.

"어우, 그럴 리가요." 슐러가 맞장구를 쳤다.

돌란이 파트너에게서 통지서를 뺏어 들고 자세히 들여다보며 생년월일을 확인했다. 슐러는 고개를 들고 의심스러운 시선으로 보슈를 쳐다보았다.

"그래서 저희가 사건 증거물을 섞어서 일을 망친 거라고 생각하시는군요." 슐러가 말했다.

"아니." 보슈가 말했다. "그랬을 가능성을 확인해보라고 반장이 말하긴 했는데, 자네들이 망친 것 같지는 않군."

"그럼 연구실에서 그런 거네요." 슐러가 말했다. "주립 유전자 연구실에서 일을 그따위로 하면 카운티의 피고인 측 변호인들이 너도나도 나서서 거기서 나오는 DNA 일치 결과에 의문을 제기하지 않을까요?"

"그래, 그러겠지." 보슈가 말했다. "그러니까 진상이 밝혀질 때까지 입 다물고 있어야 돼. 다른 가능성도 있으니까."

돌란이 콜드 히트 결과 통지서를 들어 보였다.

"네, 그런데요, 착오가 아니라면요? 그 죽은 아가씨의 몸에 진짜로 이 어린애의 피가 묻어 있었던 것일 수도 있지 않을까요?"

"여덟 살짜리 사내아이가 열아홉 살 아가씨를 거리에서 납치해 성폭행하고 목 졸라 죽인 후 시신을 네 블록이나 끌고 가서 유기한다?" 추가 말했다. "그게 가능할까?"

"아니, 그냥 범행현장에 같이 있었던 건지도 모르죠." 돌란이 말했다. "그래서 그때부터 성범죄자의 소질을 계발하기 시작한 건지도요. 전과 기록을 보면 다 들어맞잖아요. 나이만 빼고."

보슈가 고개를 끄덕였다.

"그럴 수도 있겠지." 보슈가 말했다. "아까 말했잖아, 다른 가능성도 있다고. 그러니까 너무 놀랄 필요 없어, 아직까지는."

휴대전화가 다시 진동하기 시작했다. 꺼내서 확인하니 이번에도 키즈 라이더였다. 5분 안에 두 번이나 전화를 걸었다면 받아야 한다는 생각이 들었다. 이건 점심 같이 먹자는 전화가 아니었다.

"잠깐 나갔다 올게."

보슈가 일어서서 회의실에서 복도로 나가면서 전화를 받았다.

"키즈?"

"선배, 미리 알려줄 게 있어서 전화했어요."

"회의 중이야. 미리 알려줄 게 뭔데?"

"국장실에서 호출 명령이 떨어질 거예요."

"10층으로 올라오라고?"

경찰국 신청사에는 국장실이 10층에 있었다. 국장실에는 발코니가 따로 있고 그 너머로 도심이 훤히 내려다보였다.

"아뇨, 선셋스트립으로 가라고요. 현장으로 가서 사건을 인계받으라고 할 거예요. 그런데 선배는 마뜩잖아할 거예요."

"이봐, 경위. 나 방금 사건 하나 맡았거든. 더는 필요 없어."

보슈는 라이더의 계급을 부른 것이 내키지 않아 하는 자신의 마음을 전달해줄 거라고 생각했다. 경찰국장이 호출하고 맡기는 사건은 늘 정치적

색채가 짙은 하이 징고(high jingo, 경찰국 수뇌부가 특별히 관심을 보이는 사건, 혹은 정치적 압력이 많이 들어오는 사건─옮긴이) 사건이었다. 공평무사하게 수사하기 힘들 때가 많았다.

"그분이 선배한테 선택권을 줄 것 같진 않은데요."

여기서 그분이란 경찰국장을 뜻했다.

"무슨 사건인데?"

"샤토마몽트 호텔에서 투신사망 사건이 발생했어요."

"누군데?"

"선배, 국장님이 전화해서 말해줄 때까지 기다려요. 난 그냥 미리……."

"누군데 그래, 키즈? 날 잘 알지 않나? 비밀이 아니게 될 때까지 비밀을 지킬 수 있다는 거."

라이더는 잠깐 머뭇거리다가 대답했다.

"신원 확인이 어려울 정도로 훼손이 심한가 봐요. 무려 7층에서 떨어졌거든요. 하지만 현재까진 조지 토머스 어빙으로 추정되고 있어요. 나이는 46세……."

"어빈 어빙 할 때 그 어빙? 시의원 어빈 어빙과 같은 성씨야?"

"LA 경찰국의 골칫거리이자 해리 보슈 형사의 천적. 네, 바로 그 어빙이요. 투신한 사람은 그의 아들이고요. 어빙 의원이 국장한테 강력히 요구했대요, 선배한테 수사를 맡기라고. 국장은 그러마고 했고요."

보슈가 입을 떡 벌리고 듣고 있다가 대꾸했다.

"어빙이 왜 나를 원해? 경찰국과 시의회에서 일하는 내내 나를 못 잡아먹어서 안달이더니."

"그건 나도 모르죠. 내가 아는 건 어빙이 선배를 원한다는 것뿐이에요."

"사건 발생 소식은 언제 들어왔어?"

"오늘 새벽 5시 50분쯤 신고가 들어왔대요. 그런데 사건이 그때 발생했는지는 확실하지 않고요."

보슈는 손목시계를 보았다. 사건이 발생한 지 벌써 세 시간 이상 지났다. 사망 사건 수사를 시작하기에는 상당히 늦은 감이 있었다. 수사를 한다면 불리한 조건에서 시작하게 될 것이다.

"수사할 게 뭐 있어?" 보슈가 물었다. "투신사망 사건이라며."

"신고를 받고 출동한 할리우드 경찰서 형사들이 현장을 살펴보고 투신자살로 결론 내리려고 했대요. 그런데 어빙 의원이 나타나서 자기는 동의 못 한다고 했다는 거예요. 그러고는 선배를 불러들이라고 했다네요."

"그나저나 국장은 내가 어빙하고 안 좋은 역사가 있다는 걸 알고……."

"네, 알아요. 그리고 경찰국에 초과근무수당이 다시 흘러넘치게 하려면 시의회에서 얻을 수 있는 표는 다 얻어야 한다는 것도 알고 있고요."

그때 보슈의 상관인 듀발 경위가 미제사건 전담반 사무실 문을 열고 복도로 나왔다. 그녀가 보슈를 보고 '아, 여기 있네!' 하는 표정을 짓더니 그에게로 다가왔다.

"반장이 나왔는데 공식적으로 지시할 건가 봐." 보슈가 전화기에 대고 작은 소리로 말했다. "경고 고마워, 키즈. 도무지 이해가 안 가지만 어쨌든 고마워. 앞으로도 소식 들으면 또 전해줘."

"선배, 조심해야 돼요. 어빙이 늙은 호랑이이긴 하지만 이빨 빠진 호랑이는 아니에요."

"알아."

보슈가 통화를 종료하는데 듀발이 보슈 앞으로 다가오더니 종이를 한 장 내밀었다.

"미안한데, 해리, 계획이 바뀌었어요. 추와 함께 여기 적힌 주소지로 가서 새로 발생한 사건을 맡아줘요."

"그건 또 무슨 말이에요?"

보슈가 주소지를 보았다. 샤토마몽트 호텔이었다.

"국장실에서 지시가 내려왔어요. 당신과 추한테 코드 3(긴급출동명령, 경광등과 사이렌을 켜고 긴급 출동하라는 뜻-옮긴이)가 떨어졌으니까 그곳으로 가서 사건을 인계받으라고. 내가 아는 건 그게 전부예요. 그리고 국장님이 직접 현장에 나가 기다리고 있다는 거하고."

"조금 전에 맡은 사건은 어떡하고요?"

"당분간은 미뤄둬요. 그것도 당신이 맡아주길 바라니까, 나중에 시간날 때 수사해봐요."

듀발은 보슈가 쥐고 있는 종이를 가리켰다.

"그게 먼저예요."

"확실합니까, 반장님?"

"물론 확실하죠. 국장님이 직접 전화했더라고요. 당신한테도 곧 전화하겠대요. 그러니까 추 형사 데리고 어서 출발해요."

03

퇴직유예제도

시내를 빠져나와 101번 고속도로를 달리는 동안 예상했던 대로 추 형사는 보슈에게 질문을 퍼부었다. 둘이 파트너로 함께 일한 지 2년이 다 되어가고 있어서 보슈는 추가 속사포로 질문을 쏟아내고 자기 의견을 피력하면서 불안감을 드러내는 것에 익숙해질 대로 익숙해져 있었다. 추는 관심사를 숨기고 딴 이야기를 하는 경우도 많았다. 보슈는 추가 궁금해하는 것을 친절히 설명해줄 때도 있었고, 젊은 파트너가 괴로워할 정도로 입을 꾹 다물고 있을 때도 있었다.

"보슈 형사님, 도대체 무슨 일입니까? 오늘 아침에 사건을 맡았는데 벌써 또 다른 사건을 맡으라니요?"

"LA 경찰국은 군대 같은 조직이야, 추. 위에서 하라고 하면 해야 한다는 뜻이지. 우린 지금 경찰국장의 지시를 받고 출동하는 거야. 콜드 히트 사건은 나중에 수사하고, 당분간은 새로 발생한 사건을 맡아야 돼. 우선순위가 그 사건에 있거든."

"정치적인 냄새가 좀 나네요."

"하이 징고지."

"그게 뭡니까?"

"경찰과 정치권의 결탁을 뜻하는 거지. 우린 어빈 어빙 시의원 아들의 사망 사건을 수사하러 가는 거야. 어빙이 누군지는 알지?"

"네, 제가 입사했을 때 부국장이었어요. 그 후에 경찰을 그만두고 나가 더니 시의원에 입후보하던데요."

"제 발로 나간 게 아니라 쫓겨난 거야. 자기를 쫓아낸 경찰국에 복수하 려고 시의원에 입후보한 거고. 어빙은 경찰국을 밟아버리겠다는 일념으 로 살고 있어. 그리고 알아둬, 경찰에 있을 때 나를 특히 싫어했어. 몇 번 부딪친 적이 있거든."

"그런데 왜 아들 사건을 형사님께 맡기려는 거죠?"

"그 이유는 곧 알게 되겠지."

"반장님은 뭐래요? 자살이랍니까?"

"아무 말 안 했어. 주소만 주더라고."

키즈 라이더를 통해서 알게 된 내용은 말하지 않을 생각이었다. 말하면 경찰국장실에 소식통이 있다는 사실이 들통날 것이다. 아직은 추가 그 사 실을 알게 하고 싶지 않아서 매달 키즈와 점심을 먹는 것도 비밀로 하고 있었다.

"어째 좀 으스스하네요."

휴대전화가 울리자 보슈는 액정화면을 보았다. 발신자 표시 제한 번호 였지만 전화를 받았다. 경찰국장이었다. 보슈는 수십 년 전부터 국장과 아는 사이였고 같이 일한 적도 있었다. 국장은 강력계에서 일반 형사로 그리고 나중에는 관리자로 오랫동안 근무했고 차곡차곡 단계를 밟아 승 진을 거듭했다. 경찰국장이 된 지는 2년밖에 되지 않았고 아직까진 일반 직원들의 지지를 얻고 있었다.

"해리, 나 마티인데 지금 어디인가?"

"101번 고속도로를 달리고 있습니다. 소식 듣자마자 출발했습니다."

"기자들이 곧 냄새를 맡을 것 같아서 그전에 확실히 해두려고 전화했네. 일을 복잡하게 만들 필요가 없으니까. 들었겠지만, 피해자는 어빙 의원의 아들이야. 어빙 의원이 자네한테 수사를 맡기라고 요구하더군."

"왜요?"

"이유는 말 안 했어. 어빙 의원과 자네 사이에 일이 좀 있었던 걸로 아는데."

"네, 좋은 일은 아니었습니다. 그런데 어떤 사건입니까?"

"나도 잘 몰라."

경찰국장은 세부적인 사항 몇 가지만 덧붙였을 뿐 라이더가 말한 것과 거의 같은 이야기를 했다.

"할리우드에선 누가 나왔습니까?"

"글랜빌하고 솔로몬."

보슈는 예전에 몇 번 수사하면서 만나본 적이 있고 특별수사반에서 함께 근무한 적도 있어서 그들을 잘 알았다. 둘 다 체격이 다부지고 자존심이 센 것으로 유명했다. '덩치와 떡대'라는 별명으로 불렸고 그렇게 불리는 걸 좋아했다. 새끼손가락에 굵은 반지를 끼고 화려한 옷을 입고 다녔다. 그리고 보슈가 알기로는 둘 다 유능한 형사였다. 그들이 자살로 결론 내리려고 했으면 자살이 맞을 것이다.

"그 친구들도 자네 밑에서 수사를 계속할 거야." 국장이 말했다. "따로 얘기해뒀네."

"네, 알겠습니다, 국장님."

"해리, 최선을 다해주길 바라네. 과거에 어빙과 무슨 일이 있었는지는 모르겠지만, 그런 건 제쳐두고. 대충 수사하고 넘어갔다고 어빙이 열을 내면 우리에게 좋을 게 없어."

"알겠습니다."

보슈는 잠깐 침묵하면서 더 물어볼 게 있는지 생각했다.

"국장님, 어빙 의원은 어디 있습니까?"

"로비에 앉혀놨어."

"방에 들어갔습니까?"

"하도 난리를 쳐서. 아무것도 건드리지 않고 둘러보게만 했네. 금방 데리고 나왔고."

"왜 그러셨습니까, 국장님."

보슈는 국장의 잘못을 지적하는 위험한 짓을 했다는 것을 깨달았다. 아무리 과거에 함께 일했다고 해도 이건 너무 위험한 행동이었다.

"물론 달리 방법이 없었겠죠." 보슈가 덧붙였다.

"최대한 빨리 현장으로 오고 수사 진행 상황을 계속 보고하도록. 내게 직접 연락이 안 되면 라이더 경위를 통해서 하고."

그러나 국장은 발신자 표시를 막아놓은 자기 휴대전화번호를 알려주지 않았다. 그 뜻은 분명했다. 보슈가 오랜 동료인 국장하고 직접 통화할 일은 더 이상 없을 것이다. 분명하지 않은 것은 어떤 방향으로 수사하기를 원하는가 하는 점이었다.

"국장님." 보슈는 오랜 친분에 기대지 않는다는 뜻을 분명히 하기 위해 이름 대신 직함을 불렀다. "가서 보고 자살이면 자살이라고 할 겁니다. 다른 걸 원하시면 다른 사람을 부르십시오."

"괜찮네, 해리. 소신대로 하게. 사실대로 말하라고."

"정말입니까? 어빙도 그걸 원하나요?"

"내가 그걸 원하네."

"알겠습니다."

"그건 그렇고, 드롭 건에 대해서는 듀발 경위한테서 소식 들었나?"

"네, 들었습니다."

"나는 5년 다 주자고 밀고 나갔는데 경찰위원회 안에 자네의 적들이 몇 명 있더군. 사사건건 트집을 잡아서 어쩔 수가 없었네. 그게 최선이었어."

"감사합니다."

"감사하기는."

국장이 전화를 끊었다. 보슈가 전화를 끊기가 무섭게 무슨 이야기를 했느냐고 추가 물었다. 보슈는 고속도로에서 내려서 선셋 대로로 들어가 서쪽으로 달리면서 국장과의 통화 내용을 전해주었다.

추는 다 듣고 나서 오전 내내 마음에 걸렸던 것을 물었다.

"그럼 반장님은요?" 추가 말했다. "반장님과 나눈 얘기는 말씀 안 해주실 겁니까?"

보슈가 어리둥절한 표정을 지었다.

"반장하고 나눈 얘기라니?"

"모르는 척하지 마세요, 보슈 형사님. 반장님이 형사님만 따로 남으라고 했잖습니까. 그때 무슨 말씀을 하셨어요? 반장님이 저를 이 전담반에서 내보내고 싶어 하시죠? 저도 뭐 경위님 마음에 안 들었어요."

보슈는 도저히 참을 수가 없었다. 항상 부정적으로 생각하는 경향이 있는 파트너를 놀려먹을 절호의 기회를 놓칠 수는 없었다.

"수평 이동 시키고 싶대. 일선 경찰서 강력반으로. 남부 지국에 자리가 몇 개 날 거라면서 맞교환을 제의해보겠다던데."

"어우 진짜!"

추는 최근에 패서디나로 이사한 터라 남부 지국으로 출퇴근하는 것은 그야말로 악몽일 것이다.

"그래서 뭐라고 하셨어요?" 추가 물었다. "제 편을 들어주셨죠?"

"남부 지국도 괜찮아, 추. 2년만 있으면 완전 베테랑이 될걸. 다른 데선

5년은 걸릴 텐데."

"형사님!"

보슈는 웃음을 터뜨렸다. 잠시나마 스트레스가 풀리는 것 같았다. 곧 어빙을 만나야 한다는 사실이 마음에 부담이 되고 있었다. 만날 시각은 시시각각으로 다가오는데 만나면 어떻게 행동해야 할지 알 수가 없었다.

"지금 저 놀리시는 거죠?" 추가 완전히 돌아앉아 보슈를 노려보면서 소리쳤다. "절 갖고 노시는 거죠?"

"그래, 맞아, 놀리는 거야, 추. 그러니까 진정해. 반장은 내가 드롭 신청한 게 승인 났다는 말을 해주려고 날 남으라고 한 거야. 자넨 앞으로 3년 3개월은 더 나를 참아내야 하게 생겼어."

"아…… 네, 잘된 거네요, 그렇죠?"

"그래, 잘됐지."

추는 젊어서 아직은 드롭 같은 것에 신경 쓸 필요가 없었다. 거의 10년 전쯤 보슈는 퇴직연금을 전부 수령하고 경찰국에서 퇴직했다. 어리석은 결정이었다. 그리고 2년 후에 경찰국의 퇴직유예제도(Deferred Retirement Option Plan, DROP) 덕분에 경찰국으로 돌아왔다. 드롭은 경험 많은 형사들이 경찰국에 오래 몸담으며 가장 잘하는 일을 계속할 수 있게 해주기 위해 마련된 제도였다. 보슈가 가장 잘하는 일은 살인사건 수사였다. 그는 7년 계약을 맺고 다시 들어온, 이른바 '재생 타이어'였다. 경찰국 직원 모두가 이 제도를 좋아하는 건 아니었다. 본부 강력계의 폼 나는 자리를 탐내는 일선 경찰서 형사들이 특히 불만이 많았다.

경찰국 퇴직유예제도는 한 차례의 계약 연장을 허용했고 연장 가능한 햇수는 3년에서 5년이었다. 그 후에는 반드시 퇴직하는 걸로 규정되어 있었다. 보슈는 1년 전에 재계약을 신청했지만 관료주의적인 행정절차 때문에 계속 기다렸고, 드롭 1차 계약 만료일이 한참 지나서야 연장 허가가 났다는 소식을 듀발 경위를 통해 들은 것이다. 경찰위원회가 연장 신청을 받아주지 않기로 결정하면 그 즉시 짐을 싸야 했기에 그동안 보슈는 피가 마르는 심정으로 기다렸다. 연장 허가가 났다는 것은 좋은 소식이 틀림없었지만, 이젠 경찰 배지를 지니고 다닐 기한이 정해졌다는 사실이 마음에 걸렸다. 그래서 좋은 소식임에도 불구하고 우울한 느낌이 없지 않았다. 경찰위원회가 보내올 공식 통지서에는 그가 경찰로 지낼 마지막 날이 정확히 언제인지 적혀 있을 것이다. 보슈는 자기도 모르게 자꾸만 그 생각을 하게 됐다. 그의 미래에는 한계가 있었다. 어쩌면 그 자신도 추 형사처럼 매사를 부정적으로 보는 사람일지 모른다는 생각이 들었다.

그 후로 추는 더 이상 질문하지 않았고 보슈는 드롭에 대해 생각하지 않으려고 애썼다. 대신 그는 차를 운전해 서쪽으로 달려가면서 어빈 어빙에 대해 생각했다. 그 시의원은 경찰국에서 40년 넘게 근무했지만 단 한 번도 수장의 자리에 오르지 못했다. 경찰국장직을 수행하기 위해 자신을 연마하며 평생을 보냈는데 정치 폭풍에 휘말려 그 자리에 앉을 기회가 날아가 버렸다. 그로부터 몇 년 후엔 경찰국에서 내쫓겼고 거기에 보슈가 일조했다. 그 후 어빙은 조직에서 멸시당했다는 생각에 이를 갈며 시의원 선거에 나가 당선되었다. 이제 그는 자신이 수십 년간 몸담았던 경찰국을 응징하려고 기를 쓰고 달려들었다. 경찰관의 연봉 인상과 경찰국의 모든 확장 계획에 계속 반대표를 던졌다. 경찰관이 저지른 부적절한 행동이나 범죄 혐의에 관해서는 누구보다도 먼저 나서서 특별감사나 수사를 요구했다. 가장 날카로운 공격은 1년 전에 감행했다. 경찰국 초과근무수당 예산에서 1억 달러를 삭감하는 비용 절감안을 통과시킨 것이다. 이로 인해 지위의 고하를 막론하고 모든 경찰관이 피해를 보았다.

보슈는 현 경찰국장이 어빙과 모종의 거래를 했을 거라고 확신했다. 주고받기를 했을 것이다. 보슈가 사건을 맡게 하는 대가로 뭔가를 받았을 것이 틀림없었다. 보슈는 자신이 정치적으로 눈치가 빠르다고 생각해본 적은 한 번도 없었지만, 어빙과 국장 사이에 어떤 거래가 있었는지 곧 알 게 될 거라고 자신했다.

04

모두가 중요하거나
아무도 중요하지 않다

샤토마몽트 호텔은 선셋스트립의 동쪽 끝에 옛 성처럼 우뚝 서 있었다. 지난 수십 년간 수많은 영화배우와 작가, 로큰롤 가수, 그리고 그들의 수행원들이 할리우드 힐스에 서 있는 이 고풍스러운 호텔에 매료되어 즐겨 묵곤 했다. 보슈는 그동안 수사를 하고 증인과 용의자를 찾아다니면서 이 호텔에 와본 적이 여러 번 있었다. 그래서 기둥이 천장을 받치고 있는 로비와 생울타리로 둘러싸인 정원과 널찍한 스위트룸의 실내를 잘 알고 있었다. 다른 호텔들은 경이로울 정도의 안락함과 맞춤형 서비스를 제공했지만, 샤토마몽트는 옛 시대의 매력과 투숙객의 사생활에 관한 무관심을 제공했다. 대다수의 호텔이 공용공간에는 숨겨놓았든 그렇지 않든 보안카메라를 설치해놓았지만, 샤토에는 보안카메라가 거의 없었다. 선셋스트립에 있는 다른 호텔과는 비교도 안 될 만큼 독보적인 서비스가 바로 이런 사생활 보장이었다. 샤토마몽트의 담과 키 큰 생울타리 안에는 누구한테도 침범받지 않는 세상이 있었고, 지켜보는 눈 없이 편하게 쉴 수 있는 안식처가 있었다. 적어도 무슨 사건이 발생하거나 개인의 행동이 물의를 일으켜 언론에 공개되기 전까지는 그랬다.

로럴캐니언 대로를 지나자 선셋스트립을 따라 줄지어 늘어선 광고판들 뒤로 우뚝 서 있는 샤토마몽트 호텔이 눈에 들어왔다. 밤이면 호텔 앞에 서 있는 단 한 개의 네온간판이 불을 밝히는데 선셋스트립에 있는 간판치고는 아주 평범했고, 불마저 꺼진 낮에는 초라해 보이기까지 했다. 엄밀히 말하자면 호텔은 마몽트 길에 위치해 있었는데, 그 길은 선셋스트립에서 갈라져 나와 호텔을 빙 둘러서 언덕으로 올라갔다. 보슈가 차를 몰고 다가가면서 보니까 마몽트 길이 임시 바리케이드로 봉쇄되어 있었다. 순찰차 두 대와 언론사 차량 두 대가 호텔 앞쪽 생울타리를 따라 주차되어 있었다. 그렇다면 사건 현장은 호텔의 서쪽이거나 뒤쪽이라는 뜻이었다. 보슈는 순찰차 뒤에 차를 세웠다.

"하이에나들이 벌써 나와 있네요." 추가 고갯짓으로 언론사 차량을 가리키며 말했다.

이 도시에서는 비밀을 지키는 게 불가능했다. 이런 사건 같은 비밀은 특히 더. 동네 주민이나 호텔 투숙객이나 순경이, 혹은 금발의 TV 여기자에게 잘 보이고 싶어 안달이 난 법의관실 직원이 제보했을 것이다. 소식은 순식간에 퍼졌다.

보슈와 추는 차에서 내려 바리케이드를 향해 다가갔다. 보슈가 카메라 기자 두 명과 함께 서 있는 제복 차림의 순경들 중에서 한 명을 손짓해 불렀다. 기자들이 듣지 못하게 따로 이야기하고 싶었다.

"현장이 어디야?" 보슈가 물었다.

순경은 경력이 적어도 10년은 된 것 같아 보였다. 경찰복 셔츠 가슴주머니에 램폰이라고 이름이 적혀 있었다.

"현장이 두 군데입니다." 램폰이 말했다. "여기 이 옆쪽으로 돌아가면 뒤편에 다이빙한 사람이 있고요. 그리고 그 사람이 썼던 방도 있습니다. 꼭대기 층 79호실이요."

순경들은 업무 때문에 매일 마주하는 공포를 아무것도 아닌 것처럼 비유적으로 표현하는 경향이 있었다. 투신자를 '다이빙한 사람'이라고 표현한 것도 그런 맥락이었다.

무전기를 차에 두고 내린 보슈는 고갯짓으로 램폰의 어깨에 달린 마이크를 가리켰다.

"글랜빌과 솔로몬 형사가 어디 있는지 좀 알아봐줘."

램폰은 마이크가 달린 어깨를 향해 고개를 약간 기울이고 전송 버튼을 눌렀다. 그는 제일 먼저 도착한 형사팀이 79호실에 있다는 것을 금방 알아냈다.

"좋아, 그냥 거기 있으라고 해. 밑의 현장부터 살펴보고 올라간다고."

보슈는 차로 돌아가 충전 데크에서 무전기를 꺼내 들고 추와 함께 바리케이드를 돌아 사건 현장으로 향했다.

"형사님, 제가 먼저 올라가서 그 형사들 이야기를 들어볼까요?" 추가 물었다.

"아니, 먼저 시신부터 살펴보는 거야. 모든 건 그다음이지. 항상."

추는 사건 현장은 없고 자료만 있는 미제사건 수사에 익숙해져 있었다. 또한 그는 시신 보기를 힘들어했다. 미제사건 전담반을 선택한 것도 바로 그런 이유에서였다. 최근에 발생한 것이 아니라서 피살현장도 없고 부검도 없는 사건들. 그런데 이번에는 일이 꼬이기 시작하고 있었다.

마몽트 길은 좁고 경사가 가팔랐다. 보슈와 추는 호텔의 북서쪽 모퉁이에 있는 사건 현장에 다다랐다. 언론사 헬기들과 호텔 뒤 언덕에 있는 주택에서 현장을 보는 것을 막기 위해 과학수사요원들이 현장 위에 차양을 쳐놓았다.

보슈는 차양 밑으로 들어가기 전에 고개를 들고 호텔을 올려다보았다. 정장 차림의 남자가 꼭대기 층 발코니 난간에 기대서서 아래를 내려다보고 있었다. 글랜빌이나 솔로몬일 것 같았지만 정확히 누군지는 알 수 없었다.

보슈가 차양 밑으로 들어가 보니 과학수사요원들과 법의관실 조사관들과 경찰 소속 사진사들이 게이브리얼 밴 애타의 지휘 아래 분주히 움직이고 있었다. 보슈와 밴 애타는 수십 년 전부터 아는 사이였다. 밴 애타는 과학수사요원으로 시작해 관리자에 이르기까지 LA 경찰국에서 25년을 근무하다 퇴직하고 법의관실로 자리를 옮겼다. 현재 그는 연봉도 받고 연금도 받으면서 여전히 범죄현장에서 현역으로 뛰고 있었다. 보슈는 그런 밴 애타가 너무 부러웠다. 그는 밴 애타가 어떤 것에 대해서도 말을 아끼지 않는다는 사실을 알고 있었다. 밴 애타는 자신의 의견을 솔직하게 말해줄 사람이었다.

보슈와 추는 차양 밑 가장자리에 서 있었다. 이 순간 이 현장의 주인은 과학수사요원들이었다. 보슈는 시신이 충격 지점에서 뒤집어져 누워 있는 것을 보고 역시 너무 늦게 도착했다고 생각했다. 이제 곧 시신이 법의관실로 이송될 것이다. 보슈는 심기가 불편했지만 수사에 너무 늦게 뛰어든 대가라고 생각했다.

7층에서 추락사하며 생긴 끔찍한 부상의 증거들이 사방에 그대로 노출되어 있었다. 보슈는 그 광경을 보고 파트너가 충격을 받은 것을 느낄 수 있었다. 파트너를 구해주기로 결심했다.

"추, 여긴 내가 살펴볼 테니까 자넨 위로 올라가. 7층 객실에서 만나자."

"정말요?"

"그래, 정말. 하지만 부검할 땐 안 내보내줄 거야."

"감사합니다, 보슈 형사님."

둘의 대화를 밴 애타가 들었나 보았다.

"여어, 해리 보슈. 미제사건 전담반에 있는 줄 알았는데." 밴 애타가 말했다.

"거기 있어. 이건 특별한 경우야, 게이브. 들어가도 되겠어?"

시신에 가까이 가도 되겠느냐는 뜻이었다. 밴 애타가 가까이 오라고 손짓했다. 추는 허리를 굽히고 차양 밖으로 나갔고, 보슈는 일회용 신발통에서 종이 신발을 꺼내 신발 위에 덧신고 라텍스 장갑을 꼈다. 그러고는 인도 바닥에 응고되어 있는 피를 밟지 않으려고 조심스럽게 돌아가서 조지 토머스 어빙의 훼손된 시신 곁에 쭈그리고 앉았다.

죽음은 모든 것을 앗아간다. 인간의 존엄성까지도. 어빙의 벌거벗고 부서진 몸이 시신을 작업 대상으로 보는 법의학 전문가들에게 둘러싸여 있었다. 그의 육신은 부러진 뼈와 장기와 혈관을 담은 찢어진 피부 가방으로 전락해 있었다. 모든 구멍에서 피가 흘러나왔고 몸이 인도에 부딪히며 생긴 수많은 상처에서도 피가 쏟아져 나왔다. 두개골이 으스러져서 머리와 얼굴이 유령의 집 거울에서 보는 것처럼 기괴한 모습으로 변해 있었다. 왼쪽 눈알이 눈구멍에서 튀어나와 왼뺨 위에 느슨하게 걸려 있었다. 떨어져 땅에 부딪힐 때의 충격으로 가슴이 부서졌고 부러진 갈비뼈와 쇄골이 피부를 뚫고 튀어나와 있었다.

보슈는 눈 하나 깜짝하지 않고 시신을 자세히 살피면서 평범하지 않은 화폭 위에 그려진 특이한 그림을 찾아보았다. 주삿바늘 자국이 있는지 팔 안쪽을 살펴보았고 이물질이 있는지 손톱을 살펴보았다.

"늦게 도착해서 그러는데……." 보슈가 말했다. "혹시 내가 알아야 할 게 있나?"

"이 친구 얼굴부터 부딪힌 것 같아. 굉장히 이례적인 일이지, 자살이라고 해도 말이야." 밴 애타가 말했다. "그리고 여기 이것 좀 봐."

그가 망자의 오른팔과 왼팔을 차례로 가리켰다. 피의 웅덩이 속에 두 팔이 벌려져 놓여 있었다.

"두 팔 뼈가 모두 부러졌어, 해리. 사실상 산산조각이 났지. 그런데 복합 손상이 없어. 피부가 찢어지지도 않았고."

"그건 무슨 뜻인데?"

"두 가지 극단적인 경우 중 하나야. 하나는, 이자가 높은 곳에서 떨어지고 싶어서 떨어지는 거라서 추락을 막으려고 두 팔을 벌리지도 않았다는 뜻이야. 벌렸다면 전단골절과 복합골절이 생겼겠지. 그런데 전혀 없어."

"그럼 다른 하나는?"

"추락을 막으려고 두 팔을 벌리지 않은 것은 이미 의식을 잃은 상태에서 떨어졌기 때문이라는 거지."

"누가 던졌다는 뜻이군."

"응, 그보다는 떨어뜨렸을 가능성이 좀 더 커. 여러 경우를 가정해 거리 실험을 해봐야겠지만, 이 경우에는 거의 수직으로 떨어진 것 같아. 자네 말처럼 누가 밀거나 던졌다면 건물에서 지금보다 1미터는 더 멀리 떨어졌을 거거든."

"무슨 말인지 알겠어. 사망시각은?"

"간(肝) 온도를 측정해서 계산해봤어. 공식적인 건 아닌데 4시에서 5시 사이인 것 같아."

"그러니까 한 시간 이상 인도에 누워 있다가 발견됐다는 거네?"

"그럴 수 있지, 충분히. 사망시각은 부검하면서 좁혀나갈 생각이야. 자, 이젠 고인을 모시고 가도 될까?"

"그게 나를 위해 해줄 수 있는 최선이라면, 뭐, 모시고 가."

몇 분 후 보슈는 호텔 주차장으로 가는 진입로를 걸어가고 있었다. 관용차 번호판을 단 검은색 링컨 타운카 한 대가 자갈로 된 진입로에서 공회전을 하고 있었다. 어빙 시의원의 차였다. 지나가면서 보니까 젊은 운전사가 운전석에 앉아 있었고 조수석에는 정장 차림의 중년 남자가 앉아 있었다. 뒷좌석은 비어 있는 것 같았지만 선팅을 한 창문이어서 확실치는 않았다.

보슈는 계단을 이용해 프런트데스크와 로비가 있는 2층으로 올라갔다.

샤토마몽트를 이용하는 손님들은 대부분 야행성이었다. 소파에 혼자 앉아 휴대전화를 귀에 대고 있는 어빈 어빙을 제외하고는 로비에 아무도 없었다. 어빙은 보슈가 오는 것을 보고 서둘러 통화를 끝낸 후 맞은편에 있는 소파를 가리켰다. 보슈는 그대로 서 있고 싶었지만 이번에는 지시에 따르기로 했다. 그는 자리에 앉으면서 바지 뒷주머니에서 수첩을 꺼냈다.

"보슈 형사, 와줘서 고맙네." 어빙이 말했다.

"다른 선택안이 없었습니다, 의원님."

"그랬을 거야."

"먼저, 아드님을 잃으신 것에 삼가 조의를 표합니다. 두 번째로는, 저를 부르신 이유를 알고 싶습니다."

어빙은 고개를 끄덕이며 로비의 기다란 창문 밖을 내다보았다. 밖에는 야자나무와 파라솔과 난방기 밑에 실외 레스토랑이 있었다. 그곳에도 지금은 종업원들만 있지 손님은 한 명도 없었다.

"여기선 12시 이전에는 아무도 안 일어날 텐데." 어빙이 말했다.

보슈는 대꾸하지 않고 자기 질문에 대한 대답을 기다렸다. 어빙은 항상 머리를 박박 밀어 번쩍거리는 대머리 스타일을 하고 다녔다. 그것이 그의 트레이드마크였다. 그런 스타일이 유행하기 훨씬 전부터 그 스타일을 고집했다. 그래서 그는 경찰국 내에서 '미스터 클린'이라는 별명으로 불렸다. 정말로 미스터 클린(프록터 앤 갬블의 세제 상품에 나오는 캐릭터. 대머리에 한쪽 귀에만 귀걸이를 하고 있는 남자의 모습—옮긴이)을 닮았을 뿐만 아니라, 중무장이 되어 있고 정치적인 관료조직 안에서 심심치 않게 발생하는 정치적·사회적 부정부패를 척결하기 위해 영입된 인사였기 때문이기도 했다.

그러나 지금의 어빙은 늙고 초라해 보였다. 피부는 칙칙한 회색이고 탄력을 잃어 흐물흐물해 보였고 실제 나이보다 더 들어 보였다.

"자식을 잃는 것이 가장 견디기 힘든 고통이라고들 하던데, 겪어보니 정말 그렇군." 어빙이 말했다. "몇 살이냐, 어떤 상황이었냐 하는 것은 중요하지 않아……. 일어나서는 안 되는 일이지. 자연의 섭리를 거스르는 일이니까."

보슈는 뭐라 대꾸할 말이 없었다. 자식을 앞세운 부모를 많이 만나봐서 어빙의 말이 반박할 여지가 없는 사실이라는 것을 잘 알았다. 어빙은 고개를 숙이고 카펫의 화려한 무늬를 바라보고 있었다.

"지난 50여 년간 나는 경찰국과 시의회에서 이 도시를 위해 봉사해왔네." 어빙이 말을 이었다. "그런데 지금은 이런 신세가 된 거야. 이젠 이 도시의 누구도 믿을 수가 없네. 그래서 한때 내 손으로 파멸시키려고 했던 사내에게 도움의 손길을 요청한 거지. 왜냐고? 글쎄, 나도 잘 모르겠군. 아마도 우리의 싸움에는 진정성이 있었기 때문이겠지. 자네가 진실하고 성실하다는 걸 알고 있고. 난 자네를 좋아하지 않았고 자네가 일하는 방식도 마음에 들지 않았지만 그래도 자네를 존중했네."

어빙이 보슈를 바라보았다.

"내 아들에게 무슨 일이 일어난 건지 알아내주게, 보슈 형사. 진실을 알고 싶네. 자네가 진실을 알려줄 거라고 믿고."

"어떤 결과가 나오더라도 말입니까?"

"어떤 결과가 나오더라도."

보슈는 고개를 끄덕였다.

"그렇다면 한번 해보겠습니다."

보슈가 일어서려는데 어빙이 말을 이어서 그는 엉거주춤 앉아 있었다.

"언젠가 자네가 그랬지. 모두가 중요하거나 아무도 중요하지 않다고.

그 말이 기억나는군. 이 사건이 그 말이 진심인지를 시험하겠군. 적의 아들도 중요한가? 적의 아들을 위해서도 최선을 다할 것인가? 적의 아들을 위해서도 철저히 수사할 것인가?"

보슈는 어빙을 노려보았다. 모두가 중요하거나 아무도 중요하지 않다. 그 말은 보슈의 생활신조였다. 그러나 행동으로 실천하려고만 노력했지 입 밖에 내어 말한 적은 한 번도 없었다. 하물며 어빙에게 그 말을 했을 리는 더더욱 없었다.

"언제요?"

"응?"

"제가 언제 그 말을 했습니까?"

어빙은 괜한 말을 했다 싶었는지 어깨를 으쓱거리더니 정신이 오락가락하는 노인 같은 표정을 지었다. 눈은 흰 눈 속에 박힌 검은 구슬처럼 날카롭게 반짝이는데도.

"언제였는지는 기억이 잘 안 나는군. 어쨌든 자네가 그렇게 생각한다는 건 알고 있었네."

보슈가 일어섰다.

"아드님께 무슨 일이 있었던 건지 알아내겠습니다. 아드님이 여기서 뭐하고 있었던 건지 아시는 거라도 있습니까?"

"아니, 전혀."

"오늘 아침에 어떻게 소식을 들으셨죠?"

"경찰국장한테서 전화를 받았네. 직접 전화했더군. 전화를 받고 즉시 달려왔지. 그런데 아들을 보여주질 않더군."

"당연히 그래야죠. 아드님한테 가족이 있었습니까? 의원님 말고요."

"아내와 아들이 하나 있지. 아들은 얼마 전에 대학에 들어갔고. 조금 전에 데버러와 통화해서 소식을 전했네."

"다시 통화하시게 되면 제가 찾아갈 거라고 전해주십시오."

"그러지."

"아드님 직업이 뭐였습니까?"

"기업 관계를 전문으로 하는 변호사였지."

보슈는 설명이 더 나오길 기다렸지만 그뿐이었다.

"기업 관계요? 그게 무슨 뜻입니까?"

"일종의 해결사 같은 거였지. 도움을 청하러 오는 사람들이 많았네. 이 도시를 위해서 일을 많이 했지. 처음에는 경찰로, 나중에는 시 법무관 밑에서."

"사무실이 있었습니까?"

"시내에 작은 사무실이 있었지만 주로 휴대전화로 일을 했지."

"회사 이름이 뭐였습니까?"

"로펌이었네. '어빙과 친구들'이란 이름이었는데, 사실 친구들은 없었네. 1인 기업이었거든."

보슈는 이 문제에 대해서는 나중에 다시 이야기하게 될 것임을 알고 있었다. 그러나 기본 지식이 거의 없어 시의원의 대답에서 진실을 걸러낼 수 없는 지금 상황에서 그와 옥신각신할 필요는 없다고 생각했다. 정보를 좀 더 확보할 때까지 기다릴 작정이었다.

"연락드리겠습니다." 보슈가 말했다.

어빙이 보슈에게 손을 내밀었다. 두 손가락 사이에 명함이 껴 있었다.

"이건 내 개인 휴대전화번호인데, 오늘 중으로 소식 전해주길 바라네."

안 그러면 초과근무수당 예산에서 1천만 달러를 더 줄이시게요? 보슈는 고까운 생각이 들었다. 하지만 명함을 받아 들고 엘리베이터 타는 곳으로 걸어갔다.

보슈는 호텔 7층으로 올라가면서 어빙과 나눈 격식적인 대화를 곱씹어보았다. 제일 찜찜한 부분은 어빙이 그의 생활신조를 알고 있다는 사실이었다. 보슈는 어빙이 그 정보를 누구한테서 얻었는지 알 것 같았다. 이것도 나중에 처리할 문제였다.

05
여러 가지 시나리오

샤토마몽트 호텔 객실 층은 L자 형태로 되어 있었다. 엘리베이터를 타고 7층에서 내린 보슈는 왼쪽으로 가서 모퉁이를 돌아 복도 끝에 있는 79호실로 갔다. 객실 문 앞에 제복 차림의 순경이 서 있었다. 그를 보니 무슨 생각이 떠올라 보슈는 휴대전화를 꺼내 키즈 라이더의 휴대전화로 전화를 걸었다. 그녀가 즉시 전화를 받았다.

"그 사람 직업이 뭔지 알고 있었어?" 보슈가 물었다.

"누구 말이에요, 선배?" 라이더가 되물었다.

"누구겠어, 조지 어빙이지. 일종의 해결사였다는 거 알고 있었어?"

"로비스트라고 들었는데요."

"변호사 겸 로비스트래. 이봐, 키즈, 국장님 빽 좀 써서 그 사람 사무실 문 앞에 순경 좀 세워줘, 내가 갈 때까지. 아무도 드나들지 못하게."

"그럴게요. 조지 어빙이 로비스트로서 한 일이 이 사건과 관련 있는 것 같아요?"

"그럴지도 몰라서. 그냥 누가 문 앞에 보초를 서고 있으면 왠지 안심이 될 것 같아서 그래."

"알았어요, 선배."

"나중에 또 통화하자."

보슈는 전화기를 집어넣고 79호실 앞에 서 있는 순경에게 다가갔다. 순경이 들고 있는 클립보드에 현장 출입 시각을 적고 서명한 뒤 객실로 들어갔다. 거실로 들어서 보니 발코니로 통하는 양문형 여닫이문이 열려 있었고 그 너머로 도시의 서쪽 풍경이 펼쳐져 있었다. 커튼이 산들바람에 살랑였다. 추 형사가 발코니로 나가 아래를 내려다보고 있었다.

글랜빌과 솔로몬은 거실에 서 있었다. 덩치와 떡대. 기분이 안 좋은 것 같았다. 제리 솔로몬이 보슈를 보더니 두 손을 펼쳐 보였다. 마치 '이게 무슨 일입니까?'라고 묻는 것 같았다. 아니, 그보다는 '아, 빌어먹을, 도대체 이게 뭔 일이래요?'라고 말하는 것 같았다.

"뻔하지 뭐." 보슈가 말했다. "하이 징고야. 시키는 대로 해야지, 뭐 별수 있나."

"한번 둘러보면 아시겠지만 새로울 게 하나도 없어요. 우리가 다 찾아봤어요. 우리 판단이 맞아요. 투신자살입니다."

"그래, 나도 국장하고 시의원한테 그렇게 말했어. 그런데도 가보라는데 어떡해."

이번에는 보슈가 '나보고 어쩌라고?'라고 말하듯 두 손을 펼쳐 보였다.

"그래서 계속 그렇게 툴툴거리고 있을 거야, 아니면 알아낸 게 뭔지 설명해줄 거야?"

솔로몬이 후배인 글랜빌에게 고갯짓을 하자 글랜빌이 바지 뒷주머니에서 수첩을 꺼냈다. 그러고는 몇 장을 넘겨 메모한 것을 찾아 참조하면서 보고를 시작했다. 어느새 추도 발코니에서 들어와 함께 들었다.

"어젯밤 8시 50분 어떤 남자가 프런트데스크로 전화해서 자신을 조지 어빙이라고 밝힙니다. 당일 1박을 예약하겠다고 하고 지금 호텔로 오는 중이라고 말하죠. 그러고는 맨 꼭대기 층에 발코니가 있는 객실 중 비어 있는 객실이 있는지 묻습니다. 직원이 몇 개를 말하니까 79호실을 선택하죠. 그러고는 예약을 위해 아메리칸 익스프레스 카드 번호를 불러주는데, 아까 찾아보니까 그 카드가 그의 지갑 속에 있더라고요. 지갑은 지금 침실 금고 안에 있고."

글랜빌이 보슈의 왼편에 있는 복도를 가리켰다. 그 끝에 침실 문이 열려 있었고 방 안쪽으로 침대가 보였다.

"그러고는 9시 40분에 호텔에 나타납니다." 글랜빌이 말을 이었다. "주차장에서 주차대행 직원에게 차를 맡기고 들어와서 아멕스 카드로 결제하고 객실로 올라가죠. 그러고 나서 아무도 그를 다시 보지 못했답니다."

"저 아래 인도에서 발견될 때까지." 솔로몬이 거들었다.

"그게 언제지?" 보슈가 물었다.

"5시 50분에 주방 직원 한 명이 출근하는데요. 출근부가 호텔 후문 안 선반에 있어서 후문을 향해 인도를 걸어가다가 시신을 발견하죠. 먼저 순찰차가 출동하고 순경들이 일차적으로 신원을 확인하고 나서 우리를 불러들이고요."

보슈는 고개를 끄덕이고는 방 안을 둘러보았다. 발코니 문 옆에 필기용 탁자가 놓여 있었다.

"유서는?"

"이 안에는 없던데요."

그때 바닥에 놓인 디지털 탁상시계가 보슈의 눈에 들어왔다. 탁자 옆 벽에 붙은 콘센트에 플러그가 꽂혀 있었다.

"저거 발견된 상태 그대로야? 원래 탁자에 있어야 되는 거 아닌가?"

"저렇게 있던데요." 솔로몬이 말했다. "원래 어디에 있어야 하는지는 잘 모르겠고요."

보슈는 새 라텍스 장갑을 끼면서 시계 있는 곳으로 걸어가 탁상시계 옆에 쭈그리고 앉았다. 조심스럽게 시계를 들고 살펴보았다. 시계에는 아이팟이나 아이폰을 꽂는 데가 있었다.

"어빙의 휴대전화 기종이 뭔지 알아?"

"네, 아이폰이요." 글랜빌이 말했다. "침실 금고 속에 있고요."

보슈는 시계의 알람 버튼을 살펴보았다. 알람 기능이 꺼져 있었다. 그는 마지막으로 설정한 알람이 몇 시였는지 확인하기 위해 설정 버튼을 눌렀다. 빨간색 숫자가 바뀌었다. 마지막으로 설정된 알람 시각은 새벽 4시였다.

보슈는 시계를 바닥에 도로 내려놓고 일어섰다. 일어서자 무릎에서 우두둑 소리가 났다. 그는 거실을 떠나 양문형 여닫이문을 통과해 발코니로 나갔다. 발코니에는 작은 탁자와 의자 두 개가 있었다. 의자 하나 위에 흰색 목욕가운이 걸쳐져 있었다. 보슈는 난간 위로 고개를 내밀고 아래를 내려다보았다. 그가 제일 먼저 주목한 것은 난간의 높이가 겨우 그의 허벅지 위쪽 정도밖에 안 된다는 사실이었다. 굉장히 낮아 보여서, 조지 어빙의 키가 얼마나 되는지는 몰라도 사고로 추락했을 가능성이 있지 않을까 하는 생각이 퍼뜩 들었다. 그걸 위해서 여기 불려온 것이 아닐까 하는 생각도 들었다. 자살한 가족이 있는 것을 좋아하는 사람은 아무도 없다. 난간이 낮아서 사고로 추락사했다는 것이 훨씬 더 받아들이기 쉬웠다.

아래를 내려다보니 과학수사요원들이 세워놓은 차양이 보였다. 그리고 파란색 담요에 덮인 조지 어빙의 시신이 바퀴 달린 들것에 실려 옮겨지는 것도 보였다.

"형사님이 무슨 생각을 하시는지 다 압니다." 솔로몬이 보슈 뒤에서 말했다.

"그래? 내가 무슨 생각을 하는데?"

"투신이 아니다. 사고다. 그렇게 생각하시죠?"

보슈는 대꾸하지 않았다.

"그런데 생각해봐야 할 것들이 많아요."

"그게 뭔데?"

"이자는 벌거벗은 상태입니다. 침대에는 잠을 잔 흔적이 전혀 없고 체크인할 때 짐도 하나 없었고요. 자기가 사는 도시에 있는 호텔 방에 가방한 개 없이 투숙한 거죠. 꼭대기 층을 요구했고요. 그런 다음 방으로 올라가서 옷을 벗고 호텔에 비치되어 있는 목욕가운으로 갈아입고 별을 보려고 그랬는지 생각을 정리하려고 그랬는지 발코니로 나가요. 그러고는 목욕가운을 벗어놓고 발코니에서 떨어져 죽죠. 얼굴부터 땅에 부딪힌 상태로. 이 모든 게 사고라고요?"

"그리고 비명도 지르지 않았고요." 글랜빌이 덧붙였다. "비명을 들었다고 신고한 사람이 전혀 없던데요. 그래서 오늘 아침까지 발견하지 못했던 거죠. 사고로 발코니에서 갑자기 떨어지면서 비명을 지르지 않았다? 이게 말이 됩니까?"

"의식이 없었을 수도 있지." 보슈가 다른 가능성을 제시했다. "여기 혼자 있었던 게 아닐 수도 있고. 어쩌면 사고가 아니었는지도 모르잖아."

"이런, 세상에, 이게 그런 거예요?" 솔로몬이 말했다. "시의원이 살인사건 수사를 원해서 형사님이 불려나온 거네요?"

보슈는 자신이 어빙에게 끌려 다니고 있다는 식으로 말하는 건 크게 실수하는 거라고 말하는 듯한 표정으로 솔로몬을 노려보았다.

"아니, 제 말은 그런 뜻이 아니라……" 솔로몬이 재빨리 자기방어에 나섰다. "그러니까 제 말은 우린 그렇게 보지 않는다는 겁니다. 유서가 있든 없든, 이 현장을 보면 한 가지 결론밖에 안 나온다니까요. 투신자살."

보슈는 대꾸하지 않았다. 발코니 한쪽 끝에 비상계단 사다리가 있는 것이 보였다. 비상계단 사다리는 위로는 옥상으로, 아래로는 6층에 있는 발코니로 연결되어 있었다.

"옥상에 올라가 봤어?"

"아뇨, 아직." 솔로몬이 말했다. "추가 지시를 기다리고 있었죠."

"다른 객실은? 호텔 내의 다른 객실들 문은 두드려봤고?"

"마찬가지예요. 추가 지시를 기다렸죠."

솔로몬이 멍청하게 행동하고 있었지만 보슈는 그냥 넘어갔다.

"시신 신원확인은 어떻게 했어? 얼굴 훼손이 심하던데."

"그러게요, 관을 닫은 채로 장례식을 해야 할걸요." 글랜빌이 말했다. "그건 확실합니다."

"호텔 숙박부와 주차장에 있는 차량 번호판을 보고 사망자의 이름을 알아냈습니다." 솔로몬이 말했다. "그런 다음 객실로 들어가서 잠겨 있는 금고를 열었더니 지갑이 있더라고요. 빨리 확인해야겠다 싶어서 순찰대를 경찰서에 보내 휴대용 지문인식기를 가져와서 엄지손가락 지문을 확인했고요."

경찰서마다 엄지손가락 지문을 디지털로 인식해 차량등록국 데이터베이스 자료와 즉시 비교해주는 휴대용 지문인식기가 비치되어 있었다. 과거에 구속영장이 청구된 중범죄자들이 체포 당시 신원을 속이는 바람에 유치장 교도관들이 수배자를 잡았다는 사실을 알게 되기 전에 보석금을 내고 석방되는 사건이 여러 차례 있었다. 그리고 나서부터 지문인식기가 도입되어 경찰서 유치장에서 신원 확인용으로 주로 쓰였다. 그러나 경찰은 이 장비를 다른 용도로도 활용할 방법을 찾고 있었고, 이번에는 덩치와 떡대가 그 신기술을 잘 활용한 것이다.

"잘했어." 보슈가 말했다.

그는 고개를 돌려 목욕가운을 바라보았다.

"저건 살펴봤어?"

보슈는 솔로몬과 글랜빌이 서로를 쳐다보는 것을 놓치지 않았다. 파트너가 살펴봤을 거라고 생각하고 둘 다 살펴보지 않은 것이다.

솔로몬이 가운데 놓인 의자로 다가갔고 보슈는 방 안으로 들어갔다. 걸어가면서 보니 소파 앞에 있는 커피 탁자의 다리 옆에 작은 물체가 있었다. 보슈는 쭈그려 앉아서 그것을 건드리지는 않고 뭔지 살펴보았다. 검은색 작은 단추였는데 카펫의 어두운 색 무늬와 어우러져 못 보고 지나칠 수도 있었을 것 같았다.

보슈는 단추를 집어 들고 자세히 살펴보았다. 아마도 남성용 와이셔츠에서 떨어진 것 같았다. 그는 단추를 원래 자리에 내려놓았다. 형사 한 명이 발코니에서 안으로 들어와 뒤에 서 있는 것을 느낄 수 있었다.

"이 친구 옷은 어디 있어?"

"벽장 안에 잘 개어놓고 가지런히 걸어놨던데요." 글랜빌이 말했다. "그건 뭡니까?"

"단추. 별거 아닐 거야. 그래도 사진사 불러서 사진 찍어놓은 다음에 수집하자. 목욕가운에서는 뭐 나온 거 있어?"

"방 열쇠요. 그것뿐이던데요."

보슈는 복도를 걸어갔다. 오른쪽 첫 번째 방은 작은 부엌이었는데 2인용 식탁이 한쪽 벽에 붙여져 있었다. 반대편 카운터 위에는 스위트룸 투숙객이 구입할 수 있도록 술과 과자 들이 진열되어 있었다. 보슈는 부엌 한구석에 놓인 쓰레기통을 살펴보았다. 비어 있었다. 냉장고를 열어보니 맥주, 샴페인, 탄산수, 과일주스 등 다양한 음료가 들어 있었다. 빠진 것은 하나도 없는 것 같았다.

보슈는 부엌에서 나와 복도를 걸어가며 화장실을 확인한 후 마침내 침실로 들어갔다.

솔로몬이 한 말이 맞았다. 침대는 시트를 바짝 잡아당겨 깔끔하게 정리되어 있었다. 침구를 정리한 뒤로 누가 한 번 앉은 적도 없는 게 분명했다. 벽장이 있었는데 벽장문에 거울이 달려 있었다. 보슈가 벽장으로 다가가면서 거울을 보니 글랜빌이 문간에 서서 그를 보고 있었다.

벽장 안에는 어빙의 셔츠, 바지, 재킷이 옷걸이에 걸려 있었고, 속옷, 양말, 구두는 금고 옆 보조 선반에 놓여 있었다. 금고 문이 약간 열려 있었고 그 안에는 지갑, 결혼반지, 아이폰, 손목시계가 가지런히 놓여 있었다.

금고에는 네 자리 번호를 누르는 디지털 도어락이 달려 있었다. 아까 솔로몬은 금고 문이 닫혀 있고 디지털 도어락이 잠겨 있었다고 했다. 보슈는 객실 금고 문을 열 때 사용하는 디지털 도어락 번호 판독기를 호텔 관리자들이 갖고 있을 거라고 추측했다. 사람들은 자기가 설정한 비밀번호를 잊어버리기도 하고 자기가 금고를 잠갔다는 사실을 잊고 그냥 체크아웃을 하기도 한다. 디지털 도어락 번호 판독기는 1만 개에 달하는 비밀번호 조합을 확인해서 그중에 딱 맞는 한 개의 비밀번호를 찾아낸다.

"비밀번호가 뭐였어?" 보슈가 물었다.

"금고요? 전 모르고요, 아마 제리 선배가 그 여자한테서 들었을걸요." 글랜빌이 대답했다.

"그 여자?"

"금고 문을 열어준 부지배인이요. 이름이 타마라라고 하던데."

보슈는 금고에서 휴대전화를 꺼냈다. 보슈의 전화기와 똑같은 기종이었다. 터치해보니 비밀번호로 잠겨 있었다.

"이 친구가 금고에 걸어놓은 비번하고 휴대전화에 걸어놓은 비번이 똑같다는 데에 얼마 걸래?"

글랜빌은 대답하지 않았다. 보슈는 휴대전화를 금고 안에 도로 집어넣었다.

"우리가 하지 말고 누굴 불러 올려서 이것들을 싸게 하자."

"우리요?"

보슈가 미소를 지었지만 글랜빌이 그 미소를 볼 수는 없었다. 보슈는 옷걸이를 하나하나 밀면서 옷 주머니를 만져보았다. 모두 비어 있었다. 그런 다음엔 셔츠 단추를 살펴보기 시작했다. 감색 와이셔츠에 검은색 단추가 달려 있었다. 셔츠의 단추 달린 부분을 확인해보니 오른쪽 소맷동의 단추가 떨어지고 없었다.

보슈는 글랜빌이 다가와 자신의 어깨너머로 바라보는 것을 느꼈다.

"바닥에 있던 것하고 똑같은 것 같아." 보슈가 말했다.

"그러게요. 그런데 그게 무슨 의미죠?" 글랜빌이 말했다.

보슈가 그를 돌아보았다.

"그야 나도 모르지."

침실을 나가려는데 침대 옆 협탁들 중 하나가 삐뚜름히 놓여 있는 것이 눈에 띄었다. 한쪽 모서리가 벽에서 떨어져 있었다. 보슈는 어빙이 탁상 시계의 플러그를 뽑으면서 그렇게 되었을 거라고 추측했다.

"어빙이 아이폰으로 음악을 들으려고 시계를 밖으로 갖고 나간 것 같지 않아?" 보슈가 글랜빌을 돌아보지 않은 채로 물었다.

"그럴 수도 있겠네요. 그런데 거실 TV 밑에도 아이폰 꽂는 데가 있던데 못 봤나 보네요."

"그랬나 보지."

보슈는 스위트룸 거실로 돌아갔고 글랜빌이 따라 나왔다. 보슈는 추가 휴대전화를 들여다보고 있는 것을 보고 X자를 그으며 그만 보라고 신호를 보냈다. 추가 전화기를 한 손으로 덮으며 말했다. "지금 좋은 정보를 수집 중인데요."

"그래, 좋은데, 나중에 수집하라고." 보슈가 말했다. "먼저 해야 할 일이 있어."

추는 전화기를 집어넣었고 네 형사가 방 한가운데에 둥글게 모여섰다.

"자, 이렇게 하자." 보슈가 말했다. "이 건물 안에 있는 모든 문을 두드리고 다니는 거야. 무슨 소리를 들었고 무엇을 보았는지 물어보는 거지. 그렇게……."

"세상에나, 세상에나, 웬 시간 낭비를 그렇게……." 솔로몬이 고개를 돌려 창밖을 내다보며 말했다.

"안 뒤집어본 돌이 없게 하자는 거야." 보슈가 말했다. "그러면 자살이라고 결론 낸다고 해도 누가 뭐랄 거냔 말이지. 어빙 의원도, 국장님도, 기자들마저도 끽 소리 못할걸. 그러니까 자네들 셋이서 몇 층을 맡을 건지 사이좋게 나눠서 탐문 수사를 시작해보라고."

"여기 투숙객들은 야행성 인간들이에요." 글랜빌이 말했다. "아직도 자고 있을걸요."

"잘됐네. 그러면 그 사람들이 이 건물을 나가기 전에 다들 만나볼 수 있겠네."

"네, 그럼 사람들 두들겨 깨우는 일은 우리가 하고, 형사님은 뭐 하실 건데요?" 솔로몬이 물었다.

"난 내려가서 지배인을 만나보려고. 숙박부 사본이 필요해. 여기 금고 비밀번호도 알아야겠고. CCTV 카메라도 확인해야지. 그런 다음엔 주차장에 가서 어빙의 차를 살펴볼 거야. 차 안에 유서를 남겨놨을지도 모르잖아. 자네 둘은 확인 안 했다며."

"나중에 하려고 했죠." 글랜빌이 방어적으로 말했다.

"내가 지금 가볼게." 보슈가 말했다.

"금고 비밀번호요?" 추가 물었다. "왜요?"

"그 번호를 설정한 사람이 어빙이었는지 아닌지를 알 수 있을지도 모르니까."

추가 어리둥절한 표정을 지었다. 보슈는 나중에 설명해주기로 했다.

"추, 저기 저 사다리를 타고 올라가서 옥상을 살펴봐줘. 거기부터 보고 나서 탐문 수사를 시작하라고."

"알겠습니다."

"고마워."

군소리가 없어서 좋았다. 보슈는 덩치와 떡대를 돌아보았다.

"자, 지금부턴 자네들이 안 좋아할 얘기야."

"아, 그래요? 그게 뭘까요?" 솔로몬이 말했다.

보슈는 발코니 문으로 걸어가면서 솔로몬과 글랜빌에게 따라오라고 손짓했다. 그들이 따라 나오자 보슈는 호텔 쪽으로 테라스가 난, 반대편 언덕 위의 집들을 손으로 가리켰다. 그들이 호텔 7층에 있는데도, 같은 높이에 있고 샤토마몽트 쪽으로 창문이 있는 집들이 많이 있었다.

"저 집들을 다 찾아가봐." 보슈가 말했다. "남는 인력이 있다면 순찰대의 도움을 받아도 좋고. 어쨌든 저기 있는 집들 문을 다 두드려봐. 목격자가 있을지도 모르니까."

"목격자가 있다면 벌써 신고가 들어오지 않았을까요?" 글랜빌이 말했다. "누가 발코니에서 뛰어내리는 걸 본다면 경찰에 신고부터 할 것 같은데요."

보슈가 시선을 돌려 글랜빌을 흘끗 쳐다본 후 다시 건너편 언덕을 바라보았다.

"어쩌면 그 일이 있기 전에 뭔가를 봤을지도 모르지. 어빙이 여기에 홀로 나와 있는 것을 봤을 수도 있잖아. 어쩌면 혼자가 아니었는지도 모르고. 어쩌면 누가 어빙을 밀어버리는 걸 봤는데 너무 무서워서 신고를 못하고 있는지도 모르고. 가능성 있는 시나리오가 너무 많아서 그냥 넘어갈 수가 없어, 덩치. 탐문 수사 꼭 해야 돼."

"제리 선배가 덩치고요. 저는 떡대인데요."

"미안. 그놈이 그놈 같아서 말이야."

보슈가 경멸하는 투로 말했다.

06
이상한 전화

현장 조사를 마친 후 보슈와 추는 로럴캐니언 대로를 달려 언덕을 넘어가 샌퍼낸도밸리로 향했다. 그러면서 그들은 지난 두 시간 동안 수사한 결과를 서로에게 얘기해주었다. 호텔 내 모든 객실의 문을 두드려보았지만 어빙의 죽음과 관련된 소리를 들었거나 무언가를 보았다는 투숙객은 한 명도 없었다. 보슈는 이 사실이 놀라웠다. 추락하는 인체가 땅에 부딪힐 때의 충격음이 굉장히 컸을 텐데 그 소리조차 들었다는 사람이 없다는 것이 믿기지가 않았다.

"시간 낭비였어요." 추가 말했다.

보슈는 그렇지 않다고 생각했다. 어빙이 떨어지면서 소리를 지르지 않았다는 것은 알아둘 가치가 있는 사실이었다. 이 사실은 밴 애타가 언급했던 두 가지 가능성에, 어빙이 의도적으로 뛰어내렸거나 아니면 떨어질 때 이미 의식을 잃은 상태였을 거라는 가능성에 힘을 실어주고 있었다.

"시간 낭비라니 절대 그렇지 않아." 보슈가 말했다. "방갈로에는 누가 가봤어?"

"저는 안 가봤는데요. 방갈로가 사건 현장 반대편에 있더라고요. 가봤자 무슨……."

"덩치와 떡대는?"

"아마 안 가봤을걸요."

보슈는 휴대전화를 꺼내 솔로몬에게 전화를 걸었다.

"어디야?" 보슈가 물었다.

"형사님 분부대로 마몽트 길에 있는 집들 탐문 수사 중입니다."

"호텔에선 뭐 건진 거 있어?"

"아뇨, 무슨 소릴 들었다는 사람이 한 명도 없던데요."

"방갈로에는 가봤어?"

솔로몬이 잠깐 망설이다가 대답했다.

"아뇨, 방갈로에 가보라고는 안 하셨잖습니까."

보슈는 짜증이 났다.

"호텔로 돌아가 방갈로 2호실로 가서 토머스 래포라는 사람을 만나봐."

"누군데요?"

"유명 작가라는데, 어빙 바로 다음에 체크인을 했어. 어빙과 몇 마디 나눴을 수도 있어."

"그러니까 어빙이 투신하기 여섯 시간쯤 전이네요. 그때 체크인할 때 어빙 뒤에 서 있었던 사람을 만나보라고요?"

"응. 시간만 된다면 내가 가겠는데 유가족부터 만나봐야 해서 말이야."

"방갈로 2호실이요, 알겠습니다."

"오늘 가서 만나봐. 보고는 이메일로 하고."

보슈는 전화를 끊었다. 통화하는 내내 솔로몬의 말투가 귀에 거슬렸다. 추가 즉시 질문을 던졌다.

"래포라는 사람에 대해서는 어떻게 아셨습니까?"

보슈는 재킷 주머니에 손을 넣어 DVD가 든 플라스틱 케이스를 꺼내 보였다.

"샤토마몽트에는 CCTV 카메라가 별로 없긴 한데 프런트데스크 위에 하나가 있어. 어빙이 체크인하는 모습도 있고 그의 시신이 발견될 때까지 그날 밤 프런트데스크 주변의 모습이 다 담겨 있다더라고. 래포는 어빙 바로 다음에 들어와서 체크인을 했어. 어쩌면 주차장에서 올라오는 엘리베이터를 어빙과 함께 타고 왔을지도 몰라."

"녹화된 장면을 다 보셨어요?"

"어빙이 체크인하는 장면만. 나머지는 나중에 보려고."

"지배인이 다른 건 또 건네주지 않았고요?"

"호텔 통화 기록하고 그 객실 금고에 설정된 비밀번호."

보슈는 추에게 객실 금고 비밀번호가 1492이고 기본 번호가 아니라고 말했다. 어빙의 소지품을 그 금고에 넣고 잠근 사람이 누구였는지는 몰라도 임의로든 의도적으로든 그 번호를 입력한 것이다.

"크리스토퍼 콜럼버스네요." 추가 말했다.

"그게 무슨 말이야?"

"보슈 형사님, 왜 이러십니까. 외국인은 전데요. 역사 시간에 배운 거 기억 안 나세요? '1492년 콜럼버스가 블루오션을 항해했다.'"

"아, 알지, 콜럼버스. 그런데 그게 이거랑 무슨 상관인데?"

북아메리카를 발견한 연도를 비밀번호로 설정했다는 생각은 보슈에게 황당하게 느껴졌다.

"그리고 그게 이 사건과 관련된 가장 오래된 연도도 아니에요." 추가 흥분해서 덧붙였다.

"그건 또 무슨 말이야?"

"호텔 말입니다, 형사님. 샤토마몽트는 13세기에 프랑스 루아르 계곡에 세워진 성(城)을 모방해서 만든 거잖아요."

"그래, 그래서?"

"구글로 찾아봤어요. 아까 전화기 붙들고 있었을 때 검색하고 있었거든요. 찾아보니까 당시 서유럽인들의 평균 신장이 160센티미터였더라고요. 샤토마몽트가 그 고성을 본떠서 만든 거라면 발코니 벽이 그렇게 낮은 것도 이해가 되죠."

"벽이 아니라 난간. 그런데 그게 무슨 상관……."

"사고사요, 형사님. 이 친구가 바람을 쐬고 싶었거나 다른 어떤 이유로 발코니로 나가 난간으로 다가간 거죠. 그거 아세요? 도어스의 짐 모리슨이 1970년에 그 호텔 발코니에서 그렇게 떨어진 적이 있었다는 거?"

"굉장하군. 좀 더 최근에는 어때, 추? 그러니까 최근에도……."

"아뇨, 거기서 그렇게 사고사한 경우는 한 건도 없습니다. 그러니까 제 말은…… 아시잖아요."

"아냐, 몰라. 그러니까 자네 말은 무슨 뜻인데?"

"국장님을 비롯한 높으신 분들이 사고사를 원하는 거라면, 이런 식으로 몰아갈 수 있다는 거죠."

그들은 이미 산마루에 올라 멀홀랜드를 가로질렀고 이젠 조지 어빙이 가족과 함께 살았던 스튜디오시티를 향해 달려 내려가고 있었다. 다음 도로에서 보슈는 운전대를 휙 꺾어 도나페지타 길로 들어가서 차를 세웠다. 주차 기어를 넣고 나서 파트너를 돌아보았다.

"왜 우리가 높으신 분들 비위를 맞춰야 한다고 생각해?"

추가 당황해서 허둥거리기 시작했다.

"아니…… 그렇게 생각하는 게 아니라요…… 혹시 그래야 한다면…… 그러니까 제 말은 그렇게 해야 할 상황이라면 그렇게 몰아갈 수도 있다, 그 말입니다. 하나의 가능성이란 말이죠."

"가능성 같은 소리 하고 자빠졌네. 어빙이 스스로 목숨을 끊고 싶어서 체크인을 했거나, 누가 어빙을 그리로 유인해서 의식을 잃게 만든 다음 떨어뜨린 거야. 사고사는 아니야. 난 실제로 무슨 일이 있었는지를 알아내려고 할 뿐이고. 이 친구가 스스로 목숨을 끊었다면 그렇다고 말할 거야. 어빙 의원도 그 사실을 받아들여야 하고."

"알겠습니다, 형사님."

"그러니까 정신 산란하게 루아르 계곡이나 도어스 같은 얘기는 하지도 마. 샤토마몽트의 길바닥에 죽어 자빠져 있는 것이 어빙의 의도가 아니었을 가능성도 충분히 있어. 지금으로선 가능성이 반반이지. 그러니까 정치적인 고려사항 같은 것은 제쳐두고, 진실이 무엇인지 찾아내야 해."

"알겠습니다, 형사님. 다른 의도는 없었어요. 형사님을 돕고 싶었습니다. 큰 그물을 던져본 거죠. 형사님이 그러셨잖아요, 그렇게 하는 거라고."

"그렇지."

보슈는 다시 고개를 돌려 전방을 보며 차를 출발시켰다. 그러고는 유턴을 해서 로럴캐니언 대로로 돌아갔다. 추가 화제를 바꾸려고 애썼다.

"통화 기록에는 볼 만한 게 있었습니까?"

"수신 전화는 한 통도 없었어. 자정 무렵에 어빙이 주차장으로 전화한 게 전부더라고."

"무슨 일로 전화했대요?"

"야간근무 직원을 아직 못 만났어. 찾으니까 벌써 퇴근해버리고 없더라고. 주차장 사무실에 있는 일지를 보니까 어빙이 전화해서 휴대전화를 차 안에 뒀는지 확인해달라고 했더라고. 그런데 전화기가 금고에서 발견됐으니까, 어빙이 착각했거나 아니면 차에 두고 내렸는데 누가 객실로 갖다준 거거나 둘 중 하나겠지."

그들은 한동안 침묵하면서 어빙이 주차장으로 건 그 이상한 전화에 대해 생각했다. 추가 먼저 입을 열었다.

"차를 살펴보셨어요?"

"응. 아무것도 없었어."

"이런. 유서라도 있었으면 일이 훨씬 수월했을 텐데요."

"그러게 말이야. 그런데 없더라고."

"아쉽군요."

"그래, 아쉽지."

그 후로 그들은 조지 어빙의 집에 도착할 때까지 아무 말도 하지 않았다.

그들이 고인의 운전면허증에 나온 주소지에 도착했을 때, 보슈는 낯익은 링컨 타운카가 길가에 서 있는 것을 보았다. 아까 보았던 두 남자가 앞좌석에 앉아 있었다. 그 말은 어빙 의원이 이 집에 와 있다는 뜻이었다. 보슈는 또 한 번 적과 대면할 마음의 준비를 했다.

07
미망인

어빙 시의원이 아들네 집 문을 열어주었다. 그것도 딱 자기 몸 너비만 큼만 열어서 보슈와 추를 안으로 들일 생각이 없다는 뜻을 말하지 않고도 분명히 했다.

"의원님, 며느님께 몇 가지 물어볼 게 있어서 왔습니다." 보슈가 말했다.

"데버러가 충격이 크네, 형사. 나중에 다시 오면 좋겠네만."

보슈는 문간에 서서 주위를 둘러보고 한 계단 밑에 서 있는 추를 돌아보았다. 그러고는 다시 고개를 돌려 어빙을 바라보며 대꾸했다.

"지금 저희는 수사를 하는 중입니다, 의원님. 며느님을 조사하는 것이 시급한 일이라서 미룰 수가 없습니다."

둘은 서로를 노려보았고 조금도 물러서지 않았다.

"의원님이 저를 찾으셨고 긴급하게 수사를 진행하라고 하셨잖습니까." 보슈가 말했다. "그래서 온 겁니다. 들여보내주실 겁니까, 말 겁니까?"

어빙이 수그러들더니 뒤로 물러서면서 문을 더 열었다. 보슈와 추가 현관 안으로 들어섰다. 현관 앞 복도에는 열쇠와 짐을 놓아두는 탁자가 있었다.

"범죄현장에선 뭘 알아냈나?" 형사들을 안으로 들이기가 무섭게 어빙이 물었다.

보슈는 잠깐 망설였다. 수사 진척상황을 이렇게나 빨리 그에게 알려야 할지 확신이 서지 않았다.

"지금까지는 별것 없었습니다. 이런 사건에선 많은 것이 부검에 달려 있으니까요."

"부검은 언제가 될 것 같은데?"

"아직 일정이 정해지지 않았습니다."

보슈가 손목시계를 보았다.

"아드님의 시신이 시신 안치소로 간 지 두 시간밖에 안 됐습니다, 의원님."

"일정 빨리 잡으라고 재촉했겠지, 물론?"

보슈는 웃으려고 했지만 미소가 지어지지 않았다.

"며느님을 만나게 해주시겠습니까?"

"그러니까 재촉하지 않았다는 뜻이로군."

보슈가 어빙의 어깨너머로 보니 복도는 커다란 거실과 연결되어 있었고 거실 한쪽에는 위층으로 올라가는 나선형 계단이 있었다. 집 안에서 다른 사람의 인기척은 느껴지지 않았다.

"의원님, 수사 방식을 놓고 이래라저래라 하지 마세요. 제가 수사에서 손 떼게 하고 싶으시면, 경찰국장에게 전화해서 저를 빼라고 하시고요. 저는 아무 상관 없으니까. 하지만 제가 수사를 맡은 한은 제가 최선이라고 생각하는 방식으로 제가 수사를 진행할 겁니다."

어빙이 뒤로 물러섰다.

"물론 그래야지." 어빙이 말했다. "가서 데버러를 데려오겠네. 자네들은 거실에서 기다려주게."

어빙은 그들을 집 안으로 데리고 들어가 거실로 안내했다. 그러고는 사라졌다. 보슈는 추를 바라보았고, 추가 어빙의 간섭에 관해 질문하려는 순간 고개를 가로저었다.

추는 입을 다물었고 그때 어빙이 놀랍도록 아름다운 금발 여성을 데리고 거실로 돌아왔다. 보슈가 보기에 그녀는 40대 중반 정도 된 것 같았다. 키가 적당히 크고 적당히 날씬한 몸매였다. 슬픔에 잠긴 표정이었지만 그 비통함이 고급 와인처럼 우아하게 나이 들어가는 여인의 아름다움을 해치지는 않았다. 어빙이 그녀를 부축해 들어와 커피 탁자를 가운데 두고 긴 소파의 맞은편에 있는 1인용 소파에 앉혔다. 보슈는 소파가 있는 곳으로 다가갔지만 앉지는 않았다. 어빙이 어떤 태도를 취하나 보고 있었다. 어빙이 그 자리에 함께할 생각임이 분명해지자 보슈가 반대했다.

"저희는 어빙 부인을 만나러 온 겁니다. 어빙 부인하고만 이야기를 나누고 싶은데요, 의원님." 보슈가 말했다.

"데버러는 내가 옆에 있어주기를 원하네." 어빙이 대꾸했다. "함께 있겠네."

"그건 좀 곤란합니다. 그럼 며느님이 의원님을 필요로 할 경우를 대비해서 집 안 다른 곳에 계시면 어떨까요? 하지만 면담은 어빙 부인하고만 하게 해주시기 바랍니다."

"아버님, 전 괜찮아요." 데버러 어빙이 교통정리를 하고 나섰다. "괜찮을 거예요. 아버님은 부엌에서 뭐 좀 드시는 게 어떻겠어요?"

어빙은 보슈를 한참 동안 바라보았다. 그에게 수사를 맡긴 것을 후회하는 것 같았다.

"필요하면 불러라." 어빙이 며느리에게 말했다.

어빙이 거실을 나가자 보슈와 추는 자리에 앉았다. 보슈가 말을 꺼냈다.

"어빙 부인, 우선……."

"데버러라고 불러주세요."

"좋아요, 그러면 데버러, 우선 남편의 죽음에 삼가 조의를 표합니다. 그리고 이렇게 힘든 때 우리를 기꺼이 만나줘서 고맙습니다."

"감사해요, 형사님. 만나드리고 말고요. 그런데 형사님의 질문에 대답을 제대로 못 할 것 같아 걱정이에요. 이 일의 충격이 너무……."

데버러 어빙이 주위를 두리번거리자 보슈는 그녀가 무엇을 찾는지 알아차렸다. 다시 눈물이 흐르고 있었다. 보슈가 추에게 눈짓을 했다.

"티슈 좀 갖다 줘. 화장실에 가봐."

추가 일어섰다. 보슈는 맞은편에 앉은 여자를 물끄러미 바라보면서 진짜로 슬퍼하는 건지 슬픈 척하는 건지를 살폈다.

"왜 그런 짓을 했는지 모르겠어요." 데버러 어빙이 말했다.

"쉬운 질문들부터 할까요? 대답이 있는 질문들이요. 남편을 마지막으로 본 게 언제였습니까?"

"어젯밤이요. 저녁 식사 후에 집을 나가서 돌아오지 않았어요."

"행선지를 밝혔고요?"

"아뇨, 그냥 바람 쐬러 간다고 했어요. 차 지붕을 열고 멀홀랜드로 드라이브를 갔다 오겠다고요. 기다리지 말라고 했어요. 그래서 안 기다렸죠."

보슈는 말이 이어지기를 기다렸지만 거기서 끝이었다.

"드문 일이었습니까? 그렇게 드라이브를 가는 게?"

"아뇨, 요즘 들어 자주 갔어요. 전 진짜로 드라이브를 간다고는 생각 안 했지만요."

"그럼 다른 일을 하고 있었다는 말인가요?"

"딱 보면 알잖아요, 경위님."

"경위가 아니라 형사입니다. 뭘 딱 보면 안단 말이죠, 데버러? 남편이 뭐 하고 있었는지 압니까?"

"아뇨, 모르죠. 저는 그냥 조지가 멀홀랜드를 쏘다니고 있다고 생각하진 않았어요. 누구를 만나는 거라고 생각했어요."

"남편에게 물어봤어요?"

"아뇨. 물어볼 생각이었지만 기다리고 있었어요."

"뭘 기다리고 있었죠?"

"저도 잘 모르겠어요. 그냥 기다리고 있었어요."

추가 티슈 상자를 갖고 돌아와 데버러에게 건넸다. 그러나 눈물 바람은 이미 끝나서 그녀의 눈은 마르고 냉정한 눈으로 돌아와 있었다. 그렇더라도 그녀는 아름다웠다. 보슈는 데버러 어빙 같은 여자가 집에서 기다리고 있는데 야밤에 드라이브를 다니는 남자를 이해할 수 없었다.

"조금 전으로 돌아갈까요? 아까 두 분이 저녁 식사를 하고 나서 남편이 외출했다고 했는데, 집에서 먹었습니까? 아니면 외식을 했나요?"

"집에서 먹었어요. 둘 다 별로 배가 고프지 않았어요. 그래서 간단하게 샌드위치로 때웠어요."

"그때가 몇 시였는지 기억해요?"

"7시 30분쯤 됐을 거예요. 조지는 8시 30분에 집을 나갔어요."

보슈는 수첩을 꺼내 지금까지 들은 내용을 요약해서 적었다. 솔로몬과 글렌빌이 했던 말이 기억났다. 8시 50분에 누가, 아마도 조지 어빙이 샤토마롱트에 전화를 걸어 예약을 했다고 했었다. 데버러가 말한 남편의 외출 시각에서 20분이 지난 후였다.

"1, 4, 9, 2."

"네?"

"무슨 의미가 있는 숫자인가요? 1, 4, 9, 2, 1492년?"

"무슨 말씀이신지 모르겠네요."

데버러 어빙은 진짜로 어리둥절한 표정이었다. 그녀를 혼란스럽게 만들려고 보슈가 마구잡이로 던져본 질문이었다.

"남편이 지갑과 휴대전화, 결혼반지 같은 소지품을 호텔 금고에 넣고 잠그면서 설정한 비밀번호입니다. 그 숫자들이 남편이나 부인에게 무슨 중요한 의미가 있습니까?"

"글쎄요, 전혀 생각이 안 나는데요."

"그렇군요. 샤토마몽트 호텔이 남편에게 친숙한 곳이었습니까? 남편이 전에도 그곳에 묵은 적이 있었나요?"

"우리 둘이 함께 묵은 적이 있어요. 하지만 말씀드렸다시피 남편이 드라이브를 간다면서 어디 갔는지 전 정말 몰랐어요. 거기 갔을 수도 있겠네요. 잘 모르겠어요."

보슈는 고개를 끄덕였다.

"부인이 마지막으로 남편을 보았을 때 남편의 심리상태는 어땠는지 말해줄 수 있겠습니까?"

데버러 어빙은 한참을 생각하더니 어깨를 으쓱거리면서 남편은 평소와 다르지 않아 보였다고, 자기가 볼 땐 스트레스를 받거나 화가 난 것 같지는 않았다고 말했다.

"두 분의 결혼생활은 어땠는지 물어봐도 될까요?"

그녀는 고개를 떨어뜨리고 거실 바닥을 잠깐 바라보다가 다시 고개를 들어 보슈를 쳐다보았다.

"내년 1월이면 결혼 20주년이 돼요. 20년은 긴 세월이죠. 좋았던 때도 많았고 나빴던 때도 많았어요. 하지만 분명한 건 나빴던 때보다는 좋았던 때가 훨씬 더 많았다는 거예요."

보슈는 그녀가 질문에 대답하지 않았다는 사실에 주목했다.

"지금은요? 좋을 때였습니까, 나쁠 때였습니까?"

데버러 어빙은 오랫동안 망설이다가 대답했다.

"우리 외동아들이 지난 8월 대학에 입학해서 집을 떠났어요. 그 후로 적응하기 힘들더라고요."

"빈 둥지 증후군이군요." 추가 말했다.

보슈와 데버러 어빙이 추를 쳐다보았지만 추는 설명을 덧붙이지 않았고 갑자기 끼어든 게 겸연쩍은 것 같았다.

"1월 며칠이 결혼기념일이죠?" 보슈가 물었다.

"4일이요."

"그러니까 두 분이 1월 4일에 결혼했군요, 혹시 92년?"

"오, 하느님!"

데버러 어빙은 호텔 객실 금고 비밀번호의 의미를 알아차리지 못한 것이 당혹스러운 듯 두 손을 들어 입을 가렸다. 눈물이 흘러내리자 티슈 상자에서 티슈를 뽑아 들었다.

"어쩜 이렇게 바보 같을까! 저를 바보 멍청이라고 생각……."

"아뇨." 보슈가 말했다. "내가 연도처럼 말했잖아요, 월일연도가 아니라. 혹시 예전에도 남편이 그 숫자를 금고 비밀번호나 다른 비밀번호로 사용한 적이 있었나요?"

그녀는 고개를 가로저었다.

"모르겠어요."

"현금입출납기 비밀번호는요?"

"아뇨. 아들 생년월일을 비번으로 썼어요. 5, 2, 9, 3."

"휴대전화 비번은요?"

"그것도 아들 채드의 생년월일이에요. 조지의 휴대전화를 제가 써봐서 알아요."

보슈는 새로운 날짜를 수첩에 기입했다. 조지 어빙의 휴대전화는 과학수사계팀이 증거로 수집해서 경찰국 본부로 이송 중이었다. 본부에 가서 전화기 잠금을 풀고 통화 기록을 확인할 수 있을 것이다. 이것이 무슨 의미인지 고민해봐야 했다. 조지 어빙의 결혼기념일을 비밀번호로 사용했다는 것은 그 객실 금고의 비밀번호를 설정한 사람이 어빙 자신이었다는 의미일 수 있었다. 그러나 결혼날짜는 컴퓨터만 있으면 누구나 법원 기록에 접근해 찾아볼 수 있다. 이것도 결국 자살과 타살 중 하나를 배제할 수 있게 하는 정보는 아니었다.

보슈는 다시 새로운 방향으로 가보기로 결심했다.

"데버러, 남편이 정확히 무슨 일을 했죠?"

그녀는 아까 어빈 어빙이 말했던 것보다 훨씬 더 자세하게 설명했다. 조지는 스물한 살 때 아버지를 따라 LA 경찰국에 입사했다. 그러나 순경으로 5년간 근무한 후에는 경찰을 그만두고 법대에 진학했고 법학박사 학위를 받은 뒤 시 법무관실에 취직해 계약 담당 부서에서 일했다. 아버지가 시의원으로 출마해 당선될 때까지 그는 그곳에서 근무했다. 그 후 사직하고 컨설팅 사무실을 열어, 지방 정부에서 근무한 경험과 아버지를 비롯한 여러 공직자와의 연줄을 이용해서 고객들이 돈과 권력에 접근할 수 있게 도와주었다.

조지 어빙의 고객층은 견인회사에서부터 택시 사업자, 콘크리트 제조업체, 건설업체, 시청사 청소업체, 법집행 관련 소송자들에 이르기까지 매우 다양했다. 그는 적절한 때에 적절한 사람에게 청을 넣을 수 있는 사람이었다. 로스앤젤레스 시 정부와 사업을 하고 싶다면, 조지 어빙 같은 사람을 찾아가야 했다. 시청 근처에 그의 사무실이 있었지만, 일은 사무실에서 이루어지지 않았다. 어빙은 시청의 행정관과 시의회 사무실을 뻔질나게 드나들었다. 일은 바로 그런 곳에서 이루어졌다.

조지 어빙의 미망인은 남편의 직업 덕분에 대단히 풍요롭게 살 수 있었다고 말했다. 지금 살고 있는 집은 경기가 하락세라는 걸 감안하더라도 매매가 1백만 달러가 넘었다. 조지 어빙의 직업은 적을 만들기도 했다. 그의 서비스에 불만을 품은 의뢰인이나 같은 계약을 놓고 그의 의뢰인과 경합을 벌이는 경쟁자들이 생겨났다. 조지 어빙은 경쟁이 치열한 세계에서 일했다.

"어느 특정업체나 개인이 자신에게 불만이나 원한을 품고 있다고 말한 적은 없었나요, 남편이?"

"그런 얘긴 못 들었어요. 남편 사무실에 사무직원이 있어요. 아니, 사무직원이 있었다고 해야 맞겠군요. 일과 관련해서는 저보다 그 여자가 더 많이 알고 있을 거예요. 조지는 집에 와서 일 얘기를 별로 안 했어요. 제가 걱정할까 봐."

"그 직원 이름이 뭐죠?"

"다나 로젠이요. 함께 일한 지 오래됐어요. 조지가 시 법무관실에서 근무할 때부터니까."

"오늘 다나와 얘기해봤습니까?"

"네, 소식 듣기 전에요."

"남편의 사망 소식을 듣기 전에 이야기를 나눴다고요?"

"네. 아침에 일어나서야 어젯밤에 남편이 돌아오지 않은 것을 알았어요. 휴대전화로 전화해도 받지 않아서 8시에 사무실로 전화해서 다나에게 조지를 봤느냐고 물었죠. 못 봤다고 하더라고요."

"남편의 사망 소식을 듣고 난 후엔 다나에게 다시 전화했습니까?"

"아뇨, 안 했어요."

보슈는 두 여자 사이에 혹시 어떤 문제나 질투심이 존재하는 것은 아닌가 하는 의구심이 들었다. 데버러는 남편이 밤에 드라이브를 나가 다나 로젠을 만나고 다녔다고 생각하는 걸까?

보슈는 사무직원의 이름을 적은 후 수첩을 덮었다. 할 일이 너무 많았다. 궁금한 모든 것을 자세하게 다 물어보진 못했지만 지금은 조사를 길게 할 때가 아니었다. 데버러 어빙을 곧 다시 만나러 오게 될 거라는 생각이 들었다. 보슈가 일어서자 추도 따라서 일어섰다.

"지금은 이 정도로 끝낼게요, 데버러. 힘든 시기라 가족과 함께 있고 싶을 텐데⋯⋯. 아들에게는 알렸습니까?"

"네, 아버님이요. 아버님이 전화하셨어요. 채드는 오늘 밤 비행기로 올 거예요."

"어느 대학에 다니죠?"

"USF, 샌프란시스코 대학교요."

보슈는 고개를 끄덕였다. 딸이 벌써부터 대학 진학 이야기를 하면서 가고 싶다고 말한 적이 있는 학교였다. 또한 빌 러셀(1950~1960년대에 활약했던 전설적인 농구 선수―옮긴이)이 나온 대학이기도 했다.

보슈는 조지 어빙 부부의 아들도 만나야 한다고 생각했지만 데버러에게 말하지는 않았다. 미리 알고 생각하게 할 필요는 없었다.

"친구는요?" 보슈가 물었다. "남편에게 가까운 친구가 있었습니까?"

"아뇨, 별로요. 친한 친구가 딱 한 명 있었는데 최근에는 자주 안 만났어요."

"누구죠?"

"바비 메이슨이라고, 경찰학교 동기래요."

"바비 메이슨은 아직도 경찰이고요?"

"네."

"왜 최근에는 자주 안 만났죠?"

"모르겠어요. 그냥 그렇게 된 것 같아요. 관계가 일시적으로 소원해질 때가 있잖아요. 그런 때인가 보죠. 남자들은 그런 식인 것 같던데."

보슈는 데버러 어빙의 마지막 말이 남자들에 대해 어떤 뜻으로 한 말인지 알 수가 없었다. 그는 절친한 친구라고 할 만한 사람이 이제까지 단 한 명도 없었지만 항상 자기는 특이한 경우라고 생각했다. 대다수의 남자들은 동성 친구가 있었고 심지어 절친한 친구도 있었다. 보슈는 메이슨의 이름을 적은 다음, 자기 휴대전화번호가 적힌 명함을 데버러 어빙에게 건네면서 언제든 전화하라고 말했다. 수사를 진행하면서 자주 연락해서 소식을 전하겠다는 말도 했다.

보슈는 데버러 어빙에게 행운을 빌어준 후 추와 함께 그 집을 나왔다. 차를 향해 걸어가는데 어빈 어빙이 현관 밖으로 나와 그들을 불렀다.

"나한테 아무 보고도 없이 떠나나?"

보슈는 추에게 차 열쇠를 건네면서 진입로에서 차를 빼라고 말했다. 그러고는 어빙과 단둘이 남게 될 때까지 기다렸다가 입을 열었다.

"의원님, 바로잡을 필요가 있겠는데요. 의원님께 수사 진행 상황을 계속 알려드리기는 하겠지만 보고를 하지는 않습니다. 그 둘은 다른 겁니다. 이건 경찰이 주관하는 수사지, 시의회에서 주관하는 조사가 아니니까요. 의원님은 예전에는 경찰이었지만 지금은 아니잖습니까. 뭔가 의원님께 전해드릴 게 있을 때 말씀드리겠습니다."

보슈가 돌아서서 거리를 향해 걷기 시작했다.

"잊지 말게, 오늘 자정 전까지 진행 상황을 듣고 싶군." 어빙이 보슈의 등에 대고 말했다.

보슈는 대꾸하지 않았고 아무 소리도 듣지 못한 것처럼 계속 걸었다.

08

사회적응훈련원

보슈는 추에게 북쪽으로 달려 파노라마시티로 가자고 말했다.

"여기까지 왔으니까 클레이턴 펠도 한번 보고 가자." 보슈가 말했다. "있어야 할 곳에 있는지 모르겠지만."

"어빙 사건이 우선이라고 생각했는데요." 추가 말했다.

"맞아."

보슈는 더 이상 설명하지 않았다. 추는 고개를 끄덕였지만 속으로는 다른 생각을 하는 것 같았다.

"뭐 좀 먹죠, 형사님?" 추가 말했다. "점심도 거르고 일했더니 배가 고파 죽겠습니다."

그러고 보니 보슈도 배가 고팠다. 손목시계를 보니 벌써 3시가 다 되어 가고 있었다.

"사회적응훈련원이 우드맨에 있잖아." 보슈가 말했다. "노드호프에 있는 우드맨 길에 타코를 파는 푸드 트럭이 있었는데 거기 타코가 상당히 맛있었어. 몇 년 전에 샌퍼낸도 법원에서 재판이 있었거든. 올 때마다 그 트럭에서 점심으로 타코를 사먹곤 했었어, 파트너랑 같이. 지금은 좀 늦은 감이 있지만 가보자. 운이 좋으면 아직 있겠지.”

추는 부분적인 채식주의자였지만 멕시코 음식은 항상 좋아했다.

“거기 콩 부리토(옥수수 토르티야에 콩 등을 싸서 먹는 멕시코 음식-옮긴이)도 팔까요?”

“있을 거야. 혹시 없어도 새우 타코는 있어. 그건 내가 먹어봤어.”

“좋습니다. 가시죠.”

추가 가속페달을 밟았다.

“이그나시오였습니까?” 한참 있다가 추가 물었다. “그 파트너요.”

“응, 이그나시오.” 보슈가 말했다.

보슈는 가장 최근 파트너의 운명을 떠올렸다. 그는 2년 전 보슈와 추를 만나게 해준 사건을 함께 수사하다가 슈퍼마켓 밀실에서 살해되었다. 현재의 파트너들은 목적지에 다다를 때까지 침묵을 지켰다.

클레이턴 펠에게 지정된 사회적응훈련원은 파노라마시티에 있었다. 파노라마시티는 지리학적으로 샌퍼낸도밸리의 중심에 있는 큰 동네였다. 그곳은 제2차 세계대전 이후의 경제발전과 열정적인 사회 분위기 속에서 생겨난, 로스앤젤레스 최초의 계획 지구였다. 수 킬로미터에 달하는 오렌지밭과 목장을 밀어낸 자리에 값싼 조립식 주택과 저층 아파트가 끝도 없이 들어섰고, 얼마 지나지 않아 밸리 지역의 특징적인 모습으로 자리 잡게 되었다. 뿐만 아니라 인근에 있는 제너럴 모터스 공장과 슐리츠 양조장 덕분에 산업 발전을 이루어 로스앤젤레스에 자동차 천국 시대를 열었다. 누구나 직업이 있고 자동차로 출퇴근하게 되었다. 어느 집이나 차고를 갖추게 되었다. 어느 곳이나 산으로 둘러싸인 아름다운 풍경을 자랑했다. 미국 태생의 백인들만이 이런 곳에서 살 수 있었다.

적어도 토지구획 정리사업과 토지 매매가 시작되던 1947년의 상황은 그러했다. 그러나 미래 도시의 화려한 준공식이 끝나고 수십 년이 흐른 후 GM과 슐리츠가 공장을 철수시켰고 산악지대의 풍경은 스모그로 점차 흐릿해졌다. 거리는 사람들과 차들로 붐볐고 범죄율은 꾸준히 증가했으며 차고에서 사는 사람들이 많아졌다. 침실 창문에 창살이 설치되었고 아파트 입구도 예전에는 널찍한 개방형 입구이던 것이 보안 철문으로 바뀌었다. 어디서나 볼 수 있는 낙서는 이곳이 조직폭력배들의 영토임을 알려주었다. 한땐 파노라마시티라는 이름이 360도로 펼쳐지는 웅장하고 광활한 풍경과 같은 미래를 보여주는 적합한 이름이었지만, 이젠 잔인한 반어법의 소산이 되었다. 이제 그곳은 실제와는 판이한 이름을 가진 곳이 되었다. 한때 자긍심이 넘치는 풍요로운 교외 지역에 살았던 주민들은 파노라마시티와의 인연을 끊기 위해 이웃해 있는 미션힐스나 노스힐스, 심지어 밴나이스 같은 동네로 달아나려고 애썼다.

보슈와 추는 운이 좋았다. '타코스 라 파밀리아' 트럭이 우드맨과 노드호프가 만나는 사거리에서 아직 영업을 하고 있었다. 추는 그 트럭 뒤로 서 있는 차 두 대 뒤에 빈자리를 발견하고 차를 세웠고 두 사람은 차에서 내렸다. 타코 장수는 장사를 거의 마치고 정리하고 있었지만 보슈와 추에게 음식을 팔았다. 부리토가 없어서 추는 새우 타코를, 보슈는 카르네 아사다(멕시코식 비프스테이크 - 옮긴이)를 주문했다. 타코 장수가 살사가 든 플라스틱병을 창밖으로 건네주었다. 보슈와 추는 자리토스 파인애플 탄산음료도 한 병씩 주문했고, 두 사람이 이렇게 점심을 먹는 데 총 8달러가 들었다. 보슈가 주인에게 10달러 지폐 한 장을 건넸고 거스름돈은 필요 없다고 했다.

다른 손님이 없어서 보슈는 살사 병을 차로 가져갔다. 트럭에서 파는 타코의 맛은 살사가 좌우했다. 보슈와 추는 자동차 덮개 양편에 서서 혹시 옷에 살사나 주스를 흘릴까 봐 자동차 덮개 위로 몸을 숙이고 먹었다.

"나쁘지 않은데요, 형사님." 추가 고개를 끄덕이며 말했다.

보슈도 고개를 끄덕였다. 입에 음식이 잔뜩 들어 있었다. 다 삼킨 후에는 두 번째 타코에 살사를 듬뿍 짜 넣고 나서 자동차 덮개 너머로 파트너에게 살사 병을 건넸다.

"살사가 맛있네." 보슈가 말했다. "이스트할리우드에 있는 엘 마타도르 트럭에서 파는 거 먹어봤어?"

"아뇨, 어디 있는데요?"

"웨스턴과 렉스 사거리. 여기도 맛있지만, 엘 마타도르가 최고인 것 같아. 밤에만 장사하는데, 뭐든지 밤엔 더 맛있잖아."

"웨스턴 거리가 이스트할리우드에 있는 게 이상하지 않아요?"

"그러네. 그런 생각 안 해봤는데. 어쨌든 다음에 퇴근하고 나서 그 근처에 갈 일이 있으면 엘 마타도르에서 한번 먹어보고 어떤지 말해줘."

보슈는 딸과 함께 살게 된 이후로 엘 마타도르 트럭에 가지 않았다는 것을 깨달았다. 딸과 함께 차 안이나 차 밖에서 혹은 트럭 앞에서 음식을 사먹는 건 왠지 해서는 안 될 일 같았다. 그러나 이젠 상황이 달라졌다. 매디가 좋아할 것 같았다.

"펠한테 가서 어떻게 하시려고요?" 추가 물었다.

추의 질문 덕분에 현실로 돌아온 보슈는 아직까진 펠에게 관심 있다는 것을 드러내고 싶지 않다고 말했다. 그 사건과 관련하여 모르는 것들이 너무 많았다. 그는 우선 펠이 있어야 할 곳에 제대로 있는지 확인하고, 한번 보고, 가능하다면 그 성범죄자의 의심을 사지 않은 채 몇 마디 나눠보고도 싶었다.

"힘들 것 같은데요." 추가 마지막 한 입을 입에 가득 넣고 우걱우걱 씹으면서 말했다.

"좋은 생각이 있어."

보슈는 계획을 간략히 설명한 후 포일과 냅킨을 구겨서 공처럼 만들어

타코 트럭 뒤쪽에 있는 쓰레기통에 갖다 버렸다. 그러고는 살사 병을 트럭 카운터 위에 놓고 주인을 향해 손을 흔들었다.

"무이 사브로소(정말 맛있었어)."

"그라시아스(감사합니다)."

보슈가 차로 돌아가 보니 추는 운전석에 앉아 있었다. 그들은 유턴을 해서 우드맨 길을 달려 내려갔다. 보슈의 전화가 울려서 액정화면을 확인했다. 경찰국 본부 번호였지만 누군지는 알 수 없었다. 그는 전화를 받았다. 경찰국 홍보계장인 마셜 콜린스였다.

"보슈 형사, 기자들을 가까스로 막고는 있는데 오늘 중으로 어빙 건에 대해 뭐라도 내놔야 돼요."

"아직은 내놓을 게 없는데요."

"그래도 좀 내놔 봐요. 지금까지 전화를 스물여섯 통이나 받았어요. 뭐라고 해야 됩니까?"

보슈는 잠깐 침묵하면서 언론의 관심을 수사에 이롭게 이용할 방법이 있을지 생각했다.

"이렇게 말해줘요. 사망 원인은 아직 조사 중이다. 어빙 씨는 투숙한 샤토마몽트 호텔 7층 객실 발코니에서 추락해 사망했다. 사고사인지, 자살인지, 아니면 타살인지는 아직 밝혀지지 않았다. 어빙 씨의 투숙 전후 마지막 행적에 대해 아는 사람은 본부 강력계로 연락 바란다, 기타 등등, 기타 등등, 알죠?"

"그러니까 현재 특정된 용의자는 없는 거군요."

"그 말은 하지 말아요. 마치 용의자를 찾고 있는 것처럼 들리니까. 아직 그 정도까지도 못 갔어요. 무슨 일이 있었는지도 모르겠고. 현재 진행 중인 정보 수집이 끝나고 부검 결과까지 나와 봐야 어느 정도 윤곽이 잡히겠죠."

"오케이, 알았어요. 그렇게 내보냅니다."

보슈는 전화기를 덮고 통화 내용을 추에게 전해주었다. 5분 후 그들은 부에나비스타 아파트에 도착했다. 그 아파트 단지는 안마당을 중심으로 2층짜리 아파트가 사방을 둘러싸고 있는 구조였다. 보안이 철저한 출입 구가 있었고, 이 시설은 보호관찰이나 가석방 상태로 치료를 받고 있는 성범죄자들을 수용하는 시설이므로 용무가 없는 사람은 접근하지 말라는 경고문을 넣은 액자가 출입구에 붙어 있었다. 외판원뿐만 아니라 어린이 도 접근을 엄금한다고 적혀 있었다. 액자의 두꺼운 비닐 창은 그걸 찢고 낙서하려는 수많은 시도로 인해 생채기가 무수히 나 있었다.

보슈는 출입구의 좁은 틈 사이로 팔을 팔꿈치까지 밀어 넣어 초인종을 눌렀다. 잠시 후 인터컴에서 여자 목소리가 들렸다.

"무슨 일이시죠?"

"LA 경찰입니다. 책임자를 불러줘요."

"지금 안 계신데요."

"그럼 당신하고 얘기해야겠네. 문을 열어요."

출입구 안쪽에 카메라가 있었는데, 기물 파손이 어렵도록 뒤쪽으로 멀 찍이 떨어진 곳에 달려 있었다. 보슈는 경찰 배지를 꺼내 들고 다시 문틈 으로 팔을 뻗어 배지를 들어 보였다. 잠시 후 윙 하는 소리와 함께 문이 열렸다. 보슈와 추는 문을 밀고 걸어 들어갔다.

출입구를 통과하자 중앙 마당까지 연결된 터널 같은 통로가 나타났다. 햇빛이 비치는 마당으로 들어가자 의자를 놓고 둥그렇게 둘러앉은 남자 들이 보였다. 상담과 재활훈련 시간인 모양이었다. 보슈는 성범죄자를 재 활시켜 정상인으로 만들 수 있다고는 믿지 않았다. 거세를 넘어서는 치료 제가 있다고 생각하지도 않았다. 그는 화학요법보다는 수술요법을 선호 했다. 그러나 현명했기 때문에 그런 생각을 겉으로 드러내지 않았고 함께 있는 사람이 누구냐에 따라 발언 수위를 조절했다.

보슈는 클레이턴 펠을 알아볼 수 있기를 바라면서 둘러앉은 남자들을 훑어보았지만 헛수고였다. 몇몇은 입구 쪽을 등지고 앉아 있었고, 또 몇몇은 몸을 움츠리고 야구 모자를 푹 눌러써서 얼굴을 가리고 있었으며, 두 손을 맞잡아 입을 가리고 깊은 생각에 빠진 자세로 앉아 있는 사람들도 있었다. 상당수가 보슈와 추를 주목하고 훔쳐보고 있을 것 같았다. 그 남자들은 보슈와 추가 경찰이란 걸 단박에 알아차렸을 것이다.

몇 초 후 의사 가운을 입은 여자가 그들을 향해 다가왔다. 가운 가슴에는 '닥터 해나 스톤'이라고 적힌 이름표가 붙어 있었다. 붉은빛이 감도는 금발을 깔끔하게 하나로 묶은 모습이 매력적이었다. 40대 중반으로 보였고 오른 손목에 찬 시계 밑으로 문신이 조금 드러나 보였다.

"닥터 스톤입니다. 두 분 신분증 좀 보여주시겠어요?"

보슈와 추가 지갑을 펼쳐 그녀에게 건넸다. 그녀는 경찰 배지를 확인한 뒤 지갑을 금방 돌려주었다.

"따라오세요. 이 사람들이 두 분을 보지 않는 것이 좋을 것 같군요."

"그러기엔 너무 늦은 것 같은데." 보슈가 말했다.

닥터 스톤은 아무 대꾸도 하지 않았다. 보슈와 추는 사무실과 상담실로 개조한 건물 앞쪽에 있는 아파트로 안내되어 들어갔다. 그녀는 재활 프로그램 책임자라고 자기를 소개했다. 상관인 사회적응훈련원장은 하루 종일 시내에서 열리는 예산심의 회의에 참석하고 있다고 말했다. 닥터 스톤은 매우 퉁명스럽고 똑 부러졌다.

"무엇을 도와드릴까요, 형사님들?"

지금까지 그녀는 계속 방어적인 어조로 말했다. 심지어 예산심의 회의 이야기를 할 때도 그랬다. 이곳에서 하는 일을 경찰이 탐탁지 않게 여긴다는 것을 알고 있고 그런 생각에 맞서 방어할 준비가 되어 있었다. 어떤 일에서건 쉽게 물러서지 않는 여자인 것 같았다.

"강간살인사건을 수사 중인데 이 안에 용의자가 있을지도 몰라서 찾아보려고요." 보슈가 말했다. "백인 남자, 나이는 28세에서 32세 사이. 머리 색은 짙은 갈색, 이름이나 성의 첫 글자가 C입니다. 이 친구 목에 C자 문신이 있고."

지금까지 보슈가 한 말 중 거짓말은 하나도 없었다. 강간살인사건이 실제로 발생했다. 다만 22년 전에 발생했다는 사실은 빼놓고 말을 안 했을 뿐이었다. 보슈가 설명한 인상착의는 클레이턴 펠과 정확히 일치했는데, 그것은 주립 보호관찰 가석방국의 데이터베이스에서 전과자 클레이턴 펠의 인상착의를 미리 파악했기 때문에 가능했다. 그리고 베니스비치에서의 살인사건에 펠이 직접적으로 관여했을 가능성은 거의 없었지만 DNA가 일치해서 용의자가 된 것도 맞았다.

"여기 있는 사람들 중에 인상착의가 일치하는 사람이 있습니까?" 보슈가 물었다.

스톤은 망설이고 있었다. 보슈는 그녀가 재활 프로그램에 참여하는 전과자들을 옹호하고 나서지 않기를 바랐다. 그런 프로그램이 성공적이라고 아무리 떠들어대도, 성범죄자들의 재범률이 매우 높다는 건 부인할 수 없는 사실이었다.

"있긴 있는데……." 마침내 닥터 스톤이 말했다. "그런데 지난 5개월간 굉장히 호전됐거든요. 그런 친구가……."

"이름이 뭐죠?" 보슈가 그녀의 말을 자르고 물었다.

"클레이턴 펠이요. 저기 모여 앉은 사람들 중에 있어요."

"여기선 외출이 어느 정도로 허용됩니까?"

"하루에 네 시간씩이요. 일을 하거든요."

"일이요?" 추가 되물었다. "이 사람들을 풀어놓는다고요?"

"형사님, 여긴 구금 시설이 아니에요. 여기 있는 사람들은 모두 자의로 여기 있는 겁니다. 구치소에서 가석방으로 출소하면 카운티 사무소에 등록하고 나서 성범죄자들이 지켜야 할 규칙을 위반하지 않는 곳에 살 곳을 마련해야 하거든요. 우린 카운티와 협약을 맺고 이런 규칙을 준수하는 수용시설을 운영하고 있는 겁니다. 하지만 꼭 여기서 살아야 하는 건 아니에요. 이 사람들이 여기 사는 건 다시 사회로 나가 완전히 동화되어 살고 싶기 때문이죠. 생산적인 일을 하고 싶어 하고요. 이 사람들은 누구를 해칠 의사가 없어요. 우린 이들에게 상담과 직업 소개를 해줍니다. 식사를 해결해주고 침대를 주죠. 하지만 이들이 여기 머물기 위해서는 우리가 정한 규칙을 지켜야만 해요. 우린 보호관찰국과 긴밀히 협조하고 있고 우리 시설 수용자의 재범률은 전국 평균보다 현저히 낮습니다."

"그러니까 완벽한 건 아니라는 얘기군요." 보슈가 말했다. "저 친구들 중 상당수는 한번 성범죄자는 영원한 성범죄자라는 말이 딱 들어맞는 사람들일 것 같은데."

"그런 사람들도 있을 거예요. 하지만 시도는 해봐야 하지 않을까요? 이 사람들이 형기를 다 채운 다음에는 풀려나서 사회로 복귀해야 하니까요. 이 프로그램은 미래의 범죄를 예방하는 가장 좋은 마지막 대안들 중에 하나일 거예요."

닥터 스톤은 형사들의 질문에 모욕감을 느낀 것 같았다. 그렇다면 그것은 보슈와 추가 실수한 거였다. 보슈는 이 여자가 자기들을 방해하기를 원하지 않았다. 그녀의 협조를 원했다.

"미안합니다." 보슈가 말했다. "물론 나도 이 프로그램이 가치 있다고 믿죠. 그런데 우리가 수사하고 있는 범죄의 세세한 내용들을 생각하다 보니 말이 헛나왔군요."

보슈는 앞 창문으로 걸어가서 안마당을 내다보았다.

"누가 클레이턴 펠이죠?"

스톤이 다가와 손가락으로 가리켰다.

"오른쪽에 머리를 빡빡 민 남자요."

"머리는 언제 밀었어요?"

"2~3주 전에요. 수사 중인 사건은 언제 일어난 거죠?"

보슈가 옆에 서 있는 스톤을 돌아보았다.

"그 이전에."

닥터 스톤은 보슈를 쳐다보더니 고개를 끄덕였다. 말뜻을 알아차린 것이다. 그는 질문을 하러 왔지 받으러 온 게 아니라는 것을 이해한 것이다.

"펠이 일을 한다고 했는데, 어떤 일을 하죠?"

"로스코 근처에 있는 그런데 메르카도 시장에서 일해요. 주차장에서 쇼핑카트 모으기, 쓰레기통 비우기 같은 잡일을 하죠. 일당 25달러를 받고요. 그 돈이면 담배와 감자칩 살 정도는 되나 봐요. 담배와 감자칩 중독이에요."

"근무시간은 몇 시부터 몇 시까지고요?"

"날마다 달라요. 일정은 시장 게시판에 붙어 있대요. 오늘은 일찍 출근했다가 조금 전에 퇴근했어요."

시장에서 근무일정표를 구할 수 있다는 것은 유익한 정보였다. 나중에 부에나비스타 시설이 아닌 다른 곳에서 펠을 체포해야 할 때 도움이 될 것이다.

"닥터 스톤, 펠이 당신 환자입니까?"

스톤이 고개를 끄덕였다.

"일주일에 네 번 상담해요. 여기 있는 다른 치료사들한테도 치료를 받고요."

"펠에 대해 해줄 말은?"

"상담내용에 대해서는 아무것도 말씀드릴 수가 없어요. 이런 상황에서도 의사와 환자 간의 비밀유지 의무는 분명히 존재하니까요."

"그래요, 알겠는데, 수사하다 보니 펠이 19세 아가씨를 납치해서 강간하고 목 졸라 살해했다는 증거가 나왔어요. 저기 앉아 있는 저 친구가 도대체 왜 그랬는지 알아야겠는데……."

"잠깐만요, 잠깐만요."

닥터 스톤이 한 손을 들어 말을 막는 시늉을 했다.

"19세 아가씨라고요?"

"그래요. 그 아가씨의 몸에서 펠의 DNA가 검출됐어요."

이번에도 거짓말은 아니었지만 완전한 진실도 아니었다.

"그건 말이 안 돼요."

"왜 말이 안 되죠? 과학은 틀리지 않아요. 펠의……."

"이번에는 틀렸네요. 클레이턴 펠은 19세 아가씨를 강간하지 않았어요. 첫째, 클레이턴은 동성애자입니다. 게다가 아동성애자이기도 하죠. 여기 있는 남자들 대부분이 그래요. 아동을 대상으로 한 성범죄로 유죄판결을 받은 사람들이죠. 둘째, 클레이턴은 2년 전에 감옥에서 동료 죄수들의 공격을 받고 거세당했어요. 그러니까 클레이턴 펠은 형사님이 찾는 용의자일 리가 없는 거죠."

보슈는 파트너가 깜짝 놀라 숨을 헐떡이는 소리를 들었다. 보슈 자신도 의사의 말을 듣고 깜짝 놀랐다. 그리고 그 말이 자신이 이 시설로 들어올 때 했던 생각과 맞아떨어진 것도 놀라웠다.

"클레이턴의 병은 사춘기 이전의 어린 사내아이들에게 집착하는 거예요." 스톤이 말을 이었다. "미리 좀 알아보고 오시지 그러셨어요."

보슈는 당혹감에 얼굴이 확확 달아오르는 것을 느끼면서 닥터 스톤을 한동안 노려보았다. 그가 계획했던 책략이 무참히 실패했을 뿐만 아니라 릴리 프라이스 사건에서 뭔가가 심각하게 잘못됐다는 증거가 하나 더 늘었다.

그는 실수를 모면하려고 애써 퉁명스럽게 질문을 던졌다.

"사춘기 이전이라…… 여덟 살짜리들을 말하는 거요? 아니면 열 살짜리들? 왜 그 나이대의 아이들에게 집착하죠?"

"그건 말씀 못 드려요." 스톤이 말했다. "비밀유지 의무를 위반하는 거라서."

보슈는 창가로 돌아가 둥글게 모여 앉은 남자들 사이에 앉아 있는 클레이턴 펠을 창문 너머로 바라보았다. 펠은 허리를 곧게 펴고 앉아서 열심히 대화를 듣고 있는 것 같았다. 얼굴을 가리지 않았고 그가 겪은 정신적 충격이 겉으로 드러나 보이지도 않았다.

"저기 있는 사람들 모두가 알고 있나요?"

"저만 알고 있어요. 그런데 지금 형사님한테 말해버렸으니 비밀유지 의무를 심각하게 위반했네요. 집단상담이 치료적인 가치가 대단히 커요. 수용자들 대다수가 효과를 보고 있죠. 그래서 여기 오는 거예요. 그래서 여기 머물고 있고."

보슈는 그들이 여기 머무는 건 잠자리와 식사가 해결되기 때문일 거라고 주장할 수 있었지만 그렇게 하지 않았다. 대신 항복과 사과의 표시로 두 손을 들어 보였다.

"닥터 스톤, 부탁 하나만 합시다." 보슈가 말했다. "우리가 찾아와서 펠에 대해 묻고 갔다고 펠에게 말하지 말아요."

"안 할게요. 말하면 화만 낼 텐데요. 혹시 물어보면 최근에 발생한 기물파손사건을 수사하러 왔다고 말할게요."

"좋아요. 그런데 최근에 기물파손사건이 있었나 보죠?"

"제 차요. 누가 차 옆면에 '난 아동 강간범을 사랑해'라고 스프레이로 낙서를 해놨더라고요. 이 동네 사람들은 우리를 쫓아내고 싶어 해요. 저기 클레이턴 맞은편에 앉아 있는 남자 보이죠? 눈에 안대를 한 남자."

보슈는 그 남자를 찾아낸 후 고개를 끄덕였다.

"퇴근하고 버스 정류장에 내려서 여기로 걸어오다가 이 지역 조직폭력배들한테 붙잡혔어요. 'T-더브 보이즈'라는 조직 애들한테요. 걔네들이 깨진 병 조각으로 저 사람 눈알을 파냈어요."

보슈가 닥터 스톤을 돌아보았다. 그는 그녀가 말한 T-더브 보이즈가 터헝가워시(로스앤젤레스 강에 있는 콘크리트로 만든 수로 —옮긴이)를 기반으로 한 라틴계 폭력조직임을 알고 있었다. 라틴계 폭력배들은 성도착자들을 혐오해서 그들에게 무자비한 폭력을 휘두르는 것으로 악명 높았다.

"그 일로 잡혀 들어간 사람은 있어요?"

닥터 스톤이 기가 막힌다는 듯이 웃었다.

"잡아넣으려면 먼저 수사를 해야 하잖아요. 하지만 당신네 경찰국은 이곳에서 일어나는 기물파손이나 폭력 행위에 대해서는 눈도 깜짝 안 하던데요."

보슈는 그녀를 쳐다보지 못하고 고개만 끄덕였다. 무슨 말인지 알았다.

"더 질문 없으시다면 일하러 가야겠는데요."

"네, 더 질문 없습니다." 보슈가 말했다. "가서 좋은 일 하시고요, 닥터. 우린 우리 일 하러 갑니다."

09
오해

보슈는 파일 여러 개를 옆구리에 끼고 기록 보관소에서 경찰국 본부로 돌아왔다. 5시가 넘은 시각이라 미제사건 전담반 형사실은 거의 비어 있었다. 추 형사도 퇴근했지만 보슈는 아무 불만 없었다. 자신도 집에 가서 자료를 검토하고 샤토마몽트 호텔에서 가져온 CCTV 디스크를 확인할 계획이었다. 자료를 서류가방에 넣고 있을 때 키즈 라이더가 형사실로 들어와 그를 향해 곧장 걸어오는 것이 보였다. 보슈는 재빨리 서류가방을 닫았다. 라이더가 무슨 자료냐고 물어서 어빙 사건 관련 자료가 아니라고 실토하게 되는 것을 원하지 않았다.

"선배, 우리 서로 연락하기로 한 거 아니었어요?" 라이더가 인사말을 이렇게 했다.

"그러기로 했지, 뭔가 연락할 일이 있을 때. 당신도 잘 있었어, 키즈?"

"사소한 일로 왈가왈부할 시간 없어요, 선배. 아, 정말 국장님이 쪼아대서 죽겠어요. 국장님도 어빙을 비롯한 여러 시의원들한테서 압력을 받고 있어요. 어빙이 동료들까지 동원해서 압력을 넣고 있대요."

"무슨 압력을 넣는다는 거야?"

"자기 아들이 어떻게 죽었는지 밝혀내라고요."

"다행이군, 당신이 거기서 버티고 있어주니 말이야. 덕분에 우리 수사관들은 그런 압력을 직접적으로 받지 않고 일할 수 있잖아."

라이더가 한숨을 푹 쉬었다. 그녀의 블라우스 깃 바로 밑 부분에 있는 삐죽삐죽한 모양의 흉터가 살짝 보였다. 그 흉터를 보면 그녀가 총에 맞은 날이 생각났다. 그의 파트너로 일했던 마지막 날.

보슈가 일어서서 책상에서 서류가방을 들었다.

"벌써 퇴근하세요?" 라이더가 깜짝 놀라며 물었다.

보슈가 멀리 있는 벽에 걸린 시계를 가리켰다.

"벌써 5시 30분이야. 나 아침 7시 30분에 출근했어. 점심도 자동차 덮개 앞에 서서 10분 만에 먹어치웠고. 아무리 생각해봐도 족히 두 시간은 초과근무를 했는데, 이젠 초과근무수당도 안 나오잖아. 그래서 아픈 딸내미가 아빠가 수프 사오기를 기다리고 있는 집에 가려고. 당신이 시의회를 소집해서 내 퇴근 허가 여부를 심의할 생각이 아니라면 말이지."

"선배, 나예요 나, 키즈. 왜 이렇게 까칠하게 그래요?"

"뭐가 까칠하다는 거야? 내가 맡은 사건에 정치적인 간섭이 들어오는 건 딱 싫어하는 거? 이거 알아? 오늘 다른 사건도 하나 맡았어. 열아홉 살 아가씨가 강간당하고 해변가 바위 위에서 시신으로 발견됐어. 게들이 그 아가씨의 몸 위를 기어 다니고 있었대. 그런데 그 사건을 해결하라고 나를 불러낸 시의원은 한 명도 없었어. 웃기지 않아?"

키즈는 그의 마음을 이해한다는 듯 고개를 끄덕였다.

"알아요, 선배, 공평하지 않다는 거. 선배한텐 모두가 중요하거나 아무도 중요하지 않죠. 하지만 정치에선 그런 말이 먹히지 않아요."

보슈가 라이더를 한참 동안 노려보았다. 곧 그녀는 불편한 기색을 보이기 시작했다.

"왜요?"

"당신이었군, 그렇지?"

"뭐가요?"

"'모두가 중요하거나 아무도 중요하지 않다.' 당신이 그걸 슬로건으로 만들어서 어빙에게 얘기해준 거로군. 어빙은 그 말을 예전부터 알고 있었던 것처럼 행동하려고 했어."

라이더는 짜증스러운 표정으로 고개를 가로저었다.

"아이고야, 선배, 그게 뭐 그리 대수라고. 어빙의 비서가 전화해서 강력계에서 가장 유능한 수사관이 누구냐고 묻더라고요. 선배라고 말해주니까 나중에 다시 전화해서는 둘 사이에 안 좋은 역사가 있어서 어빙이 싫다고 했다는 거예요. 그래서 내가 그랬죠, 선배는 그런 역사는 제쳐두고 최선을 다할 거라고. 왜냐하면 선배한텐 모두가 중요하거나 아무도 중요하지 않으니까. 그게 다예요. 그게 너무 정치적인 행동이었다고 생각한다면 우리 이제 친구 그만하기로 하죠."

보슈가 라이더를 물끄러미 바라보았다. 그녀가 미소를 머금고 있는 걸보면 그가 화내는 걸 심각하게 받아들이지 않는 것 같았다.

"생각해보고 알려줄게."

보슈가 자기 칸막이 자리를 떠나 책상 사이의 복도를 걸어갔다.

"잠깐만요."

보슈가 라이더를 향해 돌아섰다.

"왜?"

"친구로서 말해줄 의향이 없으면 형사로서 말해주세요. 난 경위, 선배는 형사니까. 어빙 사건과 관련해서 새로운 소식 들어온 거 없어요?"

이제 그녀의 얼굴과 말에서 웃음기가 사라지고 없었다. 진짜로 짜증이 난 것 같았다.

"새로운 소식은 부검을 기다리고 있다는 거야. 현장 감식에서 최종 결론으로 이끌어줄 만한 단서가 하나도 안 나왔어. 사고사 가능성은 거의 배제했어. 자살 아니면 타살인데 현재로선 자살에 좀 더 무게를 두고 있고."

라이더는 뒷짐을 지고 서 있었다.

"사고사 가능성은 어떻게 벌써 배제됐어요?"

보슈의 서류가방은 자료가 가득 들어 있어서 굉장히 무거웠다. 그는 어깨가 아파서 가방을 다른 손으로 바꿔 들었다. 20년 전 그는 땅굴에서 총격전을 벌이다가 총에 맞았고, 그때 훼손된 회선건판을 복구하기 위해 수술을 세 번이나 받았다. 그리고 나서 거의 15년을 별 탈 없이 지냈는데 이젠 아니었다.

"어빙의 아들은 짐 하나 없이 호텔에 투숙했어. 옷을 벗어서 벽장에 고이 걸어놓았고, 발코니 의자에는 목욕가운이 걸쳐져 있었어. 그리고는 추락했고 얼굴부터 땅에 부딪쳤는데도 비명을 지르지 않았지. 호텔에서 비명소리를 들었다는 사람이 한 명도 없어. 안 떨어지려고 두 팔을 뻗어 휘젓지도 않았고. 이런저런 이유로 사고사는 아닌 것 같아. 사고사일 필요가 있다면 그렇다고 솔직하게 말해, 키즈. 그리고 다른 형사 찾아봐."

보슈의 배신으로 인한 고통이 라이더의 표정에 고스란히 나타났다.

"선배, 어떻게 그렇게 말할 수가 있어요, 나한테? 난 선배 파트너였어요. 선배가 내 목숨도 한 번 구해줬잖아요. 내가 그 은혜를 원수로 갚을 거라고 생각해요?"

"모르겠어, 키즈. 난 그냥 여기서 내가 맡은 일을 하려고 하는데 높으신 분들이 자꾸 쿡쿡 찔러대는 것 같아."

"그건 맞아요. 하지만 나도 선배를 위해 방패막이가 되어주려고 나름 노력했어요. 국장님이 그랬다면서요, 수사 결과를 조작하는 건 원치 않는다고. 나도 마찬가지예요. 난 그냥 새로운 소식을 알고 싶었을 뿐인데 이렇게…… 분노를 쏟아내면 어떻게 해요."

보슈는 분노와 좌절감을 애먼 사람에게 쏟아냈다는 사실을 깨달았다.

"키즈, 그렇다면 당신 말을 믿을게. 그리고 당신한테 화풀이한 거 미안해. 어빙이 관련된 일은 이런 식으로 갈 거라는 걸 왜 몰랐을까. 어쨌든 부검 결과가 나올 때까지 어빙 좀 막고 있어줘. 그다음에는 우리가 어떤 결론을 내릴 수 있을 거야. 그럼 당신과 국장한테 제일 먼저 알려줄게."

"알았어요, 선배. 나도 미안해요."

"내일 또 얘기하자."

보슈가 사무실을 나가려다가 방향을 바꿔 라이더에게로 돌아왔다. 그는 한 팔로 그녀를 끌어안았다.

"우리 괜찮은 거죠?" 라이더가 물었다.

"그럼." 보슈가 말했다.

"어깨는 어때요? 아까 보니까 가방을 다른 손으로 바꿔 들던데."

"괜찮아."

"매디가 어디 아파요?"

"별거 아냐. 그냥 감기."

"안부 전해줘요."

"그러지. 또 만나, 키즈."

보슈는 라이더 곁을 떠나 집으로 향했다. 101번 고속도로에서 교통 정체로 서행하는 동안 생각해보니 맡고 있는 두 사건 모두 느낌이 좋지 않았다. 그리고 이런 느낌 때문에 라이더를 함부로 대했다는 생각이 들어 화가 났다. 대다수의 경찰들은 경찰국장실에 소식통이 있는 걸 감사하게 생각할 것이다. 물론 보슈도 감사하게 생각할 때가 있었다. 그런데 조금 전엔 합당한 이유도 없이 라이더를 막 대했다. 나중에 다시 사과하고 진심으로 화해해야겠다는 생각이 들었다.

보슈는 또 닥터 스톤이 하는 일을 무시하고 함부로 말한 것이 마음에 걸렸다. 자신이 너무 오만했다 싶었다. 여러모로 그녀가 그보다 더 많은 일을 하고 있었다. 범죄를 예방하고 무고한 시민이 피해자가 되는 것을 막으려고 애쓰고 있었다. 그런데도 그는 그녀를 범죄자들의 동조자로 취급했다. 결코 그렇지 않다는 것을 알면서도. 이 도시에는 세상을 더 안전하고 살기 좋은 곳으로 만들기 위해 애쓰는 사람들이 그리 많지 않았다. 그런 곳에서 그녀는 좋은 세상을 만들기 위해 노력하고 있었는데 그녀를 무시한 것이다. 보슈는 그런 자신이 부끄러웠다.

그는 전화기를 꺼내 딸의 휴대전화로 전화를 걸었다.

"좀 어때?"

"좀 괜찮아졌어."

"애슐린 엄마가 와서 챙겨주고 갔니?"

"응, 학교 끝나고 애슐린이 엄마하고 같이 왔어. 컵케이크를 갖다 줬어."

그날 아침 보슈는 매디의 가장 친한 친구의 엄마에게 이메일을 보내 매디 좀 챙겨달라고 부탁했었다.

"숙제도 알려주디?"

"응, 그런데 숙제할 정도로 좋아지진 않았어. 아빠, 사건 맡았어? 평소 같으면 전화했을 텐데 하루 종일 전화가 없어서."

"미안해. 사실 두 건이나 맡았어."

딸이 숙제에서 화제를 바꾸는 솜씨가 여간 아니라는 생각이 들었다.

"우와."

"그러게 말이야. 그래서 조금 늦을 거야. 어디 한 군데 더 들렀다가 집에 갈 거거든. 제리스 델리에서 수프 사다 줄까? 밸리로 올라갈 건데."

"치킨누들 수프."

"알았어. 아빠 가기 전에 배고프면 샌드위치 만들어 먹어. 문 잘 잠그고 있고."

"알았어, 아빠."

"그리고 글록 권총 어디 있는지 알지?"

"응, 알아. 사용법도 알고."

"그래, 그래야지, 내 새끼."

보슈는 전화를 끊었다.

10

오만과 편견

보슈가 출퇴근 시간의 차량정체로 꽉 막힌 도로를 기어서 파노라마시티로 돌아가는 데 45분이 걸렸다. 부에나비스타 아파트 앞을 지나가면서 보니 아까 들어갔던 사무실의 블라인드가 내려진 창문 안에서 불빛이 새어 나오고 있었다. 건물 옆쪽에 진입로가 있었고 그 뒤로 울타리가 쳐진 주차장이 있었다. 아파트 출입구에는 '무단출입 금지' 경고판이 붙어 있었고 출입구 위에는 가시철사 철조망이 쳐져 있었다.

다음 사거리에서 좌회전해서 조금 달려가니 골목이 나타났다. 그 골목으로 들어가니 우드맨을 향해 서 있는 아파트 건물의 뒤쪽이 나왔다. 보슈는 부에나비스타 뒤쪽에 있는 울타리가 쳐진 주차장에 이르러 길가 초록색 대형 쓰레기통 옆에 차를 세웠다. 그러고는 환하게 불을 밝힌 주차장을 살펴보았다. 2.5미터 높이의 철 담장이 주차장을 에워싸고 있었고, 담장 위쪽에는 세 줄의 가시철조망이 둘러쳐져 있었다. 쓰레기통까지 왔다 갔다 하는 용도의 좁은 출입문이 있었지만 맹꽁이자물쇠로 잠겨 있었고 그 위에도 가시철조망이 있었다. 보안이 철저한 시설인 것 같았다.

주차장에는 차가 세 대밖에 없었는데, 그중 한 대는 흰색 4도어 승용차였고 옆면에 커다란 페인트 얼룩 같은 것이 있었다. 자세히 살펴보니 그 얼룩은 페인트를 덧칠한 거였다. 운전석 쪽 문에 적힌 낙서를 가리기 위해 원래 색과 다른 플랫 화이트 페인트를 뿌린 것이다. 보슈는 그 차가 닥터 스톤의 차이고 그녀가 아직 건물 안에 있다는 사실을 알아차렸다. 그러고 보니 건물 뒷벽에 있는 낙서도 페인트로 가려져 있었다. 그가 그날 오후에 앞쪽에서 보았던 경고판과 똑같은 경고판이 붙은 문 옆 벽에 사다리가 기대 세워져 있었다.

보슈는 시동을 끄고 차에서 내렸다.

20분 후 그가 주차장에 있는 그 흰 차의 트렁크에 기대서 있을 때 아파트 건물의 뒷문이 열리더니 닥터 스톤이 나타났다. 어떤 남자의 에스코트를 받으면서 걸어오다가 보슈를 보고 둘 다 놀라서 걸음을 멈췄다. 남자가 스톤을 보호하려는 듯 앞으로 나서자 스톤이 그의 팔을 잡았다.

"괜찮아, 리코. 아까 오셨던 형사님이야."

닥터 스톤이 자기 차를 향해 계속 걸어왔다. 보슈가 트렁크에서 떨어져서 똑바로 섰다.

"놀라게 할 생각은 없었어요. 얘기 좀 하고 싶어서 왔는데."

그 말을 듣고 고민하는지 스톤의 발걸음이 좀 느려졌다. 잠시 후 그녀가 에스코트를 해준 남자를 향해 돌아섰다.

"고마워, 리코. 보슈 형사님과 함께 있으니까 괜찮을 거야. 내일 만나."

"진짜 괜찮아요?"

"응, 고마워."

"그럼 내일 뵐게요."

리코가 건물 출입문으로 돌아가서 열쇠로 문을 열었다. 스톤은 그가 건물 안으로 사라질 때까지 기다렸다가 보슈에게 말했다.

"형사님, 여기서 뭐 하시는 거예요? 여긴 어떻게 들어오셨어요?"

"깡패 아이들이 낙서하러 들어왔던 것과 똑같은 방법으로요. 여기 보안에 문제가 있던데요."

보슈는 철 담장 세로대 사이로 보이는 초록색 쓰레기통을 가리켰다.

"저렇게 큰 쓰레기통을 담장에 바짝 붙여놓으면 담장이 어떻게 제 기능을 합니까. 밟고 올라가 뛰어넘기 딱 좋은 발판이 되지. 내 나이에 저걸넘을 수 있다면 열다섯 살 아이들한테는 식은 죽 먹기겠죠."

닥터 스톤은 입을 헤 벌리고 놀란 표정으로 담장을 쳐다보았다. 그때무슨 생각이 퍼뜩 떠올랐나 보았다. 그녀가 보슈를 돌아보았다.

"우리 주차장의 보안 문제를 점검하러 오신 거예요?"

"아뇨. 사과하려고 왔어요."

"뭘요?"

"내 태도에 대해서. 당신은 여기서 좋은 일을 하려고 애쓰고 있는데 난당신이 문제의 일부인 것처럼 행동했어요. 미안합니다."

닥터 스톤은 깜짝 놀란 표정이었다.

"그래도 클레이턴 펠에 대해서는 아무것도 말해줄 수 없어요."

"압니다. 그것 때문에 온 건 아니고. 오늘은 벌써 퇴근했는데요, 뭘."

닥터 스톤은 담장 반대편에 있는 머스탱을 가리켰다.

"저거 형사님 차죠? 저기로 어떻게 돌아가시려고요?"

"내 거 맞아요. 내가 T-더브 보이라면 당신들이 친절하게 갖다 놓은 저사다리를 타고 다시 넘어가겠는데, 쓰레기통을 딛고 넘어온 것만으로도다리가 후들거리네. 당신이 저 문에 달린 맹꽁이자물쇠를 따고 내보내주기만을 바라야죠."

닥터 스톤이 미소 지었다. 마음의 무장을 해제시키는 매력적인 미소였다. 조심스레 빗어 넘겨 묶은 머리에서 머리카락 몇 가닥이 빠져나와 얼굴에 어른거리고 있었다.

"불행히도 저 문 열쇠는 제게 없어요. 형사님이 사다리를 타고 넘어가는 걸 봐도 상관없지만, 그냥 제가 형사님을 태우고 나가는 건 어떨까요?"

"그것도 좋지요."

보슈는 닥터 스톤의 차 조수석에 탔고, 그들은 출입구를 통과해 우드맨으로 나갔다.

"리코가 누구죠?" 보슈가 물었다.

"야간 경비예요." 스톤이 말했다. "저녁 6시부터 아침 6시까지 일하는."

"이 동네 친구인가요?"

"네, 그런데 좋은 아이예요. 우린 리코를 믿어요. 무슨 일이 있거나 누가 나타나서 못된 짓거리를 하면 저나 원장한테 바로 전화해서 알려줘요."

"어이고, 착해라."

그들은 골목으로 들어왔고 스톤이 보슈의 차 뒤에 차를 세웠다.

"문제는 쓰레기통에 바퀴가 달려 있다는 거예요." 스톤이 말했다. "울타리에서 멀찍이 갖다놔도 곧 다시 굴려와 여기다 놓을 수 있거든요."

"저 문을 좀 확장하고 쓰레기통을 시설 안으로 들여다 놓으면 어때요?"

"그러기로 하고 예산을 신청하면 심의해서 허가가 날 때까지 족히 3년은 걸릴걸요."

보슈는 고개를 끄덕였다. 관료 사회 전체가 예산 위기를 맞고 있었다.

"리코한테 쓰레기통 뚜껑을 벗겨서 치워버리라고 해요. 그럼 밟고 올라갈 데가 없으니까, 좀 나을지도 모르죠."

스톤은 고개를 끄덕였다.

"한번 해봐야겠네요."

"그리고 밖에 나올 땐 계속 리코한테 데려다달라고 하고."

"네, 그러고 있어요, 매일 밤."

보슈는 고개를 끄덕이고는 내리려고 조수석 문손잡이를 잡았다. 스톤의 손가락에 반지가 없으니까 직감이 이끄는 대로 가보자 싶었다.

"집이 어느 쪽입니까? 북쪽? 아니면 남쪽?"

"남쪽이요. 노스할리우드에 살아요."

"잘됐군. 딸내미 줄 치킨누들 수프 사러 제리스 델리에 갈 건데, 거기서 만나서 같이 저녁 먹을래요?"

스톤은 망설였다. 보슈는 계기판에서 나오는 희미한 불빛 속에서 그녀의 눈빛이 흔들리는 것을 보았다.

"어, 형사님……."

"해리라고 불러요."

"해리, 그건 별로 좋은 생각이 아닌 것 같네요."

"그래요? 왜죠? 샌드위치나 같이 먹자는 건데. 어차피 거기 수프 사러 가는 길이라."

"그게 왜냐하면……."

스톤이 머뭇거리다가 갑자기 웃음을 터뜨렸다.

"왜?"

"아니에요. 신경 쓰지 마세요. 네, 좋아요, 거기서 만나요."

"좋아요. 그럼 몇 분 후에 봅시다."

보슈는 스톤의 차에서 내려 자기 차로 갔다. 제리스로 가는 동안 그는 줄곧 백미러를 살폈다. 스톤이 잘 따라오고 있었지만 갑자기 마음이 바뀌어 좌회전이나 우회전을 해서 가버릴지도 모른다는 생각이 들었다.

그러나 그녀는 그러지 않았고 곧 그들은 칸막이를 한 탁자에 서로를 마주 보며 앉아 있었다. 불을 환히 밝힌 식당에서 보슈가 제일 먼저 주목한 것은 닥터 스톤의 눈이었다. 그녀의 눈에 아까는 보지 못했던 슬픔이 깃들어 있었다. 아마도 그녀가 하고 있는 일 때문인 것 같았다. 그녀는 가장 비천한 인간들을 상대하고 있었다. 성범죄자들. 더 작고 더 약한 사람들을 이용해먹는 파렴치한들. 사회의 다른 구성원들은 쳐다보기도 싫어하는 사람들.

"딸이 몇 살이에요?"

"서른 살인 척하는 열다섯 살."

스톤이 미소를 지었다.

"오늘 아파서 학교도 못 가고 집에 있었는데 너무 바빠서 좀 어떤지 물어보지도 못했어요."

"딸이랑 단둘이 살아요?"

"그래요. 걔 엄마는, 그러니까 전처는 2년 전에 죽었어요. 난 그때까지혼자 살다가 졸지에 열세 살 난 딸아이를 키우게 됐죠. 정말…… 파란만장한 2년이었어요."

"왜 아니겠어요."

보슈가 싱긋 웃었다.

"사실은 그 하루하루가, 한순간 한순간이 너무 좋았어요. 내 삶을 더 좋은 쪽으로 바꿔놓았죠. 딸내미도 그렇게 생각하는지는 모르겠지만."

"다른 대안이 없잖아요, 아닌가요?"

"그렇죠. 그 아이한텐 나밖에 없으니까."

"분명히 행복할 거예요. 표현은 안 해도. 10대 소녀의 마음을 읽는 건참 힘들어요."

"그렇더라고요."

보슈는 손목시계를 보았다. 딸보다 자신을 먼저 챙겼다는 생각에 미안한 마음이 들었다. 적어도 8시 30분은 되어야 수프를 가지고 집에 들어갈수 있을 것 같았다. 웨이터가 오더니 음료 주문을 받겠다고 했다. 보슈는시간 절약을 위해 한꺼번에 주문하겠다고 했다. 스톤은 칠면조 고기가 들어간 샌드위치 반 개를 주문했다. 보슈는 칠면조 샌드위치 한 개를 주문했고 가져가게 수프를 포장해달라고 했다.

"당신 얘기도 좀 해봐요." 웨이터가 떠나자 보슈가 말했다.

스톤은 10여 년 전에 이혼했고 그 후로 진지하게 만난 남자는 딱 한 명밖에 없었다고 말했다. 아들이 하나 있는데 다 자라서 샌프란시스코 지역에 살고 있고 자주 못 본다고도 했다. 그녀는 부에나비스타에서 하는 일에 사명감을 갖고 헌신하고 있었다. 중년이 되어 삶의 방향을 바꾼 후 이곳에서 4년째 근무하고 있다고 했다. 그전에는 자아도취에 빠진 전문직 종사자들 상담을 전문으로 했는데 1년간 재교육을 받고 성범죄자들 상담을 시작하게 되었다고 했다.

보슈는 스톤이 직업을 바꿔 사회에서 가장 큰 혐오의 대상들과 함께 일하기로 결심한 것이 일종의 속죄행위 같다는 느낌을 받았지만, 잘 알지도 못하면서 캐묻는 건 예의가 아닐 것 같아 잠자코 있었다. 기회가 된다면 기다렸다가 나중에 풀어야 할 미스터리였다.

"아까 주차장에서 그렇게 말해줘서 고마워요." 스톤이 말했다. "다른 경찰들은 거의가 이런 사람들은 끌고 나가 쏴 죽여버려야 한다고 생각하던데……."

"흠…… 재판 없이 그러면 쓰나."

보슈가 웃으면서 농담했지만 스톤은 그 말이 전혀 웃기지 않나 보았다.

"이 사람들은 모두 불가사의한 존재예요. 나도 당신 같은 형사예요. 이들에게 무슨 일이 있었는지 알아내려고 애쓰니까. 다들 날 때부터 성범죄자였던 게 아니에요. 그렇게 생각하지 않는다고 말해줘요, 제발."

보슈는 망설였다.

"글쎄. 난 그냥 더러운 것은 말끔히 씻어내야 한다는 주의라서. 세상에는 악이 존재합니다. 그건 확실해요. 내 눈으로 똑똑히 봤으니까. 그게 어디서 왔는지는 모르겠지만."

"그걸 알아내는 게 내 일이에요. 이들에게 무슨 일이 있었기에 이런 길로 들어서게 됐는지를 알아내는 거요. 그걸 알아낼 수 있다면 이들을 도울 수 있을 거예요. 그러면 더 좋은 사회를 만드는 데 일조하고 있다고 할 수 있겠죠. 대다수의 경찰들은 그걸 이해 못 하더라고요. 그런데 오늘 밤에 말하는 걸 들으니까 당신은 이해하는 것 같네요."

보슈는 고개를 끄덕였지만 그녀에게 숨기고 있는 게 있어서 죄책감을 느꼈다. 그녀가 그걸 금방 알아차렸다.

"나한테 말하지 않고 있는 게 뭐죠?"

보슈는 마음을 그렇게 쉽게 읽힌 것에 당혹스러워하면서 고개를 가로저었다.

"알았어요, 솔직히 다 털어놓아야겠군, 오늘 일."

스톤의 눈초리가 날카로워졌다. 보슈의 저녁 초대가 모종의 계략이었다고 생각하는 눈치였다.

"잠깐만, 당신이 생각하는 그런 거 아닌데. 오늘 당신에게 펠에 대해 거짓말하진 않았어요. 그런데 전부 다 말해준 것도 아니에요. 내가 수사하고 있는 사건 있잖아요, 피해자의 몸에서 펠의 DNA가 나왔다던 사건. 실은 그게 22년 전에 일어난 사건이에요."

스톤의 얼굴에선 의심스러워하던 표정이 순식간에 어리둥절한 표정으로 바뀌었다.

"알아요, 말이 안 된다는 거." 보슈가 말했다. "그런데 사실이 그런걸. 22년 전에 살해된 아가씨의 몸에서 펠의 혈흔이 발견됐어요."

"그땐 펠이 여덟 살이었는데요. 불가능한 일이에요."

"알아요. 그래서 실수가 있었을 가능성을 알아보고 있어요. 연구실에서 DNA를 분석하다가 섞였다든가 하는. 내일 가서 알아볼 예정인데 그전에 오늘 펠을 한번 봐야겠다고 생각했어요. 왜냐하면 당신한테서 펠이 동성애자라는 말을 듣기 전까지는 펠이 완벽한 용의자였거든. 타임머신 같은 걸 타고 갈 수 있다면 말이지만."

웨이터가 그들이 먹을 음식과 함께 수프를 담은 일회용 용기를 종이가방에 넣어서 가져왔다. 보슈는 다 먹고 나면 바로 나갈 수 있도록 지금 계산하겠다고 말했다.

"나한테서 뭘 바라세요?" 다시 둘만 남게 되었을 때 스톤이 물었다.

"바라는 거 없는데. 그런데 왜 그런 걸 묻죠?"

"칠면조 샌드위치 반 개 얻어먹은 대가로 기밀 정보라도 누설하길 바라세요?"

보슈는 스톤의 말이 농담인지 진담인지 알 수가 없었다.

"아니. 난 그냥…… 당신한테 호감이 가서. 오늘 내가 평소와는 좀 다르게 행동했어요. 그뿐입니다."

스톤은 한참 동안 조용히 샌드위치를 먹었다. 보슈는 대화를 강요하지 않았다. 그가 사건 이야기를 꺼내면서 분위기가 순식간에 냉랭해져 버렸다.

"바라는 게 뭔가 있긴 있는 것 같은데……." 그녀가 말했다. "난 아무 얘기도 해줄 수 없어요."

"그래요, 너무 애쓰지 말아요. 오늘 보호관찰국에서 펠에 관한 자료를 모두 뽑아왔으니까. 펠의 심리에 관한 의견은 거기 다 들어 있을 테고."

스톤이 입 안 가득 샌드위치를 물고서 피식 웃었다.

"선고 전 평가와 가석방 평가요? 전혀 믿을 게 못 돼요. 수박 겉핥기라서."

보슈는 손을 들어 그녀의 말을 막았다.

"이봐요, 닥터. 그러다가 기밀 누설하겠네. 우리 딴 얘기 합시다."

"닥터라고 부르지 마세요."

"미안합니다. 선생님."

"아뇨, 그냥 해나라고 불러주세요."

"좋아요. 해나. 해나, 우리 딴 얘기 하죠."

"좋아요. 무슨 얘기요?"

보슈는 입을 다물고 다른 이야깃거리를 생각해내려고 애썼다. 곧 두 사람이 동시에 웃음을 터뜨렸다.

그들은 다시는 클레이턴 펠이라는 이름을 들먹이지 않았다.

11
펠의 어린 시절

보슈가 자기 집 현관문을 열고 들어갔을 땐 밤 9시였다. 그는 서둘러서 복도를 걸어가 열려 있는 딸의 방문 안을 들여다보았다. 딸은 침대에 이불을 덮고 엎드려서 노트북 컴퓨터를 들여다보고 있었다.

"정말 미안해, 매디. 수프 데워서 갖다 줄게."

그는 문 앞에 서서 제리스에서 사온 수프가 든 가방을 들어 보였다.

"괜찮아, 아빠. 벌써 먹었어."

"뭘 먹었는데?"

"땅콩버터 젤리 샌드위치."

보슈는 이기적이었던 자신의 행동에 대해 심한 죄책감을 느꼈다. 그는 딸 방에 들어가 침대가에 앉았다. 그가 더 사과하기 전에 딸이 한 번 더 면죄부를 주었다.

"괜찮다니까. 새로운 사건을 두 건이나 맡아서 바빴다면서."

그는 고개를 가로저었다.

"그런데 지난 한 시간 동안은 일로 바빴던 게 아니라 누구를 만났어. 사건과 관련해서 오늘 처음 만난 여자인데 제리스에서 함께 샌드위치를 먹었거든. 그러느라고 거기 너무 오래 있었다. 매디, 정말 미안……."

"우와, 그럼 더 좋지! 아빠가 여잘 만났다고? 누군데?"

"그런 거 아냐. 범죄자를 다루는 심리치료사야."

"멋진데. 예뻐?"

매디의 노트북 화면에 페이스북 페이지가 떠 있었다.

"그냥 친구야. 너 숙제 했니?"

"아니, 몸이 별로 안 좋았어."

"괜찮아졌다고 하지 않았냐?"

"재발했나 봐."

"매디, 내일은 꼭 학교 가야 된다. 뒤처지면 안 되잖아, 그렇지?"

"알겠어!"

보슈는 딸과 싸우고 싶지 않았다.

"매디, 지금 숙제 안 하면 노트북 잠깐만 빌려줄래? 봐야 될 게 있어서."

"응."

매디가 팔을 뻗어 페이스북을 닫았다. 보슈는 침대를 돌아 공간이 더 많은 반대편으로 갔다. 그는 주머니에서 샤토마몽트 호텔의 프런트데스크 보안카메라가 찍은 영상이 담긴 디스크를 꺼내 매디에게 건넸다. 그는 DVD 재생법을 알지 못했다.

매디가 노트북 옆면에다 DVD를 넣고 재생시켰다. 화면 하단 구석에 녹화 시각이 찍혀 있었다. 보슈는 딸에게 조지 어빙이 체크인한 시각으로 빨리 돌리라고 말했다. 영상은 선명했지만 천장 카메라가 찍은 거여서 어빙의 얼굴이 완전히 보이지는 않았다. 보슈는 체크인 장면만 한 번 봤기 때문에 다시 보고 싶었다.

"이게 뭐야, 아빠?" 매디가 물었다.

보슈가 모니터 화면을 가리켰다.

"샤토마몽트 호텔이야. 체크인하는 이 남자가 어젯밤에 7층 객실로 올라갔는데 오늘 아침에 1층 인도에서 시신으로 발견됐어. 자기가 뛰어내렸는지 아니면 떨어뜨려졌는지 아빠가 밝혀내야 돼."

매디가 재생을 잠시 멈췄다.

"누가 밀어서 떨어졌는지, 아빠, 제발. 그렇게 얘기할 땐 꼭 팔루카(끝까지 챔피언이 되지 못한 별 볼 일 없는 권투 선수, 얼간이 – 옮긴이) 같아."

"미안해. 그런데 팔루카는 또 어떻게 알았어?"

"테네시 윌리엄스. 희곡 읽었어. 팔루카는 건달 같은 늙은 권투 선수야. 그렇게 되고 싶은 건 아닐 거 아냐."

"그건 그렇지. 그런데 네가 단어를 그렇게 많이 아니까 하나 물어보겠는데, 앞에서부터 읽으나 뒤에서부터 읽으나 철자가 똑같은 이름을 뭐라고 하는지 아니?"

"그게 무슨 말이야?"

"왜, 오토(Otto)나 해나(Hannah) 같은 이름 있잖아."

"회문(回文). 아빠 여자친구 이름이야?"

"여자친구 아니라니까. 칠면조 샌드위치를 같이 먹었을 뿐이라고."

"그러니까 말이야, 아픈 딸은 집에서 굶고 있는데."

"왜 그래. 땅콩버터 젤리 샌드위치 먹었다며. 그게 제일 맛있는 샌드위치잖아."

보슈가 팔꿈치로 딸의 옆구리를 툭 쳤다.

"오토랑 즐거운 시간 보냈기를 바라." 매디가 말했다.

보슈는 웃음을 터뜨리면서 팔을 뻗어 딸을 끌어안았다.

"오토 아니거든. 아이고, 내 새끼."

"해나라는 이름은 마음에 들어." 매디가 말했다.

"그래? 이제 계속 볼까?"

매디가 재생 버튼을 눌렀고 둘은 조용히 컴퓨터 화면을 들여다보았다. 조지 어빙이 들어와 알베르토 갤빈이라는 야간 접수직원과 체크인 절차를 시작했다. 잠시 후 두 번째 손님이 나타나 어빙 뒤에 줄을 섰다.

어빙은 보슈가 스위트룸 벽장에서 본 그 옷을 입고 있었다. 그는 신용카드를 카운터에 놓고 갤빈에게로 밀었고 그 접수직원은 체크인 확인서를 인쇄해 어빙에게 밀었다. 어빙은 재빨리 그 서류에 서명해서 다시 갤빈에게 준 후 객실 열쇠를 받았다. 그러고는 카메라의 시야에서 벗어나 엘리베이터 타는 곳으로 걸어갔고, 갤빈은 다음 손님의 체크인 절차를 시작했다.

CCTV 동영상을 보니 어빙이 짐 없이 투숙한 것이 확실했다.

"자기가 뛰어내렸네 뭐."

보슈는 컴퓨터 화면에서 시선을 거두고 딸을 돌아보았다.

"왜 그렇게 생각해?"

매디는 컴퓨터의 컨트롤 아이콘을 조작해서 갤빈이 체크인 확인서를 어빙에게로 미는 부분으로 동영상을 되돌렸다. 그러고는 다시 재생 버튼을 눌렀다.

"잘 봐봐, 아빠." 매디가 말했다. "확인서를 쳐다보지도 않잖아. 직원이 서명하라는 곳에 그냥 서명만 하고."

"그래, 그래서 뭐?"

"일반적으로 사람들은 이때 바가지를 쓰는 건 아닌지 눈에 불을 켜고 확인하거든. 숙박비용이 얼마나 청구될 건지 본다고. 그런데 이 사람은 쳐다보지도 않잖아. 신경을 안 쓴다는 거지. 어차피 자기가 살아서 그 돈을 낼 것도 아닌데 뭘."

보슈는 동영상을 유심히 보았다. 매디의 판단에 일리가 있었지만 꼭 그렇다고 단정할 수는 없었다. 그렇더라도 그는 딸이 기특했다. 딸의 관찰력이 날로 날카로워지고 있었다. 그는 딸과 함께 갔던 여러 장소와 함께 보았던 여러 장면에 대해 딸이 얼마나 기억하고 있는지 알아보기 위해 종종 퀴즈를 냈다. 매디는 늘 그가 기대했던 것보다 더 많은 것을 읽어냈고 더 많은 것을 기억하고 있었다.

1년 전 매디는 커서 경찰이 되고 싶다고 했다. 아빠처럼 형사가 되고 싶다는 거였다. 보슈는 그냥 지나가는 생각인지 어떤지 알 수가 없었지만 진지한 마음일 경우를 염두에 두고 자신이 알고 있는 것을 전수하기 시작했다. 부녀가 즐겨하는 일들 중 하나는 듀파스 같은 식당에 가서 다른 손님들을 지켜보면서 그 손님들의 얼굴과 태도에서 그 사람의 성격과 상황 등을 추리하는 일이었다. 보슈는 딸에게 단서를 찾는 방법을 가르치고 있었다.

"잘 잡아냈네." 그가 말했다. "다시 틀어봐."

그들은 같은 장면을 세 번째 보았고 이번에는 보슈가 새로운 것을 발견했다.

"봤어? 서명한 다음에 자기 손목시계를 흘끔 쳐다보는 거."

"그게 왜?"

"곧 죽으려는 사람에게 시간이 무슨 의미가 있어? 가서 떨어져 죽을 거라면 지금 몇 시인지가 궁금할까? 곧 죽으려는 사람의 행동이라기보다는 비즈니스맨의 행동 같지 않아? 저 모습을 보니까 누굴 만나기로 했을 거라는 생각이 들어. 아니면 누가 전화하기로 했거나. 그런데 전화는 한 통도 안 걸려왔어."

보슈가 이미 호텔에 확인했는데 어빙이 체크인하고 나서 스위트룸 79호실에서 걸었거나 받은 전화는 한 통도 없었다. 또 과학수사계가 어빙의 휴대전화를 감식한 결과를 담은 보고서도 받아보았다. 보슈가 미망인에게서 들은 비밀번호를 과학수사계에 알려주었었다. 어빙은 오후 5시에 아들 채드와 8분간 통화한 이후로는 단 한 통도 전화를 걸지 않았다. 그 다음 날 아침에는 그의 아내로부터 세 통의 전화가 걸려왔다. 어빙이 사망한 후였다. 데버러 어빙은 그를 찾고 있었다. 전화를 걸 때마다 남편에게 메시지를 들으면 전화해달라고 메시지를 남겼다.

보슈가 동영상을 조작하는 아이콘을 움직여 어빙의 체크인 과정을 다시 한 번 재생했다. 그 부분이 지나가자 빨리 가기 아이콘을 사용해 그날 밤 프런트데스크에서 아무 일도 일어나지 않았던 시간의 녹화분을 빨리 재생시켰다. 매디는 결국 지루해져서 옆으로 돌아누워 잠을 청했다.

"아빠 다시 나가봐야 할지도 몰라." 보슈가 매디에게 말했다. "그래도 괜찮겠어?"

"해나 만나러 가?"

"아니, 호텔에 다시 가보려고. 괜찮아?"

"그럼. 글록도 있는데."

"그래, 맞다."

지난여름 매디는 사격연습장에서 사격훈련을 받았고, 보슈는 딸이 총기안전관리와 사격술에 능숙하다고 생각했다. 사실 다가오는 주말에 매디는 처음으로 사격대회에 참가할 예정이었다. 사격술보다 더 중요한 것은 매디가 총기 사용에 따르는 책임을 이해한다는 사실이었다. 보슈는 딸이 연습장 밖에서 총을 사용할 일이 없기를 바랐다. 그러나 혹시 사용해야 할 때가 생긴다면 주저 없이 사용할 수 있을 거라고 생각했다.

보슈는 딸 옆에 앉아서 동영상을 계속 보았다. 그의 흥미를 끌거나 좀 더 조사해봐야겠다는 생각이 들게 하는 것은 하나도 없었다. 그래서 그는 외출하지 않기로 결정했다.

동영상이 끝나자 보슈는 조용히 일어서서 불을 끄고 딸의 방에서 나와 부엌으로 갔다. 조지 어빙 사건에서 릴리 프라이스 사건으로 갈아탈 생각이었다. 그는 서류가방을 열고 그날 오후 보호관찰국에서 가져온 자료들을 꺼내 식탁에 펼쳤다.

클레이턴 펠은 성인이 된 후 세 차례의 전과가 있었다. 모두 성범죄였는데 10여 년간 사법부와 지속적인 관계를 맺으면서 그 강도가 점점 더 세졌다. 스무 살 때 공연음란죄로 시작해서, 스물한 살 땐 불법감금 및 공연음란죄로 유죄판결을 받았고, 그로부터 3년 후에는 12세 미만의 미성년자를 납치, 강간하는 중범죄를 저질렀다. 처음 두 번의 유죄판결에 관해서는 보호관찰형과 카운티 교도소에 수감되는 실형을 받았지만 세 번째 유죄판결 때는 10년형을 선고받고 코코란 주립 교도소에서 6년을 복역하다 나왔다. 바로 그 코코란에서 동료 수용자들이 그에게 야만적인 징벌을 가한 것이다.

보슈는 클레이턴 펠의 범죄가 자세히 기록되어 있는 수사기록을 꼼꼼히 읽었다. 피해자들은 모두 여덟 살에서 열 살 사이의 남자아이였다. 첫 번째 피해자는 이웃집 사내아이였다. 두 번째 피해자인 사내아이는 놀이터에서 놀고 있었는데 펠이 손을 잡고 근처 화장실로 데려가서 범죄를 저질렀다. 세 번째 범죄는 좀 더 치밀하게 계획을 세우고 숨어서 기다리며 범행대상을 물색해서 저질렀다. 피해자는 학교 버스에서 내려 집으로 걸어가던 사내아이였다. 겨우 세 블록 떨어진 집으로 걸어가고 있던 아이 옆에 펠이 승합차를 세우고 학교 경비라고 자신을 소개한 후 아이에게 배지를 보여주었다. 그러고는 학교에서 불미스러운 사건이 일어나서 부모님께 알려야 하니까 자기 차를 타고 집에 같이 가자고 말했다. 사내아이는 그의 말을 믿고 순순히 승합차에 올라탔다. 펠은 공터로 가서 차 안에서 수차례에 걸쳐 아이에게 성행위를 한 후 풀어주고는 차를 몰고 달아났다.

펠은 피해자의 몸에 DNA를 남기지 않았지만 범행현장을 떠나오면서 신호등의 정지신호를 무시하고 달리다가 카메라에 잡혔다. 교차로에서 단속 카메라가 그의 승합차 번호판을 찍었고, 그로부터 몇 분 후에 아이가 넋이 나간 상태로 두세 블록 떨어진 곳을 헤매다니다가 발견되었다. 펠은 전과가 있어서 곧바로 용의 선상에 올랐다. 경찰은 용의자들을 줄 세워놓고 피해자에게 범인을 지목하게 한 후 펠을 기소했다. 그러나 아홉 살짜리의 말을 백 퍼센트 믿을 수는 없었기 때문에 펠이 범인임이 확실하다고 단정 지을 수가 없었다. 결국 검찰은 거래를 제안했다. 펠은 유죄를 인정하고 그 대가로 10년형을 받았다. 그는 자기가 억세게 운이 좋았다고 생각했을 것이다. 코코란 세탁실에서 구석으로 몰려 강제로 거세당한 그날까지는.

재판을 받을 때마다 펠은 선고 전 조사의 일환으로 심리 평가를 받았다. 이런 심리 평가는 서로에게 편승하는 경향이 있다는 것을 보슈는 경험으로 알고 있었다. 평가자들은 엄청난 업무량에 시달리기 때문에 처음 행해진 평가 자료에 의존하는 경우가 많았다. 그래서 보슈는 펠이 공연음란죄로 첫 유죄판결을 받았을 때의 선고 전 평가보고서에 주목했다.

평가보고서에는 굉장히 충격적이고 끔찍했던 펠의 어린 시절이 상세히 기록되어 있었다. 마약중독자였던 펠의 어머니는 아들을 데리고 약쟁이들 소굴을 드나들었다. 아들이 보는 앞에서 마약 판매자와 성행위하는 것으로 약값을 대신하는 경우도 자주 있었다. 펠의 기억으로는 정기적으로 학교에 다닌 적이 없었고 집이 있었던 적도 없었다. 펠 모자는 항상 떠돌아다니면서 호스텔과 모텔을 전전했고 잠깐이나마 그들을 받아주는 남자들 집에 얹혀살기도 했다.

보슈는 펠이 여덟 살 때의 특정 기간을 묘사한 긴 문단에 주목했다. 펠은 그때 자기가 살았던 아파트에 대해 묘사하면서, 한 지붕 아래서 살았던 기간으로는 그곳에서 살았던 기간이 가장 길 거라고 상담자에게 말했다. 그때 펠의 어머니는 쟈니라는 남자를 꾀어서 그 집에 얹혀살았는데,

쟈니는 그녀를 쾌락의 도구로 삼았을 뿐만 아니라 마약을 사기 위해 성매매를 시키기도 했다. 어머니가 마약을 사기 위해 성매매를 하러 나가고 없는 동안 펠은 쟈니에게 맡겨졌다. 어머니가 며칠씩 집을 비울 때도 종종 있었는데 그럴 때면 쟈니는 초조해져서 화를 내곤 했다. 그는 펠을 오랫동안 벽장 속에 가둬두거나 심하게 매질을 하곤 했는데, 허리띠로 때릴 때도 자주 있었다. 보고서에는 펠의 등과 엉덩이에 아직도 남아 있는 흉터들이 그의 이야기가 사실임을 입증하고 있다고 적혀 있었다. 매질도 끔찍했지만 쟈니는 한술 더 떠서 펠을 성적으로 학대하기까지 했다. 구강성교를 강요했고 어머니나 다른 사람에게 말하면 더 심하게 맞을 줄 알라고 협박했다.

얼마 지나지 않아 펠의 어머니가 쟈니와의 관계를 청산하면서 그 끔찍한 상황은 끝났다. 그러나 어린 펠의 고난은 아직 끝나지 않았다. 펠이 열세 살 때 어머니는 모텔 방 침대에서, 자고 있는 아들 옆에서 마약을 과다복용했다. 펠은 아동복지국의 보호를 받게 되었고 여러 차례에 걸쳐 위탁 가정에 맡겨졌다. 그러나 펠은 어느 곳에서도 오래 머물지 못했고 기회가 있을 때마다 집을 뛰쳐나왔다. 그는 열일곱 살 때부터 혼자 살았다고 말했다. 직업을 가진 적이 있느냐고 상담자가 묻자 성인 남자들과 섹스를 하고 돈을 받은 것이 그가 가져본 유일한 직업이었다고 말했다.

너무 끔찍한 이야기였다. 거리와 감옥을 전전하는 수많은 사람들이 이와 비슷한 사연을 품고 있을 것이다. 어린 시절에 겪었던 정신적 충격과 타락은 어른이 되어서도 고스란히 남아 있고 그와 같은 행동을 학습해서 따라하게 되는 경우도 많았다. 해나 스톤이 정기적으로 조사하고 있다고 말한 미스터리가 바로 그것이었다.

보슈는 다른 선고 전 심리 평가보고서 두 개도 읽어보고 나서 똑같은 이야기가 약간씩 다르게 묘사되어 있다고 결론지었다. 펠이 기억해낸 날

짜와 나이가 조금씩 달랐다. 그러나 대체적으로 똑같은 이야기였고 그 이야기가 반복된다는 것은 상담자들이 게으르거나 펠이 진실을 말하고 있다는 증거였다. 보슈는 중간 어디쯤일 거라고 추측했다. 상담자들은 자신이 들은 이야기를 쓰거나 아니면 이전 보고서에서 베꼈을 것이다. 그들은 펠의 이야기가 사실인지 확인하기 위해 혹은 그를 학대한 사람들을 찾아내기 위해 어떠한 노력도 하지 않았다.

보슈는 수첩을 꺼내 이야기에 등장하는 쟈니라는 남자에 대해 기억해야 할 사실들을 정리했다. 이젠 증거를 다룰 때 실수가 있었던 것이 아니라고 확신했다. 다음 날 오전에 추와 함께 DNA 연구실에 가기로 했지만, 추 혼자 갈 수 있을 거라고 생각했다. 모든 가능성을 열어두고 열심히 수사했다는 증거로 내놓기 위해서라도 추 형사는 가야 했다.

그러나 보슈는 연구실에서는 아무런 문제가 없었다고 확신했다. 그는 아드레날린이 혈액 속으로 방울방울 들어오는 것을 느낄 수 있었다. 곧 그것은 가차 없는 급류가 될 것이고, 자신은 그 물결에 몸을 맡겨야 할 것이다. 이제 그는 누가 릴리 프라이스를 죽였는지 알 것 같았다.

12
목에 묻은 핏자국

다음 날 아침 보슈는 차에서 추에게 전화를 걸어 유전자 연구실에 혼자 갔다 오라고 지시했다.

"형사님은 뭐 하실 건데요?" 그의 파트너가 물었다.

"파노라마시티에 다시 한 번 가보려고. 단서를 하나 잡은 것 같아서 확인하려고."

"무슨 단서요?"

"펠에 관한 거. 어젯밤에 펠에 관한 자료를 읽는데 뭐 하나 짚이는 게 있었어. 확인해봐야겠어. 연구실은 아무 문제가 없을 거긴 한데 확인은 해야 돼. 재판에서 얘기가 나오면, 우리 둘 중 하나는 연구실을 확인했다고 증언할 수 있어야 하니까. 물론 재판까지 간다면 말이지만."

"그럼 가서 뭐라고 하죠?"

"연구실 부실장하고 약속이 되어 있어. 가서 그 사건 증거물이 어떻게 처리되었는지 다시 확인 좀 해야겠다고 말해. DNA 검사를 한 연구원에게 몇 가지 물어보면 돼. 길어야 20분? 메모 좀 하고."

"그럼 그때 형사님은 뭐 하고 계실 건데요?"

"쟈니라는 남자에 대해서 클레이턴 펠하고 이야기하고 있길 바라야지."

"네?"

"사무실에 들어가서 말해줄게. 끊는다."

"형사……."

보슈는 전화를 끊었다. 꼬리에 꼬리를 무는 질문과 설명의 늪에 빠지고 싶지 않았다. 설명을 하다 보면 일이 느려졌다. 그는 지금처럼 신속하게 앞으로 나아가고 싶었다.

20분 후 보슈는 우드맨 거리를 천천히 달리면서 부에나비스타 아파트 옆에 주차할 공간을 찾고 있었다. 자리가 없어서 주차하면 안 되는 빨간색 보도 연석 위에 차를 세우고 전과자들의 사회적응훈련원까지 한 블록을 걸어 내려왔다. 그는 문틈으로 팔을 뻗어 인터컴을 눌렀다. 자신의 신원을 밝힌 후 닥터 스톤을 만나러 왔다고 말했다. 출입구가 열렸고 그는 안으로 들어갔다.

사무실 밖 로비에서 해나 스톤이 미소 띤 얼굴로 보슈를 기다리고 있었다. 보슈는 그녀에게 개인 사무실이나 단둘이 얘기할 수 있는 공간이 있는지 물었다. 그녀는 그를 상담실로 안내했다.

"여기가 좋겠네요." 스톤이 말했다. "사무실은 다른 치료사 두 명하고 같이 쓰거든요. 무슨 일이에요, 해리? 이렇게 빨리 다시 보게 될 줄은 몰랐는데."

보슈는 고개를 끄덕여서 동감을 표시했다.

"클레이턴 펠을 만나고 싶어서 왔어."

스톤은 보슈가 자기 입장을 난처하게 하고 있다는 듯 얼굴을 찌푸렸다.

"저기요, 해리, 클레이턴이 용의자라면 당신은 나를 아주 어려……."

"용의자 아니야. 잠깐만 앉을까?"

스톤은 상담신청자나 환자의 자리인 것 같은 의자를 보슈에게 가리켰고 자신은 그 맞은편 의자에 앉았다.

"좋아." 보슈가 입을 열었다. "우선, 지금부터 내가 할 얘기는 우연의 일치가 너무 많아서 우연이라고 할 수 없을 것 같다는 말부터 해야겠군. 사실 우연이란 걸 믿지도 않지만. 어젯밤에 당신과 저녁 먹으면서 나눈 이야기 때문에 어떤 일을 하게 됐고 그래서 당신을 다시 찾아오게 됐어. 당신 도움이 필요해서. 펠을 만나게 해줘."

"그리고 그건 펠이 용의자이기 때문은 아니고요?"

"그래. 너무 어렸으니까. 펠이 범인이 아니라는 건 알고 있어. 펠은 증인이지."

스톤은 고개를 가로저었다.

"일주일에 네 번씩 펠과 상담했어요. 거의 6개월을요. 그 아가씨가 살해되는 걸 목격했다면 어떤 식으로든 이야기가 나왔을 거예요, 무의식적으로든 아니든."

보슈가 두 손을 들어 닥터 스톤의 말을 막았다.

"목격자라는 뜻이 아닌데. 펠은 범죄현장에 없었고 피해자에 대해서도 전혀 모를걸. 하지만 범인을 알았을 거야. 펠이 날 도와줄 수 있을 거 같은데. 여기 이거 한번 봐봐."

보슈는 바닥에 세워놓고 두 다리로 지탱하고 있던 서류가방을 열었다. 릴리 프라이스 피살사건 파일을 꺼내 재빨리 넘겨서 범행현장을 찍은 빛바랜 폴라로이드 사진이 든 비닐 속지를 폈다. 스톤이 일어서서 그의 의자 옆으로 와서 사진을 함께 보았다.

"굉장히 오래돼서 빛이 바래긴 했지만 피해자의 목을 보면 끈 자국이 있는 걸 알 수 있어. 교살됐거든."

보슈는 스톤이 숨을 헐떡이는 소리를 들었다.

"오 하느님." 그녀가 탄식했다.

보슈는 재빨리 파일을 덮고 스톤을 바라보았다. 그녀는 한 손을 들어 입을 가리고 있었다.

"미안해. 이런 거 자주 봤을 거라고 생각했는데……."

"자주 봤죠. 그런데 아무리 봐도 익숙해지진 않네요. 내 전공은 변태성욕과 성기능부전이거든요. 이런……."

그녀가 덮인 파일을 가리켰다.

"이런 일이 생기는 걸 막는 게 내 일이에요. 사진을 보니까 너무 끔찍하네요."

보슈는 고개를 끄덕였다. 스톤은 사진을 다시 보여달라고 말했다. 보슈가 파일을 펼쳐 사진이 담긴 비닐 속지로 돌아갔다. 그러고는 피해자의 목을 클로즈업해서 찍은 사진을 골라 피부가 눌려 있는 희미한 자국을 가리켰다.

"내가 말한 대로지?"

"그러네요." 스톤이 말했다. "불쌍하기도 해라."

"자, 그러면 이걸 봐봐."

보슈는 다음 속지에 들어 있는 다른 폴라로이드 사진을 가리키며 스톤에게 여기서도 끈의 무늬를 잘 보라고 말했다. 피부에 눌린 자국이 선명하게 나 있었다.

"봤어요. 그런데 이게 왜요?"

"이 사진은 각도가 아까 것과 달라. 이건 끈의 위쪽 선을 보여주지. 아까 사진은 아래쪽 선을 찍은 거고."

그는 비닐 속지를 다시 뒤로 넘겨 두 사진 속의 다른 점을 손가락으로 가리켰다.

"보여?"

"네. 그런데 이해는 안 되네요. 두 개의 선이 있어요. 그런데 그게 무슨 의미죠?"

"두 개가 똑같은 선이 아니야. 목에 있는 위치가 다르거든. 그러니까 이두 선은 피해자의 목을 조른 끈의 위쪽과 아래쪽 가장자리란 뜻인데. 그렇다면 그 끈의 넓이가 어느 정도인지, 그리고 무엇보다도 그 끈이 무엇인지 알 수 있을 거란 말이지."

보슈는 엄지와 집게손가락을 벌려서 한 장의 사진 속에 보이는 두 개의 선을 따라 움직이면서 넓이가 5센티미터 가까이 되었을 끈을 그려 보였다.

"너무 오랜 세월이 흐른 뒤라서 갖고 있는 증거가 이것밖에 없어." 보슈가 말했다. "부검 사진은 들어 있지도 않았고. 그러니까 이 사진들이 전부인데, 사진을 보면 목에 닿은 끈의 넓이가 적어도 4센티미터는 된다는 걸알 수 있지."

"허리띠 같은 걸까요?"

"바로 그거야. 그리고 이걸 좀 봐. 여기 귀 바로 밑에 눌린 자국이 또 있거든. 다른 모양이."

보슈는 두 번째 비닐 속지에 들어 있는 다른 사진을 보여주었다.

"정사각형 모양이네요."

"맞아. 정사각형 모양의 벨트 버클이 아닌가 싶어. 이제는 혈흔을 살펴보자."

그는 첫 번째 비닐 속지를 펴서 앞쪽에 있는 폴라로이드 사진 세 장을가리켰다. 세 장 모두 피해자의 목에 있는 피 얼룩을 찍은 거였다.

"목에 묻은 핏방울 하나가 문질러진 거야. 끈 무늬의 한가운데에 있는걸 보면, 끈에서 묻은 것일 수도 있겠다 싶은데. 22년 전 담당 형사들은범인이 무엇에 베어 피를 흘리다가 한 방울이 피해자의 목에 떨어진 거라고 추측했어. 범인이 핏방울을 닦아버렸지만 피 얼룩은 남은 거라고."

"그렇지만 당신은 다른 것에서 묻은 거라고 생각하는 거고요."

"맞아. 그리고 이때 펠이 등장하지. 그 혈흔은 펠의 혈흔이었어. 여덟 살이었던 클레이턴 펠의 피가 피해자의 몸에 묻은 거지. 어떻게 묻게 되었을까? 전이 이론에 따라 설명하자면 그 피 얼룩은 허리띠에서 묻은 거야. 그러니까 진짜 문제는 그 혈흔이 어떻게 릴리의 몸에 묻게 되었느냐가 아니라, 애초에 어떻게 허리띠에 묻게 되었느냐 하는 거겠지."

보슈는 파일을 덮어 서류가방에 다시 집어넣었다. 그러고는 보호관찰국이 작성한 펠에 관한 기록이 든 두꺼운 파일을 꺼냈다. 그는 두 손으로 파일을 들고 흔들었다.

"그 대답은 바로 여기에 있어. 어젯밤에 당신이 환자의 비밀을 함부로 누설할 수 없다고 말했을 때 사실 난 이미 펠의 선고 전 평가보고서를 입수한 상태였어. 집에 가서 읽는데 눈에 띄는 게 있더군. 학습된 행동에 관한 당신의 이론과도 관련 있는 것인데……."

"펠이 허리띠로 맞은 거죠."

보슈가 싱긋 웃었다.

"조심해, 닥터, 환자의 비밀을 누설하면 어쩌려고. 그럴 필요도 없는데. 여기 다 들어 있거든. 펠이 심리 평가를 받을 때마다 같은 이야기를 했더군. 여덟 살 때 어머니와 함께 어떤 남자의 집에서 얹혀살았는데, 그 남자가 자기를 신체적으로 그리고 나중에는 성적으로 학대했다고. 그 경험이 펠을 그런 길로 들어서게 만들었을 거야, 분명히. 그리고 신체적인 학대를 얘기하면서 허리띠로 맞았다는 말도 했더라고."

보슈가 파일을 펼쳐 첫 번째 평가보고서를 스톤에게 건네주었다.

"허리띠로 심하게 맞았다니까 틀림없이 피를 흘렸을 거고." 보슈가 말했다. "거기 보면 학대를 당해서 몸 뒤쪽에 흉터가 많았다고 적혀 있어. 흉터가 생기려면 피부가 찢어져야 할 거고, 피부가 찢어지면 피가 나올 거고."

보슈는 집중해서 보고서를 읽고 있는 닥터 스톤을 지켜보았다. 휴대전화가 진동하는 것을 느꼈지만 무시했다. 파트너가 DNA 연구실에 다녀왔다고 보고하는 전화일 거라고 짐작했다.

"쟈니." 스톤이 보고서를 돌려주면서 말했다.

보슈가 고개를 끄덕였다.

"그 자식이 범인인 것 같아서 펠을 만나 물어보려고. 펠이 당신한테는 그 자식 이름과 성을 다 말했어? 선고 전 평가보고서에는 쟈니라고만 나와 있던데."

"아뇨, 나랑 상담할 때도 쟈니라고만 불렀어요."

"그래서 만나야겠다는 거야."

스톤은 보슈가 미처 생각지 못한 어떤 일을 고민하면서 망설이고 있었다. 보슈는 그녀가 이 단서에 대해서 자기만큼이나 흥분할 거라고 생각했던 터라 그녀의 이런 반응이 다소 의외였다.

"왜?"

"해리, 나는 이렇게 옛날 일을 들추는 것이 펠에게 어떤 영향을 미칠지 생각해봐야 해요. 미안하지만 난 당신이 하는 수사의 진척을 생각하기에 앞서 펠의 안녕을 먼저 생각해야 되거든요."

듣고 싶지 않았던 말이었다.

"잠깐만." 보슈가 말했다. "옛날 일을 들추다니? 그건 세 건의 심리 평가 보고서에 다 나와 있는 내용이야. 펠이 쟈니라는 남자에 대해서 당신한테도 얘기했다며. 내가 당신한테 비밀을 말해달라는 게 아니잖아. 내가 직접 펠하고 얘기하겠다니까 그러네."

"알아요. 당신이 펠을 만나는 걸 막을 수 없다는 것도 알고요. 그건 펠이 선택할 일이니까. 당신을 만나든 만나지 않든 말이죠. 하지만 걱정인

건 펠이 굉장히 심약한 상태라서……."

"나를 만나라고 펠을 설득해줄 수 있잖아, 해나. 날 만나는 게 도움이
될 거라고 말해줘."

"거짓말을 하라고요? 그건 못 해요."

스톤이 자기 자리로 돌아가지 않고 서 있어서 보슈도 일어섰다.

"거짓말을 하라는 게 아니잖아. 진실을 말해달라는 거지. 내게 털어놓
는 것이 펠이 이자를 어두운 과거에서 끌어내 던져버리는 데도 도움이 될
거야. 일종의 귀신 쫓기라고나 할까. 어쩌면 이자가 여자들을 죽이고 다
녔다는 사실을 펠이 알고 있는지도 모르고."

"피해자가 한 명이 아니라 여러 명이에요?"

"그건 모르지. 하지만 당신도 사진 봤잖아. 이건 일회성 범죄가 아닌 것
같아. '헐, 내가 잠깐 미쳤었나 보네, 이제부턴 착하게 살아야지.' 이렇게
생각했을까, 범인이? 이건 잔혹한 성폭행범이 저지른 범죄야, 해나. 그런
놈들이 범죄를 한번 저지르고 멈추는 일은 결코 없어. 당신도 나만큼 잘
알고 있을 텐데. 이 사건이 22년 전에 일어났다는 건 중요하지 않아. 중요
한 건 쟈니라는 자가 아직도 잡히지 않고 있다는 거지. 놈을 찾아야 돼.
클레이턴 펠이 놈을 찾는 중요한 열쇠고."

13
아픈 기억

클레이턴 펠은 보슈를 만나기로 동의했지만 닥터 스톤의 입회하에서만 만나겠다고 조건을 달았다. 보슈는 이에 아무런 불만이 없었고 스톤이 입회하는 것이 나을 수도 있겠다고 생각했다. 앞으로 재판이 있게 되면 펠이 증인으로 나설 수 있으므로, 그런 경우에 대비해 면담을 꼼꼼하게 직설적으로 진행할 거라고 스톤에게 미리 말해두었다.

잡역부가 펠을 상담실로 데리고 들어왔다. 상담실에는 의자가 세 개 있었는데, 하나가 다른 두 개를 마주 보는 구조였다. 보슈는 자기소개를 하면서 주저 없이 손을 내밀어 펠과 악수했다. 펠은 키가 160센티미터도 안 되고 몸무게는 50킬로그램이나 나갈까 싶은 작은 남자였다. 어릴 때 성적 학대를 당한 사람들은 성장 저해를 겪는다더니 그 말이 맞는 것 같았다. 정신적 성장의 저해가 신체 성장에도 영향을 미친 것이 틀림없었다.

보슈는 펠에게 의자를 가리켰고 필요한 게 있는지 다정하게 물었다.

"담배요." 펠이 말했다.

펠은 어린애처럼 두 다리를 의자 위로 올려 무릎을 세우고는 다리를 꼬고 앉았다.

"나도 한 대 피우고 싶지만 규칙을 어기지는 말자." 보슈가 말했다.

"젠장."

펠이 들어오기 전 자리 배치를 할 때 닥터 스톤은 그렇게 마주 보고 앉으면 너무 딱딱해 보이니까 탁자를 둘러싸고 앉자고 제안했지만 보슈가 거절했다. 보슈는 또 펠이 앞을 볼 때 자신과 스톤이 펠의 정면이 아니라 왼쪽과 오른쪽에 있도록 자리 배치를 했다. 그렇게 하면 펠이 그들을 보느라고 눈을 좌우로 바삐 움직여야 할 것이고, 눈동자의 움직임을 살피는 것이 펠의 정직성과 진실성을 판단하는 좋은 방법일 수 있었다. 스톤은 펠이 비극의 주인공이 되었다고 생각하는 눈치였지만 보슈는 펠을 동정하지 않았다. 펠의 비극적인 개인사와 어린애 같은 모습에 별 관심이 없었다. 현재의 펠은 성범죄자였다. 펠이 승합차로 끌고 간 아홉 살 사내아이에게 물어보라, 그가 어떤 사람인지. 보슈는 성범죄자들이 자신을 숨기고 거짓말하면서 상대방이 허점을 드러내기를 기다린다는 사실을 절대 잊지 말자고 다짐했다. 펠을 불쌍히 여기는 실수 따위는 하지 않을 생각이었다.

"이제 시작해볼까?" 보슈가 말했다. "대화 내용을 메모해야 하는데 괜찮지?"

"괜찮아요." 펠이 말했다.

보슈는 수첩을 꺼냈다. 가죽으로 된 수첩 겉장에 LA 경찰국 경찰 배지가 돋을새김되어 붙어 있었다. 딸한테서 받은 선물이었는데, 매디는 홍콩에 사는 친구를 통해 그 수첩을 맞춤 제작했다. 그 친구의 아버지가 홍콩에서 가죽 공방을 한다고 했다. 그 배지에는 2997이라는 보슈의 배지 번호까지 새겨져 있어서 완벽했다. 매디의 크리스마스 선물이었다. 이 수첩은 보슈가 제일 아끼는 물건들 중 하나였는데 딸에게서 받은 것이기 때문이기도 했지만 가치 있는 목표를 이루는 수단이 되기 때문이기도 했다.

메모하기 위해 수첩을 펼칠 때마다 조사 대상자들에게 경찰 배지를 보여주고 있었고 이를 통해 공권력을 행사하는 중이라는 사실을 그들에게 상기시켜주고 있었다.

"그래, 무슨 일로 이러는 거예요?" 펠이 비음 섞인 높은 음조의 목소리로 물었다. "닥터도 아무 말 안 해주고."

스톤은 펠에게 닥터라고 부르지 말라는 말을 하지 않았다.

"살인사건 때문에 부른 거야, 클레이턴." 보슈가 말했다. "네가 겨우 여덟 살이었을 때 일어난 사건."

"살인사건이라니요. 난 아무것도 몰라요, 형사님."

귀에 거슬리는 목소리였다. 보슈는 펠의 목소리가 원래 그런지 아니면 감옥에서 공격당한 후유증인지 궁금했다.

"그래, 알아. 걱정하지 마, 넌 용의자가 아니니까."

"그럼 왜 나를 찾아왔어요?"

"좋은 질문이야. 단도직입적으로 말할게, 클레이턴. 네가 이 방에 있는 건 피해자의 몸에서 네 혈흔과 DNA가 발견되었기 때문이야."

펠이 의자에서 벌떡 일어섰다.

"난 이만 갑니다."

펠이 문을 향해 돌아섰다.

"클레이!" 스톤이 소리쳤다. "형사님 말씀 끝까지 들어! 넌 용의자가 아니야! 여덟 살이었잖아. 형사님은 네가 뭘 알고 있는지 듣고 싶으시대. 제발 부탁이야, 클레이!"

펠이 스톤을 내려다보면서 보슈를 가리켰다.

"당신은 이 사람을 믿을 수 있는지 모르지만 난 못 믿어요. 경찰이 누구한테 호의 베푸는 거 봤어요? 자기들한테만 베풀지."

스톤이 일어서서 계속 설득했다.

"클레이턴, 제발. 한 번만 얘기 좀 해."

펠은 마지못해 다시 자리에 앉았다. 스톤도 따라 앉았다. 펠은 고집스럽게 보슈를 외면하고 스톤만 노려보았다.

"살인범이 네 피를 자기 몸에 묻힌 것 같아." 보슈가 말했다. "그 피가 어떤 식으로든 피해자에게로 옮겨졌고. 난 네가 그 범죄와 직접적인 관련이 있다고 생각하지 않아."

"마음에도 없는 소리 말고 빨리 끝내죠." 펠이 수갑을 채우라는 듯 두 팔목을 모아 앞으로 내밀면서 말했다.

"클레이, 제발." 스톤이 말했다.

펠은 이제 그만하라는 듯 두 손을 내저었다. 그는 덩치가 굉장히 작아서 의자에 앉은 채로 몸을 완전히 틀어 의자의 왼쪽 팔걸이에 두 다리를 걸쳐놓을 수 있었다. 펠은 그렇게 앉아 아빠에게 화가 나서 모른 척하는 아이처럼 보슈에게 쌀쌀맞게 대하고 있었다. 가슴에 팔짱을 끼고 있었고 목 뒤쪽 옷깃 위로 문신의 끝부분이 살짝 드러나 보였다.

"클레이턴, 여덟 살 때 어디 살았는지 기억 안 나?" 스톤이 엄격한 목소리로 물었다. "나한테 몇 번이나 반복한 얘긴데 기억 안 나?"

펠이 고개를 숙였고 조금 누그러졌다.

"물론 기억하죠."

"그럼 보슈 형사님이 묻는 말에 대답해."

펠은 10초쯤 고민하더니 고개를 끄덕였다.

"알았어요. 뭔데요?"

보슈가 질문을 하려는데 주머니에서 휴대전화가 울렸다. 펠이 그 소리를 들었다.

"전화 받으면 난 그냥 가요."

"걱정하지 마, 나도 휴대전화 딱 질색이니까."

보슈는 전화벨이 그칠 때까지 기다렸다가 조사를 시작했다.

"여덟 살 때 어디서 어떻게 살았는지 말해줘, 클레이턴."

펠이 보슈를 향해 완전히 돌아앉았다.

"괴물과 함께 살았어요. 엄마가 집에 없을 때마다 나를 두들겨 패던 새끼랑."

펠이 말을 멈췄다. 보슈는 기다리다가 말을 재촉했다.

"그리고 또, 클레이턴?"

"두들겨 패는 것만으로는 성에 안 찼는지 자기 자지를 빨게 했어요. 일주일에 두세 번씩. 대답이 됐습니까, 형사님?"

"그리고 그 자식 이름이 쟈니였고?"

"그 얘긴 어디서 들었어요?"

펠은 스톤이 자신을 배신했다고 생각했는지 그녀를 노려보았다.

"네 선고 전 평가보고서에 나와 있던데 뭘." 보슈가 재빨리 대답했다. "다 읽어봤어. 네가 쟈니라는 남자 얘기를 했다고 적혀 있던데. 그 자식이 지금 우리가 얘기하는 그 자식이야?"

"그냥 내가 그렇게 부르는 거예요. 요즘에. 스티븐 킹 영화에 나오는 잭 니컬슨을 닮아서. '여기 있었구나, 쟈니'라고 말하면서 도끼 들고 남자애 쫓아다니는 남자요. 그 새끼가 꼭 그렇게 나를 쫓아다녔다니까요. 도끼는 안 들었지만. 도끼는 필요도 없었고."

"본명이 뭐야? 알고 있었어?"

"아뇨, 몰랐어요."

"진짜?"

"진짜죠 그럼. 그 새끼가 내 신세를 이렇게 조져놨는데, 이름을 알았다면 기억하지 않겠어요? 그런데 별명은 기억나요, 다들 부르던 별명."

"뭔데?"

펠의 입가에 슬며시 미소가 피어올랐다. 그는 모두가 원하는 것을 갖고 있었고 그걸 자신에게 유리하게 써먹을 작정이었다. 보슈의 눈에 그의 속셈이 빤히 들여다보였다. 감옥에 있는 동안 귀동냥으로 얻어 배운 게 많은 것이다.

"그걸 알려주면 내가 얻는 게 뭐죠?" 펠이 물었다.

보슈는 대답이 준비되어 있었다.

"널 고문한 자식을 감옥에 처넣어서 평생을 거기서 썩게 해줄게."

"그 새끼가 아직 살아 있는지 뒈졌는지 어떻게 알아요?"

보슈는 어깨를 으쓱거렸다.

"추측해보는 거지. 평가보고서를 보니까 어머니가 열일곱 살 때 널 낳았던데. 그럼 이 자식을 만나서 동거할 무렵엔 스물다섯 살쯤 되었다는 얘기잖아. 이 자식이 네 어머니보다 훨씬 더 나이가 많진 않았을 거 아냐. 그리고 그게 22년 전이니까…… 지금은 50대가 되었겠지. 그렇다면 아직도 멀쩡히 살아 있을 가능성이 높지 않겠어?"

펠이 바닥을 노려보았다. 그자의 손아귀에서 고통당하던 때를 떠올리고 있는 것 같았다.

스톤이 목소리를 가다듬고 말했다.

"클레이, 악에 대해서 얘기했던 것 생각나? 인간이 태어날 때부터 악하게 태어나는 건지, 아니면 살다 보니 악해지는 건지 얘기했던 거? 행동은 악할 수 있지만 그런 행동을 하는 인간은 악하지 않다고 했던 거?"

펠이 고개를 끄덕였다.

"그런데 이 사람은 악해. 너에게 한 짓을 생각해봐. 그리고 다른 피해자들에게도 악한 짓을 많이 했다고 보슈 형사님은 믿고 있어."

펠이 다시 고개를 끄덕였다.

"그 빌어먹을 허리띠 버클에 글자가 새겨져 있었어요. 그 새끼는 주로 그 버클 있는 쪽으로 나를 때렸어요. 개새끼. 한참 맞고 나니까 정말 더는 맞고 싶지 않더라고요. 그래서 하라는 대로 했죠…….”

보슈는 잠자코 기다렸다. 다른 질문을 할 필요가 없었다. 스톤도 같은 생각이었나 보았다. 한참 후 펠이 또 고개를 끄덕이더니 다시 입을 열었다.

“다들 그 새끼를 칠(Chill)이라고 불렀어요. 우리 엄마도요.”

보슈는 그 별명을 받아 적었다.

“허리띠 버클에 글자가 새겨져 있었다고 했는데, 이름의 첫 글자 같은 거야? 어떤 글자였어?”

“C. H.”

보슈는 그 글자도 적었다. 아드레날린이 솟구치기 시작했다. 이름을 완벽하게 알아낸 건 아니지만 가까이 가고 있었다. 불현듯 어떤 장면이 상상되었다. 자기가 주먹을 들어 문을 두드리고 있었다. 아니, 문을 때려 부술 듯이 내려치고 있었다. 그러자 칠이라는 자가 문을 열었다.

청하지도 않았는데 펠이 말을 이었다.

“작년에 그림 슬리퍼(Grim Sleeper, 1980년대 말부터 2000년대까지 10명 이상을 살해한 연쇄살인범–옮긴이) 뉴스를 보니까 칠이 생각나더라고요. 칠도 그림 슬리퍼처럼 사진을 모았어요.”

그림 슬리퍼는 연쇄살인 용의자에게 붙여진 별명이자 그를 쫓는 전담 수사반에 붙여진 별명이기도 했다. 한 명의 살인범이 여러 명의 여자를 살해한 혐의를 받았는데 범행과 범행 사이에 시간적 간격이 아주 길어서 마치 그가 동면에 들어간 것 같았다. 지난해 용의자가 체포됐을 때, 경찰은 그가 갖고 있던 여자 사진 수백 장을 찾아냈다. 대다수는 벌거벗은 채로 성적으로 유혹하는 포즈를 취하고 있었다. 그 여자들이 누구이고 그들에게 무슨 일이 있었는지를 알아내기 위해 아직도 수사가 진행되고 있었다.

"여자 사진?" 보슈가 물었다.

"네, 자기가 데리고 잔 여자들 사진이요. 벌거벗은 사진. 전리품이죠. 우리 엄마 사진도 찍었더라고요. 내가 봤어요. 사진을 찍으면 그 자리에서 바로 나오는 카메라를 갖고 있었어요. 필름을 갖고 약국 가서 뽑아올 필요가 없었죠. 디지털카메라가 나오기 전이었어요."

"폴라로이드구먼."

"맞아요, 폴라로이드."

"특이한 건 아니야." 스톤이 말했다. "육체적으로든 정신적으로든 여자를 해치는 남자들한테서 종종 볼 수 있는 모습이지. 일종의 통제 행위랄까. 소유욕의 발현이기도 하고. 벽에 박제동물을 달아놓는 것과 비슷한 거야. 득점 상황을 기록하는 거지. 지배욕이 굉장히 강한 성격이 보이는 증상이야. 디지털카메라와 인터넷 포르노그래피가 일반화된 요즘에는 이런 현상이 더 두드러지고."

"그러면 칠이 선구자였네요." 펠이 말했다. "컴퓨터는 없었어요. 사진을 구두 상자에 보관했죠. 그 덕분에 우리가 그 새끼한테서 벗어날 수 있었고요."

"그게 무슨 말이야?" 보슈가 물었다.

펠이 잠깐 입술을 앙다물었다가 입을 열었다.

"내가 자기 자지를 빠는 모습을 찍었어요, 그 새끼가. 그걸 구두 상자에 넣어놨더라고요. 어느 날 내가 그 사진을 몰래 꺼내서 엄마 눈에 띄도록 놔뒀어요. 그날로 우린 그 집을 나왔죠."

"구두 상자 안에 다른 사내아이들이나 남자들 사진도 있었어?" 보슈가 물었다.

"한 명 더 본 기억이 나요. 나처럼 어린애였는데 모르는 애였어요."

보슈는 몇 개 더 메모를 했다. 칠이 양성애자였다는 펠의 진술은 칠이라는 인물에 대한 중요한 정보였다. 보슈는 또 펠 모자가 칠이라는 남자와 동거할 때 어디서 살았는지 기억나느냐고 물었다. 펠은 그리피스파크에 있는 트래블타운(철도 박물관. 철도의 역사를 보여주는 각종 시설물과 기차들이 전시되어 있음-옮긴이) 근처였다는 것만 기억난다면서 어머니가 자기를 그곳으로 데려가서 장난감 기차를 태워주곤 했었다고 말했다.

"거길 걸어서 갔어, 아니면 차를 타고 갔어?"

"택시를 탔는데 가까운 거리였다는 건 기억나요. 자주 갔었어요. 그 작은 장난감 기차를 타는 걸 엄청 좋아했거든요."

좋은 정보였다. 트래블타운은 그리피스파크 북쪽에 있으니까 펠이 칠과 함께 살았던 곳은 분명 노스할리우드나 버뱅크였을 것이다. 범위가 좁혀지는 느낌이었다.

보슈가 칠의 생김새를 묻자 펠은 칠이 백인이고 키가 크며 근육질의 다부진 몸이었다고 말했다.

"직업이 있었어?"

"제대로 된 직업은 없었어요. 일당 받고 일하는 잡역부나 뭐 그 비슷한 일을 했던 것 같아요. 트럭에 공구를 많이 싣고 다녔어요."

"어떤 트럭이었어?"

"사실 승합차였어요. 포드 이코노라인. 거기서 나한테 그 짓을 하게 시켰어요."

나중에는 너도 그런 승합차에서 똑같은 범죄를 저지르지 않았냐고 말하고 싶었지만, 물론 입 밖에 내지는 않았다.

"그 당시 칠이 몇 살 정도였을 것 같아?" 보슈가 물었다.

"모르겠어요. 아까 형사님이 말한 게 아마 맞을 거예요. 엄마보다 다섯 살쯤 많았을까?"

"혹시 그 자식 사진 안 갖고 있어? 옛날 물건들 속에 한 장이라도 끼어 있지 않을까?"

펠이 허허 웃으면서 별 미친놈을 다 본다는 표정으로 보슈를 쳐다보았다.

"내가 그 새끼 사진을 갖고 있을 거라고 생각해요? 엄마 사진도 한 장 없거든요, 형사님."

"미안. 꼭 물어봐야 하는 질문이었어. 그 자식이 네 엄마 말고 딴 여자랑 있는 거 본 적 있어?"

"딴 여자랑 섹스하는 거 봤냐고요?"

"응."

"아뇨."

"클레이턴, 칠에 대해서 또 뭘 기억하지?"

"그 새끼 근처에 얼씬거리지 않으려고 애썼던 것만 기억나요."

"지금 보면 알아보겠어?"

"뭐요, 지금요? 20년이나 지났는데?"

보슈가 고개를 끄덕였다.

"글쎄요. 하지만 그때 그 새끼 모습은 절대 못 잊을 거예요."

"그때 칠과 함께 살았던 곳에 대해서 더 기억나는 거 있어? 칠을 찾을 단서가 될 만한 거."

펠은 잠깐 생각하더니 고개를 가로저었다.

"아뇨, 형사님, 지금까지 말한 게 전부인데요."

"애완동물을 길렀어?"

"아뇨. 하지만 나를 개 패듯이 팼으니까 내가 애완동물이었겠죠."

스톤이 질문할 게 있나 싶어 보슈는 그녀를 흘끗 쳐다보았다.

"취미는 뭐였어?" 스톤이 물었다.

"그 구두 상자를 채우는 게 취미였던 것 같아요." 펠이 말했다.

"하지만 사진에 나온 다른 여자들은 한 번도 못 봤고, 그렇지?" 보슈가 물었다.

"그런데 그건 별로 안 중요한 것 같은데요. 보면 알겠지만 사진들 거의 다가 그 승합차 안에서 찍은 거예요. 거기 낡은 매트리스가 깔려 있었어요. 그 새긴 여자를 집에 데려오지 않았어요."

좋은 정보였다. 보슈는 그 정보를 적어놓았다.

"사내아이를 찍은 사진도 봤다고 했는데. 그것도 승합차 안에서 찍은 거였어?"

펠은 곧바로 대답하지 못했다. 자신이 승합차에서 저지른 짓이 떠올라 켕기는 모양이었다.

"기억이 안 나는데요." 마침내 그가 대답했다.

보슈는 다음 질문으로 넘어갔다.

"한 가지 물어볼게, 클레이턴. 내가 그 자식을 잡아서 재판까지 가면, 오늘 했던 말을 법정에서 다시 해줄 수 있어?"

펠은 한참을 고민했다.

"그래서 내가 얻는 게 뭐죠?" 펠이 물었다.

"말했잖아, 안도감을 얻을 거라고." 보슈가 말했다. "그 자식을 평생 감옥에서 썩게 만드는 데 일조하는 거니까."

"그게 무슨 의미가 있다고."

"난 아무것도 약속……."

"그 새끼가 나한테 무슨 짓을 했는지 봐요! 내가 이렇게 된 게 다 그 새끼 때문이라고요!"

펠은 자기 가슴을 손가락으로 가리키면서 고함을 질렀다. 동물같이 흉포한 날것 그대로의 감정이 왜소한 체구가 무색하게 터져 나왔다. 그리고 보슈에게 고스란히 전달되었다. 법정에서 그런 감정 폭발이 일어난다면 얼마나 충격적이고 강렬할지 충분히 짐작되었다. 펠이 배심원단 앞에서 지금처럼 고함을 지르고 감정을 폭발시킨다면, 피고인은 엄청난 타격을 입을 것이 틀림없었다.

"클레이턴, 그 자식 내가 꼭 잡을게." 보슈가 말했다. "방금 한 말을 그 자식 면전에서 다시 해줘. 그럼 남은 인생을 좀 더 편히 살 수 있을 거야."

"남은 인생을 편히 살 수 있다? 야호, 신난다! 감사합니다!"

비꼬는 기색이 역력했다. 보슈가 바로 받아치려는데 상담실 문을 두드리는 소리가 날카롭게 났다. 스톤이 일어서서 문을 열자 다른 치료사가 문 앞에 서 있었다. 그녀가 스톤에게 귓속말을 했고 스톤이 보슈를 돌아보았다.

"경찰관 두 명이 출입구에서 형사님을 찾고 있다는데요."

보슈는 펠에게 시간 내줘서 고맙다고 인사한 뒤 수사 진행 상황을 계속 알려주겠다고 말했다. 그러고는 출입구를 향해 걸어가면서 휴대전화를 꺼냈다. 그동안 네 통의 전화가 들어와 있었다. 한 통은 파트너에게서 온 거였고, 두 통은 잘 모르는 213번호에서 걸려왔으며, 나머지 한 통은 키즈 라이더에게서 온 거였다.

경찰복을 입은 순경 두 명은 밴나이스 경찰서 소속이라고 했고, 경찰국장실의 지시를 받고 왔다고 했다.

"형사님이 전화도 안 받고 무전에도 응답을 안 하신다고요." 둘 중 나이가 많은 순경이 말했다. "국장실 라이더 경위에게 연락하시랍니다. 긴급 사안이라고 하던데요."

보슈는 고맙다고 말했고 중요한 참고인 조사가 있어서 전화기를 꺼놓았었다고 설명했다. 그러고는 순경들이 떠나자마자 라이더에게 전화했다. 그녀는 즉시 전화를 받았다.

"선배, 왜 전화 안 받아요?"

"조사 중이었어. 보통 조사 중에는 전화 안 받아. 날 어떻게 찾아냈어?"

"선배 파트너를 통해서요. 그래도 파트너는 전화를 받더라고요. 그 사회적응훈련원이 어빙 사건과 무슨 관련이 있죠?"

대답을 피할 길이 없었다.

"아무 관련 없어. 다른 사건이야."

잠깐 침묵이 흘렀다. 라이더가 보슈에 대한 실망감과 분노를 억누르려고 애쓰고 있는 것이 분명했다.

"선배, 국장님이 어빙 사건부터 우선적으로 수사하라고 지시하셨잖아요. 그런데 왜……."

"이봐, 키즈, 부검 결과를 기다리는 중이야. 부검 결과가 나올 때까진 어빙 사건과 관련해서 내가 할 수 있는 일이 아무것도 없어. 거기서부터 시작해야 하거든."

"그런데 이거 알아요?"

이제야 보슈는 213이 찍힌 부재중 전화가 어디에서 온 것인지 알 것 같았다.

"뭐?"

"30분 전에 부검을 시작했어요. 지금 출발하면 끝부분은 볼 수 있을 거예요."

"추 형사 거기 가 있지?"

"내가 알기로는 그래요. 당연히 거기 있어야죠."

"바로 출발할게."

겸연쩍어진 보슈는 더 말하지 않고 전화를 끊었다.

14

부검

보슈가 수술가운을 입고 장갑을 낀 후 부검실에 들어갔을 때, 부검의는 벌써 초를 칠한 두꺼운 실로 조지 어빙의 몸을 꿰매고 있었다.

"늦어서 미안합니다." 보슈가 말했다.

부검의 보르하 토론 안톤스 박사가 부검 테이블 위 천장에 달려 있는 마이크를 가리키자 보슈는 자신의 실수를 깨달았다. 부검 절차와 결과가 녹음되고 있었는데 이제 보슈가 부검을 놓칠 뻔했다는 사실이 공식적으로 기록된 것이다. 사건이 재판까지 간다면, 피고인 측 변호인은 이 사실이 지닌 많은 의미를 배심원단에게 전달할 수 있을 것이다. 추 형사가 참석했다는 사실은 중요하지 않았다. 영리한 변호사라면 수사 책임자가 있어야 할 자리에 있지 않았다는 사실만 가지고도 그를 사악하고 부패한 경찰관으로 몰아갈 수 있었다.

보슈는 가슴에 팔짱을 끼고 작업대에 기대서 있는 추 형사 옆으로 가서 섰다. 작업대는 부검 테이블 발치에 있었다. 부검 현장에서 최대한 멀리 떨어져 있으면서 그래도 부검 현장에 있었다고 말할 수 있는 곳이었다. 추가 플라스틱 얼굴 보호대를 하고 있었지만 보슈는 그의 심기가 굉장히 불편하다는 것을 알 수 있었다. 언젠가 추가 보슈에게 고백한 적이 있었다. 자신이 미제사건 전담반에서 일하고 싶은 것은 살인사건 수사를 원하지만 부검 참관은 힘들기 때문이라고 했었다. 그는 인간의 신체를 해부하는 광경을 차마 볼 수가 없었다. 그래서 미제사건 수사가 그에겐 가장 적합한 업무였다. 부검 소견서를 검토하지만 실제로 부검에 참관할 필요는 없고, 그럼에도 살인사건을 수사하는 것이니까.

보슈는 부검 중에 흥미로운 점이 있었는지 추에게 물어보고 싶었지만, 기다렸다가 녹음기가 꺼진 뒤 안톤스에게 직접 물어보기로 결정했다. 대신 그는 작업대 위에 있는 시험관 꽂개에 꽂힌 시험관의 수를 셌다. 안톤스는 어빙의 혈액을 시험관 다섯 개에 채취해놓았는데 그것은 모든 독극물에 관한 검사를 요청하겠다는 뜻이었다. 일상적인 부검에서는, 열두 가지 기본 약물군에 관해서만 검사를 한다. 그러나 카운티가 경비를 아끼지 않거나, 일상적인 수준을 넘어서는 약물이 투여된 것 같은 의심이 들 때, 전면적인 독극물 검사를 실시해 스물여섯 개의 약물군을 모두 검사한다. 그럴 때 시험관 다섯 개의 혈액이 필요하다.

안톤스는 Y자로 절개한 몸을 다 꿰맸다는 사실을 말하면서 부검을 끝낸 후 장갑 한 짝을 벗고 마이크를 껐다.

"와주셔서 감사합니다, 형사님." 안톤스가 말했다. "바쁘실 텐데 어떻게 시간을 내셨네요?"

"신나게 밟아서 왔지." 보슈가 안톤스의 말에 장단을 맞춰주었다. "내가 안 와도 파트너가 다 알아서 해줄 텐데, 뭐. 안 그래, 파트너?"

보슈는 추의 어깨를 거칠게 툭 쳤다. 추를 파트너라고 부른 것은 일종의 신호였다. 그들은 처음 한 조로 일하게 되었을 때 앞으로 누가 연극을 하거나 허세를 부릴 때엔 상대방을 파트너라고 부르는 것이 신호라고 미리 짜두었다. 신호를 받으면 맞춰주고 맞장구를 쳐줘야 했다.

그런데 이번에는 추가 그 약속을 저버렸다.

"네, 그렇죠." 추가 말했다. "그래서 그러셨어요? 계속 전화를 걸어도 안 받으시던데."

"받을 때까지 걸었어야지."

보슈는 플라스틱 얼굴 보호대가 녹아내릴 듯이 무서운 눈초리로 추를 노려보았다. 그러다가 안톤스에게로 눈길을 돌렸다.

"보니까 전면적인 독극물 검사를 할 모양이던데, 닥터. 잘 생각했어요. 내가 알아야 할 다른 사항은 없을까?"

"제가 결정한 거 아닙니다. 위에서 그렇게 하라니까 한 거지. 하지만 형사님 파트너에게 추가조사가 필요한 문제를 알려준 건 제가 결정한 겁니다."

보슈는 추를 바라보다가 고개를 돌려 부검 테이블에 누운 시신을 바라보았다.

"문제? 추가조사? 그러니까 더 조사할 게 있다는 거야, 추?"

"시신 오른쪽 어깨 뒤쪽에 긁힌 자국인지 멍인지 뭔지가 있답니다." 추가 말했다. "얼굴을 땅 쪽으로 하고 떨어졌으니까 추락할 때 생긴 게 아니고요."

"죽기 전에 생긴 상처죠." 안톤스가 덧붙였다.

보슈는 부검 테이블로 다가갔다. 그러고 보니 사건 현장에 늦게 도착해서 피해자의 등을 보지 못했다. 그가 도착했을 땐 밴 애타와 과학수사요원들이 어빙의 몸을 뒤집어놓은 뒤였다. 밴 애타에서 덩치와 떡대에 이르기까지 어느 누구도 고인의 어깨에 있는, 죽기 전에 생긴 상처에 대해서는 아무 말도 해주지 않았었다.

"봐도 될까?" 보슈가 물었다.

"꼭 보셔야겠다면." 안톤스가 투덜거리듯 말했다. "시간 맞춰 오셨으면 좋았잖아요."

안톤스는 작업대 위 선반으로 손을 뻗어 상자에서 새 장갑을 꺼냈다.

보슈는 안톤스가 시신을 뒤집는 것을 도왔다. 시신의 등은 핏빛 액체로 덮여 있었다. 부검 테이블이 쟁반처럼 옆면이 높게 되어 있어 그 핏빛 액체가 가운데로 모여 있었다. 안톤스는 머리 위에 있는 분사구를 잡아당겨 스프레이를 뿌려 그 액체를 씻어냈다. 금세 상처가 또렷이 나타났다. 길이가 10센티미터 좀 넘었고 표면에 살짝 긁힌 자국과 약간 멍든 자국이 있었다. 둥근 모양의 무늬가 반복되고 있었다. 마치 초승달 네 개가 2센티미터 간격을 두고 어깨뼈 선 위에 새겨져 있는 것 같았다. 각각의 초승달은 높이가 5센티미터 정도 되었다.

보슈가 그 무늬를 알아본 순간 두려움이 엄습했다. 추는 너무 젊고 경찰이 된 지 얼마 안 되어 그 무늬가 뭔지 모를 것이었다. 10여 년 전 UCLA 의대 진학을 위해 마드리드에서 와서 안 돌아가고 있는 부검의 안톤스도 뭔지 모르는 것이 틀림없었다.

"점상 출혈(피부나 점막, 장막 따위에 나타나는 점과 같은 모양의 내출혈 — 옮긴이)이 있었는지 확인해봤어?" 보슈가 물었다.

"물론이죠." 안톤스가 말했다. "점상 출혈은 없던데요."

점상 출혈은 질식하는 동안 눈 주위의 혈관에서 발생했다.

"어깨 뒤쪽에 있는 찰과상을 보고 왜 점상 출혈에 대해 물으세요?" 안톤스가 물었다.

보슈는 어깨를 으쓱거렸다.

"모든 가능성을 염두에 두는 거지."

안톤스와 추는 보슈를 바라보며 설명이 더 나오기를 기다렸지만 보슈는 잠자코 있었다. 한참 동안 침묵이 흐른 후 보슈가 입을 열었다. 그는 시신의 등에 있는 찰과상을 가리켰다.

"죽기 전에 생긴 상처라고 했는데……. 죽기 얼마 전에 생긴 거지?"

"피부가 찢어진 거 보이죠? 조직을 배양해봤는데, 상처의 히스타민 수준으로 볼 때 죽기 직전에 생긴 상처라는 걸 알 수 있습니다. 그래서 추 형사한테 말했어요, 호텔에 다시 가보라고. 발코니 난간 위로 올라가면서 뭔가에 등을 긁혔을 수도 있거든요. 여기 상처에 무늬 있는 거 보이죠?"

보슈는 그 무늬가 뭔지 알았지만 아직은 아무 말 안 하기로 했다.

"발코니 난간 위로 올라가면서? 그럼 자살이란 얘기야?"

"물론 아니죠. 아직은 아니라고요. 자살일 수도 있고 사고사일 수도 있어요. 추가조사가 필요한 부분입니다. 전면적인 독극물 검사를 해야 하고 이 상처에 대해서도 설명이 필요하고요. 상처 무늬 보이죠? 그게 뭔지 알 아내면 사망 원인을 밝히는 데 한 걸음 더 나아갈 수 있을 겁니다."

"설골(舌骨)은 확인해봤고?" 보슈가 물었다.

안톤스가 뒷짐을 지었다.

"투신한 사람의 설골을 확인해봐야 하는 이유는요?"

"방금 전에 본인 입으로 아직까진 투신자살이라고 단언할 수 없다고 말 하지 않았나?"

안톤스는 대답하지 않고 선반에서 메스를 집어 들었다.

"좀 도와주세요, 뒤집게."

"잠깐만." 보슈가 말했다. "우선 사진 좀 찍고."

"내가 다 찍어놨어요. 지금쯤 인쇄되어 나왔을걸요. 나가는 길에 가져 가시면 됩니다."

보슈는 안톤스가 시신 뒤집는 것을 도와주었다. 안톤스는 메스로 목을 절개하고 기관(氣管)을 보호하는 U자 모양의 작은 뼈를 잘라냈다. 그러고 는 그것을 싱크대로 가져가 조심스럽게 씻은 뒤 작업대 위에 놓인 조명 확대경 밑에 놓고 골절이 있는지 살펴보았다.

"설골은 멀쩡한데요." 안톤스가 말했다.

보슈는 고개를 끄덕였다. 설골이 멀쩡하다는 사실이 무엇을 입증해주지는 못했다. 실력자라면 설골을 부러뜨리거나 눈에서 실핏줄이 터지지 않게 하면서도 어빙을 목 졸라 살해할 수 있었을 것이다. 그러므로 그 사실은 아무것도 입증해주지 못했다.

그러나 어깨 뒤쪽에 있는 상처는 중요한 의미가 있었다. 보슈는 수사의 흐름이 급속하게 바뀌고 있는 것을 느꼈다. 그리고 그것이 하이 징고에 새로운 의미를 부여하고 있다는 걸 느낄 수 있었다.

15
목조르기 제압술

추는 아무 말 없이 주차장으로 들어서서 한참을 걸어가다가 갑자기 분통을 터뜨렸다.

"그래서요, 형사님, 도대체 일이 어떻게 되어가고 있는 겁니까? 저 안에서 하신 말씀은 다 뭐고요?"

보슈는 휴대전화를 꺼냈다. 통화할 데가 있었다.

"말할 수 있을 때 말해줄게. 지금은 사무실로 돌아가서……."

"어물쩍 넘어가려고 하지 마세요, 형사님! 우린 파트너잖아요. 그런데도 형사님은 항상 모든 것을 혼자서 처리하고 계세요. 이제 더 이상은 그렇게 못 하십니다."

추가 걸음을 멈추고 보슈를 향해 돌아서서 두 팔을 벌렸다. 보슈도 걸음을 멈췄다.

"이봐, 난 자네를 보호하려는 거야. 우선 통화부터 하고 나서 얘기하자."

추는 만족을 못 하고 고개를 가로저었다.

"미치겠네, 진짜. 제가 어쩌기를 바라세요? 사무실로 돌아가서 시간이나 때우라고요?"

"아니, 자네가 해줄 일이 많아. 증거물 보관소에 가서 어빙이 입었던 셔츠를 달라고 해서 과학수사계에 갖고 가봐. 셔츠 안쪽 어깨 부분에 혈흔이 있는지 검사해달라고 해. 짙은 색 셔츠라 어젠 아무도 발견하지 못한 것 같아."

"혈흔이 있으면 어빙이 그 셔츠를 입고 있을 때 그 상처가 생겼다는 말이네요?"

"그렇지."

"그럼 그게 뭘 의미하는데요?"

보슈는 대답하지 않았다. 그는 호텔 스위트룸 바닥에 떨어져 있던 셔츠 단추를 떠올리고 있었다. 누군가와 몸싸움을 벌이는 도중에 어빙의 목이 졸리고 단추가 떨어져 나갔을 가능성이 있었다.

"셔츠 검사가 끝나면 압수수색영장을 신청하고."

"뭐에 대해서요?"

"어빙의 사무실. 영장이 있어야 들어가서 자료를 찾든가 하지."

"어빙의 자료잖아요. 어빙은 죽었고. 수색영장이 왜 필요하죠?"

"어빙이 변호사였잖아. 그냥 들어갔다가 변호인과 의뢰인 간의 비밀유지 의무가 있는 서류를 들춰보면 곤란하니까. 그러니까 법적으로 아무런 하자가 없게 해놓고 들어가자는 거지."

"형사님이 아무것도 안 알려주셔서 영장 작성이 어려울 것 같은데요."

"아냐, 쉬울 거야. 어빙의 죽음에 대해 모든 가능성을 열어두고 수사하고 있다. 그런데 셔츠에서 단추가 떨어지고 죽기 직전에 등에 상처를 입는 등 몸싸움을 벌인 흔적들이 발견됐다. 고객이나 경쟁자와 원한 관계가 있었던 것은 아닌지 확인할 필요가 있으니 그의 사업 관계 서류 전반에 걸쳐 합법적으로 접근할 수 있게 허락해달라. 그렇게만 쓰면 돼. 간단하잖아. 못 하겠다면 내가 들어가서 쓸게."

"아뇨, 제가 할게요. 문서작성자는 저니까."

사실이었다. 둘이 노동과 책임을 분담할 때 추는 항상 영장작성 작업을 맡았다.

"좋아, 그럼 가서 일 봐. 인상 좀 그만 쓰고."

"거참, 진짜, 누가 인상을 썼다고 그러세요. 입장 바꿔서 제가 형사님을 이렇게 대하면 형사님은 더 하실걸요."

"이봐, 추. 나 같으면 파트너가 나보다 나이도 많고 경험도 많다면, 그리고 때가 되면 다 말해줄 테니까 자길 믿고 기다리라고 하면, 그렇게 할 것 같아. 그리고 나를 배려해준 것에 대해 고마워할 것 같고."

보슈는 추가 자기 말을 새겨들을 시간을 준 뒤 추를 보냈다.

"들어가서 보자. 나 갈게."

그들은 각자의 차를 향해 걸어가기 시작했다. 보슈가 파트너를 돌아보니 추는 풀이 죽은 듯 고개를 푹 숙이고 걷고 있었다. 추는 고위층의 입김이 작용하는 사건이 얼마나 복잡한 양상을 띠는지를 이해하지 못했다. 그러나 보슈는 이해했다.

보슈는 키즈 라이더에게 전화를 걸면서 운전석에 탔다.

"15분 후에 경찰학교에서 만나자. 시청각실에서."

"안 돼요, 선배. 지금 예산 회의에 들어가야 돼서."

"그럼 어빙 사건 진척상황을 얘기 안 해줬다고 투덜거리지 마."

"지금 말해주면 안 돼요?"

"안 돼. 보여줄 게 있어. 언제 시간 돼?"

한참 침묵이 흐른 뒤 라이더가 대답했다.

"1시는 되어야 해요. 가서 뭐 좀 드시고 계세요. 바로 뛰어갈 테니까."

보슈는 속도를 늦추고 싶지 않았지만 수사의 진행 방향을 라이더가 알고 있어야 했다.

"그럼 그때 보자. 그런데 참, 어제 얘기했던 대로 어빙의 사무실 앞에 보초 세워놨어?"

"네. 왜요?"

"그냥 확인해본 거야."

보슈는 왜 자기를 믿지 못하는 거냐고 라이더가 항의하기 전에 전화를 끊었다.

15분 후 보슈는 엘리시안파크에 있는 경찰학교에 도착했다. 그는 리볼 버앤애슬레틱 클럽에 있는 카페에 들러 카운터 앞 걸상에 자리를 잡았다. 그러고는 전직 경찰국장의 이름을 딴 브래튼 버거와 커피를 주문했고, 메모를 검토하고 추가하면서 한 시간 정도 그곳에 있었다.

보슈는 계산을 하고 카페 벽에 걸린 경찰 관련 기념품들을 구경한 후 오래된 체육관을 통과해—30여 년 전 비 오는 날 그는 그곳에서 경찰 배지를 받았었다—시청각실로 향했다. 이곳 도서관은 비디오가 생긴 이후로 경찰국이 사용한 모든 훈련 비디오를 소장하고 있었다. 보슈는 일반인 사서에게 찾는 것을 말해주었고, 사서가 그 오래된 비디오를 찾아올 때까지 기다렸다.

몇 분 뒤 라이더가 도착했다. 약속 시각에 딱 맞춰 온 거였다.

"자, 선배, 나 왔어요. 하루 종일 계속되는 예산심의 회의가 지겹긴 하지만 최대한 빨리 돌아가 봐야 해요. 여기서 뭐 할 건데요?"

"훈련 테이프를 볼 거야. 키즈."

"그게 어빙 의원의 아들과는 무슨 관계가 있죠?"

"굉장히 밀접한 관계가 있지."

사서가 테이프를 가져왔다. 보슈와 라이더는 비디오 부스로 들어갔다. 보슈가 비디오를 넣고 재생시켰다.

"경찰의 용의자 제압기술을 소개한 오래된 훈련 테이프야." 보슈가 말했다. "세상에는 LA 경찰국의 목조르기 제압술로 더 많이 알려져 있지."

"그 악명 높은 목조르기 제압술이요?" 라이더가 말했다. "아주 옛날에, 내가 경찰이 되기도 전에 금지된 걸로 아는데."

"엄밀히 말해서, 팔 둘러 목조르기는 금지됐지만, 경동맥 누르기는 아직 허용되고 있어. 치명적인 폭력이 존재하는 상황에서는. 그것도 위험하긴 매한가지지만."

"그건 그렇다 치고, 아까도 말했지만, 우리는 여기서 뭐 하는 거예요, 선배?"

보슈가 화면을 가리켰다.

"옛날에는 이 테이프를 보여주면서 용의자를 제압하려면 어떻게 해야 하는지를 가르쳤어. 하지만 지금은 어떻게 하면 안 되는지를 가르치기 위해 사용하지. 이게 팔 둘러 목조르기야."

한때는 목조르기 제압술이 LA 경찰국의 표준 제압술이었지만, 그 제압술로 인해 너무나 많은 사망자가 속출한 후로 법으로 금지되었다.

비디오에선 교관이 시범을 자원한 경찰학교 학생에게 목조르기 제압술을 실시하고 있었다. 교관은 학생 뒤에 서서 왼팔을 들어 학생의 목 앞쪽을 감싸 안았다. 그러고는 왼손으로 학생의 어깨를 굳게 잡음으로써 목을 꽉 죄었다. 학생은 버둥거렸지만 몇 초 만에 의식을 잃었다. 교관은 그를 조심스럽게 바닥에 눕히고 두 뺨을 톡톡 치기 시작했다. 학생은 곧 의식이 돌아왔고 얼떨떨한 표정을 지었다. 그는 카메라 밖으로 안내되어 나갔고 다른 자원자가 들어왔다. 이번에는 교관이 목조르기 제압술의 각 단계를 차근차근 설명하면서 천천히 보여주었다. 그런 다음 저항하는 용의자를 제압하는 요령을 몇 가지 알려주었다. 두 번째 요령이 보슈가 기다리던 거였다.

"저거다." 보슈가 말했다.

보슈는 테이프를 되감아 그 부분을 다시 틀었다. 교관은 그 요령을 '두 팔로 조이기'라고 불렀다. 교관의 왼팔이 자원자의 목을 감싸 안고 왼손이 자원자의 어깨 위에 놓여 있었다. 자원자가 그 팔을 떼어내려고 버둥거리는 것을 막기 위해서, 교관은 자원자의 어깨 위에서 자신의 두 손을 맞잡아 깍지 끼고 오른팔 팔뚝을 자원자의 등으로 내렸다. 그러고는 오른팔뚝을 자원자의 등에 대고 두 팔에 서서히 힘을 주어 자원자의 목을 더욱 꽉 조였다. 두 번째 자원자도 정신을 잃었다.

"자원한 학생들 목을 저렇게 진짜로 조이다니 충격인데요." 라이더가 말했다.

"자원이 자원이 아니었겠지. 다 한 번씩 의무적으로 당해보면서 배웠을 거야." 보슈가 말했다. "요즘의 테이저건도 그렇잖아."

테이저건을 휴대하는 경찰관은 누구나 사용법을 배워야 했고 교육과정에는 자신이 직접 테이저건에 맞아보는 경험이 포함되어 있었다.

"그래서 나한테 뭘 보여주려는 거예요, 선배?"

"목조르기 제압술을 금지할 당시 나는 그 제압술로 인해 발생한 모든 사망 사건을 수사하는 특별수사반에 있었어. 위에서 배치한 거였지, 자원한 게 아니라."

"그런데 그게 조지 어빙과는 무슨 관계가 있죠?"

"사망 원인을 조사해보니까 목조르기 제압술을 너무 자주 너무 오래 실시한 게 문제였어. 조르기를 멈추자마자 경동맥이 열려야 하는데 열리지 않을 때도 있었던 거야. 그럼 사람이 죽었지. 때로는 조르는 압력으로 인해 설골에 금이 가고 기관(氣管)이 으스러지기도 했어. 그럼 또 사람이 죽었고. 결국 목조르기 제압술은 금지됐고 경동맥 누르기 제압술은 치명적인 물리력이 사용되는 상황에서만 허용되게 되었어. 그런데 문제는 이 치명적인 물리력의 판단 기준이 뭐냐는 거지. 요는 거리에서 시비가 붙고

싸움이 일어나도 이젠 목 졸라 제압할 수 없게 되었다는 거야. 무슨 말인지 알겠어?"

"네."

"그 특별수사반에서 난 부검 담당이었어. 부검 결과를 종합해보는 역할이었지. 지난 20년간 발생한 모든 사건의 부검 결과를 살펴보면서 유사성을 찾는 게 일이었어. 그런데 보니까 일부 경우에는 좀 특이한 결과가 나타났더라고. 큰 의미가 있는 건 아니지만 그런 변칙적인 결과가 나타난 경우가 꽤 있었어. 어깨에 특정한 무늬의 상처가 있더라고. 전체 사건의 3분의 1에서 그런 상처가 나타났어. 피해자의 어깨뼈에 초승달 모양이 반복되는 무늬."

"왜 그런 무늬가 나타난 거죠?"

보슈가 비디오 화면을 가리켰다. 교육 테이프는 '두 팔로 조이기'에서 멈춰 있었다.

"두 팔로 조이기 때문이었어. 그 당시엔 많은 경찰들이 베젤(시계 케이스를 둘러싼 테두리 부분-옮긴이)이 큰 군용 손목시계를 차고 있었거든. 목조르기 제압술을 실행하면서 두 손을 깍지 껴서 잡고 팔목을 어깨에 대고 누르면, 시계 베젤이 피부를 눌러서 피부가 찢어지거나 멍을 남겼지. 그건 몸싸움이 있었다는 증거일 뿐 별 의미는 없는 거였고. 그런데 그게 오늘 기억나더라고."

"부검할 때요?"

보슈는 재킷 안주머니에서 조지 어빙의 어깨를 찍은 부검 사진을 꺼내 들었다.

"어빙의 어깨야."

"떨어지면서 생긴 상처 아닐까요?"

"땅바닥에 얼굴부터 부딪혔어. 등에 그런 상처가 생길 수 없지. 죽기 전에 생긴 상처라고 법의관이 확인도 해줬고."

사진을 살펴보는 라이더의 표정이 어두워졌다.

"그럼 살해됐다는 말이네요?"

"그렇게 보여. 목조르기를 당해 의식을 잃은 상태에서 발코니에서 떨어뜨려진 거지."

"그렇다고 확신해요?"

"아니, 확신은 못 하고. 하지만 그 방향으로 보고 있는 건 사실이야."

라이더는 수긍한다는 듯 고개를 끄덕였다.

"그리고 현직이나 전직 경찰관이 그랬다고 생각하고요?"

보슈는 고개를 가로저었다.

"아니, 그렇게 생각 안 해. 특정 연령대의 경찰들이 목조르기 제압술 교육을 받았던 건 사실이지만 그 사람들만 배운 건 아니지. 군인들, 무술인들, 심지어 유튜브를 보는 사람들 누구라도 그 제압술을 배울 수 있어. 하지만 한 가지 우연의 일치가 있기는 해."

"우연의 일치요? 우연의 일치 같은 건 없다면서요."

보슈가 어깨를 으쓱거렸다.

"그 우연의 일치라는 게 뭔데요, 선배?"

"그 당시 내가 목조르기 제압술로 인한 사망 사건 특별수사반에 있었다고 했잖아. 그 수사반 책임자가 어빈 어빙 부국장이었어. 센트럴 경찰서에 사무실을 두고 일했지. 그때 처음으로 어빙과 내가 직접 마주친 거야."

"에이, 우연의 일치라고 하기에는 좀 약한데요."

"그렇긴 하지. 하지만 그래도 어빙은 아들 등에 초승달 무늬 상처가 있다는 얘길 듣거나 사진을 보면 그게 무슨 뜻인지 알아차릴 거야. 그런데 당분간은 어빙 의원이 모르게 하고 싶어."

라이더가 보슈를 날카롭게 노려보았다.

"선배, 어빙 의원이 이 일 때문에 국장님을 얼마나 괴롭히는지 알아요? 나도 아주 들들 볶이고 있고요. 부검 문제로 오늘 벌써 세 번이나 전화했던데, 그런데 어빙한테 알리지 않겠다고요?"

"이 사실이 알려지는 걸 원치 않아. 범인이 누구든 자기는 안전하다고 믿게 하고 싶어. 그래야 내가 접근하는 걸 눈치 못 채지."

"난 잘 모르겠네요, 선배."

"어빙이 이 사실을 알게 되면 무슨 짓을 할지 누가 알겠어. 말하지 말아야 할 사람에게 말하거나 기자회견을 열지도 모르잖아. 그럼 이 사실이 세상에 알려지게 되고 우린 경쟁력을 잃는 거야."

"하지만 살인사건 수사를 하려면 어차피 이 사실을 어빙 의원한테 알려야 하잖아요. 그럼 그땐 알게 될 텐데요."

"결국에는 알게 되겠지. 하지만 당분간은 자살인지 타살인지 결론이 안 났다고 말하는 거야. 부검에 따른 독극물 실험 결과를 기다리고 있다고 말이지. 아무리 윗선의 입김이 작용하는 사건이라고 해도 결과가 나오기까지 2주는 걸릴 거야. 그동안 우린 모든 가능성에 대해 철저히 수사해보는 거지. 안 뒤집어본 돌이 없게 말이야. 그러니까 당분간은 어빙이 이 사실에 대해 알 필요가 없어, 키즈."

보슈가 사진을 들어 보였다. 라이더는 입을 문지르며 보슈의 요청에 대해 고민했다.

"국장님한테도 말하면 안 된다고 생각해." 보슈가 덧붙였다.

"그건 안 돼요." 라이더가 즉시 반응을 보였다. "국장님한테 뭔가를 말 안 하고 숨기기 시작하는 그날부터 난 부관으로서의 자격을 상실하는 거예요."

보슈는 어깨를 으쓱거렸다.

"마음대로 해. 다만 이 이야기가 경찰국을 빠져나가지 않게만 해줘."

라이더가 마음의 결정을 내렸는지 고개를 끄덕였다.

"48시간 드릴 테니까 그때 다시 생각해봐요. 목요일 오전 중으로 이 문제와 관련해서 진행 상황을 듣고 싶어요. 향후 방향은 그때 다시 결정하기로 하고."

보슈가 원하던 바였다.

"좋아. 목요일."

"그렇다고 목요일까지 아무 소식도 듣고 싶지 않다는 뜻은 아니에요. 새로운 정보가 있으면 그때그때 알려주세요. 다른 무슨 일이 생기면 전화 주시라고요."

"알았어."

"이젠 어떻게 할 거예요?"

"어빙의 사무실에 대해 압수수색영장을 청구할 거야. 어빙은 사무직원을 두고 있었는데 그 직원이 많은 비밀을 알고 있을 게 틀림없어. 그리고 어빙의 적들에 대해서도 알고 있을 거고. 일단 그 사무직원을 만나서 이야기를 들어봐야겠는데, 자료도 볼 겸 사무실에서 만나려고."

라이더가 고개를 끄덕였다.

"좋아요. 그런데 파트너는 어디 있죠?"

"영장 작성 중이지. 우린 모든 절차를 적법하고 투명하게 진행하려고 애쓰고 있어."

"잘하고 계시네요. 파트너도 목조르기 제압술에 대해 알고 있어요?"

"아직은 몰라. 당신한테 먼저 말해주고 싶었어. 추한테는 오늘 중으로 말할 거야."

"고마워요, 선배. 이젠 예산 회의장으로 돌아가서 줄어든 예산으로 더 많은 일을 할 방법을 찾아야겠어요."

"그래, 행운을 빌어."

"조심하세요. 위험할 수도 있으니까."

보슈가 비디오테이프를 꺼냈다.

"그래, 잘 알고 있어." 보슈가 말했다.

16
어빙의 고객들

조지 어빙이 캘리포니아 변호사협회에 등록된 정식 변호사로 활동하고 있었기 때문에, 수사관들이 그의 사무실과 자료에 대한 압수수색영장을 받아내는 데 화요일 오후와 저녁 시간이 거의 다 들어갔다. 스티븐 플루하티 고등법원 판사는 경찰이 무슨 자료를 열람하고 압수할지를 검토하고 허락해줄 '특별 고문'을 지정한 후에야 압수수색영장에 최종 서명하고 발부해주었다. 특별 고문도 변호사였기 때문에 살인사건 수사관들과는 달리 신속함의 필요성을 느끼지 못했다. 그는 수색 시작 시각을 한가롭게도 수요일 오전 10시로 정했다.

'어빙과 친구들'은 스프링 거리에 있었고, 로스앤젤레스 타임스 건물 주차장 맞은편에 있는 건물에서 방 두 개짜리 사무실을 쓰고 있었다. 조지 어빙은 시청사에서 불과 두 블록 떨어진 곳에서 일하고 있었던 것이다. 뿐만 아니라 경찰국 신청사와는 시청사보다 더 가까이 있었다. 수요일 오전 보슈와 추는 어빙의 사무실까지 걸어갔다. 도착해보니 사무실 문 밖에는 아무도 없고, 사무실 안에 누군가가 있었다.

사무실 안으로 들어간 그들은 70대의 노부인이 앞쪽 방에서 자료를 상자에 넣고 있는 것을 발견했다. 그녀는 조지 어빙의 사무직원인 다나 로젠이라고 자기를 소개했다. 보슈가 전날 밤 그녀에게 전화를 걸어 사무실 수색 때 와달라고 했었다.

"도착하셨을 때 순경이 문밖을 지키고 있던가요?" 보슈가 물었다.

로젠은 어리둥절한 표정을 지었다.

"아뇨, 아무도 없던데."

"특별 고문이 올 때까진 일을 시작하면 안 됩니다." 보슈가 그녀에게 말했다. "해드로우 씨요. 우리가 자료를 상자에 넣기 전에 해드로우 씨가 전부 살펴봐야 하거든요."

"아유, 형사님, 이건 다 내 개인 자료인데……. 이것들을 내가 가져가면 안 된단 말인가요?"

"아뇨, 일단 기다려야 한다는 말입니다. 다 내려놓고 밖으로 나가시죠. 해드로우 씨가 금방 도착할 겁니다."

그들은 인도로 나왔고 보슈가 사무실 문을 닫았다. 로젠에게 갖고 있는 열쇠로 문을 잠그라고 말했다. 그러고는 휴대전화를 꺼내 키즈 라이더에게 전화를 걸었다. 그녀가 전화를 받자 인사말은 생략하고 바로 본론으로 들어갔다.

"어빙의 사무실 문밖에 순경을 세워놓았다고 하지 않았어?"

"세워놨어요."

"아무도 없는데."

"확인하고 전화할게요."

보슈는 전화를 끊고 나서 다나 로젠을 찬찬히 살펴보았다. 그가 예상했던 모습과는 너무 달랐다. 작고 매력적인 여자였지만 나이가 너무 많아서 조지 어빙의 숨겨놓은 애인일 가능성은 전혀 없었다. 조지 어빙의 아내가 그녀를 의심하고 질투하는 것 같다고 추측한 것은 보슈의 철저한 착각이었다. 다나 로젠은 어빙의 어머니뻘이었다.

"어빙 씨와 함께 일하신 지 얼마나 되셨어요?" 보슈가 물었다.

"오래됐지. 조지가 시 법무관실에서 일할 때부터 함께했으니까. 거길 그만두고 나서도 함께 일하자고 그럽디다. 그래서……."

그때 보슈의 휴대전화에서 전화벨이 울려서 로젠이 말을 멈췄다. 라이더였다.

"센트럴 경찰서 상황실장이 오늘 아침 점호 때 거기 배치된 순찰조를 다른 곳으로 이동시켰대요. 선배가 이미 들어갔다 나온 줄 알고."

그 말은 어빙의 사무실이 세 시간 가까이 무방비로 방치되어 있었다는 뜻이었다. 누가 그들보다 먼저 들어가서 자료를 들고 나가고도 남을 시간이었다. 보슈의 마음속에서는 의심과 분노가 치밀어 올랐다.

"상황실장이 누군데?" 그가 물었다. "어빙과 관련 있는 남자야?"

어빈 어빙은 경찰국을 떠난 지 여러 해가 흘렀지만 그가 경찰 고위간부로 있을 때 데리고 있었거나 승진시킨 많은 경찰관들과 아직도 친분을 유지하고 있었다.

"여자예요." 라이더가 말했다. "그레이스 레드데커라고 경감이죠. 내가 알기론, 단순한 실수였어요. 정치적인 사람은 아니에요, 적어도 그런 식으로는."

그 말은 레드데커가 물론 경찰국 내에 정치적인 연줄은 있지만—경찰서 상황실장까지 되려면 어느 정도 연줄이 있어야 했다—공공연하게 정략적으로 행동하지는 않는다는 뜻이었다.

"어빙의 제자들 중 한 명이 아니란 말이지?"

"아니에요. 어빙이 나가고 난 뒤에 간부가 됐거든요."

보슈는 정장을 입은 남자가 그들에게로 다가오는 것을 보았다. 특별 고문일 것 같았다.

"그만 끊을게." 보슈가 라이더에게 말했다. "나중에 다시 얘기하자. 당신 말대로 그냥 단순한 실수였으면 좋겠군."

"다른 의도는 없는 것 같아요, 선배."

걸어오던 남자가 가까이 왔을 때 보슈는 전화를 끊었다. 남자는 키가 크고 적갈색 머리에 피부는 골퍼처럼 햇볕에 그을려 있었다.

"리처드 해드로우 씨?" 보슈가 물었다.

"네, 접니다."

보슈는 그와 인사를 나눴고 로젠이 사무실 문을 열었다. 해드로우는 병 커힐에 있는 유수의 법률 회사에서 일했다. 전날 밤 플루하티 판사가 공익 자원봉사 차원에서 그를 특별 고문으로 임명했다. 임금을 못 받는 일은 미적거릴 이유가 없었다. 해드로우는 수색 일정을 짜는 데는 한없이 느긋했지만 현장에 온 이상 일을 빨리 끝내고 보수를 지급하는 고객들에게로 돌아가고 싶어 했다. 보슈는 그의 그런 태도에 아무런 불만이 없었다.

그들은 사무실로 들어가서 곧바로 행동을 개시했다. 해드로우가 사무실에 있는 자료들을 먼저 살펴보고 변호인과 의뢰인 간의 비밀유지 의무에 적용을 받는 내용이 없다는 것을 확인한 후 추 형사에게 자료를 넘기기로 했다. 한편 보슈는 다나 로젠과 대화를 계속하면서 어빙이 하고 있었던 일과 관련하여 조사해야 할 중요한 사안이 있는지 알아볼 계획이었다.

수사에서는 문서화된 자료가 항상 큰 가치가 있었지만 보슈는 매우 현명해서 이 사무실에서 가장 가치 있는 것은 다나 로젠이라는 사실을 알고 있었다. 그녀에게서 내부 사정 이야기를 듣는 것이 무엇보다도 중요했다.

해드로우와 추가 안쪽 사무실로 들어가자, 보슈는 비서 책상 뒤에 있던 의자를 끌어와 소파 앞에 놓고 로젠에게 앉으라고 말했다. 그러고는 앞쪽 사무실 문을 잠그고 공식적인 참고인 조사를 시작했다.

"로젠 부인이라고 부를까요?" 보슈가 물었다.

"아니, 미혼인데. 그냥 다나라고 불러줘요."

"네, 다나, 아까 밖에서 나누던 얘기 계속할까요? 어빙 씨가 시 법무관실에서 일할 때부터 함께 일했다고 하셨는데."

"그래요, 거기서 조지의 비서로 일했고 '어빙과 친구들'을 개업한 후로도 줄곧 함께 일했지. 법무관실에서 일한 것까지 합치면 올해가 16년째네요."

"그러니까 어빙 씨가 시 법무관실을 나올 때 따라 나오셨다고요?"

로젠이 고개를 끄덕였다.

"같은 날 그만뒀어요. 내겐 좋은 거래였거든. 정규직 시 공무원이었기 때문에 퇴직할 때 연금도 받았고. 그러고 나선 여기로 왔지. 여기선 일주일에 30시간만 근무하면 되니까, 이렇게 편하고 좋은 직장이 어디 있겠어."

"어빙 씨의 일에는 얼마나 관여하셨습니까?"

"별로 안 했어요. 조지가 사무실에 오래 앉아 있지도 않았고. 난 주로 자료 정리, 사무실 청소, 정리정돈, 그런 일을 했지. 전화 받고 메시지 받아 적어놓고. 조지는 여기서 회의를 하지도 않았어요. 아마 한 번도 안 했을걸."

"고객이 많았습니까?"

"사실 선택된 소수의 고객만을 위해 일했어요. 수수료를 많이 요구했고 고객들은 수수료에 걸맞은 결과를 기대했지. 조지는 그 고객들을 위해 열심히 일했고."

보슈는 수첩을 꺼내놓고 있었지만 아직까지 아무것도 적지 않았다.

"최근에는 어떤 고객에게 집중하고 있었죠?"

로젠이 처음으로 즉답을 내놓지 않았다. 그녀가 어리둥절한 표정을 지었다.

"지금 질문하는 걸 들어보니까 형사님은 조지의 죽음이 자살이 아니라고 생각하는 것 같은데, 그래요?"

"제가 말씀드릴 수 있는 건 아직까지는 아무런 추정도 하고 있지 않다는 것뿐입니다. 모든 가능성을 열어두고 수사하고 있죠. 조지의 죽음에 대해 어떤 결론도 내리지 않았습니다. 결론을 내리기 전까지 모든 가능성에 대해 철저히 수사하려고 노력하고 있고요. 이제 제 질문에 대답해주시겠습니까? 최근에 어빙 씨가 집중하고 있었던 고객은 누구였죠?"

"조지가 집중적으로 함께 일하고 있던 고객은 두 군데였죠. 하나는 웨스턴 블록 앤 콘크리트, 다른 하나는 톨슨 견인이라는 업체였지. 두 업체다 지난주에 시의회 투표에서 낙찰을 받았어요. 조지는 두 건 다 바라던 대로 성과를 거두고 나서 한숨 돌리던 참이었지."

보슈는 두 기업체의 이름을 받아 적었다.

"어빙 씨가 그 두 기업을 위해서 어떤 일을 했죠?" 보슈가 물었다.

"웨스턴 블록 앤 콘크리트는 파커 센터의 새 주차건물 건설공사에 입찰해서 따냈고. 톨슨 견인은 할리우드 경찰서와 윌셔 경찰서 견인소가 지정한 견인업체였는데 이번에 재신청을 해서 따냈고."

경찰 견인소 견인업체로 재지정된다는 것은 그 두 경찰서에서 요구하는 모든 견인 업무를 톨슨 견인이 계속 도맡아서 처리한다는 것을 의미했다. 수익성이 좋은 계약이었다. 수익성이 좋은 계약을 성사시킨 건 주차건물 건설공사에 콘크리트를 공급하는 일을 맡게 된 웨스턴도 마찬가지였다. 보슈는 파커 센터의 새 주차건물이 6층으로 지어질 것이고 시 관청단지에 있는 모든 관공서 건물의 막대한 주차 수요를 충족시키기 위해 설계되었다는 것을 어디선가 읽었거나 들은 적이 있었다.

"그러니까 이 두 회사가 최근 어빙 씨의 주요 고객이었군요?" 보슈가 물었다.

"그래요."

"그럼 그 두 회사는 어빙 씨가 거둔 성과에 만족했겠네요?"

"그럼, 당연하지. 웨스턴은 저가 입찰자도 아니었고 톨슨은 이번에 강력한 경쟁자가 있었거든. 게다가 톨슨에 대해 불만을 제기하는 민원서류가 5센티미터가 넘게 쌓여 있었고. 조지가 애를 많이 먹었지만 결국에는 해내더라고."

"아버지가 시의원이었는데 아무 문제 없었습니까? 이해관계의 충돌 아닌가요?"

로젠이 힘차게 고개를 끄덕였다.

"맞지, 이해관계의 충돌. 그래서 의원님은 조지의 고객이 입찰자로 시의회 투표에 부쳐질 때마다 기권했잖아."

이건 납득이 잘 안 됐다. 아버지가 시의원이라는 사실이 시의회 투표에서 조지 어빙에게 유리하게 작용할 것이었다. 그런데 그런 문제가 투표에 부쳐질 때마다 그의 아버지가 기권한다면 그 유리한 입지가 사라지는 것 아닌가.

진짜 사라졌을까?

어빙 의원이 남들 눈을 의식해서 기권한다고 해도, 다른 의원들은 어빙의 아들이 돕는 사업을 밀어주면 자기들이 관심을 갖는 프로젝트에 어빙 의원이 지지를 해줄 것을 알고 있었을 것이다.

"어빙 씨가 한 일에 불만이 있었던 고객은 없었나요?" 보슈가 로젠에게 물었다.

로젠은 조지 어빙의 노력에 불만을 표시한 고객은 한 명도 생각나지 않는다고 말했다. 바꿔 말하면, 시 도급계약을 놓고 어빙의 고객들과 경쟁을 벌인 기업들은 어빙에게 맺힌 게 많았을 것이다.

"어빙 씨가 협박받았다며 고민한 적도 없고요?"

"내가 알기로는 없는데."

"아까 웨스턴 블록 앤 콘크리트가 주차건물 건설공사의 저가 입찰자가 아니었다고 말씀하셨는데, 그럼 저가 입찰자는 어디였죠?"

"컨솔로데이티드 블록이라는 기업인데, 계약을 따내려고 입찰가격을 엄청 낮게 써냈다더라고. 그런 일이 비일비재해요. 하지만 도시계획 담당자들이 그런 속셈을 알지 모르나. 이번에는 조지가 그 담당자들을 많이 도와줬고. 기획과가 웨스턴을 시의회에 추천했어."

"그럼 그 회사에서 협박이 들어오지 않았어요? 꽤나 시끄러웠을 것 같은데."

"기뻐하기야 했겠어? 하지만 아무 얘기도 못 들었어요. 뭐 그런 일 가지고 협박까지."

보슈는 추와 함께 그 두 건의 계약과 관련해서 어빙이 어떤 역할을 했는지 알아봐야겠다고 생각했다. 그러나 지금은 다른 이야기로 넘어가기로 했다.

"어빙 씨가 다음에는 무슨 일을 맡기로 했었습니까?"

"일이 별로 없었어. 얼마 전부터 일을 좀 줄이고 재정비하는 기간을 가져볼까 한다고 말하더라고. 아들이 대학에 입학해서 집을 떠난 후로 조지 부부는 빈 둥지 증후군을 앓았어. 조지가 아들을 많이 그리워했지. 아들이 떠나고 많이 우울해했고."

"그러니까 당장 책임을 맡은 고객은 없었다는 말이네요?"

"상담은 많이 했지만 계약을 한 고객은 한 군데밖에 없었어요. 리젠트 택시라는 택시 회사. 내년에 할리우드 독점사업권을 따내려고 5월에 우리와 계약했지."

로젠의 설명에 따르면 로스앤젤레스 시 정부는 시를 지역권별로 나누어 택시 독점사업권을 주었다. 로스앤젤레스 시는 여섯 개의 택시 구역으로 나뉘어 있었다. 구역마다 그 구역의 인구에 따라 두세 개의 임대사업자나 독점사업자가 있었다. 독점사업권은 택시 회사가 손님을 태울 수 있는 지역을 지정해주었다. 물론 손님을 태운 택시는 손님이 가자는 대로 어디나 갈 수 있었다.

독점사업자로 지정된 택시 회사는 자기 구역 내에서만 택시 정류장이나 호텔에서 대기하며 손님을 기다릴 수 있고 손님을 찾아 돌아다니고 손님의 콜에 응할 수 있었다. 거리에서 손님을 잡기 위한 경쟁이 치열할 때도 종종 있었다. 독점사업권을 따내기 위한 경쟁도 마찬가지로 치열했다. 리젠트 택시는 이미 사우스 LA에서 독점사업권을 갖고 있었지만 수익성이 훨씬 높은 할리우드 지역에서도 사업권을 따내고 싶어 한다고 로젠이 설명했다.

"사업자 지정이 언제 이루어지죠?" 보슈가 물었다.

"내년에." 로젠이 말했다. "얼마 전부터 조지는 사업자 신청 준비 작업을 시작했어."

"할리우드에선 몇 개의 회사에 독점사업권을 주죠?"

"단 두 개의 업체에 주고 2년 계약이야. 1년씩 시차를 두고 지정해서 해마다 한 업체는 계약을 갱신하거나 새로 선정하게 되지. 리젠트 택시는 내년에 새로 사업권을 따내려고 준비 중이고. 갱신 신청을 할 현재의 독점사업자가 여러 가지로 문제가 있어서 탈락할 가능성이 높거든. 조지는 리젠트 택시 관계자들에게 승산이 있다고 말했고."

"문제가 있다는 그 회사 이름이 뭐죠?"

"블랙 앤 화이트. B&W라고 더 잘 알려져 있지."

보슈는 10여 년 전 B&W 택시가 경찰차와 너무 비슷하게 차체를 도색해서 논란이 일었다는 사실을 알고 있었다. LA 경찰국이 항의하자 B&W는 흑백의 체커판 모양으로 디자인을 바꿨다. 그러나 로젠이 그 회사에 문제가 많다고 했을 땐 그 이야기를 한 건 아닐 것 같았다.

"B&W에 여러 가지로 문제가 있다고 하셨는데, 무슨 문제가 있었죠?"

"첫째로 지난 4개월 동안 음주운전이 세 건이나 적발됐어."

"택시운전사가 음주운전을 했다고요?"

"그렇다니까. 그건 절대 있을 수 없는 일인데도 말이지. 그러니 택시 독점사업자 선정위원회나 시의회가 좋게 보겠어? 그런 전력이 있는 회사에 누가 표를 던지고 싶겠어? 그래서 조지는 리젠트 택시가 독점사업권을 따낼 거라고 자신했던 거야. 기록이 깨끗하고 게다가 소유주가 소수민족 출신이거든."

게다가 조지 어빙의 아버지는 택시 독점사업자 선정위원회의 위원들을 임명하는 시의회의 유력인사였다. 이 모든 것이 돈과 직결되었기 때문에 보슈는 이런 정보에 강한 호기심을 느꼈다. 누군가는 돈을 벌고 누군가는 돈을 잃는다. 그런 상황이 살인의 동기가 되는 경우가 허다했다. 보슈는 일어서서 뒤쪽 방 안으로 고개를 들이밀고 해드로우와 추에게 택시 독점사업권과 관련된 자료를 보면 다 챙기라고 말했다.

그러고 나서 보슈는 로젠에게로 돌아와 다시 조지 어빙의 개인사에 대해 물었다.

"어빙 씨가 개인 자료도 여기 보관했습니까?"

"그랬지. 그런데 책상 서랍 속에 있어. 서랍이 잠겨 있는데 열쇠가 나한테 없어."

보슈는 주머니에서 열쇠 꾸러미를 꺼냈다. 샤토마몽트의 주차대행 직원에게서 어빙의 자동차와 함께 넘겨받은 열쇠였다.

"어떤 서랍이죠?"

보슈와 추는 정오에 조지 어빙의 사무실을 나와 경찰국 본부로 돌아갔다. 추는 압수수색영장을 집행하면서 해드로우의 허락을 받아 갖고 온 여러 자료가 든 상자를 들고 있었다. 이 자료에는 조지 어빙이 최근에 컨설팅을 맡았거나 맡을 계획이었던 프로젝트에 관한 자료와 함께, 보험증권 여러 개와 불과 두 달 전에 작성한 유언장 사본과 같은 개인 자료도 들어 있었다.

그들은 걸으면서 다음 할 일을 의논했다. 그날은 사무실에서 일하다가 퇴근하기로 합의했다. 조지 어빙이 맡았거나 맡을 예정이었던 사업과 유언장과 관련해서 살펴볼 기록이 여러 개 있었다. 어빙 바로 다음으로 샤토마몽트에 투숙한 손님을 비롯한 호텔 투숙객들과 호텔 뒤 언덕에 사는 주민들을 대상으로 글랜빌과 솔로몬이 벌인 탐문 수사 결과를 담은 조서도 들어올 예정이었다.

"살인사건 파일을 만들어야겠어." 보슈가 말했다.

그것은 그가 좋아하는 일들 중 하나였다.

17
탐문 수사

　디지털 세상이 되었지만 해리 보슈는 그 세상과 잘 어울리지 못했다. 물론 그는 휴대전화와 노트북 컴퓨터를 능숙하게 사용할 수 있게 되었다. 아이팟으로 음악을 들었고 가끔은 딸의 아이패드로 신문을 읽었다. 그러나 살인사건 파일을 만들 땐 아직도 펜과 종이를 집어 들었고 앞으로도 그럴 것이었다. 그는 공룡이었다. 경찰국이 문서의 전자화로 가고 있고 경찰국 신청사에는 두꺼운 파란색 바인더를 꽂아둘 선반을 위한 공간도 마련되어 있지 않았지만 보슈에게 그런 건 중요하지 않았다. 그는 전통을 지키는 사람이었고, 그 전통이 살인범을 잡는 데 도움이 된다고 믿을 땐 더욱 그러했다.

　보슈에게 살인사건 파일이란 구체적인 증거물만큼이나 중요한, 수사의 핵심이었다. 수사의 닻이었고, 모든 조치와 조사와 증거물과 잠재적인 증거를 모아놓은 개요서였다. 무게와 깊이와 물질을 가진 구체적인 구성요소였다. 물론 살인사건 파일이 컴퓨터 파일로 전락해 USB에 담길 수 있었지만, 그렇게 되면 현실성이 떨어지고 더욱 모호해졌으며 고인에게 결례를 범하는 것 같은 느낌마저 들었다.

보슈는 자기 노력의 산물을 눈으로 봐야 했다. 자기가 지고 가는 부담을 끊임없이 되새겨야 했고, 수사가 진행됨에 따라 페이지가 늘어가는 것을 봐야 했다. 퇴직까지 39개월이 남았든 39년이 남았든 그는 살인범을 쫓는 방법을 바꾸지 않을 것이었다.

추와 함께 미제사건 전담반으로 돌아온 보슈는 사무실 뒷벽을 따라 늘어서 있는 캐비닛으로 걸어갔다. 형사마다 캐비닛을 하나씩 갖고 있었다. 캐비닛은 2단 사물함 정도의 크기에 지나지 않았는데, 그것은 신청사가 옛 방식의 보루가 아니라 디지털 세상을 위해 지어졌기 때문이었다. 보슈는 과거에 해결한 살인사건 파일을 담은 오래된 파란색 바인더를 개인 캐비닛에 보관했다. 경찰국은 공간을 창조하기 위해 이런 수사자료를 기록보관소에서 꺼내 전자화했다. 문서를 스캔한 후 파기했고 빈 바인더는 쓰레기 하치장으로 보냈다. 그러나 보슈는 10여 개의 바인더를 구해내 개인 캐비닛에 숨겨놓았다. 한시라도 이 자료들 없이 지낼 수는 없었다.

보슈는 세월에 빛이 바랜 파란색 플라스틱 겉장이 있는 소중한 바인더들 중 한 개를 캐비닛에서 꺼내 추와 함께 쓰는 칸막이 자리로 갔다. 파트너는 어빙의 자료들을 상자에서 꺼내 그들 책상 옆에 붙어 있는 파일 캐비닛 위에 차곡차곡 쌓고 있었다.

"아이고, 형사님, 형사님." 보슈가 들고 있는 바인더를 보고 추가 말했다. "언제쯤 바뀌실 겁니까? 언제쯤 제가 디지털 세상에 합류할 수 있게 해주실 건데요?"

"39개월 후에." 보슈가 말했다. "그 후엔 살인사건 파일을 USB에 담든 말든 자네 마음대로 해. 난 신경 쓰지 않을 테니까. 하지만 그전에는 내가……."

"……항상 해왔던 대로 하겠다? 네네, 알겠습니다."

"그래야지."

보슈는 책상 앞에 앉아 바인더를 펼치고 노트북을 켰다. 살인사건 파일에 넣을 사건 조서를 벌써 몇 개 작성해놓았다. 그는 그 조서를 전담반 공용 컴퓨터로 전송하기 시작했다. 그러다가 솔로몬과 글랜빌이 제출할 조서가 생각나서 칸막이 자리 안을 둘러보며 부서 간 우편물 봉투가 있는지 찾아보았다.

"할리우드에서 뭐 온 거 없어?" 보슈가 물었다.

"없는데요." 추가 말했다. "이메일을 확인해보시죠."

인터넷에 접속해보니 할리우드 경찰서의 제리 솔로몬에게서 두 통의 이메일이 와 있었다. 이메일마다 첨부파일이 있어서 다운로드한 후 인쇄했다. 첫 번째 파일은 솔로몬과 글랜빌이 호텔 투숙객들을 조사한 결과를 요약해놓은 조서였다. 두 번째 것은 호텔 인근 동네 주민들에 대한 탐문 수사 결과를 요약해놓은 거였다.

보슈는 프린터로 가서 출력한 조서를 집어 들었다. 돌아가면서 보니까 듀발 경위가 그의 칸막이 자리 바깥에 서 있었다. 추는 보이지 않았다. 보슈는 듀발이 어빙 사건에 관해 보고를 받고 싶어 한다는 것을 알고 있었다. 지난 24시간 동안 경위가 메시지 두 개와 이메일 한 통을 보냈는데 답하지 않았었다.

"해리, 내 메시지 받았어요?" 듀발 경위가 다가오는 보슈를 보며 물었다.

"받았는데 전화하려고 할 때마다 전화가 걸려와서 깜박했네요. 미안해요, 경위님."

"또 깜박하면 안 되니까 내 사무실로 들어갈까요?"

질문이 아니라 명령이었다. 보슈는 출력지를 자기 책상에 던져놓고 경위를 따라 반장실로 들어갔다. 그녀는 보슈에게 문을 닫으라고 했다.

"아까 책상에 있던 거 살인사건 파일 만들려고요?" 듀발이 의자에 앉으면서 물었다.

"네."

"조지 어빙이 살해됐다는 말인가요?"

"그런 것 같아요. 아직 공개할 단계는 아니지만."

보슈는 20분 동안 경위에게 수사 진척상황을 간략히 설명했다. 경위는 증거가 더 나오거나 정보 공개가 전략적으로 이롭다는 판단이 설 때까진 수사가 새로운 방향으로 가고 있다는 사실을 알리지 않는 게 좋겠다는 보슈의 생각에 동의했다.

"계속 보고해요, 해리. 내 전화와 이메일에 답하는 거 잊지 말고."

"네, 그러죠. 그렇게 할게요."

"그리고 부하직원들이 어디 있는지 알아야 되니까 자석을 사용하고요."

경위는 전담반 사무실에 자석칠판을 걸어놓고 형사들이 사무실에 있을 때나 나갈 때 자석을 옮겨서 외출 여부를 표시하게 했다. 대다수의 형사들은 이런 조치를 시간 낭비라고 생각했다. 다들 어디 있는지 보통 총무는 알고 있었고, 경위가 자기 사무실에서 나와 보거나 블라인드만 걷어도 알 수 있을 것이다.

"그럴게요." 보슈가 말했다.

보슈가 자기 자리로 돌아가 보니 추가 돌아와 있었다.

"어디 갔다 오셨어요?" 추가 물었다.

"반장실에. 자넨 어디 갔다 왔어?"

"어, 길 건너 카페요. 아침을 못 먹어서."

추는 자기 컴퓨터 모니터에 떠 있는 문서를 가리키면서 화제를 바꿨다.

"덩치와 떡대의 탐문 수사 조서 읽어보셨어요?"

"아니, 아직."

"누가 비상계단 사다리에 있는 걸 봤다는 목격자가 나왔답니다. 그 시각에 거기 사람이 있을 리가 없는데 싶어서 눈여겨봤다고 하네요."

보슈는 돌아서서 자기 책상에서 언덕 위 동네 주민들에 대한 탐문 수사 조서 출력지를 집어 들었다. 그 조서는 마치 마몽트 길에 있는 집들의 주소 목록 같았다. 각 주소마다 문을 열어주었는지의 여부와 주민이 조사에 응했는지의 여부가 기록되어 있었다. 보슈가 20여 년간 LA 경찰국의 탐문 수사 조서에서 수도 없이 보았던 축약형이 많이 적혀 있었다. '집에 아무도 없었다(nobody home)'는 뜻의 NBH와 '주민이 아무것도 보지 못했다(the residents didn't see a thing)'는 뜻의 D-SAT가 많았는데, 한 주소 밑에는 몇 줄의 설명이 적혀 있었다.

얼 미첼(백인 남자, 1961년 4월 13일생)이라는 주민은 잠이 안 와서 물을 마시려고 부엌으로 갔다. 그 집의 뒤쪽 창문은 샤토마몽트의 뒷면과 옆면을 바라보고 있다. 그 주민은 그 창문을 통해 한 남자가 호텔의 비상계단 사다리를 내려가는 것을 보았다고 말했다. 주민은 망원경이 있는 거실로 가서 다시 호텔을 바라보았다. 비상계단에 있던 남자는 사라지고 없었다. 주민은 경찰에 신고하지 않았다. 그 남자를 본 것은 대략 새벽 12시 40분경이었다고, 물을 마시러 가려고 침실 시계를 보았을 때가 12시 40분이었다고 진술했다. 그의 기억으로는 비상계단 사다리에 있던 남자는 5층과 6층 사이에 있었으며 사다리를 내려가고 있었다고 말했다.

조서를 쓴 사람이 덩치인지 떡대인지는 알 수 없었다. 누가 썼건 스타카토로 딱딱 끊어지는 짧은 문장을 구사했지만, 그렇다고 그가 헤밍웨이는 아니었다. 그는 다만 경찰의 '키스' 규칙—간단명료하게 써라, 셜록(Keep It Simple, Sherlock)—에 입각해서 글을 썼을 뿐이었다. 조서가 짧다는 것은 비난하는 사람들과 변호인들로부터 공격받을 가능성과 각도가 줄어드는 것을 의미했다.

보슈는 휴대전화를 꺼내 제리 솔로몬에게 전화를 걸었다. 소리를 들어

보니 솔로몬은 창문을 모두 내린 차 안에 있는 것 같았다.

"나 보슈인데, 자네가 작성한 탐문 수사 조서 읽다가 몇 가지 물어볼 게 있어서 전화했어."

"10분만 기다려주실래요? 지금 차 안에 있고 옆에 누가 있어서요. 민간인이요."

"파트너도 같이 있나? 아님 내가 파트너에게 전화할까?"

"아뇨, 지금 저랑 같이 있습니다."

"잘됐군. 늦은 점심 먹으러 가는 거야?"

"저기요, 보슈 형사님, 우린······."

"서로 들어가자마자 누구든 전화해줘."

보슈는 전화를 끊고 두 번째 조서를 읽기 시작했다. 이것은 호텔 투숙객을 조사한 내용이었고, 주소 대신 객실 호수가 적힌 것이 다를 뿐 첫 번째 것과 같은 식으로 작성되어 있었다. 여기에도 NBH와 D-SAT가 많았다. 다행히도 솔로몬과 글랜빌은 어빙 바로 다음에 체크인한 남자를 만나 이야기를 듣는 데 성공했다.

토머스 래포(백인 남자, 1956년 7월 21일생, 뉴욕 시 거주)는 공항을 출발해 밤 9시 40분에 호텔에 도착했다. 체크인할 때 조지 어빙을 본 것을 기억하고 있었다. 서로 말은 나누지 않았고 그 이후로 어빙을 다시 보지 못했다고 했다. 래포는 작가이고 아치웨이 영화사에서 열리는 시나리오 회의 참석차 LA를 찾았다. 영화사에 확인했음.

또 하나의 완벽하게 불완전한 조서. 보슈는 손목시계를 보았다. 솔로몬은 10분 후에 전화한다고 했는데 벌써 20분이 지나 있었다. 보슈는 휴대전화를 들고 솔로몬에게 다시 전화를 걸었다.

"10분 후에 전화한다며." 보슈가 인사말을 생략하고 말했다.

"형사님이 전화한다고 한 거 아니었어요?" 솔로몬이 짐짓 혼란스러워하는 어조로 맞받았다.

보슈는 눈을 질끈 감고 분을 삭였다. 늙은 여우 같은 솔로몬과 말씨름해봐야 아무 소용이 없었다.

"자네가 보내준 조서에 대해서 물어볼 게 있어."

"물어보세요. 형사님이 상관이니까."

보슈는 솔로몬과 통화하면서 서랍을 열어 구멍 세 개짜리 펀치를 꺼냈다. 그러고는 출력한 조서에 구멍을 뚫어 파란색 바인더의 고리에 끼워넣었다. 살인사건 파일을 만들면서 솔로몬을 상대하니까 마음이 좀 진정되는 것 같았다.

"좋아, 우선, 비상계단 사다리에서 남자를 보았다는 미첼이라는 주민 말이야, 그 남자가 사라진 이유를 알겠대? 5층과 6층 사이에 있는 걸 보고 망원경 있는 데로 가서 다시 보니까 사라지고 없었다며. 그 사이에 1층까지 내려갔다는 건가? 어떻게 된 거야?"

"그야 간단하죠. 미첼은 망원경을 그 방향으로 돌려 초점을 맞추고 나서 보니까 남자가 사라졌다고 했어요. 그 사이에 1층까지 다 내려갔거나 어느 층계참에서 안으로 들어갔겠죠."

보슈는 왜 그런 얘기를 조서에 쓰지 않았느냐고 물을까 하다가 그 이유를 알겠다 싶어서 묻지 않았다. 덩치와 떡대에게 책임을 맡겼으면 조지 어빙의 죽음은 자살로 처리되었을 것이 분명했다.

"그 남자가 어빙이 아니라는 걸 어떻게 알지?" 보슈가 물었다.

커브볼 같은 보슈의 질문에 솔로몬은 잠깐 뜸을 들였다가 대답했다.

"아니라고 장담은 못 하죠. 하지만 어빙이 그 비상계단 사다리에서 뭘 했겠습니까?"

"그야 나도 모르지. 인상착의를 얘기했어? 옷이나 머리색이나 인종 같은 거 말이야?"

"너무 멀리 떨어져 있어서 잘 모르겠대요. 백인인 것 같고 시설관리직원이 아닐까 생각했었답니다. 호텔 직원이요."

"자정이 넘은 시각에 일하고 있었다고? 왜 그렇게 생각했대?"

"바지와 셔츠가 같은 색이었대요. 작업복처럼."

"무슨 색?"

"연한 회색이요."

"호텔에 알아봤어?"

"호텔에 뭘요?"

솔로몬은 이번에도 혼란스러워하는 어조로 말했다.

"이봐, 솔로몬, 바보같이 굴지 마. 호텔에 있는 누군가가 혹은 호텔에서 일하는 누군가가 그 비상계단 사다리에 있어야 했던 이유가 있었는지 확인해봤어? 시설관리직원들은 어떤 색의 작업복을 입는지 물어봤냐고."

"아뇨, 보슈 형사님. 그럴 필요가 없었으니까요. 이 남자가 비상계단 사다리를 내려가고 있었던 건 조지 어빙이 투신하기 훨씬 전이었잖아요. 두 시간에서 네 시간 전. 둘은 아무 상관도 없는 일인데요 뭘. 형사님이 동네 탐문수색을 하라고 우리를 보낸 건 정말 완벽한 시간 낭비였어요. 바보같은 건 바로 그런 게 바보 같은 거죠."

보슈는 지금 솔로몬에게 화를 내면 앞으로 그가 사사건건 비협조적으로 나올 거라는 걸 알았다. 아직은 그를 잃을 준비가 되지 않았다. 그래서 보슈는 다시 화제를 바꿨다.

"좋아, 그건 그렇고, 다른 조서 말이야, 토머스 래포라는 작가 만난 거. LA에 와 있는 이유를 자세히 얘기하던가?"

"아뇨, 뭐 별로. 꽤 유명한 시나리오 작가인가 보더라고요. 영화사가 호텔 뒤쪽 방갈로를 한 채 빌려줬대요. 그 왜 벨루시(존 벨루시, 미국의 코미디

언, 1982년 샤토마몽트에서 마약을 주사하다가 사망함—옮긴이)가 죽은 데 있잖아요. 하룻밤에 2천 달러인데 일주일을 머물 거라고 하더라고요. 대본을 다듬고 있다고 하고요."

보슈가 물으려던 질문에 대한 대답이 먼저 나왔다. 래포를 만날 필요가 있을 때 그를 LA에서 만날 수 있는 기간은 얼마나 될까?

"영화사가 리무진도 마련해줬대? 호텔까진 어떻게 왔대?"

"어…… 아뇨, 공항에서 택시를 탔대요. 비행기가 일찍 도착했다고 하더라고요. 영화사 차가 공항에 도착하기도 전에. 택시를 탔답니다. 그래서 체크인할 때 조지 어빙이 자기 앞에 서게 된 거래요. 래포와 어빙이 동시에 도착했는데 래포는 택시운전사가 영수증을 출력할 때까지 기다려야 했다네요. 한참 걸리더래요. 그것 때문에 열을 내더라고요. 바이오리듬이 동부 시각에 맞춰져 있어서 피곤해 죽을 것 같고 어서 빨리 방갈로에 들어가 쉬고 싶은데 너무 오래 걸려서."

보슈는 잠깐 마음의 동요를 느꼈다. 세상 모든 것에는 질서가 있다는 사실이 새삼스레 느껴졌다. 진실은 정의로운 사람들에게 모습을 드러낸다. 그는 지금 여러 가지 단서들이 이리저리 움직이며 제자리를 찾아가는 것을 느꼈다.

"제리, 래포가 어떤 택시를 타고 왔대?" 보슈가 물었다.

"어떤 택시라뇨?"

"밸리 캡, 옐로우 캡 등등, 어떤 택시 회사 차였냐고. 택시 문에 적혀 있잖아."

"안 물어봤는데요. 그런데 그게 이 사건과 무슨 상관이죠?"

"아무 상관 없을지도 몰라. 이 친구 휴대전화번호는 받았어?"

"아뇨. 하지만 그 호텔에서 일주일간 있을 건데요 뭐."

"그래, 그건 아까 들었고. 제리, 파트너와 함께 호텔로 돌아가서 비상계

단 사다리에 있었던 남자에 대해 알아봐. 호텔이 그날 밤 누구한테 비상

계단 사다리에서 일하라고 시켰는지 물어봐. 그리고 직원들이 입는 작업

복에 대해서도 알아보고."

"어우, 진짜, 왜 그러세요, 보슈 형사님. 어빙이 투신하기 적어도 두 시

간 전에 있었던 일 가지고. 아니, 그보다 더 오래전에 있었던 일 가지고."

"이틀 전에 있었던 일이라도 상관없어. 어서 가서 알아봐. 끝나면 조서

보내고. 오늘 밤 안으로."

보슈는 전화를 끊었다. 그러고는 추를 돌아보았다.

"어빙의 택시 독점사업권 관련 고객에 관한 자료 좀 줘봐."

추는 쌓아놓은 파일들 중에서 하나를 찾아내 보슈에게 건넸다.

"무슨 일인데요?" 추가 물었다.

"아직은 아무것도 아냐. 자넨 뭘 보고 있어?"

"보험이요. 지금까진 아무 문제 없어요. 그런데 전화는 한 군데 해봐야

겠어요."

"나도."

보슈는 책상에 놓인 일반전화기를 들고 샤토마몽트에 전화를 걸었다.

토머스 래포의 방갈로로 연결되었을 때 다행히도 그 작가가 전화를 받

았다.

"래포 씨, LA 경찰국의 보슈 형사입니다. 아까 내 동료들의 조사에 응해

주셨는데 그것과 관련해서 몇 가지 더 물어보고 싶은 게 있어서요. 지금

통화 괜찮을까요?"

"어, 아뇨. 지금 장면을 쓰고 있는 중이라."

"장면이요?"

"영화 장면이요. 시나리오를 쓰고 있다고요."

"그렇군요, 알겠습니다. 그런데 몇 분 안 걸려요. 수사에 매우 중요한 사

안이고요."

"그 사람이 투신했어요, 아니면 누가 밀어서 떨어졌어요?"

"아직은 단언할 수 없지만, 몇 가지 질문에 대답해주시면 진실에 더 가까이 다가갈 수 있을 것 같은데요."

"그럼 물어보세요, 형사님. 편하게 물어보세요. 목소리를 들어보니 콜롬보 형사처럼 생긴 분일 것 같은데."

"칭찬 같군요. 감사합니다. 시작할까요?"

"네, 하세요."

"일요일 밤에 호텔까지 택시를 타고 오셨죠, 맞습니까?"

"네, LA 공항에서 택시를 타고 곧장 왔어요. 아치웨이에서 차를 보내주기로 했는데 비행기가 일찍 도착하는 바람에 차가 도착을 안 했더라고요. 기다리기 싫어서 그냥 택시를 탔죠."

"혹시 타고 온 택시의 회사 이름을 기억하세요?"

"회사요? 체커 택시 뭐 그런 거요?"

"네, 선생님. LA에서 운행 허가를 받은 택시 회사가 몇 군데 있거든요. 선생님이 타고 오신 택시의 문에 적혀 있는 택시 회사 이름이 뭐냐고요."

"미안하지만 모르겠네요. 택시가 길게 늘어서 있어서 그중 한 대에 올라탔거든요."

"무슨 색이었는지 기억나세요?"

"아뇨. 실내가 더러웠다는 것만 기억나요. 영화사 차를 기다릴 걸 그랬다고 후회했죠."

"솔로몬과 글랜빌 형사에게 호텔에 도착하고도 바로 못 들어가고 택시 운전사가 영수증을 출력해주기를 기다렸다고 하셨는데, 그 영수증 갖고 계십니까?"

"잠깐만요."

기다리는 동안 보슈는 어빙의 독점사업권 프로젝트 파일을 펼쳐서 문서들을 훑어보았다. 5개월 전 어빙이 리젠트 택시와 체결한 계약서와, 수신인이 시 독점사업자 선정위원회로 되어 있는 편지 한 통을 발견했다. 그 편지에는 리젠트 택시가 다음 해의 할리우드 지역 독점사업자 선정을 위한 경합에 참가한다고 적혀 있었다. 그리고 현 독점사업자인 블랙 앤 화이트 택시가 '서비스와 신뢰도' 면에서 문제가 있다고 지적했다. 보슈가 편지를 다 읽기도 전에 래포가 다시 수화기를 들었다.

"여기 있네요, 형사님. 블랙 앤 화이트요. 택시 회사 이름이 블랙 앤 화이트군요."

"감사합니다, 래포 씨. 마지막으로 하나 더. 영수증에 운전기사 이름이 나와 있습니까?"

"어, 잠깐만요……. 음…… 아뇨, 번호만 나와 있네요. 26번 기사라고 적혀 있습니다. 도움이 되겠어요?"

"그럼요, 선생님. 많은 도움이 됩니다. 그건 그렇고, 굉장히 좋은 곳에 묵고 계시네요, 그렇죠?"

"아주 좋아요. 여기서 누가 죽었는지 아시죠?"

"네, 물론 알죠. 그런데 혹시 그 방에 팩스 기계가 있는지 아십니까?"

"알고 있다마다요. 있습니다. 한 시간 전에 대본 몇 장을 팩스로 세트장에 보냈거든요. 이 영수증을 팩스로 보내드릴까요?"

"네, 그래 주시면 감사하겠습니다, 선생님."

보슈는 듀발 경위의 사무실에 있는 팩스 번호를 알려주었다. 듀발 경위를 제외하고는 아무도 영수증을 볼 수 없을 것이었다.

"전화 끊자마자 보내드릴게요, 경위님." 래포가 말했다.

"경위가 아니라 형사입니다."

"형사님이 콜롬보가 아니라는 걸 자꾸 까먹네요."

"네, 아닙니다, 선생님, 콜롬보가 아니죠. 그래도 질문을 하나 더 해야겠는데요."

래포가 허허 웃었다.

"하세요."

"선생님이 들어오신 호텔 주차장은 공간이 협소한데요. 택시가 어빙 씨의 차 앞에 섰습니까, 아니면 그 반대였습니까?"

"그 반대요. 우리가 그 차 뒤에 섰어요."

"그럼 어빙 씨가 차에서 내렸을 때 보셨겠네요?"

"네, 거기 서서 주차대행 직원에게 열쇠를 건네더군요. 직원이 영수증에 그 사람 이름을 쓰고 아래쪽 절반을 찢어서 그에게 줬고요. 일상적인 절차죠."

"선생님이 탄 택시의 운전기사도 그 광경을 봤고요?"

"잘 모르겠지만 운전석에 앉아 있었으니까 뒤에 있던 나보다는 더 잘 봤겠죠."

"감사합니다, 래포 씨. 쓰고 계신 장면 잘 쓰시고요."

"도움이 되었기를 바랍니다."

"도움이 되었습니다."

보슈는 전화를 끊고 영수증이 팩스로 들어오기를 기다리면서 조지 어빙의 사무장 다나 로젠에게 전화를 걸었다. 그녀에게 리젠트 택시 자료에 들어 있던, 시 독점사업자 선정위원회 앞으로 보낸 편지에 대해서 물었다.

"이거 사본이에요, 아니면 발송하지 않은 원본이에요?" 보슈가 물었다.

"그거 다 발송한 거야. 위원 모두에게 개별적으로 보냈어. 할리우드 독점사업권 경합에 참여할 계획이라는 걸 공언하는 첫 조치였지."

보슈는 통화하면서 편지를 보고 있었다. 작성날짜가 2주 전 월요일이었다.

"이 편지에 대한 회신이 있었어요?" 보슈가 물었다.

"아니. 있었다면 파일에 들어 있었겠지."

"고마워요, 다나."

보슈는 전화를 끊고 다시 리젠트 택시 자료를 훑어보기 시작했다. 자료 속에는 출력지들이 종이클립에 묶여 있었는데, 어빙이 편지에서 언급한 주장의 증거로 썼던 것이 분명했다. 〈LA 타임스〉에 실린 기사 사본도 있었다. 읽어보니까 지난 4개월 동안 세 명이나 되는 블랙 앤 화이트 운전 기사가 음주운전 혐의로 체포되었다고 했다. 그 기사에는 올해 초 택시 뒷좌석에 탄 커플이 중상을 입은 교통사고는 B&W 운전기사의 과실이었던 것으로 결론 났다는 이야기도 실려 있었다. 출력지 묶음에는 음주운전 단속에 걸린 B&W 기사들의 체포보고서와 B&W 기사들에게 발부된 교통법규 위반 통지서에 대한 기록도 들어 있었다. 교통법규 위반사항들은 정지 신호 무시에서 불법 주차에 이르기까지 일반적이고 다양했으며, 음주운전으로 인한 체포에 비하면 부수적인 것들이었다.

기록을 보니 어빙이 B&W에 문제가 많다고 생각한 이유를 쉽게 알 수 있었다. 할리우드 독점사업권을 빼앗는 것은 이제까지 그가 한 일 중 가장 쉬운 일이 되었을 것이다.

체포보고서를 훑어보던 보슈의 눈길을 끄는 것이 있었다. 체포보고서 세 장 모두 체포 경찰관 배지 번호를 쓰는 칸에 같은 번호가 적혀 있었다. 4개월 동안 세 번의 체포가 있었는데 그 세 번 모두 같은 경찰관이 체포했다는 건 단순한 우연의 일치를 넘어서는 것 같았다. 택시운전사를 체포해 할리우드 경찰서 유치장에 넣은 건 다른 순경들이고 이 배지 번호는 유치장에서 음주 측정을 했던 경관의 배지번호일 수 있다는 생각도 들었다. 그러나 그렇더라도 흔치 않은 일이고 뭔가 수상한 느낌이 들었다.

보슈는 전화기를 집어 들고 경찰국 인사계로 전화를 걸어 자기 이름과 배지 번호를 말한 후 배지 번호로 사람을 찾고 싶다고 말했다. 곧 중간 간부에게로 전화가 연결되었고, 그는 컴퓨터로 조회해서 그 배지 번호를 가진 경찰관의 이름과 직급, 소속을 알려주었다.

"로버트 메이슨, 순경 3급, 할리우드 경찰서 소속입니다."

조지 어빙의 오랜 친구였다가 최근에 관계가 소원해졌다던 바비 메이슨과 이름이 같았다.

보슈는 고맙다고 말한 후 전화를 끊었다. 그러고는 지금까지 모은 정보를 메모한 후 생각을 정리했다. 메이슨은 할리우드 택시 독점사업권을 놓고 B&W와 경쟁하는 택시회사를 돕고 있는 사람과 친구로 지낼 때 B&W 운전사들을 세 번이나 음주운전 혐의로 체포했다. 이 사실을 단순한 우연이라고 생각하고 넘겨버릴 수는 없었다.

보슈는 메모에 적힌 메이슨이라는 이름에 동그라미를 쳤다. 그 순경을 만나봐야 했다. 하지만 아직은 아니었다. 지금보다 훨씬 더 많은 정보를 확보하고 나서 접근해야 했다.

다음으로 보슈는 체포보고서를 찬찬히 읽어보았다. 보고서에는 택시운전사들을 체포한 이유가 적혀 있었다. 세 건 모두 운전사가 이상하게 운전하는 모습이 목격되었다. 한 건에서는 운전석 밑에서 반쯤 빈 잭다니엘 위스키 병이 발견되었다고 적혀 있었다.

보슈는 보고서에 병의 크기에 관해서는 아무런 언급이 없다는 것에 주목했고, '반쯤 빈'과 '반쯤 든' 중 '반쯤 빈'을 선택한 것에 대해서 그리고 그 두 표현의 의미의 차이에 대해서 생각해보았다. 그때 주 형사가 의자를 굴려 다가와 보슈의 책상에 기댔다.

"형사님, 들어보니 단서를 잡으신 것 같은데요."

"응, 그런 것 같아. 같이 갈래?"

18

제자리를 찾아가는 단서들

블랙 앤 화이트 택시는 선셋 남쪽, 가워에 있는 오래된 사운드스테이지(영화 등의 사운드 필름을 제작하는 방음 스튜디오-옮긴이)에 사무실을 두고 있었다. 가워는 영화산업 관련 업체들이 운집해 있는 산업단지였다. 의상 창고와 카메라 창고, 소도구 창고 들이 즐비했다. B&W는 나란히 위치해 있고 오래되고 낡아 보이는 사운드스테이지 두 곳 중 한 곳을 쓰고 있었다. 다른 한 곳은 영화 관련 차량들을 보관하고 빌려주는 시설이었다. 보슈는 예전에 수사하면서 이곳 영화 관련 차량 보관시설에 와본 적이 있었다. 그때 그는 그 안을 천천히 두루 돌아보았다. 그곳은 그가 10대였을 때 그의 눈을 사로잡았던 자동차가 다 들어 있는 박물관 같았다.

B&W의 거대한 미닫이식 창고 문 두 개가 활짝 열려 있었다. 보슈와 추가 그 안으로 걸어 들어갔다. 햇볕 쨍쨍한 곳에서 어두운 그늘 속으로 들어가 적응하느라고 눈앞이 잘 안 보이는 잠깐 동안, 그들은 거리로 달려 나가는 택시에 치일 뻔했다. 깜짝 놀라 뒤로 물러서자 검은색과 흰색 바둑판 무늬의 임팔라가 그들 사이를 가르며 달려 나갔다.

"망할 놈." 추가 투덜거렸다.

잠자듯 가만히 서 있는 택시들도 있었고 잭(자동차 타이어를 갈 때처럼 무거운 것을 들어 올릴 때 쓰는 기구 — 옮긴이)에 들어 올려져 기름때 묻은 작업복을 입은 정비공들에게 정비를 받고 있는 택시들도 있었다. 거대한 창고 안 저 끝에는 과자와 음료수를 뽑는 자판기 옆에 피크닉 테이블이 두 개 놓여 있었다. 대여섯 명의 운전사가 그곳에서 자신들의 애마가 정비공의 검열을 통과하기를 기다리고 있었다.

오른쪽에 작은 사무실이 있었는데 유리창이 너무 더럽고 불투명했다. 그러나 그 안에 있는 형체와 움직임이 보이기는 했다. 보슈는 추를 데리고 그쪽으로 걸어갔다.

보슈가 문을 한 번 노크하고는 대답을 기다리지 않고 곧장 들어갔다. 사무실 3면의 벽에 책상이 한 개씩 붙여 놓여 있었고 책상 위엔 서류가 넘쳐났다. 두 개의 책상 앞에는 남자들이 앉아 있었는데 그들은 누가 들어왔는지 돌아보지도 않았다. 둘 다 헤드폰을 쓰고 있었다. 오른쪽에 있는 남자는 손님을 태우러 루스벨트 호텔로 택시를 보내고 있었다. 보슈는 그가 배차를 끝내기를 기다렸다.

"실례합니다." 보슈가 말했다.

두 남자가 고개를 돌려 침입자들을 쳐다보았다. 보슈는 경찰 배지를 내밀었다.

"몇 가지 물어볼 게 있어서 왔는데……."

"지금 일하느라 바쁘니까 방해하지……."

그때 전화벨이 울렸고 왼쪽에 앉은 남자가 책상에 있는 버튼을 눌러 헤드폰을 작동시켰다.

"블랙 앤 화이트 택시입니다. ……네, 고객님, 5분에서 10분 정도 걸립니다. 도착할 때 연락드릴까요?"

그는 노란색 포스트잇에 메모하더니 메모지를 떼어내 주소지로 택시를 보낼 수 있도록 배차 담당자에게 건넸다.

"금방 보내드리겠습니다, 고객님." 그가 말을 마치고 책상 위 버튼을 눌러 전화를 끊었다.

그가 회전의자를 돌려 보슈와 추를 바라보았다.

"봤죠?" 그가 말했다. "당신네들의 말 같잖은 소리 들어줄 시간이 없어요, 우린."

"말 같잖은 소리라니?"

"그걸 왜 나한테 물으시나. 오늘 무슨 썰을 풀 건지는 당신이 더 잘 알지. 한두 번도 아니고."

또 한 통의 전화가 걸려왔고 콜 직원이 정보를 받아 적은 다음 배차 담당자에게 건넸다. 보슈는 두 책상 사이로 걸어가 가운데에 섰다. 콜 직원이 포스트잇을 배차 담당자에게 건네려면 보슈를 거쳐가야 했다.

"무슨 말을 하는 건지 모르겠네." 보슈가 말했다.

"좋아요, 그럼 나도 몰라요." 콜 담당 직원이 말했다. "그럼 그냥 넘어갑시다. 안녕히 가세요."

"물어볼 걸 아직 못 물어봤는데 안녕은 무슨."

이때 전화벨이 다시 울렸고, 이번에는 보슈가 콜 직원보다 빨랐다. 보슈가 버튼을 한 번 눌러 전화를 연결한 다음, 한 번 더 눌러 전화를 끊었다.

"아니, 지금 뭐 하는 거야? 이건 업무방해요, 분명히."

"당신도 지금 내 업무를 방해하고 있으면서 뭘. 다른 데 전화하겠지. 이를테면 리젠트 택시라든가."

보슈는 콜 직원의 반응을 살폈고 그가 입술을 앙다무는 것을 보았다.

"자, 26번 운전사가 누구야?"

"우린 운전사에게 번호를 부여하지 않아요. 택시에 번호를 붙이지."

콜 직원은 이렇게 멍청한 형사는 살다 살다 처음 봤다고 생각하는 듯한 표정으로 말했다.

"그럼 일요일 밤 9시 30분쯤 26번 택시를 운행한 기사가 누구야?"

콜 담당 직원은 의자에 등을 기대고 보슈 뒤로 배차 담당자를 바라보았고 눈으로 무슨 말인가를 서로 주고받았다.

"영장 갖고 왔어요?" 배차 담당자가 물었다. "순순히 이름을 알려줘서 또 우리 직원을 함부로 끌고 가게 할 수는 없지."

"난 영장 필요 없는데." 보슈가 말했다.

"허, 영장이 필요 없다니!" 배차 담당자가 외쳤다.

"내가 필요로 하는 건 당신들의 협조거든. 그런데 협조를 안 해준다? 그러면 당신들이 걱정하는 그런 불행한 일은 당신들이 겪을 고난의 시작에 불과하게 될걸. 그리고 결국에는 어떻게 될 거냐? 난 내가 원하는 걸 얻게 될 거야. 그러니 어떻게 할 건지 지금 결정해."

두 B&W 직원은 또 서로 눈빛을 교환했다. 보슈는 추를 바라보았다. 엄포가 먹히지 않으면 좀 더 세게 나가야 할지도 몰랐다. 보슈는 물러서자고 신호를 보내지는 않는지 추의 표정을 살폈다. 그런 기색은 전혀 보이지 않았다.

배차 담당자는 책상 옆쪽에 놓인 서류철을 펼쳤다. 보슈의 각도에서 보니 배차일정표 같았다. 배차 담당자가 세 페이지를 뒤로 넘겨 일요일 일정표를 폈다.

"가만있어 보자, 일요일 밤엔 후치 롤린스(Hooch Rollins, hooch는 주정뱅이, 얼뜨기, 멍청이라는 뜻—옮긴이)가 그 차를 몰았네요. 자, 이제 나가요, 둘 다."

"후치 롤린스? 본명은?"

"빌어먹을, 그걸 우리가 어떻게 알아요?"

배차 담당자였다. 짜증이 확 치밀어 오른 보슈는 다가가서 그를 내려다보았다. 그때 전화벨이 울렸다.

"받지 마." 보슈가 말했다.

"우릴 죽이려고 드는구먼!"

"다시 전화하겠지."

보슈는 배차 담당자를 집중 추궁했다.

"후치 롤린스 지금 근무 중이야?"

"그래요, 오늘은 하루 2교대 근무를 다 뛰고 있죠."

"그럼, 이리로 들어오라고 무전 좀 쳐줘."

"그러죠. 그런데 뭐라고 말하면서 들어오라고 하죠?"

"차를 바꿔주겠다고 해. 더 좋은 게 들어왔다고. 조금 전에 트럭으로 싣고 왔다고."

"안 믿을걸요. 트럭으로 새 차를 싣고 온 적이 없는데. 당신들 덕분에 곧 문 닫게 생겼는데 새 차는 무슨."

"어떻게든 믿게 만들어야지 그럼."

보슈가 배차 담당자를 무섭게 쏘아보자 그는 마이크에 대고 후치 롤린스를 불러들였다.

보슈와 추는 사무실을 나와 롤린스가 나타나면 어떻게 할지 의논했다. 롤린스가 차에서 내릴 때까지 기다렸다가 접근하기로 결정했다.

몇 분 후 세차할 때가 1년도 더 지난 것 같은 낡은 택시 한 대가 차고로 들어왔다. 밀짚모자를 쓴 남자가 그 택시를 몰고 있었다. 그가 튀어나오더니 특별히 누구에게랄 것도 없이 소리쳤다. "내 새 차 어디 있냐?"

보슈와 추가 양쪽에서 롤린스를 향해 다가갔다. 그를 제압할 만큼 거리가 가까워졌을 때 보슈가 말했다.

"롤린스 씨? LA 경찰국에서 나왔는데 몇 가지 물어볼 게 있습니다."

롤린스는 어리둥절한 표정이었다. 그러다가 곧 싸울까 튈까 망설이는 듯한 표정이 되었다.

"뭐요?"

"몇 가지 물어볼 게 있다고 했잖아요."

보슈는 공식적인 조사라는 것을 롤린스가 알 수 있도록 경찰 배지를 들어 보였다. 법망을 피해 도망가는 것은 어리석은 행동이라는 메시지를 전한 것이다.

"내가 무슨 짓을 했다고 그래요?"

"우리가 알기로는 아무 짓도 안 했는데, 롤린스 씨. 우린 그냥 당신이 봤을 수도 있는 일에 대해 물어보고 싶어서 왔는데."

"다른 동료들한테 그랬던 것처럼 나한테 덫을 놓는 거죠, 지금?"

"그럴 리가. 하지만 할리우드 경찰서까지 같이 좀 가실까요? 조용한 방에 앉아서 얘기 좀 하게."

"날 체포하는 거요?"

"아니, 그럴 리가. 잘 협조해서 질문에 대답해주면 얘기 끝나고 바로 여기로 모셔다드리지."

"이런, 당신들을 따라가면 돈을 못 버는데."

보슈는 인내심이 한계에 다다랐다.

"오래 안 걸리니까, 롤린스 씨, 협조 좀 해줘요."

롤린스는 보슈의 어조로 보아 자신이 버티든 안 버티든 상관없이 결국에는 형사들을 따라가게 될 것임을 깨달았다. 산전수전 다 겪은 인생 경험이 그로 하여금 쉬운 길을 택하게 했다.

"좋아요, 후딱 갔다 오지 뭐. 수갑을 채우진 않겠지?"

"그럼요." 보슈가 말했다. "편안하고 안전하게 모시고 가야지."

가는 동안 추는 수갑을 차지 않은 롤린스와 함께 뒷좌석에 앉았다. 보슈는 인근에 있는 할리우드 경찰서에 미리 전화를 걸어 형사과에 있는 조사실 하나를 빌려놓았다. 5분 만에 도착한 그들은 탁자 하나와 의자 세 개만 달랑 있는 비좁은 조사실로 롤린스를 안내했다. 보슈는 의자 한 개가 있는 쪽에 롤린스를 앉혔다.

"시작하기 전에 뭐 필요한 거 있으면 말해요." 보슈가 말했다.

"콜라, 담배, 대마초?"

롤린스는 껄껄 웃었지만 형사들은 웃지 않았다.

"그냥 콜라만 한 잔 어때요?" 보슈가 말했다.

보슈는 주머니에 손을 넣어 잔돈을 꺼낸 후 손바닥에서 25센트짜리 동전 네 개를 집어서 추에게 건네주었다. 자판기에서 뭘 뽑아오는 일은 후배인 추가 하곤 했다.

"자, 그럼, 후치, 본명부터 밝히고 시작할까요?"

"리처드 앨빈 롤린스."

"후치라는 별명은 어떻게 얻었죠?"

"글쎄. 옛날부터 다들 그렇게 부르던데."

"아까 사무실에서 다른 동료들한테 그랬던 것처럼 덫을 놓는 거냐고 물었는데, 그게 무슨 뜻이죠?"

"아무것도 아니에요."

"아무것도 아니긴. 분명히 그렇게 말해놓고. 말해봐요. 누가 덫에 걸렸죠? 경찰이 덫을 놓았어요? 우리만 알고 있을 테니까 말해봐요."

"아, 이런, 경찰이 갑자기 우릴 쫓아다닌단 말이죠, 음주운전이니 뭐니 해서."

"그럼 당신은 그게 다 모함이라고 생각하고?"

"아이고, 형사 양반, 그게 다 정치적인 속셈이 있어서 그러는 거 아닙니까. 경찰이 그 아르메니아 친구한테 무슨 짓을 했는지 봐요."

보슈는 체포된 운전사들 중 한 명의 이름이 래치 타르타리안이라는 것이 기억났다. 롤린스는 그를 말하는 것 같았다.

"그 사람이 왜?"

"택시 정류장에서 대기하고 있는데 경찰이 차를 세우더니 그 친구를 끌어내리더래요. 그 친구는 음주 측정을 거부했지만 경찰이 운전석 밑에서 술병을 찾아냈고. 그걸로 그 친구 인생은 종 친 거죠. 그 병은 항상 거기 있는 건데. 그 차에 항상 있지만 그걸 마시고 운전하는 사람은 없어요. 영업 끝나고 밤에 스트레스 풀려고 한 모금씩 홀짝이는 사람은 있는지 몰라도. 그런데 신기한 건 그 술병이 거기 있는 걸 경찰이 어떻게 알았느냐 그 말이지. 안 그래요?"

보슈는 의자에 등을 기대고 앉아 방금 들은 이야기를 곱씹어보았다. 추가 들어와 콜라 한 캔을 롤린스 앞에 내려놓았다. 그러고는 보슈의 오른쪽, 탁자 모서리 앞에 있는 의자에 앉았다.

"당신들에게 덫을 놓으려는 음모 말인데, 그 뒤엔 누가 있는데요? 누가 꾸몄을 거라고 생각해요?"

롤린스는 마치 '뻔한 거 아니오?'라고 말하듯 두 손을 들어 보였다.

"시의원이 아들한테 그 더러운 일을 하라고 시켰겠죠. 그래서 그 아들이 실행에 옮겼고. 이젠 죽었지만."

"그걸 어떻게 알았어요?"

"신문에서 봤죠. 다들 알고 있는데."

"그 아들을 본 적 있어요? 직접?"

롤린스는 오랫동안 말이 없었다. 자기 앞에 놓인 덫을 피해가기 위해 열심히 머리를 굴리고 있는 것이 틀림없었다. 결국 그는 거짓말하지 않기로 결심했다.

"한 10초쯤? 일요일에 샤토마몽트에 손님을 내려주는데 거기 있더라고요."

보슈는 고개를 끄덕였다.

"시의원 아들인지는 어떻게 알았고?"

"사진을 본 적이 있으니까."

"어디서요? 신문?"

"아뇨, 우리가 편지를 입수하고 나서 누군가 그 사람 사진을 구했더라고요."

"편지라니?"

"조지 어빙이란 친구가 시의원들에게 보낸 편지 사본 말이오. 자기네가 택시 독점사업권을 따내기 위해 우리와 경합할 거라고 적혀 있더라고. 우리 회사 문 닫게 하려고 아주 작당하고 있더구먼. 그래서 사무실 직원 누군가가 구글로 그 개자식을 찾아내서 사진을 뽑아 사내에 돌렸어요. 편지와 함께 게시판에 꽂아놓고. 무슨 일이 있고 어떤 위기가 닥쳤는지 우리 기사들에게 알리려고. 이 자식이 우릴 잡아먹으려고 난리다, 그러니까 정신 똑바로 차리고 더 정직하게 더 열심히 일해라, 뭐 그런 뜻이겠지."

보슈는 그 전략을 이해했다.

"그래서 일요일 밤에 샤토마몽트에 갔을 때 그 사람을 알아봤구먼."

"맞아요. 우리를 망하게 하려고 기를 쓰는 개자식이란 걸 한눈에 알아봤지."

"콜라 좀 마셔요."

보슈는 여기서 잠깐 끊고 한 박자 쉬어가기로 했다. 롤린스가 캔을 따서 콜라를 마시는 동안 보슈는 다음에 물어볼 질문들을 생각했다. 그가 예상치 못했던 많은 일들이 여기서 벌어지고 있었다.

롤린스는 콜라를 길게 한 모금 마시더니 캔을 내려놓았다.

"일요일 밤엔 언제 근무가 끝났죠?" 보슈가 물었다.

"근무가 안 끝났죠. 딸내미가 보험도 없이 애를 낳으려고 해서 하루를 풀로 뛰었거든. 오늘처럼 그때도 바로 2교대 근무를 시작해서 해가 뜰 때까지 일했어요. 그러니까 월요일 아침까지."

"그날 밤에 뭘 입고 있었어요?"

"이건 또 무슨 개소리야? 용의자가 아니라면서."

"질문에 착실히 대답해주는 동안에는 용의자가 아니에요. 뭘 입고 있었어요, 후치?"

"늘 입던 거요. 타미 바하마 셔츠에 헐렁한 면바지. 열여섯 시간씩 일하려면 편한 게 최고더라고."

"셔츠 색깔은?"

롤린스가 자기 가슴을 가리켰다.

"이건데."

서프보드 그림이 있는 밝은 노란색 셔츠였다. 한 가지는 확실했다. 진짜가 아닌 타미 바하마 짝퉁이었다. 어찌 됐든 그 셔츠를 회색이라고 보는 건 무리였다. 롤린스가 옷을 갈아입지 않은 이상 비상계단 사다리에서 목격된 남자가 아니었다.

"호텔에서 어빙을 봤단 얘기를 누구한테 했죠?" 보슈가 물었다.

"아무한테도 안 했는데요."

"확실해요, 후치? 거짓말하는 건 안 좋은데. 그럼 당신을 보내주기가 힘들어지는데."

"진짜로, 아무한테도 안 했는데."

롤린스가 갑자기 보슈의 눈을 피하는 것으로 보아 거짓말하는 것이 틀림없었다.

"유감이군. 당신도 알 거라고 생각했는데, 우리가 대답을 알고 있지 않은 질문은 하지 않는다는 거."

보슈가 일어섰다. 재킷 안쪽으로 손을 넣어 허리띠에서 수갑을 떼어냈다.

"교대조 감독한테만 말했어요." 롤린스가 재빨리 말했다. "그냥 지나가는 말로. 무전으로. 내가 누굴 봤게, 하는 식으로."

"그랬더니 어빙이라고 알아맞혔어요?"

"아뇨, 내가 말해줬죠. 그게 전부요."

"교대조 감독이 어디서 어빙을 봤느냐고 물었고?"

"아뇨, 손님을 내려주면서 무전을 했으니까 내가 어디 있는지 알고 있었지."

"또 무슨 말을 했죠?"

"그게 전부라니까. 그냥 그 얘기만 했어요, 지나가는 말로."

보슈는 잠시 말을 멈추고 롤린스의 입에서 무슨 말이 더 나올지 기다렸다. 롤린스는 더 말하지 않고 보슈가 쥐고 있는 수갑을 노려보고 있었다.

"좋아요, 후치. 일요일 밤에 얘기를 나눈 그 교대조 감독 이름은?"

"마크 맥퀼런. 그 사람이 야간에 막대기를 잡고 있죠."

"막대기?"

"배차 담당자를 막대기라고 부르죠. 예전에는 책상에 막대기처럼 생긴 마이크가 놓여 있었다나 뭐라나. 그래서 막대기라 해요. 예전엔 경찰이었다던데."

보슈는 롤린스를 물끄러미 바라보면서 맥퀼런을 기억에서 불러내고 있었다. 맥퀼런이 전직 경찰관이라는 롤린스의 말은 옳았다. 여러 가지 단서들이 이리저리 움직이며 제자리를 찾아가고 있다는 느낌이 다시 들었다. 이번에는 그냥 이리저리 움직이는 것이 아니라 몇 배속으로 정신없이 뛰어다니고 있는 것 같았다. 마크 맥퀼런은 과거에서 소환된 이름이었다. 보슈와 경찰국의 과거에서.

보슈가 상념에서 벗어나 롤린스를 바라보았다.

"어빙을 봤다고 말했더니 맥퀄런이 뭐래요?"

"아무 말도 안 하던데. 아니다, 어빙이 체크인하고 있느냐고 물었던 것 같아요."

"그래서 뭐랬어요?"

"그런 것 같다고요. 주차장에 차를 놔두고 가고 있었으니까. 주차장이 너무 작아서 호텔 투숙객들한테만 주차를 허용하거든요. 바나 다른 시설을 이용하는 사람들은 바깥에서 주차대행 서비스를 이용해야 하고."

보슈는 고개를 끄덕였다. 롤린스의 말이 맞았다.

"좋아요, 이제 회사로 데려다줄게요, 후치. 그런데 여기서 우리가 나눴던 이야기를 다른 사람에게 하면, 내가 알게 될 거요. 그런 일이 일어나면, 당신한테 좋을 게 없을 거고."

롤린스는 항복의 표시로 두 손을 들어 보였다.

"알았어요." 그가 말했다.

19
원한 범죄

보슈와 추는 롤린스를 내려주고 나서 경찰국 본부로 돌아왔다.

"형사님, 맥퀼런이 누구입니까?" 보슈가 예상했던 대로 추가 질문을 던졌다. "형사님 표정을 보니까 어떤 의미가 있는 이름인 것 같던데."

"후치가 말했잖아, 전직 경찰관이라고."

"그런데 형사님이 아는 사람이죠? 아니면 예전에 알았던 사람?"

"들어본 적은 있어. 만난 적은 없고."

"어떤 사연이 있는데요?"

"맥퀼런은 유화정책의 신들에게 제물로 바쳐진 경찰관이었어. 배운 대로 했다가 직장을 잃었지."

"빙 둘러서 말하지 마시고요, 형사님. 도대체 일이 어떻게 되어가고 있는 겁니까?"

"10층으로 올라가서 누굴 좀 만나야겠어."

"국장님이요?"

"아니, 국장님 말고."

"또 시작이군요. 형사님이 내킬 때까지 파트너에게 아무 말도 안 해주는 거."

보슈는 대답하지 않았다. 생각에 골몰해 있어서 추의 말을 듣지 못했다.

"보슈 형사님! 제 말이 안 들리세요?"

"추, 사무실로 돌아가서 사람 좀 찾아줘."

"누구요?"

"25년 전쯤 노스할리우드와 버뱅크 지역에서 칠이라는 이름으로 불렸던 남자."

"이건 또 뭔 소리? 지금 다른 사건 말씀하시는 겁니까?"

"이 친구 좀 찾아줘. 이름 머리글자가 C, H이고 사람들이 칠이라고 불렀대. 이름을 변형한 걸 거야."

추가 고개를 가로저었다.

"그만 좀 하시죠. 이거 끝나면 저와도 끝입니다. 이런 식으로는 일 못 해요. 경위님께 말씀드리겠습니다."

보슈는 고개를 끄덕였다.

"'이거 끝나면?' 그럼 인명 검색은 해주겠단 얘기지?"

보슈는 키즈 라이더에게 미리 전화하지 않았다. 그냥 엘리베이터를 타고 10층으로 올라가서 초대받지도 않고 약속도 되어 있지 않은 상태에서 무작정 국장실로 들어갔다. 비서실에는 똑같이 생긴 두 개의 책상 뒤에 부관들이 앉아 있었다. 보슈는 왼쪽 책상으로 다가갔다.

"해리 보슈 형사인데, 라이더 경위를 만나러 왔어."

부관은 빳빳한 경찰복을 입은 젊은 경찰관이었고 이름표에는 '리베라'라고 적혀 있었다. 그는 책상 옆쪽에 놓아두었던 클립보드를 들고 잠깐 훑어보았다.

"여기에는 아무것도 없는데요. 경위님과 약속하셨습니까? 지금 회의 중이십니다만."

"응."

리베라는 보슈의 대답에 놀라는 것 같았다. 그는 클립보드를 다시 확인했다.

"잠깐만 앉아 계시면 경위님 상황을 확인해보겠습니다."

"그렇게 해줘."

리베라는 움직이지 않았다. 보슈가 자리를 뜨기를 기다리고 있었다. 보슈는 창가에 일렬로 놓인 의자로 걸어갔다. 창밖으로 관청가가 보였다. 시청의 매력 포인트인 첨탑이 보슈의 눈길을 끌었다. 보슈는 계속 서 있었다. 대화가 들리지 않을 만큼 보슈가 책상에서 멀어지자 리베라는 전화기를 들고 전화를 걸어 손으로 송화구를 막은 채 누군가와 통화했다. 그는 곧 전화를 끊었지만 보슈가 있는 쪽으로는 눈길도 주지 않았다.

보슈는 창문을 향해 돌아서서 창밖을 내다보았다. 시청 계단에 텔레비전 카메라 기자가 서 있었다. 대중의 흥미를 끌 만한 사안에 대해 어느 정치인의 코멘트를 따려고 기다리는 것이 틀림없었다. 시청을 걸어 나와 대리석 계단을 내려오는 사람이 어빈 어빙이 아닐까 하는 생각이 불현듯 들었다.

"선배?"

보슈가 돌아섰다. 라이더였다.

"나랑 같이 나가요."

보슈는 라이더가 그 말을 하지 않기를 바랐다. 그러나 그녀가 돌아서서 쌍여닫이문을 열고 복도로 나가자 보슈도 따라 나갔다. 복도에 둘만 있게 되자 그녀가 으르렁거리며 달려들었다.

"뭐예요? 사무실에 다른 사람들도 있는데."

"얘기 좀 해. 지금."

"하세요."

"아니, 여기서 말고. 일이 막 터지고 있어. 내가 경고했던 방향으로 가고 있다고. 국장님이 알아야 돼. 사무실에 누가 있나? 어빈 어빙?"

"아뇨. 선배 왜 이래요, 편집증 환자처럼."

"그럼 왜 밖에 나와서 얘기해야 돼?"

"사무실은 부산스럽잖아요. 그리고 언제는 이 일에 대해서 철저히 비밀을 지켜달라더니. 10분 후에 찰리 채플린 옆에서 만나요."

보슈는 엘리베이터 앞으로 걸어가서 버튼을 눌렀다. 내려가는 버튼만 있었다.

"이따 봐."

브래드베리 빌딩까지는 한 블록만 걸어가면 되었다. 3번가에서 브래드베리 빌딩 옆문으로 들어가니 조명이 희미한 계단 앞 현관이 나왔다. 거기에 벤치가 하나 있었고 그 옆에 찰리 채플린의 조각상이 있었다. 영화 〈방랑자〉에 나왔던 모습이었다. 보슈는 채플린 옆 그늘 속에 자리를 잡고 앉아 기다렸다. 브래드베리는 시내에서 가장 오래되고 가장 아름다운 건물이었다. 감찰계가 사용하는 인권보호국 심리실을 비롯한 여러 LA 경찰국 사무실뿐만 아니라 민간인 사무실도 들어와 있었다. 몰래 만나는 장소로는 이상한 선택이었지만 보슈와 라이더가 예전에도 이용한 적이 있는 만남의 장소였다. 그래서 라이더가 '찰리 채플린 옆에서 만나요'라고 했을 때 더 이상의 논의나 설명이 필요 없었다.

10분이 지나고 또 10분 가까이 지났는데도 라이더는 나타나지 않았다. 그래도 보슈는 개의치 않았다. 그 시간을 이용해서 그녀에게 할 이야기의 얼개를 짰다. 이야기는 복잡했고 아직도 만들어지고 있었으며 심지어 즉흥적이기까지 했다.

얼개를 거의 다 짰을 때 휴대전화에서 문자 수신음이 울렸다. 라이더가 만남을 취소하겠다고 보낸 문자일지 모른다고 생각하며 주머니에서 전화기를 꺼냈다. 그런데 딸에게서 온 거였다.

아빠, 애시네 집에서 저녁 먹고 공부하다 오려고. 걔네 엄마가 피자를 지이이이인짜 잘 만들어. 괜찮지?

보슈는 문자를 보자 반가운 마음이 들어서 약간의 죄책감을 느꼈다. 저녁에 딸을 돌봐줄 사람이 생겼으니 수사에 할애할 시간이 많아졌다. 또한 수사와 관련해 그럴듯한 핑계를 댈 수 있다면 해나 스톤을 다시 만날 수도 있었다. 그는 허락한다고, 하지만 10시까진 집에 와야 한다고 딸에게 답장을 보냈다. 아빠가 데리러 오길 바라면 전화하라고도 했다.

보슈가 전화기를 주머니에 넣고 있을 때 라이더가 들어오더니 눈이 어둠에 적응할 때까지 잠깐 서 있다가 보슈 옆에 와서 앉았다.

"나 왔어요." 라이더가 말했다.

"응." 보슈가 말했다.

보슈는 라이더가 한숨 돌리게 잠깐 기다리려고 했지만 그녀는 시간 낭비에는 관심이 없었다.

"그래서요?"

"준비됐어?"

"물론이죠. 자, 여기 왔으니까 무슨 이야기인지 해보세요."

"말하자면 이런 거야. 조지 어빙은 컨설팅 회사를 운영하고 있는데 실은 로비 단체라고 해야 맞아. 영향력을 파는 거지. 자기 아버지와의 인맥, 시의회에서 자기 아버지가 소속되어 있는 당파와의 인맥을 파는 거야. 그는……."

"거기에 대한 증거자료가 있어요?"

"지금은 그냥 가설이야, 키즈. 당신과 나만 아는 가설. 우선 내가 이야기 할 테니까 내 말 다 듣고 나서 물어볼 거 있으면 물어봐."

"말씀하세요."

3번가로 난 문이 열리더니 경찰 제복을 입은 순경이 걸어 들어와 선글라스를 벗고 주위를 둘러보았다. 처음에는 잘 안 보이는지 두리번거리다가 이윽고 보슈와 라이더를 주시했고 그들이 경찰임을 알아본 것 같았다.

"여기가 인권보호국 심리실이 있는 곳 맞습니까?" 순경이 물었다.

"3층이요." 라이더가 말했다.

"감사합니다."

"행운을 빌어요."

"네."

보슈는 순경이 현관을 떠나 모퉁이를 돌아 엘리베이터가 있는 로비로 사라질 때까지 잠자코 기다렸다.

"좋아, 그러니까 조지 어빙은 시의회와의 연줄을, 더 나아가 시의회가 임명하는 모든 위원회와의 연줄과 영향력을 팔아. 어떤 경우에는 그보다 더 한 일도 할 수 있지. 게임의 승패에 영향을 미칠 수도 있어."

"이해가 안 되네요. 어떻게 그럴 수 있죠?"

"LA에서 택시 독점사업자가 어떻게 지정되는지 알아?"

"전혀 모르죠."

"지리적으로 권역을 나누고 2년 계약을 하지. 2년마다 심의를 통해 계약을 갱신하거나 새 사업자를 지정하는 거야."

"그렇군요."

"조지 어빙이 사업자를 찾아갔는지 사업자가 어빙을 찾아왔는지는 모르겠는데, 사우스 LA에 있는 리젠트 택시라는 독점사업자가 수익성이 더 높은 할리우드 권역의 독점사업권을 따내려고 조지 어빙을 고용하지. 할리우드에는 고급 호텔이 많고 거리에 관광객이 넘쳐나니까 돈을 훨씬 더 많이 벌어들일 수 있거든. 현재 할리우드의 택시 독점사업자는 블랙 앤 화이트 택시야."

"이야기가 어디로 가는지 알 것 같아요. 그런데 이 문제에 대해서는 어빙 의원이 투명하게 해야 하지 않을까요? 아들이 대리하는 회사에 표를 던지는 건 이해관계의 충돌이 될 테니까."

"물론 그래야지. 하지만 독점사업자를 뽑는 1차 투표는 택시 독점사업자 선정위원회에서 해. 그런데 그 선정위원회 위원들은 누가 뽑게? 바로 시의회지. 선정위원회에서 독점사업자를 뽑아서 승인을 받기 위해 시의회에 보내면, 그땐 어빙이 이해관계의 충돌이 있다고 당당하게 말하고 기권하겠지. 그러면 모든 게 완벽하고 공명정대한 것처럼 보이는 거야. 하지만 막후에서 어떤 거래가 오가는지 누가 알겠어? '내가 기권하고 나가면 당신들이 내가 원하는 대로 투표해줘. 그럼 다음번엔 내가 당신들 원하는 쪽으로 표를 던져줄게.' 이런 식으로 진행되겠지. 하지만 조지 어빙이 제안하는 건 훨씬 더 확실한 거야. 그는 더 완벽한 서비스를 제안하지. 리젠트 택시는 '그래, 그럼, 그 완벽한 서비스를 우리가 살게,' 그러고는 그를 고용하는 거야. 조지 어빙이 리젠트에 고용되고 한 달 후부터 현재 할리우드 권역의 택시 독점사업자인 B&W 쪽 일이 엇나가기 시작하지."

"엇나간다는 건 무슨 뜻이죠?"

"얘기해줄 테니까 들어봐. 조지 어빙이 리젠트에 고용되고 한 달도 안 됐을 때부터 B&W 운전사들이 음주운전이다, 교통법규 위반이다 해서 단속을 당하기 시작하는 거야. 그러면서 회사 이미지가 갑자기 안 좋아지는 거지."

"몇 명이나 체포됐는데요?"

"세 명. 첫 번째는 어빙이 리젠트와 계약하고 한 달 후에 체포됐어. 그런 다음엔 교통사고가 났는데 B&W 운전기사의 과실로 결론이 났고. 교통법규 위반으로 적발된 것도 여러 건이야. 전부 경솔한 운전으로 보이는 운행법규 위반사례이고. 과속에 교통신호 무시 등등."

"〈LA 타임스〉에 그런 기사가 나오지 않았나요? 음주운전에 대해서?"

"맞아, 그 기사 나도 봤어. 제보자가 분명히 조지 어빙이었을 거야. 그 모든 게 할리우드 택시 독점사업권을 따내기 위한 치밀한 계획의 일부였던 거지."

"그러니까 아들이 아버지한테 가서 B&W에 압력을 넣어달라고 부탁했다는 말이에요? 그래서 아버지가 경찰국에 손을 썼고?"

"어떤 식으로 일이 진행됐는지는 아직 확실히 모르겠어. 그런데 아버지와 아들 둘 다 아직도 경찰국에 연줄이 있는 건 확실해. 어빙 의원은 경찰국 내에 동조자들이 있고 그 아들은 예전에 5년간 경찰 생활을 했거든. 그리고 그 시의원 아들의 막역한 친구가 할리우드에서 순경으로 일하고 있어. B&W 기사 체포보고서와 교통법규 위반조치 보고서를 전부 입수해서 살펴봤는데, 음주운전 체포 세 건 모두와 신호위반 단속 두 건을 똑같은 순경이 했더라고. 로버트 메이슨, 조지 어빙의 절친한 친구. 그럴 가능성이 얼마나 되겠어? 음주운전자 세 명을 한 사람이 체포하는 경우가."

"그럴 수 있죠. 한 명을 체포하고 나니까 뭘 찾아봐야 할지 요령이 생길 수 있잖아요."

"그래, 뭐 그럴 수도 있겠지. 그런데 체포된 기사들 중에 한 명은 운전하다가 걸린 것도 아니었어. 라브레아에서 택시 정류장에 정차해 있는데 메이슨이 다가왔다는 거야."

"그러니까 합법적으로 체포된 거예요, 아니에요? 음주 측정은 했고요?"

"했어. 그리고 내가 알기로는 체포도 합법적으로 이루어졌고. 그런데 문제는 어빙이 고용되고 한 달 후부터 세 명이나 체포됐다는 거야. 음주운전자 체포보고서와 교통법규 위반조치 보고서, 교통사고 보고서, 이런 것들이 리젠트 택시가 할리우드 택시 독점사업권을 B&W에서 빼앗아오기 위해 독점사업자 선정위원회에 낸 신청 서류의 핵심이 됐지. 조지 어빙이 기름칠을 듬뿍 한 거야. 아무리 봐도 수상해, 키즈."

라이더가 고개를 끄덕였다. 보슈의 관점에 동의한다는 암묵적인 표시였다.

"그럴듯하네요. 그런데 내가 선배의 의견에 동의한다고 해도 의문은 여전히 남아 있어요. 이 모든 것이 어떻게 작용해서 조지 어빙이 살해됐을까? 그리고 그 이유는?"

"이유는 아직 잘 모르겠지만 우선······."

갑자기 로비에서 왁자지껄한 소리가 들려서 보슈는 말을 멈췄다. 몇 초 지나자 목소리가 사라졌다.

"우선 어빙이 추락사한 날 밤으로 가보자. 어빙은 밤 9시 40분에 자가용으로 호텔 주차장에 도착해서 주차대행 직원에게 차 열쇠를 맡기고 로비로 올라가 체크인을 해. 동부에 사는 토머스 래포라는 작가도 그 시각에 호텔에 도착하지. 공항에서 택시를 타고 와서 어빙 바로 다음으로 들어와."

"말하지 말아요, 내가 맞혀볼 테니까. 그 작가는 블랙 앤 화이트 택시를 타고 왔어요, 맞죠?"

"이봐, 경위, 당신은 형사가 천직이라니까, 정말로."

"예전에 해봤는데, 파트너가 망할 자식이었어요."

"나도 그 얘기 들었어. 어쨌든, 맞아, B&W 택시. 그 택시운전사가 차를 주차대행 직원에게 넘겨주고 있는 어빙을 알아보지. 리젠트 택시가 독점사업자 선정위원회에 보낸 경합 신청서 사본을 B&W가 입수했고 그 후로 어빙의 사진이 사내에 돌았대. 롤린스라는 이 운전기사가 어빙을 알아보고 무전기에 대고 말하지. '내가 지금 누굴 봤게? 공공의 적 1호를 봤다.' 뭐 그런 식으로 말했겠지. 무전기 저편에서는 야간 교대조 감독이 그 얘기를 듣지. 마크 맥퀄런이라는 사람이."

보슈는 거기서 말을 멈추고 라이더가 아는 이름인지 그녀의 반응을 살폈다. 모르는 이름인 것 같았다.

"맥퀄런. '맥킬링'이라고도 불렸어." 보슈가 말했다. "들어본 적 있어?"

아직도 별 반응이 없었다. 라이더는 고개를 가로저었다.

"당신 이전 세대 사람인데." 보슈가 말했다.

"누군데요?"

"전직 경찰이야. 나보다 10년쯤 어리고. 당시엔 목조르기 제압술의 상징적인 인물이었어. 논란의 중심에 서게 됐고, 군중에게 희생됐지."

"무슨 말인지 모르겠어요, 선배. 군중은 뭐고, 희생은 또 뭐예요?"

"전에도 말했지만, 난 당시 목조르기 제압술로 인한 사망 사건의 진상을 규명하기 위해 만들어진 특별수사반에 있었어. 목조르기 제압술은 합법화된 살인이라고 주장하는 사우스 LA 주민들을 달래기 위해 특별수사반이 만들어진 거였지. 경찰들이 목조르기 제압술을 사용했고 LA 남부 지역에서 그 제압술 때문에 사망한 주민이 너무 많았거든. 사실 정책을 바꾸기 위해 특별수사반을 가동할 필요는 없었어. 그냥 바꾸면 되잖아. 그런데 굳이 특별수사반을 신설한 건 경찰국이 시민들의 불만에 얼마나 진지하게 귀를 기울이고 해결하려고 노력하는지를 언론을 통해 보여주기 위해서였어."

"좋아요, 그렇다 치고, 그게 맥퀄런과는 어떻게 연결되죠?"

"그때 난 특별수사반의 신참이었어. 정보 수집을 주로 했지. 부검 담당이었고. 그래도 이건 알아. 통계수치는 인종적·지리적 경계선을 사이에 두고 확연히 나뉘었어. 목조르기 제압술로 인한 사망자가 남쪽 동네에 더 많았어. 아프리카계 미국인이 다른 인종들보다 훨씬 더 많이 죽었고. 하지만 비율은 고른 편이었어. 무력 사용으로 인한 사고가 남쪽 동네에서 훨씬 더 많았거든. 공권력에 맞서고 실랑이를 벌이고 주먹다짐을 하고 저항하면 할수록 목조르기 제압술을 더 많이 사용하게 되지 않겠어? 목조르기 제압술을 더 많이 사용할수록 사망자는 늘어나고. 간단한 산수야. 하지만 인종 정치학은 그렇게 단순한 문제가 아니지."

라이더는 흑인이었고 사우스 LA에서 자랐다. 그러나 보슈는 경찰 대 경찰로 얘기하고 있었기 때문에 거리낌이 없었다. 그들은 극심한 압력을 받으면서 파트너로, 팀으로 함께 일했었다. 보슈를 누구보다도 잘 알고 있는 사람이 라이더였다. 그들은 남매나 다름없었고 둘 사이에 하지 못할 이야기는 없었다.

"맥퀼런은 77번가 경찰서 야간 상황실장으로 일했어." 보슈가 말했다. "액션을 좋아했고 밤마다 액션을 즐겼지. 정확한 수치는 기억이 안 나는데 4년간 맥퀼런이 무력을 사용한 사건이 60건이 넘었던 것으로 알고 있어. 그리고 당신도 알겠지만 그건 보고서에 올라간 수치고 실제로는 더 많았겠지. 맥퀼런은 목조르기 제압술을 많이 사용했고 결국에는 3년 동안 두 명을 사망에 이르게 했어. 그동안 목조르기 제압술로 인한 사망 사건을 한 건 이상 일으킨 사람은 아무도 없었는데, 맥퀼런만 두 명을 사망시킨 거야. 그건 그가 목조르기 제압술을 누구보다도 자주 사용했기 때문이었어. 그래서 특별수사반은……."

"맥퀼런을 주목하게 되었군요."

"그렇지. 그런데 맥퀼런이 무력을 행사한 사건들 모두 진상조사에서 과실이 없었던 것으로 판결 났어. 피해자가 사망한 두 사건에서도. 진상조사위원회는 두 건의 사망 사건 모두 맥퀼런이 규정에 따라 목조르기 제압술을 실시했다고 결론지었어. 하지만 한 번 그런 일이 있었다면 재수가 없었다고 생각하고 마는데, 두 번 생기면 어, 이건 뭔가 문제가 있는 거 아닌가 의심하게 되지. 안 그래도 기자들이 시내를 뒤덮고 있는 스모그처럼 특별수사반 주위를 맴돌고 있는 판국에, 누군가가 그의 이름과 전력을 〈LA 타임스〉에 제보했어. 결국 기사가 나왔고 맥퀼런은 경찰국의 악행을 상징하는 인물이 되었지. 사람들은 맥퀼런이 규정을 어긴 적이 없다고 진상조사위원회가 판단했다는 사실에는 신경도 안 썼어. 맥퀼런은 살인 경찰이 되고 만 거야. 당시 기독교 목사 연합회장은 거의 이틀에 한 번꼴로 기자회견을 열었고, 맥퀼런을 맥킬링(McKillin)이라고 부르기 시작했지. 그 별명이 아직까지도 불리고 있고."

보슈는 벤치에서 일어서서 주위를 서성이며 말을 이었다.

"특별수사반은 경찰이 무력을 행사할 때라도 목조르기 제압술은 쓰지 말라고 권고했고 그대로 됐어. 웃기는 게 뭔 줄 알아? 그러고 나서 경찰국은 순경들에게 경찰봉을 좀 더 애용하라고 지시했어. 심지어 경찰봉을 손에 들거나 허리띠에 꽂지 않고 순찰차에서 내리면 징계를 받기도 했지. 게다가 목조르기 제압술이 사라지면서 테이저건이 널리 사용되게 되었어. 그래서 어떻게 됐어? 로드니 킹이 나온 거야. 세상을 떠들썩하게 한 동영상이 나온 거지. 목조르기 제압술을 적절히 실시했다면 잠깐 잠들게 해서 간단히 제압할 수 있었을 텐데, 테이저건에 맞고 경찰봉으로 두들겨 맞는 모습이 찍히게 된 거야."

"흠, 그런 식으로는 생각 안 해봤는데." 라이더가 말했다.

보슈가 고개를 끄덕였다.

"어쨌든, 목조르기 제압술을 금지하는 것만으로는 충분하지 않았어. 성난 군중에게 희생 제물을 바쳐야 했는데 그게 바로 맥퀼런이었지. 내 생각에 그는 정치적인 동기에서 비롯된 조작된 혐의로 정직 처분을 받았어. 목조르기 제압술로 인한 사망 사건 진상조사위원회는 두 번째 사망 사건에선 맥퀼런이 무력의 강도를 점차 높인 것이 규정에 어긋난 행동이었다고 결론지었어. 다시 말해, 피해자를 사망에 이르게 한 목조르기 제압술은 괜찮지만 맥퀼런이 그 제압술을 쓰기 전에 행한 모든 행동이 잘못됐다는 거야. 맥퀼런은 인권보호국에 불려 다녔고 결국에는 면직됐어. 그러고 나서 검찰에 송치됐는데 검찰은 그를 기소하지 않기로 결정했지. 당시 나는 검찰이 누구의 눈치를 보지 않고 당당하게 불기소처분을 했으니 맥퀼런이 운이 좋았다고 생각했던 기억이 나. 그 후 맥퀼런은 복직을 위해 소송을 제기했지만 물론 패소했지. 그는 그렇게 끝난 거야."

보슈는 여기까지 말하고 라이더의 반응을 살폈다. 그녀는 가슴에 팔짱을 끼고 그늘을 노려보고 있었다. 방금 들은 말을 곱씹어보고 있는 것이 분명했다. 이 모든 것이 현재에 어떤 영향을 미쳤는가를 살펴보고 있는 거였다.

마침내 라이더가 입을 열었다. "그러니까 25년 전 어빈 어빙이 이끄는 특별수사반이 맥퀼런을 해고하고 경찰국에서 쫓아냈군요. 적어도 맥퀼런의 입장에서는 전혀 근거가 없고 부당한 이유로요. 그리고 지금은 어빙의 아들과 어쩌면 어빙 자신까지 합세해서 맥퀼런이 그 뭐냐……, 야간 배차 담당자로 일하는 회사에서 독점사업권을 빼앗아오려고 시도한 것 같고. 맞아요?"

"교대조 감독. 그 말이 그 말이지만."

"그래서 이 모든 일들이 유기적으로 결합해서 맥퀼런으로 하여금 조지 어빙을 살해하게 만든다. 연결고리는 다 이어지고 이해가 되는데 동기가 미진해요, 선배."

"우린 맥퀼런에 대해서 아무것도 모르잖아, 안 그래? 그때의 원한을 곪아가는 상처처럼 가슴에 품고 살아오던 중에 기회가 찾아온 건지도 모르지. 운전기사가 무전으로 '내가 방금 누굴 봤게?'라고 말한 거지. 조지 어빙의 어깨에 긁힌 상처가 있었어. 목조르기 제압술을 실시했다는 확실한 증거야. 그리고 비상계단 사다리에서 누군가를 봤다는 목격자도 있고."

"목격자라뇨? 목격자가 있다는 말은 안 했잖아요."

"나도 오늘 알았어. 호텔 뒤쪽 언덕에 사는 주민들을 탐문 수사했는데 주민 한 명이 일요일 밤에 비상계단 사다리에서 한 남자를 봤다는 거야. 그런데 본 시각이 새벽 12시 40분이었다고 했대. 부검의는 사망시각을 새벽 2시에서 4시 사이로 추정하고 있는데 말이지. 그럼 두 시간 가까이 차이가 있는 거야. 12시 40분에 사다리에 있었던 남자는 아래로 내려가고 있었대, 올라가는 게 아니라. 그래도 이건 있어. 목격자는 사다리에 있던 남자가 작업복 같은 걸 입고 있었다고 진술했어. 회색 윗도리에 회색 바지. 오늘 내가 B&W 차고지에 가봤거든. 배차 사무실이 거기 있더라고. 그런데 거기서 일하는 정비공들이 위아래가 붙은 회색 작업복을 입고 있었어. 맥퀼런이 그 작업복을 입고 비상계단 사다리를 타고 올라갔을 수도 있겠지."

보슈는 두 손을 옆으로 내리고 흔들어서 탈탈 터는 시늉을 했다. 그가 가진 건 그게 전부라는 뜻이었다. 라이더는 한참이나 말이 없다가 보슈가 예상했던 질문을 던졌다.

"선배는 항상 구멍이 어디 있는지 찾으라고 가르쳤어요. '사건을 살펴보면서 구멍을 찾아봐. 우리가 못 찾으면 피고인 측 변호인이 찾을 거야.' 이렇게 말했죠. 그래서 묻는데, 선배, 구멍이 어디 있죠?"

보슈는 어깨를 으쓱거렸다.

"시간 차이가 구멍이야. 그리고 맥퀼런이 어빙의 방에 들어갔다는 사실을 입증할 증거가 전혀 없다는 것도 구멍이고. 객실과 비상계단 사다리에서 채취한 지문을 모두 조회해봤어. 맥퀼런 것이 있었다면 그렇게 결과가 나왔겠지."

"시간 차이는 어떻게 설명할 거예요?"

"현장을 미리 살펴보고 있었을 거야. 그 모습을 목격자가 본 거지. 그 후 맥퀄런이 다시 왔을 땐 못 본 거고."

라이더가 고개를 끄덕였다.

"어빙의 어깨에 난 상처는요? 맥퀄런의 시계 자국일까요?"

"그럴 가능성이 크지만 결정적인 증거는 못 될 거야. 운이 좋아서 시계에서 DNA를 찾아낼 수도 있겠지. 그런데 정말 커다란 구멍은 어빙이야. 애초에 어빙이 왜 그 호텔에 투숙했을까? 맥퀄런이 범인이라는 가설은 우연에 의존하고 있어. 택시운전사가 우연히 어빙을 본다. 맥퀄런에게 알린다. 맥퀄런의 가슴 깊숙이 숨어 있던 분노와 고통이 되살아난다. 그래서 근무가 끝나자 정비공의 작업복으로 갈아입고 호텔로 간다. 비상계단 사다리를 올라가 어찌어찌해서 어빙의 객실로 들어간 후 어빙을 목 졸라 살해한다. 어빙의 옷을 벗긴 후 깔끔하게 개어놓는데 바닥에 단추 한 개가 떨어진 것을 놓친다. 그러고는 어빙을 발코니에서 떨어뜨려 자살로 위장한다. 이론상으로는 아주 설득력이 있긴 한데, 그런데 어빙은 거기서 뭘 하고 있었을까? 누구를 만나고 있었나? 누구를 기다렸을까? 그리고 지갑, 휴대전화 같은 소지품을 왜 금고에 넣어뒀을까? 이런 의문들에 대해 답을 찾지 못하면, 범인이 탄 도주차량이 통과할 수 있을 만큼 커다란 구멍이 있는 거야."

라이더는 고개를 끄덕여 동의를 표시했다.

"그래서 우리가 어떻게 하자는 거예요?"

"우리가 뭘 하자는 게 아니야. 수사는 내가 계속해야지. 하지만 수사가 진행될수록 시의원에게 초점이 맞춰질 거라는 걸 당신과 국장이 알고 있어야 돼. 로버트 메이슨을 족쳐서 왜 자꾸 블랙 앤 화이트 운전기사들을 단속했는지 그 이유를 알아내면, 화살이 곧장 어빈 어빙을 향해 날아갈 수도 있어. 그 얘기를 국장한테 미리 해놓으라고."

"그럴게요. 지금 바로 메이슨을 족칠 거예요?"

"아직 잘 모르겠어. 어쨌든 맥퀼런과 대결하기 전에 알아야 할 건 최대한 알아내고 싶어."

라이더가 일어섰다. 사무실로 빨리 들어가고 싶은 것 같았다.

"같이 돌아가실래요?" 라이더가 물었다.

"아냐, 난 여기서 전화 좀 하고." 보슈가 말했다.

"알았어요, 선배. 행운을 빌어요. 밖에 나다닐 때 항상 조심하시고."

"응, 당신도. 그 위에서 항상 조심해."

라이더가 보슈를 바라보았다. 그녀는 그 위가 경찰국 10층을 뜻한다는 걸 알고 있었다. 라이더가 미소를 지었고 보슈도 미소로 화답했다.

20

칠턴 하디

보슈는 다시 벤치에 앉아서 마음을 가다듬었다. 그러고 나서 휴대전화를 꺼내 해나 스톤의 휴대전화로 전화를 걸었다. 월요일 저녁에 헤어질 때 그녀가 번호를 알려주었다.

보슈의 번호는 발신자 표시가 제한되어 있었는데도 스톤은 금방 전화를 받았다.

"나 해리 보슈."

"당신일 거라고 생각했어요. 새로운 소식이 있나요?"

"아니, 오늘은 다른 사건을 수사하고 있어. 하지만 파트너가 그 칠이라는 자식을 추적하고 있지."

"그렇군요."

"당신은 뭐 새로운 소식 있어?"

"아뇨, 우린 늘 하는 좋은 일을 하고 있을 뿐이에요."

"그렇군."

잠깐 어색한 침묵이 흘렀고 보슈가 먼저 침묵을 깼다.

"딸내미가 오늘 밤 친구 집에서 공부하고 있어서 한가하거든. 그래서 말인데, 너무 빠르다는 건 알지만, 혹시 오늘 밤에도 저녁 같이 먹을 수 있을까 해서."

"어……."

"너무 부담 갖지는 말고. 이렇게 갑자기 얘기하는 게 실례라는 거 아는데. 난 그냥……."

"아니, 아니, 그런 게 아니라, 수요일과 목요일 밤에는 상담이 있거든요. 그래서 오늘 밤엔 일해야 돼요."

"저녁 먹을 시간도 없어?"

"있죠, 물론, 그런데 너무 짧아서. 저기, 내가 다시 전화할게요."

"그래. 하지만 너무 애쓰지는 말……."

"알았어요, 어쨌든 근무를 바꿔줄 사람이 있는지 알아볼게요. 오늘 밤을 맡아주면 내가 내일 밤에 하면 되니까. 다시 전화할게요."

"응."

보슈는 스톤에게 자신의 휴대전화번호를 알려준 뒤 전화를 끊었다. 그러고는 일어서서 찰리 채플린의 어깨를 어루만진 후 건물 밖으로 나갔다.

보슈가 사무실로 돌아와 보니 추는 노트북으로 일하고 있었고 파트너가 칸막이 자리로 들어오는데 고개도 들지 않았다.

"찾아보라고 했던 자식 찾았어?"

"아직."

"힘든가?"

"쉽진 않아요. 이름 파일에는 칠이나 칠과 비슷한 이름이 911개나 올라와 있어요. 캘리포니아에만 911개라고요. 그러니 너무 놀라지는 마시고요."

"전체 통틀어서 그렇다는 거야, 내가 요청한 기간에만 그렇다는 거야?"

"사실 기간은 별로 중요하지 않아요. 형사님이 말씀하신 1988년의 그 자식은 그 전이든 그 후로든 언제라도 데이터베이스에 등록됐을 거예요. 문제는 놈이 체포됐는가, 현장 단속 대상자였는가, 아니면 피해자였는가 하는 거죠. 가능성이 엄청 많은데 그걸 일일이 다 살펴봐야 하니까 문제인 거죠."

추는 딱 부러지는 어조로 말하고 있었다. 어빙 사건 수사에서 제외된 것에 아직도 화가 나 있는 게 분명했다.

"맞는 말이긴 한데, 범위를 좁혀서 우선순위를 정하자고. 그러니까……92년 이전으로 하는 게 어떨까. 내 육감으로는 놈이 감방에 갔다면 그전에 갔을 것 같아."

"알겠습니다."

추가 자판을 치기 시작했다. 여전히 고개를 들지도, 보슈를 쳐다보며 아는 체하지도 않았다.

"들어오면서 보니까 경위가 자기 방에 있던데. 가서 다른 데로 옮겨달라고 얘기해보지 왜."

"이것부터 하고요."

보슈는 추에게 할 테면 해보라고, 말의 책임을 지라고 요구하고 있었고, 둘 다 그 사실을 알았다.

"그래, 그럼."

보슈의 휴대전화가 울려서 보니까 지역번호 818로 시작되는 번호였다. 밸리 지역이었다. 그는 혼자 통화하기 위해 칸막이 자리를 나와 복도로 나가면서 전화를 받았다. 추측했던 대로 해나 스톤이 사무실 전화로 전화를 건 거였다.

"여기 일이 좀 있어서 8시나 되어야 만날 수 있을 것 같은데, 그래도 괜찮겠어요?"

"그럼, 괜찮다마다."

그러면 그녀와 함께 있을 시간은 90분 정도밖에 없었다. 딸의 통금 시각을 바꾸지 않는 한. "진짜요? 목소리는……."

"아냐, 진짜 괜찮아. 나도 늦게까지 일하면 되니까. 할 일이 얼마나 많은데. 어디서 만날까?"

"이번엔 중간에 어디 어때요? 초밥 좋아하세요?"

"어, 그다지 좋아하진 않지만, 한번 먹어보지 뭐."

"초밥을 먹어본 적이 한 번도 없단 뜻이에요?"

"어…… 날생선은 별로 안 좋아해서."

보슈는 그게 다 베트남에서의 경험 때문이라는 말은 하고 싶지 않았다. 땅굴에서 마주치곤 했던 썩은 생선. 그 끔찍한 악취.

"알았어요, 그럼 초밥은 통과. 이탈리아 음식 어때요?"

"좋아. 이탈리아 음식으로 하자."

"노스할리우드의 카델솔 알아요?"

"찾아갈 순 있어."

"8시?"

"좋아."

"그때 봐요, 해리."

"그때 봐."

보슈는 전화를 끊고 사적인 통화를 한 통 더 했다. 히스 위트컴은 보슈가 할리우드 경찰서에서 근무할 때 담배를 함께 피웠던 친구였다. 보슈가 금연할 때까지 경찰서 뒤쪽 재떨이를 수도 없이 함께 썼었다. 위트컴은 아직도 담배를 피웠다. 위트컴은 순찰대 담당 경사였고, 따라서 B&W 운전기사 세 명을 음주운전 혐의로 체포한 로버트 메이슨 순경을 알고 있을 것이다.

"지금 바빠, 해리." 위트컴이 전화를 받으면서 말했다. "원하는 게 뭐야?"

"시간 날 때 전화해줘."

보슈는 전화를 끊었다. 그가 문을 밀고 사무실로 들어가려는데, 추가 문을 밀고 나왔다.

"어디 갔다 오셨습니까?"

"담배 한 대 피우러."

"담배 안 피우시잖아요."

"응, 그런데 무슨 일이야?"

"칠턴 하디네요."

"찾았어?"

"그런 것 같습니다. 조건에 딱 들어맞던데요."

그들은 칸막이 자리로 들어갔고 추는 컴퓨터 앞 의자에 미끄러지듯 앉았다. 보슈는 추의 어깨너머로 컴퓨터 화면을 바라보았다. 추가 스페이스 바를 눌러 컴퓨터를 잠에서 깨웠다. 화면에는 서른 살쯤 되어 보이는 백인 남자의 머그샷 사진이 떠 있었다. 짙은 갈색 머리는 삐죽삐죽했고 얼굴에는 여드름 흉터가 많았다. 파란 눈으로 카메라를 차갑게 노려보며 뚱한 표정을 짓고 있었다.

"칠턴 애런 하디." 추가 말했다. "별명은 칠."

"언제 사진이야?" 보슈가 물었다. "그리고 여긴 어디고?"

"1985년이요. 노스할리우드 경찰서. 경찰관 폭행 혐의. 당시 스물여덟 살이었고 주소지는 톨루카레이크 카후엥가에 있는 아파트고요."

톨루카레이크는 버뱅크와 그리피스파크의 끝에 있었다. 클레이턴 펠이 칠과 함께 살 때 장난감 기차를 타러 갔었다고 했던 트래블타운과 아주 가까운 곳이었다.

보슈는 계산해보았다. 칠턴 하디가 살아 있다면 쉰네 살일 것이다.

"차량등록국에 조회해봤어?"

추는 안 했다고 대답했다. 그는 캘리포니아에 사는 2,400만 운전면허 소지자의 신상정보를 담은 주 정부 데이터베이스에 접속해서 하디의 이름을 입력했다. 엔터키를 누르자 검색이 시작되었고 그들은 하디가 운전면허 소지자로 등록되어 있는지 보려고 정보가 뜨기를 기다렸다. 몇 초가 흐르는 동안 보슈는 '일치하는 결과 없음'이란 메시지가 뜰 거라고 예상했다. 일반적으로 살인을 저지르고 도망 다니는 사람들은 한곳에 오래 머물지 않으니까.

"빙고." 추가 말했다.

보슈는 허리를 더 굽히고 화면을 뚫어져라 쳐다보았다. 일치하는 결과가 두 건 있었다. 칠턴 애런 하디, 77세, 로스앨러미터스 거주. 칠턴 애런 하디 주니어, 54세, 로스앤젤레스 교외의 우드랜드힐스 거주.

"토팡가캐니언 대로." 보슈는 젊은 하디의 주소를 읽었다. "멀리 안 갔네."

추가 고개를 끄덕였다.

"웨스트밸리네요."

"어쩌 일이 너무 쉽게 풀리는 것 같다. 이자는 왜 멀리 안 가고 뱅뱅 돌았을까?"

추는 보슈가 소리 내어 생각하고 있다는 것을 알았기 때문에 대답하지 않았다.

"사진 좀 보자." 보슈가 말했다.

추는 젊은 칠턴 하디의 운전면허증 사진을 끌어냈다. 노스할리우드에서 체포된 후 26년의 세월이 흐르는 동안 그는 머리카락이 거의 다 빠졌고 피부색은 누리끼리해져 있었다. 힘들게 살아온 세월을 보여주듯 얼굴에는 주름살이 많았다. 그러나 눈은 여전했다. 차갑고 냉혹한 눈빛. 보슈는 사진을 한참 바라보다가 말했다.

"좋아, 수고했어. 출력 좀 해줘."

"이자를 보러 가는 겁니까?"

"아직은 아냐. 천천히 신중하게 생각해야 돼. 하디는 그동안 안전하다고 느꼈기 때문에 이 동네를 떠나지 않고 살아왔어. 준비를 철저히 하고 조심스럽게 접근해야 돼. 옛날 사진, 최근 사진 둘 다 출력해서 식스팩(용의자를 여섯 명씩 줄 세워 찍은 사진 ― 옮긴이) 두 장 만들어줘."

"그럼 펠에게 보여주러 가는 거네요?"

"응, 그리고 펠을 태우고 드라이브 좀 갔다 와야 할 것 같아."

추가 머그샷을 뽑아서 식스팩 사진을 만드는 동안 보슈는 자기 책상으로 돌아갔다. 해나 스톤에게 자기 계획을 알리려고 전화를 걸려는데 딸에게서 문자가 들어왔다.

애슐린 엄마한테 아빠가 중요한 사건을 맡았다고 했더니 자고 가도 된대. 괜찮지?

보슈는 한참을 생각한 후에 답장을 보냈다. 주말이 아니라서 매디가 내일 등교해야 하지만 전에도 가끔씩 보슈가 출장 가고 없을 땐 애슐린네 집에서 자곤 했었다. 애슐린의 엄마는 매우 너그러웠고 보슈가 살인범을 쫓는 동안 매디를 돌봐줌으로써 정의 구현에 자신도 힘을 보태고 있다고 믿었다.

그러나 매디한테 뭔가 다른 의도가 있는 건 아닌지 의심스러웠다. 그가 해나와 함께 있을 수 있도록 자리를 비켜주는 건 아닐까?

매디에게 전화를 걸까 하다가 추가 듣는 게 싫어서 문자로 대답했다.

정말? 아빠 많이 안 늦을 건데. 집으로 가는 길에 널 태우고 갈 수 있어.

매디는 정말이라고 애슐린과 함께 자고 싶다고 재빨리 답장을 보내왔다. 학교 끝나고 집에 들러서 갈아입을 옷을 싸갖고 왔다고도 했다. 결국 보슈는 허락한다고 문자를 보냈다.

그러고 나서 해나 스톤에게 전화를 걸어 8시 이전에 만나게 될 거라고, 펠에게 용의자 사진을 보여주기 위해 일찍 갈 거라고 말했다. 스톤은 상담실 하나를 써도 된다고 말했다.

"펠을 데리고 갈 데가 있는데 어떡하지? 그런 것에 대한 규정이 있나?"

"어디로 데려가려고요?"

"주소를 확보했어. 펠이 그때 어머니와 이자와 함께 살았던 곳인 것 같은데, 펠이 그곳을 알아보는지 봐야겠어. 아파트 건물인데……."

스톤은 잠깐 말이 없었다. 펠이 어렸을 때 학대당했던 곳을 보는 것이 그에게 좋을지 나쁠지 생각해보는 게 틀림없었다.

"따로 규정은 없어요." 마침내 스톤이 말했다. "자유롭게 시설을 나갈 수 있어요. 하지만 내가 따라가는 게 좋을 것 같네요. 힘들어할 수도 있으니까. 나도 같이 갈게요."

"상담이 있다고 하지 않았어? 8시까지 일해야 한다고 했던 것 같은데."

"어떻게든 시간을 채워야 돼요. 오늘 상담을 할 줄 알고 늦게 출근했어요. 근무시간에 대해 감사를 받는데, 여섯 시간 일했다고 욕먹고 싶진 않아요."

"알았어. 한 시간 안으로 거기 도착할 건데, 그때쯤이면 펠이 퇴근해 있을까?"

"벌써 퇴근했어요. 준비하고 있을게요. 그럼 우리의 저녁식사 계획도 바뀌나요?"

"난 바꿀 이유 없는데. 고대하고 있었고."

"좋아요. 나도요."

21

기시감

보슈와 추는 밸리까지 각자의 차를 타고 갔다. 용무가 끝난 후 교통정체에 시달리면서 굳이 시내로 돌아올 필요가 없었기 때문이다. 추는 134번 고속도로를 타고 패서디나에 있는 집으로 퇴근하면 될 것이고, 보슈는 해나 스톤과 저녁 먹기로 한 시각까지 밸리에 남아 기다리면 될 것이었다.

101번 고속도로를 타고 북쪽으로 올라가는 동안 할리우드 경찰서 순찰대의 위트컴 경사에게서 드디어 전화가 왔다.

"미안해, 해리. 뭘 하던 중이라 자네한테 전화한다는 걸 깜박했어. 뭘 도와줄까?"

"거기 근무하는 로버트 메이슨이라는 순경 알아? 3급이라던데."

"바비 메이슨, 응, 알아. 하지만 그 친군 야간이고 난 주간이라 잘은 몰라. 그 친구는 왜?"

"그 친구가 몇 명을 체포한 일이 있는데 그게 내가 맡은 사건하고 관련 있어서 지금 살펴보는 중이거든. 그 친구를 한번 만나봤으면 싶은데."

"어빈 어빙의 아이가 사망한 샤토마몽트 사건 수사 중이구나, 맞지?"

조지 어빙을 아이라고 표현한 것이 보슈에게는 이상하게 들렸다.

"맞아."

"어떤 체포를 말하는 거야?"

"음주운전 세 건."

"그 음주운전 세 건이 샤토마몽트 사건과 무슨 관련이 있는데?"

보슈는 잠깐 잠자코 있었다. 그의 망설임이 그가 정보를 주려는 게 아니라 얻으려고 한다는 메시지를 위트컴에게 전달하기를 바랐다.

"사건의 한 측면이라고나 할까." 마침내 보슈가 말했다. "메이슨 평판은 어때? 괜찮아?"

보슈는 메이슨이 부정직하거나 타락했다는 평판을 얻고 있지는 않은지 알아보기 위해 넌지시 물어보았다.

"내가 듣기로는 어제 굉장히 충격을 받았다더라고." 위트컴이 말했다.

"왜?"

"샤토 사건 때문에. 시의원 아들과 오랜 친구였나 봐. 심지어 경찰학교 동기였대."

보슈는 랭커심 대로로 나가기 위해 차선을 바꿨다. 스튜디오시티 메트로링크 역 옆에 있는 통근자 주차장에서 추를 태울 계획이었다.

보슈는 사안의 중대성을 들키고 싶지 않아서 위트컴의 말을 태연하게 맞받았다.

"그래, 예전부터 서로 아는 사이였다고 들었어." 보슈가 말했다.

"그런 것 같더라고." 위트컴이 말했다. "그런데 내가 아는 건 그게 다야, 해리. 말했듯이 메이슨은 야간이고 나는 주간이거든. 말이 나와서 하는 말인데, 나 이제 그만 퇴근해야 되는데. 더 있어?"

위트컴은 동료 경찰에 관해 이렇다 저렇다 얘기하고 싶지 않다는 뜻을 이런 식으로 표현했다. 그렇다고 그를 비난할 수는 없었다.

"응. 메이슨이 주로 어느 지역을 맡고 있어?"

할리우드 경찰서는 지리적으로 여덟 개의 기본 순찰지역으로 나뉘어 있었다.

"금방 찾아줄게. 나 지금 상황실에 있거든."

보슈는 기다렸고 위트컴이 금방 돌아왔다.

"6-아담-65에 배치된 거 보니까 주로 거기서 일하는 것 같은데."

배치 기간은 28일이었다. 처음의 '6'은 할리우드 경찰서 지정번호였다. '아담'은 메이슨의 순찰조를 의미했고 '65'는 지역을 의미했다. 보슈는 할리우드 경찰서의 순찰지역이 잘 기억나진 않았지만 그래도 한번 던져보았다.

"65면 라브레아 회랑 지대?"

"맞았어, 해리."

보슈는 위트컴에게 지금 나눈 이야기는 비밀로 해달라고 부탁하고 고마움을 표시한 후 전화를 끊었다.

이제까지 알아낸 내용을 종합해보니, 어빈 어빙에겐 도망갈 구멍이 있었다. 리젠트 택시가 독점사업권을 따내도록 돕기 위해 메이슨이 B&W 운전기사들을 단속한 거라면, 예전 친구이자 경찰학교 동기인 조지 어빙의 부탁을 받고 한 거라고 주장할 수 있었다. 어빈 어빙 시의원이 관계있다는 걸 증명하기가 어려울 것이다.

보슈는 통근자 주차장으로 들어가 주차장 안을 돌면서 파트너를 찾아보았다. 추가 아직 안 온 것을 확인하고는 주(主) 차선에 차를 세우고 기다렸다. 운전대에 한 손바닥을 대고 손가락으로 계기판을 톡톡 두드리며 기다리는 동안, 어빈 어빙의 행동이 아들의 죽음을 초래한 것이 아닐지도 모른다는 사실을 알게 되어 자신이 실망하고 있다는 걸 깨달았다. 시의원이 택시 독점사업자 선정에 영향력을 행사한 혐의를 받는다고 해도, 보슈는 이미 합리적인 의심이 만들어졌다는 사실을 알고 있었다. 어빙은 죽은 아들이 그 모든 것을 계획하고 실행에 옮겼다고 주장할 수 있을 것이고, 보슈는 그가 그러고도 남을 사람이라고 생각했다.

보슈는 차 창문을 내리고 환기를 시켰다. 불편한 기분을 바꾸려고 다른 사건으로 넘어가서 클레이턴 펠에 대해 생각하며 그를 어떻게 다룰지 고민했다. 그러고 나서 칠턴 하디에 대해 생각했고, 릴리 프라이스 사건 수사의 궁극적인 표적인 이자를 한번 만나보는 걸 미룰 이유가 없다고 결론지었다.

조수석 문이 열리고 추가 차에 탔다. 보슈는 생각에 열중한 나머지 추가 미아타를 타고 주차장으로 들어와 주차하는 것을 보지 못한 것이다.

"저 왔습니다, 형사님."

"어서 와. 생각이 바뀌었어. 우드랜드힐스에 가보자. 하디가 사는 동네를 한번 둘러봐야겠어. 운 좋으면 놈을 볼 수도 있지 않을까?"

"동네를 둘러본다고요?"

"응. 나중에 본격적으로 만나러 갈 때를 대비해서 지리를 살펴봐 두는 것도 나쁘진 않겠지. 거기 갔다가 펠에게 가는 거야. 어때?"

"그러시죠."

보슈는 주차장을 나가서 101번 고속도로를 다시 탔다. 우드랜드힐스를 향해 서쪽으로 달리는 차들이 많았다. 20분 후 토팡가캐니언 대로에서 고속도로를 빠져 나와 북쪽으로 달렸다.

차량등록국에 등록되어 있는 칠턴 하디의 주소지는 웨스트밸리의 대표적 건물인 대형 쇼핑몰에서 북쪽으로 700~800미터 떨어진 곳에 있는 2층짜리 아파트 건물이었다. 인도에서부터 뒷골목에 이르기까지 여러 동이 있고 지하주차장도 있는 대규모 아파트 단지였다. 차를 몰아 앞쪽 도로를 왔다 갔다 하던 보슈는 도롯가에 차를 세우고 추와 함께 차에서 내렸다. 하디가 사는 아파트 단지를 둘러보던 보슈는 그 장소가 왠지 모르게 낯익은 느낌이 들었다. 아파트 건물의 외벽에는 회색 칠이 되어 있고 가장자리는 흰 테를 둘렀으며 앞면으로는 창 위에 짙은 감색과 흰색의 줄무늬가 있는 차양이 쳐져 있어서 케이프코드에서 주로 볼 수 있는 목조 단층집 같은 느낌을 주었다.

"여기 어딘지 알겠어?" 보슈가 물었다.

추는 아파트 건물을 잠깐 살펴보았다.

"아뇨. 알아야 됩니까?"

보슈는 대답하지 않았다. 그는 인터컴이 있는 출입문으로 걸어갔다. 그 아파트에 사는 세입자 48명의 이름이 아파트 호수와 함께 적혀 있었다. 명단을 훑어보았지만 칠턴 하디의 이름은 보이지 않았다. 차량등록국 데이터베이스에 따르면, 하디는 23호에 살고 있어야 했다. 그런데 23호 옆에는 필립스라는 이름이 적혀 있었다. 이번에도 보슈는 기시감을 느꼈다. 전에 이곳에 와본 적이 있었나?

"무슨 생각을 하세요?" 추가 물었다.

"운전면허증 발급일이 언제였지?"

"2년 전이요. 그때 여기 살았었나 보네요. 살다가 다른 데로 이사 간 거겠죠."

"아니면 여기 산 적이 아예 없거나."

"그러네요. 흔적을 감추려고 아무 주소나 댔을 수도 있겠고."

"그래도 아무 주소나 대지는 않았을 거야."

보슈는 주위를 둘러보면서 위험을 무릅쓰고라도 더 들어가 탐험해볼까, 그래서 경찰이 자신을 주목하고 있다는 걸 하디가 알게 해도 될까 생각해보았다. 하디가 여기 살고 있다면 말이지만. 보도 연석 근처에 표지판이 세워져 있었다.

아케이드식 고급 아파트

아파트 임대

방 2 / 화장실 2

첫 달 월세 무료

상담 환영

보슈는 아직 23호 초인종을 누르지 않기로 했다. 대신 그는 인터컴에서 1번을 눌렀다. 1번은 관리실장이라고 적혀 있었다.

"네?"

"아파트 좀 보러 왔는데요."

"약속을 하고 오셔야 합니다."

인터컴을 쳐다보던 보슈는 스피커 옆에 카메라 렌즈가 있는 것을 발견했다. 관리실장이 그를 보고 있고 낌새가 이상하다고 생각했을 것 같았다.

"벌써 와 있는데요. 임대합니까, 안 합니까?"

"미리 약속을 하고 오셔야 한다니까요. 죄송합니다."

빌어먹을. 보슈는 속으로 투덜거렸다.

"문 열어요. 경찰입니다."

보슈는 경찰 배지를 꺼내 카메라 앞에 들어 보였다. 잠시 후 출입문이 윙 소리와 함께 열리자 보슈와 추는 안으로 들어갔다.

출입문 안으로 들어가니 중앙 현관이 나왔고 그 옆 벽에는 우편함이 줄지어 달려 있었다. 아파트 단지 소식을 담은 공지문이 여러 장 붙어 있는 게시판도 있었다. 그들이 들어가기가 무섭게 남아시아계로 보이는 피부색이 거무튀튀하고 왜소한 남자가 다가왔다.

"경찰이라고요?" 그가 말했다. "무엇을 도와드릴까요?"

보슈가 자신과 추를 소개하자 남자는 관리실장 이르판 칸이라고 자기

소개를 했다. 보슈는 이 지역에서 발생한 어떤 사건을 수사 중인데 범죄의 피해자였을지도 모르는 남자를 찾고 있다고 말했다.

"어떤 범죄요?" 칸이 물었다.

"지금은 말해줄 수가 없어요." 보슈가 말했다. "그 남자가 여기 사는 게 맞는지 확인만 하면 됩니다."

"이름이 뭐죠?"

"칠턴 하디. 칠이라는 이름을 쓸 수도 있고."

"아뇨, 여기엔 안 삽니다."

"확실합니까, 칸 씨?"

"네, 그럼요. 제가 관리실장인데요. 여기 안 삽니다."

"사진을 한번 봐줘요."

"네, 보여주시죠."

추는 하디의 현재 운전면허증 사진을 꺼내 칸에게 보여주었다. 칸은 5초 가까이 사진을 보더니 고개를 가로저었다.

"확실합니다. 이 사람 여기 안 살아요."

"그렇구먼, 알겠어요. 여기 안 사는구나. 당신은 어때요, 칸 씨? 여기서 일한 지 얼마나 됐죠?"

"3년째입니다. 일을 아주 잘 하고 있죠."

"그런데 이 남자는 여기 산 적이 없어요? 2년 전에도?"

"네. 살았다면 기억하겠죠."

보슈가 고개를 끄덕였다.

"알겠습니다, 칸 씨. 협조해줘서 고마워요."

"당연히 협조해야죠."

"고마워요."

보슈는 돌아서서 출입문을 향해 걸어갔다. 추가 따라왔다. 차로 돌아

온 보슈는 차 지붕 너머로 아파트 건물을 한참 동안 바라보다가 운전석에
탔다.

"관리실장 말을 믿으세요?" 추가 물었다.

"응." 보슈가 말했다. "믿지 못할 이유라도 있나?"

"그럼 어떻게 생각하세요?"

"뭔가 놓치고 있는 것 같아. 일단 클레이턴 펠을 보러 가자."

보슈는 시동을 켜고 차를 출발시켰다. 다시 고속도로를 향해 달려가는
동안에도 남색과 흰색 줄무늬 차양이 머릿속을 떠나지 않았다.

22

클레이턴 펠의 분노

이런 일이 잘 없었는데 이번에는 보슈가 추에게 운전을 맡겼다. 보슈 자신은 클레이턴 펠과 함께 뒷좌석에 앉았다. 난폭한 반응이 나올 경우에 대비해서 펠 옆에 있고 싶었다. 용의자들을 줄 세워 찍은 사진을 보여주 었을 때 펠은 매번 칠턴 하디를 지목하고는 억누른 분노의 벽 뒤로 사라 졌다. 그걸 느낄 수 있었던 보슈는 그 분노가 터져 나올 경우에 대비해서 펠 옆에 앉은 것이다.

해나 스톤은 조수석에 앉아 있었고, 보슈의 자리에서는 펠과 스톤이 다 잘 보였다. 스톤은 걱정스러운 표정을 하고 있었다. 펠이 마음에 품고 살 았던 과거의 상처를 다시 후벼파는 것이 걱정스러운 모양이었다.

보슈와 추는 부에나비스타에 도착하기 전에 이동 계획을 미리 짜놓았 다. 그 사회적응훈련원을 떠난 그들은 먼저 그리피스파크에 있는 트래블 타운으로 달려갔다. 어린 시절의 행복했던 기억이 있는 장소부터 펠에게 보여주면서 순례를 시작하고 싶었다. 펠은 차에서 내려 장난감 기차를 보 고 싶어 했지만, 보슈는 일정이 빠듯하다는 이유를 들어 허락하지 않았 다. 실은 펠이 기차를 타고 있는 어린이들을 보게 하고 싶지 않았다.

이제 추는 우회전해서 카후엥가로 접어들었고, 펠과 함께 살았을 당시 칠턴 하디의 주소지를 향해 북쪽으로 달리기 시작했다. 그들은 그 아파트 건물을 펠에게 알려주지 않을 계획이었다. 펠이 스스로 그 건물을 알아보는지 지켜볼 생각이었다.

두 블록 정도 남았을 때 펠은 그 동네를 알아보며 동요하는 기색을 보이기 시작했다.

"맞아요, 여기서 살았어요. 저기가 학교라고 생각해서 가고 싶어 했었는데."

펠은 가시철조망 울타리 너머 앞마당에 그네가 두 개 있는 사립 어린이집을 가리켰다. 보슈는 여덟 살 사내아이라면 학교라고 생각할 수도 있었겠다고 생각했다.

이제 그들은 그 아파트 건물에 다가가고 있었다. 그 건물은 펠이 앉은 쪽에 있었다. 추는 가속페달에서 발을 떼고 속도를 줄이기 시작했고, 보슈는 그것이 이제 다 왔다는 힌트가 될 거라고 걱정했지만, 그 건물 옆을 지나가는데도 펠은 아무 말도 하지 않았다.

재난과 같은 상황은 아니었지만 솔직히 실망스러웠다. 보슈는 기소까지 갈 생각을 하고 있었다. 펠이 어떤 도움도 받지 않고 그 아파트 건물을 가리켰다고 증언할 수 있다면, 펠의 주장이 훨씬 더 설득력을 얻을 것이다. 하지만 그들이 구체적으로 그 건물을 펠에게 가리켜 보여야 한다면, 피고인 측 변호인은 펠이 경찰을 조종하고 있고 복수의 환상에 사로잡혀 거짓 증언을 하고 있다고 주장할 것이다.

"아직 안 보여?" 보슈가 물었다.

"네, 지나간 것도 같은데 확실히는 모르겠어요."

"유턴할까?"

"그래도 돼요?"

"그럼. 어느 쪽을 보고 있었어?"

"내 쪽이요."

보슈는 고개를 끄덕였다. 이제 희망이 보이기 시작했다.

"추 형사, 유턴하는 것보다는 우회전해서 빙 돌아서 다시 오자. 클레이턴이 또 같은 쪽을 볼 수 있게."

"알겠습니다."

추는 다음 블록에서 우회전했고, 그다음 사거리에서 또 우회전해서 세 블록을 달려 내려왔다. 그런 다음 다시 우회전해서 어린이 집이 있는 카후엥가 사거리로 돌아왔다. 거기서 다시 우회전을 하자 목적지에서 고작 한 블록 반 떨어진 곳에 이르렀다.

"네, 저 위요." 펠이 말했다.

추는 제한속도보다 훨씬 더 느리게 운전했다. 뒤따르던 자동차가 경적을 울리더니 곧바로 추월해갔다. 경찰차 안에 앉은 사람들은 모두 그러거나 말거나 아무 반응이 없었다.

"여기예요." 펠이 말했다. "여기 같아요."

추가 인도에 바짝 붙여 차를 세웠다. 맞는 주소지였다. 모두들 할 말을 잃었고 펠은 창밖으로 보이는 카멜롯 아파트를 물끄러미 바라보았다. 그 아파트는 치장벽토를 바른 2층 건물로 앞쪽 두 모퉁이가 둥근 탑 형태였다. 1950년대 호황기에 도시에서 우후죽순처럼 생겨난 전형적인 부실시공 아파트였다. 30년을 지탱할 수 있게 설계되고 지어졌는데 지금 그 두 배의 세월이 흐르고 있었다. 치장벽토를 바른 벽은 실금이 가고 색이 바래 있었고, 지붕 선은 이젠 직선이 아니었으며, 한쪽 탑의 꼭대기에는 지붕에서 물이 새는 것을 막기 위해 임시방편으로 파란색 비닐 방수포가 덮여 있었다.

"그땐 더 멋있었는데." 펠이 말했다.

"확실히 여기가 맞아?" 보슈가 물었다.

"네, 여기 맞아요. 성(城) 같아 보여서 성에서 산다고 좋아했던 기억이 나거든요. 그 안에서 무슨 일을 당할지도 모르고……."

펠이 말끝을 흐리며 건물을 바라보았다. 그는 좌석에서 보슈에게 등을 보이며 반쯤 돌아앉아 창문에 이마를 대고 있었다. 잠시 후 어깨가 들썩거리더니 낮은 울음소리가 들려왔다.

보슈가 팔을 들어 펠의 어깨를 향해 뻗다가 멈췄다. 망설이다가 손을 거둬들였다. 스톤이 뒤돌아보다가 그 장면을 보았다. 보슈는 잠깐이지만 그녀의 눈에 혐오감이 떠올랐다가 사라지는 것을 보았다.

"클레이턴, 괜찮아." 스톤이 말했다. "직접 보면서 과거와 정면으로 마주하는 게 좋아."

스톤은 조수석 위로 팔을 뻗어 펠의 어깨에 손을 얹고 보슈가 할 수 없었던 일을 해주었다. 그러고 나서 다시는 보슈를 쳐다보지 않았다.

"괜찮아." 스톤이 다시 말했다.

"그 개새끼를 꼭 잡아줘요." 펠이 말했다. 감정이 북받쳐 목소리가 잘 나오지 않았다.

"걱정하지 마." 보슈가 말했다. "꼭 잡을 거니까."

"뒈져버리면 좋겠네. 싸우자고 덤비다가 형사님 총에 맞아 뒈져버려라 그냥."

"어허, 클레이턴." 스톤이 말했다. "그런 식으로 생각하면 안……."

펠이 그녀의 손을 어깨에서 밀쳐냈다.

"그 새끼 뒈져버리면 좋겠다고요!"

"그러면 안 돼, 클레이턴."

"왜 안 돼요? 날 봐요! 내가 어떻게 됐는지 보라고요! 이게 다 그 새끼 때문인데."

스톤이 다시 앞을 향해 돌아앉았다.

"이만하면 클레이턴이 충분히 본 것 같은데요." 스톤이 딱딱한 어조로 말했다. "이제 돌아갈까요?"

보슈가 앞으로 팔을 뻗어 추의 어깨를 톡톡 쳤다.

"가자." 보슈가 말했다.

추는 보도 연석에서 떨어져 나와 북쪽으로 달렸다. 돌아가는 내내 차 안에는 무거운 침묵이 흘렀고, 부에나비스타에 도착했을 땐 날이 이미 어두워져 있었다. 추는 차에서 기다렸고 보슈는 펠과 스톤을 출입구까지 데려다주었다.

"클레이턴, 고마워." 스톤이 열쇠로 문을 여는 동안 보슈가 펠에게 말했다. "힘들었다는 거 알아. 그런데도 기꺼이 함께 가줘서 고마워. 수사에 도움이 될 거야."

"됐고요, 그 새끼 잡을 거죠?"

보슈는 망설이다가 고개를 끄덕였다.

"응. 그전에 다른 할 일이 좀 있긴 하지만 다 하고 나서 잡으러 갈 거야. 약속해."

펠은 더 말하지 않고 열려 있는 출입구 안으로 들어갔다.

"클레이턴, 부엌에 가서 저녁식사가 남아 있는지 보고 먹어." 스톤이 지시했다.

펠은 안마당으로 걸어가면서 알아들었다는 표시로 손을 흔들어 보였다. 스톤이 문을 닫으려고 돌아서는데 보슈가 그 앞에 서 있었다. 보슈는 자기를 올려다보는 스톤의 눈에서 실망감을 읽어냈다.

"오늘 저녁은 같이 못 먹겠군." 보슈가 말했다.

"왜요? 딸 때문에?"

"아니, 걔는 친구 집에 있는데. 아니, 난 그냥…… 좋아, 저녁 같이 먹는 거. 파트너를 스튜디오시티에 데려다주고 오기만 하면 돼. 거기에 그 친구 차가 있으니까. 약속대로 그 식당에서 만날까?"

"좋아요, 그런데 8시까지 기다리지는 말죠. 데려다주고 와서…… 나 오늘 할 일이 끝났거든요."

"그럽시다. 추 형사를 내려주고 나서 바로 그리로 갈게. 그게 좋을까, 아니면 여기로 돌아오는 게 좋을까?"

"거기서 만나요. 그게 좋겠어요."

23
악은 어디에서 오는가

그들은 예약시간보다 30분 이상 일찍 식당에 도착했고 벽난로 근처 밀실의 조용한 칸막이 자리로 안내되었다. 둘 다 파스타를 주문했고 스톤이 고른 키안티 와인도 한 잔씩 주문했다. 두 사람은 맛있는 음식을 먹으면서 편안하게 이야기를 이어나갔다. 그러다가 스톤이 갑자기 정색을 하고 물었다.

"해리, 왜 아까 차에서 클레이턴을 위로해주지 못했어요? 보니까 클레이턴을 만지지 못하던데."

보슈는 와인을 길게 한 모금 마신 다음 대답했다.

"만지면 싫어할 것 같아서. 화가 나 있었으니까."

스톤은 고개를 가로저었다.

"아뇨, 해리, 내가 봤다니까요. 당신 같은 사람이 왜 클레이턴 같은 사람에게 동정심을 느끼지 못하는지, 그 이유를 알고 싶어요. 우리가 좀 더……가까워지려면 그 이유부터 알아야 할 것 같아요."

보슈는 자기 접시를 내려다보다가 포크를 내려놓았다. 긴장되었다. 고작 이틀 전에 처음 만났지만 스톤에게 끌리는 것을 부정할 수 없었고, 둘이 서로에게 어느 정도 호감을 느끼고 있는 것도 확실했다. 보슈는 이 기회를 놓치고 싶지 않았지만 무슨 말을 해야 할지 알 수 없었다.

"인생은 너무 짧아요, 해리." 스톤이 말했다. "난 시간 낭비하고 싶지 않아요. 내가 하는 일을 이해하지 못하고 인간으로서 기본적으로 느껴야 하는, 피해자들에 대한 동정심을 느끼지 못하는 남자하고는 같이 있고 싶지 않고요."

보슈가 드디어 자기 목소리를 냈다.

"나도 동정심을 느끼지 안 느끼나. 릴리 프라이스 같은 피해자들을 대변하는 게 내 일인데. 그런데 펠의 피해자들은 어떡하지? 펠은 자신이 입은 것만큼 깊은 상처를 다른 사람들에게 입혔잖아. 그런데 내가 펠의 등을 두드리며 '괜찮아, 괜찮아, 다 잘될 거야'라고 말해야 돼? 괜찮지 않아. 앞으로도 괜찮지 않을 거고. 그리고 펠도 그 사실을 알고 있고."

보슈는 이게 나란 사람이고, 이게 진실인 걸 어떡하느냐고 말하는 것처럼 두 손을 펼쳐 보였다.

"해리, 세상에 악이 존재한다고 생각해요?"

"물론이지. 악이 존재하지 않는다면 난 형사가 안 됐을 거야."

"악은 어디에서 오나요?"

"무슨 말을 하려는 거지?"

"당신이 하는 일에 대해서요. 당신은 거의 날마다 악과 대면하잖아요. 그 악은 어디에서 오는 거죠? 사람들은 어떡하다 악해지는 거죠? 악이 공기 중에 퍼져 있나요? 감기에 걸리듯 악에 걸리는 건가요?"

"나를 가르치려 들지 마. 그것보다는 조금 더 복잡한 일이란 걸 당신도 잘 알면서."

"가르치려 드는 거 아니에요. 당신 생각을 들어보고 결정하려는 거지. 난 당신을 좋아해요, 해리. 그것도 많이. 이제까지 봐왔던 모든 모습이 마음에 들었어요. 아까 차 뒷좌석에서 보여준 모습만 빼고. 나중에 당신을 잘못 봤다고 생각하게 될지 모르는데 무턱대고 달려 나가고 싶진 않아요."

"그런데 우리 지금 뭐 하는 거야, 취업 면접?"

"아뇨. 내가 당신을 알아가려고 애쓰는 중이죠."

"만나자마자 연애하는 것도 지나치지만 이것도 정도가 너무 지나친 것 같군. 무슨 일이 일어나기도 전에 미리 모든 걸 다 알고 싶어 하는 거 말이야. 그리고 내게 하지 않은 얘기도 있는 것 같고."

스톤은 즉시 반응하지 않았고 보슈는 그런 그녀를 보니 자신의 추측이 맞았다는 생각이 들었다.

"뭐야, 해나?"

스톤은 보슈의 질문을 못 들은 척하고 자기 질문을 고집했다.

"해리, 악은 어디에서 오는 거죠?"

보슈는 껄껄 웃으면서 고개를 절레절레했다.

"이런 건 서로를 알아가려고 노력하는 사람들이 하는 얘기가 아닌데. 내가 악에 대해 어떻게 생각하는지 왜 그렇게 알고 싶어?"

"그냥 알고 싶어요. 그래서 당신의 대답은?"

스톤의 눈빛이 진지했다. 이것이 그녀에게는 중요한 문제인 것이다.

"당신에게 해줄 수 있는 말은 악이 어디에서 오는지는 아무도 모른다는 것뿐이야. 악은 그냥 거기에 있고 진짜 끔찍한 일들을 일으키지. 그리고 그 악을 찾아서 없애버리는 게 내 일이고. 악이 어디에서 오는지 반드시 알아야지만 그런 일을 할 수 있는 건 아니야."

스톤은 생각을 정리한 후 대꾸했다.

"좋은 말이지만 그것만으로는 충분치 않아요, 해리. 형사 일을 오래 했잖아요. 사람들 마음속에 있는 어둠이 어디에서 오는지 문득문득 생각해 봤을 거 아니에요. 어떻게 해서 마음이 악해지는 거죠?"

"유전이냐 환경이냐 하는 논쟁인가? 난······."

"맞아요. 어느 쪽에 표를 던질 거예요?"

보슈는 웃고 싶었지만 웃으면 그녀가 기분 나빠할 것 같았다.

"어느 쪽에도 투표 안 해. 왜냐하면······."

"아니, 꼭 해야 한다면요. 꼭 어느 한 편을 들어야 한다면? 말해봐요. 알고 싶어요."

스톤이 탁자 위로 몸을 숙이고 다급한 목소리로 보슈에게 속삭였다. 그러나 웨이터가 다가와 식기를 치우기 시작하자 다시 의자에 기대앉았다. 보슈는 생각할 시간을 벌어준 웨이터의 등장이 반가웠다. 그들은 디저트 없이 커피만 주문했다. 웨이터가 자리를 뜨자, 보슈가 입을 열었다.

"나는 악이 환경의 영향을 받아 생겨날 수 있다고 생각해. 클레이턴 펠이 바로 그런 경우인 것 같고. 하지만 펠처럼 악을 실현하고 남에게 피해를 주는 사람들이 있는가 하면, 똑같이 불우한 어린 시절을 보내고도 악한 행동을 하지 않고 남에게 피해를 주지 않는 사람들도 있지. 그러니까 환경 말고 다른 것도 있는 거야. 등식의 반대편. 사람들은 잠재된 무언가를 가지고 태어나고 특정한 환경하에서만 그 무언가가 겉으로 드러나는 것 아닐까? 모르겠어, 해나. 정말로. 다른 사람들도 마찬가지일걸. 확실히는 모를 거야. 가설만 갖고 있을 뿐이고. 그 가설들은 길게 보면 하나도 중요하지 않아. 피해를 막지는 못할 테니까."

"내가 하는 일이 아무 쓸모가 없다는 뜻인가요?"

"아니, 하지만 당신이 하는 일은 내가 하는 일과 마찬가지로 피해가 생기고 난 후에야 시작되잖아. 물론 당신의 노력이 이 많은 사람들이 밖에 나가서 같은 악행을 되풀이하는 것을 막아주겠지. 그러기를 바라고. 전에도 말했듯이 그럴 거라고 믿고 있고. 하지만 한 번도 악행을 저지른 적이 없거나 법을 어긴 적이 없는 사람은 어떻게 찾아내서 앞으로도 악행을 저지르지 않도록 막지? 그런데 왜 우리가 이런 이야기를 해야 하지, 해나? 나한테 말하지 않고 있는 게 뭔지 말해봐."

웨이터가 커피를 가지고 돌아왔다. 스톤은 웨이터에게 계산서를 가져 다달라고 했다. 보슈는 이 말을 불길한 신호로 받아들였다. 그에게서 벗 어나고 싶어 하는 것이다. 집에 가고 싶은 것이다.

"빨리 계산하고 도망가려고? 내 질문에는 대답도 안 해주고?"

"아뇨, 해리, 그런 게 아니에요. 계산서를 달라고 한 건 빨리 당신이 나 를 당신 집으로 데리고 가기를 바라기 때문이에요. 그런데 그전에 나에 대해 알아야 할 게 있어요."

"말해봐."

"나한테 아들이 하나 있어요, 해리."

"알아. 저 위 베이 지역에 산다면서."

"네, 가끔 아들 면회를 가요. 샌쿠엔틴 교도소에 있거든요."

보슈가 이와 같은 비밀을 예상하지 못했다고는 말할 수 없었다. 그러나 아들일 거라고는 예상하지 못했었다. 전남편이나 애인까지는 예상했었지 만 아들일 거라고는 전혀.

"저런, 어쩌다가."

달리 생각나는 말이 없었다. 스톤은 동정받고 싶지 않다는 듯 고개를 흔들었다.

"그 아이가 끔찍한 일을 저질렀어요." 그녀가 말했다. "악한 일을. 그리 고 난 지금까지도 그 악이 어디에서 나왔는지, 왜 나왔는지 이해할 수가 없어요."

보슈는 와인 병을 옆구리에 낀 채 잠긴 현관문을 열고 스톤이 들어가도 록 문을 잡아주었다. 침착하게 행동하고 있었지만 마음은 차분해지지가 않았다. 그들은 식당에서 거의 한 시간가량 스톤의 아들 이야기를 했다. 보슈는 주로 들었다. 이야기가 끝날 무렵 한 번 더 동정을 표시하는 것밖에 달리 할 수 있는 일이 없었다. 부모는 자식이 저지른 죄에 책임이 있는 가? 있는 경우가 많지만 항상 그런 것은 아니다. 스톤은 심리치료사였다. 그렇다는 걸 보슈보다 더 잘 알고 있을 것이다.

보슈는 현관문 옆에 있는 전등 스위치를 켰다.

"베란다에서 한잔할까?" 그가 말했다.

"그게 좋겠네요." 그녀가 말했다.

보슈는 스톤을 안내해 거실로 가서 미닫이문을 열고 베란다로 나갔다.

"집이 너무 좋아요, 해리. 여기 산 지 얼마나 됐어요?"

"25년 가까이 됐을걸. 그런데 이 집이 이런 모습을 하게 된 건 그리 오래되지 않았어. 재건축을 했거든. 94년에 지진이 나고 나서."

고갯길 아래쪽 고속도로에서 올라오는 차 소리가 그들을 맞았다. 베란다에 서 있으니까 바람이 상쾌했다. 해나 스톤은 곧장 난간으로 걸어가 경치를 감상했다.

"우와."

그녀가 하늘을 올려다보며 한 바퀴 빙그르르 돌았다.

"달이 어디 있어요?"

보슈가 리 산을 가리켰다.

"저 산 뒤에 있을걸."

"달이 나오면 좋겠다."

보슈는 와인 병목을 잡고 들어 보였다. 집에 와인이 없기 때문에 아까 식당에서 마시다 남은 것을 들고 온 거였다. 매들린이 같이 살기 시작한 이후로 집에서 술 마시는 걸 그만두었고 밖에서도 잘 마시지 않았다.

"들어가서 음악 좀 틀고 와인 잔 가져올게."

집 안으로 들어간 보슈는 DVD 플레이어를 켰지만 안에 뭐가 들어 있는지 알 수가 없었다. 곧 프랭크 모건의 색소폰 연주가 흘러나오자 이거면 됐다고 생각했다. 재빨리 복도를 걸어 침실로 가서 침실과 화장실을 후다닥 정리했고 벽장에서 새 시트를 꺼내 침대에 깔았다. 그러고 나선 부엌으로 들어가 와인 잔 두 개를 들고 베란다로 돌아갔다.

"왜 이렇게 늦나 생각하고 있었어요." 스톤이 말했다.

"정리 좀 하느라고." 보슈가 말했다.

보슈가 와인을 따랐다. 그들은 잔을 부딪치고 한 모금 홀짝였다. 스톤이 보슈에게 다가갔고 그들은 첫 키스를 했다. 한참이나 키스하다가 스톤이 그에게서 떨어져 나갔다.

"미안해요. 오늘 별 얘기를 다 했네요. 신파극 같은 얘기를."

보슈는 고개를 가로저었다.

"신파극이라니. 아들 얘긴데. 자식은 부모의 심장인데."

"자식은 부모의 심장이라. 멋지네요. 누가 한 말이에요?"

"글쎄. 내가 한 말 같은데, 아마도."

스톤이 미소를 지었다.

"열혈 형사님이 하는 말 같지 않은데요."

보슈는 어깨를 으쓱거렸다.

"열혈 형사가 아닌가 보지. 열다섯 살 먹은 딸아이와 함께 사는데, 그아이가 나를 자꾸 부드럽게 만드는 것 같아."

"오늘 밤 내가 너무 적극적이어서 싫어졌어요?"

보슈는 웃으면서 고개를 저었다.

"아까 시간 낭비에 대해서 당신이 했던 말 동감이야. 어젯밤에 우린 서로에게 호감을 느꼈고, 그래서 오늘 우리가 여기 있게 된 거고. 서로 원한다면, 나도 시간 낭비하고 싶지 않아."

스톤은 와인 잔을 난간 위에 내려놓고 보슈에게로 다가갔다.

"그래요, 오늘 우리가 여기 있네요."

보슈는 와인 잔을 그녀의 잔 옆에 내려놓았다. 그러고는 그녀에게 바싹 다가가 그녀의 목 뒷덜미에 손을 얹었다. 다른 손으로는 그녀의 몸을 꽉 끌어안고 고개를 숙여 그녀에게 키스했다.

잠시 후 그녀의 입술이 그의 입술에서 떨어졌고 두 사람은 뺨을 맞대고 서 있었다. 그녀의 손이 그의 재킷 안으로 들어와 옆면을 더듬어 올라갔다.

"달과 와인은 이제 됐고, 안으로 들어가고 싶어요." 스톤이 속삭였다.

"나도." 보슈가 말했다.

24

시의회 요청사항

밤 10시 30분, 보슈는 해나 스톤의 차를 세워둔 곳까지 걸어서 그녀를 데려다주었다. 스톤은 아까 식당에서 나와 자기 차를 타고 보슈의 차를 따라 언덕을 올라왔었다. 그녀는 밤을 함께 보낼 수는 없다고 말했고 그는 그래도 상관없었다. 그녀의 차 앞에서 그들은 오랫동안 꼭 끌어안고 있었다. 보슈는 기분이 좋았다. 침실에서 그녀와 함께했던 시간은 환상적이었다. 해나 같은 여자를 오랫동안 기다려온 터였다.

"집에 도착하면 전화해, 알았지?"

"잘 갈 수 있어요."

"알아, 그래도 전화해. 집에 잘 들어갔는지 확인하고 싶어서 그러니까."

"알았어요."

그들은 오랫동안 서로를 바라보았다.

"오늘 즐거웠어요, 해리. 당신도 즐거웠기를 바라요."

"그렇다는 거 알면서."

"좋아요. 또 하고 싶어요."

보슈가 미소 지었다.

"그래, 나도."

스톤은 보슈에게서 떨어져 차 문을 열었다.

"곧이요." 그녀가 차에 타면서 말했다.

보슈가 고개를 끄덕였다. 그들은 미소 지었다. 그리고 스톤은 차에 시동을 걸고 그곳을 떠났다. 보슈는 그녀 차의 미등이 굽은 길을 돌아 사라질 때까지 지켜본 후 자기 차가 있는 곳으로 걸어갔다.

보슈는 할리우드 경찰서 건물 뒤쪽 주차장으로 들어가 눈에 띄는 첫 번째 빈자리에 차를 세웠다. 너무 늦게 온 것이 아니기를 바랐다. 차에서 내려 경찰서 뒷문을 향해 걸어갔다. 휴대전화가 울려서 주머니에서 꺼내 확인해보니 해나 스톤이었다.

"집이야?"

"네, 도착했어요. 어디예요?"

"할리우드 경찰서. 야간근무 중인 사람을 만나야 해서."

"나를 쫓아낸 이유가 그거였군요."

"집에 가야 한다고 했던 사람은 당신이었던 것 같은데."

"아, 그랬지, 참. 알았어요. 즐거운 시간 보내요."

"일인데 무슨. 내일 전화할게."

보슈는 양쪽으로 여닫는 문을 열고 들어가 로비를 거쳐서 상황실로 향했다. 로비 가운데에 놓인 벤치에는 두 남자가 벤치와 연결된 수갑에 묶인 채 앉아 있었다. 유치장 입감 절차를 기다리는 중이었다. 할리우드의 사기꾼들이 사기 치다가 딱 걸려서 잡혀온 것 같았다.

"어이, 형씨, 나 좀 나가게 도와줄래요?" 그들 중 한 명이 지나가는 보슈에게 말을 걸었다.

"오늘 밤엔 안 돼." 보슈가 대꾸했다.

보슈는 고개를 숙이고 상황실로 들어갔다. 경사 두 명이 나란히 서서 오전 근무조 배치표를 보고 있었다. 경위는 보이지 않았다. 그 말은 다음 교대조가 2층에서 점호를 하고 있고 보슈가 근무조 교대를 놓치지 않았다는 뜻이었다. 보슈가 문 옆에 있는 유리창을 톡톡 두드렸다. 경사들이 그를 돌아보았다.

"강력계의 보슈 형사인데, 아담 65번을 불러줄 수 있겠나? 10분이면 되는데."

"벌써 오고 있습니다. 1호 차거든요."

순찰 중인 순경이 하나도 없는 상황이 벌어지지 않도록 근무교대는 한 번에 한 대씩 순차적으로 하고 있었다. 보통 1호 차는 최고참 순경이나 가장 힘든 밤을 보낸 순찰팀이 타는 차였다.

"형사과로 보내줄 수 있겠어? 거기서 기다릴게."

"알겠습니다."

보슈는 잡혀와 있는 두 남자 앞을 지나 뒤쪽 복도에서 왼쪽으로 꺾은 다음 작은 주방을 지나 형사과 사무실로 들어갔다. 강력계로 전보되기 전에 할리우드 경찰서에서 여러 해를 근무했기 때문에 구석구석을 잘 알고 있었다. 예상했던 대로 형사과 사무실은 비어 있었다. 기껏해야 순경 한 명이 보고서를 쓰고 있지 않을까 생각했는데 한 명도 없었다.

사무실 안 천장 곳곳에 범죄 전담반 이름이 적힌 나무 표지판이 걸려 있었다. 보슈는 살인전담반 표지판 쪽으로 가서 예전 파트너인 제리 에드거 형사의 책상을 찾아보았다. 칸막이 자리 뒤쪽에 타미 라소다 전 LA다저스 감독과 함께 찍은 사진이 붙어 있어서 쉽게 찾을 수 있었다. 보슈는 에드거의 의자에 앉아서 펜 서랍을 열려고 했지만 잠겨 있었다. 갑자기 재미있는 생각이 나서 그는 벌떡 일어나 형사과 사무실 안에 있는 책상과 카운터를 둘러보다가 방 앞쪽에 있는 공용 탁자에 신문이 차곡차곡 쌓여 있는 것을 발견했다. 그곳으로 걸어가 신문을 뒤적이다가 스포츠난을 찾아낸 보슈는 페이지를 넘겨보다가 흔히 볼 수 있는 발기부전 치료제 광고를 찾아냈다. 그는 그 광고를 찢어서 에드거의 책상으로 돌아갔다.

보슈가 에드거의 잠긴 책상 서랍 위쪽 틈으로 발기부전 치료제 광고를 다 밀어 넣었을 때 갑자기 뒤에서 목소리가 들렸다.

"강력계?"

보슈가 깜짝 놀라 에드거의 회전의자에서 돌아앉아 그를 바라보았다. 뒤쪽 복도에서 들어오는 문 옆에 경찰복을 입은 순경이 서 있었다. 잿빛 머리를 아주 짧게 깎았고 근육질의 단단한 몸매를 갖고 있었다. 40대 중반이고 머리가 희끗희끗한데도 나이보다 훨씬 젊어 보였다.

"그래, 나야. 로버트 메이슨 순경?"

"전데요. 무슨 일로……."

"얘기 좀 하게 이리로 오지, 메이슨 순경."

메이슨이 다가왔다. 단단한 이두박근 때문에 짧은 소매가 곧 터질 것 같았다. 누구라도 자기 이두박근을 보고 잘못 건드리면 큰일 나겠다고 생각하고 알아서 피하라고 일부러 과시하고 다니는 그런 류의 경찰인 것 같았다.

"앉지." 보슈가 말했다.

"아니, 괜찮아요." 메이슨이 말했다. "무슨 일이죠? 근무 끝나서 빨리 퇴근하고 싶은데."

"음주운전 세 건."

"네?"

"말했잖아. 세 건의 음주운전 체포 건."

보슈는 무슨 단서라도 잡아내기 위해 그의 눈을 주시하고 있었다.

"네, 음주운전 세 건. 알아요. 그런데 그게 왜요?"

"세상에 우연이란 건 없어, 메이슨. 지난여름 자네가, 아담 65번이, B&W 운전기사 세 명을 음주운전 혐의로 체포한 건 우연일 가능성의 한계를 훌쩍 넘어서는 일이지. 그리고 내 이름은 강력계가 아니야. 난 해리 보슈, 자네 친구 조지 어빙의 피살사건을 수사하고 있어."

그때 보슈는 메이슨의 눈에서 단서를 보았다. 그러나 나타났다가 금방 사라졌다. 메이슨은 나쁜 선택을 하려고 했다. 그가 정말로 그런 선택을 했을 땐, 예상하고 있었는데도 여전히 놀라웠다.

"조지 어빙은 자살했어요."

보슈가 메이슨을 쳐다보았다.

"정말? 그걸 어떻게 알지?"

"그 호텔에 가서 죽었으니까, 자살이죠. 그리고 블랙 앤 화이트하고는 아무 상관도 없고. 완전히 헛다리 짚으셨네, 형사님."

보슈는 메이슨의 오만한 태도에 슬슬 짜증이 나기 시작했다.

"개소리 집어치우지, 메이슨. 두 가지 길이 있으니까 자네가 선택해. 첫째는, 여기 앉아서 자네가 무슨 짓을 했고 누가 시켜서 했는지 말하는 거야. 그럼 무사히 여길 나갈 수 있을 거야. 아니면 거기 서서 계속 그렇게 멍멍 짖어대든가. 그땐 앞으로 자네에게 무슨 일이 일어나도 나는 신경 안 쓸게."

메이슨은 두꺼운 가슴 앞으로 팔짱을 꼈다. 그는 이 만남을 누가 먼저 뒤로 물러서느냐를 놓고 다투는 일대일 대결로 바꾸려고 하고 있었지만, 이것은 두꺼운 이두박근이 경쟁력인 경기가 아니었다. 결국에는 그가 지게 되어 있었다.

"앉고 싶지 않은데요. 나는 이 사건과 아무 관련이 없습니다. 투신한 남자와 아는 사이였다는 사실만 빼고."

"그럼 그 음주운전자 세 명을 체포한 경위를 설명해봐."

"형사님한테 말씀드릴 의무는 없는 것 같은데."

보슈가 고개를 끄덕였다.

"그래, 맞아, 그럴 의무는 없지."

보슈는 일어서서 에드거의 책상을 돌아보며 뭐라도 제자리가 아닌 다른 곳에 놓지는 않았는지 살펴보았다. 그러고 나서 메이슨에게로 한 발다가와 서서 그의 가슴을 가리켰다.

"이 순간을 기억해, 메이슨. 자네가 망쳐버린 순간이니까. 지금 이 순간 자넨 자네 일자리를 구해낼 수도 있었을 텐데 내동댕이쳤어. 자넨 오늘 근무만 끝난 게 아니야. 근무가 영원히 끝난 거지."

보슈는 뒤쪽 복도를 향해 걸어갔다. 자신이 걸어 다니는 모순덩어리라는 생각이 들었다. 월요일 아침엔 동료 경찰을 조사하는 일은 절대로 하지 않겠다고 공언해놓고, 지금은 경찰을 조사하고 있었다. 조지 어빙의 죽음에 관한 진실을 밝히기 위해 이 순경을 족칠 생각이었다.

"저기, 잠깐만요."

보슈가 걸음을 멈추고 돌아섰다. 메이슨이 팔짱을 풀고 두 팔을 내렸고 보슈는 그것을 그가 방어 자세를 푼 것으로 해석했다.

"난 잘못한 거 하나도 없어요. 시의원이 직접 요청한 것을 들어준 것밖에는. 구체적인 행동을 요구한 것도 아니고 주의를 당부한 거여서, 매일 근무교대 점호 때마다 이런 사항을 주의하라고 고지하는 정도였죠. 시의회 요청사항이라면서. 난 잘못한 거 하나도 없는데, 날 족치면 애먼 사람을 괴롭히는 겁니다."

보슈는 잠자코 기다렸지만 더 이상 이야기가 나오지 않았다. 그는 메이슨에게로 돌아갔다. 그러고는 의자를 가리켰다.

"앉지."

이번에는 메이슨이 강도사건 전담반에서 의자를 하나 끌어내서 앉았다. 보슈는 에드거의 의자로 돌아갔다. 그들은 강도사건 전담반과 살인사건 전담반을 가르는 복도를 사이에 두고 서로를 마주 보며 앉았다.

"자, 그럼 그 시의회의 요청사항에 대해서 얘기해봐."

"조지 어빙과는 오래전부터 아는 사이였어요. 경찰학교 입학 동기니까. 조지가 법대에 진학한다고 경찰을 그만두고 나간 후에도 친하게 지냈죠. 조지가 결혼할 땐 내가 신랑 들러리도 섰어요. 하, 그러고 보니 신혼 첫날밤을 보낼 호텔 방도 내가 예약해줬네."

메이슨은 손을 들어 엄지손가락으로 자기 뒤쪽 형사과장실 쪽을 가리켰다. 마치 그곳이 신혼부부가 묵었던 호텔 방이라도 되는 것처럼.

"서로 생일을 챙겨주고, 독립기념일을 함께 보내고, 그렇게 자주 어울리면서 조지를 통해 아버지도 알게 됐죠. 이런저런 일로 만날 때 그 아버지를 본 적도 많았고."

"그랬군."

"지난여름엔, 날짜는 정확히 기억 안 나지만 6월이었는데, 조지의 아들을 위한 파티에 초대받아 갔던 적도 있어요. 걔가……."

"채드."

"맞아요, 채드. 채드가 고등학교를 졸업하면서 졸업생 대표로 고별사를 했고 USF(사우스플로리다 대학교-옮긴이)에 전액 장학생으로 가게 됐다더라고요. 그래서 걔네 부모가 축하파티를 열었고 나도 아내 샌디와 함께 참석했죠. 시의원도 왔기에 같이 이야기를 나눴어요. 주로 경찰국 얘기를 했는데 의원님은 시의회가 초과근무수당 문제로 경찰을 물먹인 이유를 설명하면서 정당화하려고 애쓰더라고요. 그러다가 이야기가 끝나갈 무렵에 그러는 거예요. 아, 그런데 유권자가 나한테 불만을 얘기하더라, 그 여성이 할리우드의 어느 식당 앞에서 택시를 탔는데 택시운전사가 술에 취해 있었단다 하고 말이죠. 차 안에서는 양조장처럼 술 냄새가 진동했고 운전사는 운전도 제대로 못 했다고 하더라고요. 그 여성은 몇 블록 가다가 도저히 안 되겠어서 차를 세우라고 하고 내렸답니다. 블랙 앤 화이트 택시였다네요. 그래서 시의원은 그런 문제가 또 생길 수 있으니까 택시운전사들을 잘 감시하라고 하더라고요. 의원님은 내가 야간 순찰조인 걸 알고 있었고 그런 문제를 또 볼 수도 있겠다고 생각한 거죠. 그겁니다. 시의회 요청사항이라는 게. 음모 같은 건 없었고요. 그래서 순찰 나갈 때마다 주의해서 살펴봤고, 그땐 그렇게 한 것에 아무런 문제도 없었고요. 그러고 나서 그 운전자들을 체포했을 땐 항상 정당한 사유가 있었고요."

보슈는 고개를 끄덕였다. 메이슨의 말이 사실이라면 그는 잘못한 것이 하나도 없었다. 하지만 그의 진술은 어빈 어빙을 다시 그림의 전면으로 끌고 나왔다. 검찰이나 대배심은 시의원에게 주목할 것이다. 시의원이 은밀히 영향력을 행사해서 아들의 고객에게 특혜를 주려고 했는가, 아니면 시민의 안전을 염려하는 마음에서 행동했는가? 가늠하기 힘들지만 엄밀한 차이가 있었고 보슈는 이 의문이 대배심까지 갈 거라고는 생각하지 않았다. 어빙은 너무 영민했다. 그러나 보슈는 메이슨이 이야기 끝에 붙인 단서에 흥미를 느꼈다. '그땐' 그렇게 한 것에 아무런 문제가 없었다.

"이런 민원이 언제 들어왔는지, 자기한테까지 어떻게 전달됐는지 시의원이 말하던가?"

"아뇨, 안 하던데요."

"여름 내내 근무조 교대 점호 때마다 그 시의회 요청사항을 알렸단 말이지?"

"사실 나도 잘 몰라요. 교대 점호 때 잘 안 들어가니까. 경력이 오래되다 보니까 대접을 좀 받는 편이죠. 보통 근무 교대 때 제일 먼저 들어갑니다. 휴가비도 우선적으로 받고, 점호 때 많이 빠지는 편이고. 그동안 점호를 하도 많이 받아서 이젠 그 비좁은 방에 앉아 매일 밤 똑같은 얘길 듣고 있기가 싫더라고요. 하지만 신참인 내 파트너는 빠짐없이 출석해서 듣고 내가 알아야 할 내용을 얘기해주죠. 이 시의회 요청사항도 점호 때마다 고지가 됐을 거예요. 난 거기 없었기 때문에 잘은 모르지만."

"하지만 그 이야기가 나왔다고 파트너가 자네한테 말해준 적은 없다?"

"네, 하지만 이미 요청받은 대로 하고 있었기 때문에 굳이 얘기해줄 필요가 없었겠죠. 그 파티에 갔다 오고 나서 첫 배치 때부터 택시 단속을 시작했거든요. 그러니까 그 이야기가 점호 때마다 나왔다고 굳이 내게 얘기해줄 필요가 없었겠죠. 무슨 말인지 이해가 가십니까?"

"응."

보슈는 수첩을 꺼내 펼쳤다. 수첩엔 메이슨에 관한 메모가 전혀 없었지만, 생각을 정리하고 다음에 물어볼 질문을 생각할 시간이 필요했다. 그는 수첩의 페이지를 넘기기 시작했다.

"멋진데요." 메이슨이 말했다. "거기 배지에 있는 번호, 형사님 번호입니까?"

그가 수첩을 가리켰다.

"응."

"그런 건 어디서 사셨어요?"

"홍콩. 알고 있었어? 자네 친구 조지 어빙이 택시 독점사업권을 블랙 앤 화이트에서 빼앗아오려고 하는 택시회사를 대리하고 있었다는 거? 자네가 블랙 앤 화이트 운전사들을 음주운전으로 체포한 것이 조지의 성공을 도울 거라는 사실은 알고 있었어?"

"아까 말했잖아요, 그땐 몰랐다고. 지난여름에는 몰랐다니까요."

메이슨이 두 손바닥을 양 허벅지에 대고 비볐다. 두 손이 불편한 무언가를 향해 움직이고 있었다.

"그러다가 어느 순간에 이 사실을 알게 된 거네?"

메이슨은 말없이 고개를 끄덕였다.

"언제?" 보슈가 부추겼다.

"어, 6주 전쯤이었을걸요."

"얘기해봐."

"어느 날 밤에 택시 한 대를 세웠어요. 정지 신호로 바뀌었는데도 슬금슬금 가는 걸 보고 세웠죠. 블랙 앤 화이트 택시였는데 운전사가 다짜고짜 짜고 치는 고스톱이라면서 막 화를 내더라고요. 난 '그래, 그래, 마음대로 생각해라, 이 자식아'라고 생각했죠. 그때 그 운전사가 그러더라고요. '조지 어빙하고 당신, 우리한테 무슨 원한이 있다고 이러는 거요.' 이게 뭔 소리인가 싶었죠. 그래서 내 얼굴을 그 운전사 코앞에 바짝 들이대고 무슨 말인지 설명해보라고 했죠. 그때 처음 알았어요. 내 친구 조지가 블랙 앤 화이트를 밀어내려고 하는 경쟁사를 대변하고 있었다는 사실을."

보슈는 두 무릎에 팔꿈치를 대고 메이슨을 향해 몸을 숙였다. 이제 핵심에 점점 더 가까워지고 있었다.

"그래서 어떻게 했어?"

"조지를 만났죠. 찾아가서 따졌어요. 조지와 그의 아버지가 나를 이용했다는 생각이 들어서 그러는 거 아니냐고 말했죠. 친구 관계를 끊겠다고 했고. 내가 조지를 본 건 그때가 마지막이었어요."

보슈가 고개를 끄덕였다.

"그래서 그 일 때문에 조지가 자살했다고 생각하는 거로군."

메이슨이 코웃음을 쳤다.

"아뇨, 형사님. 조지가 나를 그런 식으로 이용했다면, 난 조지의 인생에서 그렇게 중요한 존재가 아니었던 거죠. 조지가 자살한 데에는 다른 이유가 있었을 겁니다. 채드의 독립이 컸을걸요, 아마. 다른 일도 있었을 거고. 그 가족은 비밀이 많았어요, 무슨 말인지 아시겠어요?"

메이슨은 맥퀄런에 대해서나 조지 어빙의 등에 난 자국에 대해서는 아무것도 모르고 있었다. 지금은 그에게 그런 것을 알려줄 때가 아니라고 보슈는 결론지었다.

"좋아, 메이슨, 더 할 말 있어?"

메이슨이 고개를 가로저었다.

"이 일로 시의원과 부딪친 적은 없었지?"

"아직은요."

보슈는 그 사실에 대해 생각했다.

"내일 장례식에 갈 거야?"

"아직 잘 모르겠어요. 내일 아침이죠?"

"응."

"그때 가서 결정하게 될 것 같네요. 우린 오랜 친구였어요. 끝에 가선 서먹서먹해졌지만."

"그럼 장례식에서 볼 수 있으면 보자고. 이제는 가도 돼. 협조해줘서 고마워."

"네."

메이슨이 일어서서 목례를 한 후 뒤쪽 복도를 향해 걸어갔다. 보슈는 그의 뒷모습을 바라보면서 인간관계와 수사는 참으로 예측이 불가능하다고 생각했다. 보슈는 선을 넘은 부패한 경찰과 맞닥뜨릴 것을 예상하면서 이 경찰서에 왔었다. 그러나 이젠 메이슨을 어빈 어빙의 또 다른 피해자로 보았다.

그리고 어빙의 피해자 명단 맨 꼭대기엔 어빙 자신의 아들이 있었다. 메이슨은 시의원과 맞설 것을 걱정할 필요가 없는지도 몰랐다. 보슈가 먼저 맞설 수도 있으니까.

25
장례식

목요일 오전, 조지 어빙의 장례식장은 조문객들로 붐볐다. 보슈는 이들이 조지 어빙의 죽음을 애도하러 왔는지, 아니면 그의 아버지인 시의원과의 유대관계를 공고히 하기 위해 온 건지 잘 알 수가 없었다. 시 정치인들 다수와 경찰 수뇌부도 참석했다. 다가오는 선거에서 어빙 의원에 맞설─그러나 승리할 가능성은 거의 없는─경쟁자도 참석했다. 마치 고인을 애도하기 위해 정치권이 잠시 휴전을 한 것 같았다.

보슈는 사람들이 모여 있는 무덤가에서 멀찌감치 떨어져 서서, 어빈 어빙을 비롯한 유족에게 다가가 조의를 전하고 가는 사람들의 행렬을 지켜보았다. 어빙 가문의 3세대인 채드 어빙을 그때 처음 보았다. 채드 어빙의 외모는 외탁을 한 것이 분명했다. 그는 고개를 숙인 채 어머니 옆에 서 있었고 누가 손을 내밀거나 팔을 잡아도 좀처럼 고개를 들지 않았다. 넋이 나간 것 같았다. 반면에 그의 어머니는 눈물도 흘리지 않고 꼿꼿하게 서서 슬픔을 견디고 있었는데, 어쩌면 약 기운으로 그렇게 서 있는지도 모를 일이었다.

보슈는 유가족의 모습과 그 장면의 정치적 의미를 살피는 데 열중하느라고 키즈 라이더가 경찰국장 곁을 떠나는 것을 알아차리지 못했다. 그녀가 암살범처럼 살그머니 보슈의 왼편으로 다가왔다.

"선배?"

보슈가 돌아보았다.

"라이더 경위, 여기서 다 만나는군."

"국장님을 모시고 왔어요."

"응, 봤어. 크게 실수한 거야, 당신들."

"어째서 그렇죠?"

"나라면 지금 같은 때에 어빈 어빙에게 지지를 표명하지는 않을 것 같아서. 그뿐이야."

"어제 우리가 얘기한 이후로 진전이 있었어요?"

"응, 그렇다고 할 수 있지."

보슈는 로버트 메이슨을 조사한 내용을 간략히 요약해주었고, 메이슨의 이야기를 들으니 시의원이 할리우드 택시 독점사업자를 B&W에서 리젠트 택시로 변경하려는 세력에게 힘을 보탰다는 것을 분명히 느낄 수 있었다고 말했다. 그리고 그러한 노력이 여러 사건들을 촉발했고 결국 조지 어빙을 죽음으로 몰아간 것 같다고도 말했다.

"메이슨이 증언할까요?"

보슈는 어깨를 으쓱거렸다.

"요청하진 않았지만 증언할 수도 있다는 걸 알고 있을 거야. 경찰이고 자기 일을 좋아하더라고. 자신이 이용당했다는 것을 깨닫고 조지 어빙과 절교까지 할 정도로. 증언을 요청받았는데 거부하면 경찰 생활도 끝이라는 걸 알겠지. 증언할 거야. 오늘 여기 오지 않은 게 놀랍군. 한바탕 난리가 날지 모른다고 생각했는데."

라이더가 조문객들을 둘러보았다. 장례식은 끝났고 조문객들은 묘석들 사이로 흩어져 자기 차를 향해 걸어가고 있었다.

"여기서 난리가 나면 안 되죠, 선배. 메이슨을 보면 선배가 막아요."

"다 끝났는데 뭐. 오지도 않았고."

"그래서 이제 어떡하실 거예요?"

"오늘은 아주 중요한 날이야. 맥퀼런을 불러들여 조사할 예정이거든."

"기소할 만큼 증거가 충분하지 않잖아요."

"그렇지. 그래서 지금 파트너와 과학수사팀이 샤토마몽트에 나가 있어. 현장을 다시 한 번 살펴보고 있지. 맥퀼런이 그 스위트룸이나 비상계단 사다리에 있었다는 사실을 입증할 수만 있다면 게임 끝인데."

"쉽지 않을 것 같은데요."

"그리고 참, 손목시계도 있다. 피해자 등에 있는 상처와 모양이 일치할 가능성이 있으니까."

라이더가 고개를 끄덕였다.

"그럴 수 있겠지만, 선배가 전에 말했듯이 결정적인 증거는 못 될 거예요. 우린 우리 측 전문가를 통해서 일치한다는 결론을 끌어내겠지만 맥퀼런은 자기 쪽 전문가를 통해서 일치하지 않는다고 주장하겠죠."

"그렇겠지. 이봐, 경위, 누가 나한테 오려고 하는 것 같으니까, 자리 좀 비켜줘야겠어."

라이더가 남아 있는 사람들을 둘러보았다.

"누가요?"

"어빙이 나를 안 보는 척하면서 보고 있어. 나한테 오려고, 당신이 자리를 뜨기를 기다리는 것 같아."

"알았어요, 그럼 갈게요. 행운을 빌어요, 선배."

"고마워. 나중에 봐, 키즈."

"연락 주세요."

"알았어."

라이더는 보슈 곁을 떠나 경찰국장을 둘러싸고 있는 사람들을 향해 걸어갔다. 그녀가 자리를 뜨기가 무섭게 어빈 어빙이 보슈에게로 걸어왔다.

보슈가 인사를 건네기도 전에 어빙이 먼저 속에 있는 말을 했다.

"아들을 땅에 묻으면서도 아들이 왜 죽었는지조차 알지 못한다는 건 참으로 통탄할 일이야."

보슈는 잠자코 있어야 했다. 지금은 어빙과 맞설 때가 아니라고 마음을 다잡았다. 해야 할 일이 있었다. 우선 맥퀄런부터, 그다음엔 어빙.

"그러실 겁니다." 보슈가 말했다. "곧 의원님께 소식을 전해드릴 수 있을 것 같습니다. 내일이나 모레 중으로요."

"그 정도로는 만족스럽지가 않네, 형사. 자네한테서는 아무 소식도 안 들리고 자네에 대해서 불편한 소문만 들리더군. 내 아들의 죽음 말고 다른 사건도 수사하고 있다면서?"

"의원님, 저한테는 해결해야 할 사건들이 많이 있습니다. 정치인이 영향력을 행사해서 새로운 사건을 맡긴다고 해서 다른 모든 것들을 미뤄놓아서는 안 되죠. 분명히 말씀드릴 수 있는 건 아드님 사건을 열심히 수사하고 있고 이번 주가 다 가기 전에 의원님께 새로운 소식을 전해드릴 수 있을 거란 사실입니다."

"새로운 소식 이상의 것을 원하네, 보슈 형사. 내 아들에게 무슨 일이 있었는지, 그리고 누가 이런 짓을 했는지 알고 싶네. 알겠나?"

"네, 알겠습니다. 그리고 지금 의원님 손자를 잠깐 만나보고 싶은데요. 의원님이……."

"때가 좋지 않아."

"좋은 때는 앞으로도 없을 겁니다, 의원님. 의원님이 결과를 요구하시려면, 제가 그물을 던지는 걸 막으시면 안 되죠. 유가족을, 고인의 아들을 만나봐야겠습니다. 마침 우리를 보고 있군요. 이리로 오라고 손짓해서 불러주시겠습니까?"

무덤 쪽을 돌아본 어빙은 채드가 혼자 서 있는 것을 보았다. 그가 손자에게 오라고 손짓했다. 청년이 그들에게로 걸어왔고 어빈 어빙이 소개를 했다.

"잠깐만 채드와 단둘이서 얘기하고 싶은데요, 괜찮으시겠습니까, 의원님?"

어빙은 배신당한 표정을 지었지만 손자 앞에서 말로 표현하지는 않았다.

"물론." 어빙이 말했다. "차에 가 있을게, 채드. 곧 떠날 거다. 그리고 형사? 소식 전해주게."

"네, 그러겠습니다, 의원님."

보슈는 채드 어빙의 위 팔뚝을 잡고 다른 곳으로 이끌었다. 그들은 묘지 중앙에 있는 몇 그루의 나무를 향해 걸어갔다. 그곳에는 그늘이 있고 아무도 없어서 둘이서만 편하게 이야기할 수 있었다.

"아버지가 돌아가셔서 정말 유감이야, 채드. 최선을 다해 수사하고 있으니까 무슨 일이 있었던 건지 곧 알게 될 거야."

"네."

"이렇게 힘든 때에 자넬 성가시게 하고 싶진 않지만 몇 가지 물어볼 게 있어서 말이야. 그것만 물어보고 곧 보내줄게."

"물어보세요. 그런데 전 아는 게 거의 없는데요."

"알지. 하지만 유족 모두와 이야기를 나눠봐야 해서 말이야. 그게 통상적인 절차거든. 우선 아버지와 마지막으로 이야기를 나눈 게 언제였는지부터 물어봐야겠군. 기억해?"

"네, 일요일 밤에 통화했어요."

"구체적인 용건이 있었어?"

"아뇨. 아버지한테서 전화가 와서 몇 분간 학교생활에 관해서 이런저런 이야기를 나눴어요. 그런데 통화를 오래 할 수는 없었어요. 가야 했거든 요. 그래서 금방 끊었어요."

"어딜 가야 했는데?"

"스터디가 있어서요."

"아버지가 일에 대해서나 본인이 받고 있는 스트레스에 대해서 이야기 했어? 무엇 때문에 괴롭다는 말은?"

"없었어요."

"아버지에게 무슨 일이 있었다고 생각해, 채드?"

청년은 키가 크고 말랐으며 얼굴은 여드름투성이였다. 그는 보슈의 질 문에 거칠게 고개를 가로저었다.

"그걸 제가 어떻게 알아요? 무슨 일이 일어날지 전 전혀 몰랐어요."

"아버지가 왜 샤토마몽트에 투숙했는지 그 이유를 알아?"

"아뇨, 모르겠어요."

"그래, 채드, 이게 다야. 이런 질문 해서 미안해. 하지만 아버지가 어떻 게 돌아가시게 됐는지 자네도 알고 싶을 거라고 생각해."

"네."

채드는 땅바닥을 내려다보았다.

"언제 학교로 돌아가지?"

"적어도 주말까지는 어머니와 함께 있으려고요."

"그러는 게 좋을 거야, 어머니를 위해서."

보슈는 차들이 기다리고 있는 묘지의 차도를 가리켰다.

"어머니와 할아버지가 자넬 기다리는 것 같아. 시간 내줘서 고마워."

"네."

"기운 내, 채드."

"감사합니다."

보슈는 채드 어빙이 가족을 향해 걸어가는 모습을 지켜보았다. 청년이 안됐다는 생각이 들었다. 자신의 꿈은 없고 타인의 요구와 기대만 가득한 삶으로 돌아가고 있는 것처럼 보였다. 그러나 보슈는 그런 생각을 오래 하고 있을 수는 없었다. 할 일이 있었다. 그는 자기 차를 향해 걸어가면서 휴대전화를 꺼내 파트너에게 전화를 걸었다. 전화벨이 여섯 번 울린 후 추가 전화를 받았다.

"네, 형사님."

"뭐 찾아낸 거 있어?"

보슈는 경찰국 최고의 과학수사팀을 샤토마몽트로 다시 보내 가능한 모든 감식기술을 동원해서 79호실을 다시 수색하게 해달라고 듀발 경위를 통해 요청했고, 그 요청이 받아들여졌다. 보슈는 그 객실을 진공청소기와 레이저와 자외선과 강력접착제로 샅샅이 훑어보고 싶었다. 첫 수색에서 놓친 증거들을 찾아내고 맥퀼런을 그 객실과 연결 지을 수 있는 일이라면 무엇이든 해보고 싶었다.

"전혀요. 지금까지는."

"그렇군. 비상계단 사다리엔 나가봤어?"

"거기서부터 시작했어요. 아무것도 없었고요."

크게 실망스럽지는 않았다. 별 가능성이 없는 일이라는 걸 처음부터 알고 있었고, 특히 외부환경에 거의 나흘간이나 노출된 비상계단 사다리에서 뭘 찾아낼 거라고는 기대하지 않았기 때문이었다.

"내가 거기 갈까?"

"아뇨, 이제 곧 마무리 지으려고 하는데요. 장례식은 어땠습니까?"

"장례식이 장례식이지 뭐. 별거 없었어."

추와 과학수사팀을 샤토마몽트로 보내기 전, 보슈는 추에게 2차 현장

감식 감독을 맡기기 위해서 수사의 진행 방향을 개괄적으로 설명해주었었다.

"그럼 이젠 뭘 하죠?"

보슈는 차에 타고 시동을 걸었다.

"마크 맥퀼런을 만나볼 때가 된 것 같아."

"좋죠, 언제요?"

보슈는 계속 그 생각을 하고 있었지만 언제, 어디서, 어떻게, 라는 문제를 좀 더 심각하게 고민해보고 싶었다.

"자네가 본부로 돌아오면 의논해보자."

보슈는 전화를 끊고 휴대전화를 외투 주머니 속에 넣었다. 그러고는 차를 운전해 묘지를 빠져나가면서 넥타이를 약간 느슨하게 풀었다. 바로 그때 전화벨이 울렸고, 그는 추가 더 물어볼 게 있어서 전화한 거라고 추측했다. 그런데 이번에는 전화기 액정화면에 해나 스톤의 이름이 떠 있었다.

"해나."

"안녕, 해리. 잘 지내고 있죠?"

"방금 장례식장에서 나왔어."

"네? 누구 장례식이요?"

"만난 적도 없는 사람. 일 관계로 갔다 온 거야. 센터 일은 잘 돼가고 있어?"

"네, 그럼요. 지금은 휴식시간이에요."

"좋겠네."

보슈는 기다렸다. 해나 스톤이 그냥 심심해서 전화하지는 않았을 거라고 생각했다.

"어젯밤 일에 대해서 생각해봤는지 궁금해서 전화했어요."

사실 보슈는 전날 밤 로버트 메이슨을 만난 이후로 조지 어빙 사건에 열중해 있었다.

"물론." 그가 말했다. "너무나 멋진 시간이었어."

"내게도 멋진 시간이었어요. 그런데 그 얘기가 아니라, 내 말은 그전에 당신한테 얘기한 거요."

"무슨 얘기?"

"션 얘기요. 내 아들."

이런 이야기가 보슈에게는 왠지 낯설고 어색하게 느껴졌다. 스톤이 무엇을 원하는지 알 수 없었다.

"글쎄…… 난 잘 모르겠어, 해나, 내가 어떻게 생각해야 하는 거지?"

"신경 쓰지 말아요, 해리. 그만 끊을게요."

"잠깐만, 해나. 잠깐만, 당신이 전화했잖아. 그냥 그렇게 화내면서 끊지 말고. 말해줘, 당신의 아들에 대해서 어떻게 생각해야 하는 거지?"

보슈는 가슴이 옥죄듯 답답한 느낌이 들었다. 스톤에게는 전날 밤 일이 그녀와 보슈에게가 아니라 자기 아들에게 희망을 줄 수단이었는지도 모른다는 생각이 들었다. 그러나 그녀의 아들이 보슈에게는 가망 없는 인간으로 느껴졌다. 그 아들은 스무 살 때 어린 소녀에게 약을 먹이고 강간했다. 슬프고도 끔찍한 이야기였다. 션은 유죄를 인정하고 감옥에 갔다. 그게 5년 전이었다. 그 후로 스톤은 아들의 마음속 어디에서 그와 같은 충동이 일었는지를 이해하려고 애쓰며 살아왔다. 유전자의 영향이었을까? 아니면 후천적인 환경의 영향? 그런 삶이 스톤에게는 감옥 그 자체였고 보슈는 그 끔찍한 이야기를 들으면서 그녀에게 연민을 느꼈었다.

그러나 지금은 그녀가 그에게서 연민 말고 무엇을 원하는지 알 수가 없었다. 아들이 저지른 범죄는 그녀의 잘못이 아니라고 말해줘야 하는 걸까? 아니면 아들은 악하지 않다고? 아니면 그녀는 아들의 수형 생활과 관련해서 어떤 구체적인 도움을 기대하는 걸까? 그녀가 말하지 않았기 때문에 보슈는 그녀가 무엇을 원하는지 알지 못했다.

"신경 쓰지 말아요." 스톤이 말했다. "미안해요. 그 일로 우리 관계를 망치고 싶지 않아요. 그래서 그래요."

그 말을 들으니 마음이 좀 놓였다.

"그럼 망치게 하지 마, 해나. 모든 일이 자연스럽게 흘러가도록 하자고. 우리가 서로를 알게 된 지 며칠 안 됐잖아. 함께 있고 싶지만 어쩌면 우리가 너무 빨리 가까워진 건지도 모르지. 모든 일이 자연스럽게 일어나게 하고 다른 문제가 우리 사이에 끼어들지 못하게 합시다. 아직은 끼어들지 못하게."

"그게 마음대로 잘 안 돼요. 내 아들이라서. 아들이 한 일을 떠올리면서, 그리고 교도소에 있는 아들을 생각하면서 사는 게 얼마나 고통스러운지 당신은 아마 모를 거예요."

보슈는 또 가슴이 답답했고 이 여자를 사적으로 만난 게 잘못이라는 생각이 들었다. 외로움과 관계를 갈망하는 마음이 그를 잘못된 길로 들어서게 한 것이다. 너무나 오랫동안 기다려왔는데 이젠 너무나 잘못된 선택을 한 것이다.

"해나, 지금 내가 일하던 중이라······. 이 이야기는 나중에 다시 하는 게 어때?"

"그래요, 그럼."

그 말이 욕설처럼 들렸다. 차라리 '엿 먹어라, 보슈'라고 하는 편이 나았을 것 같았다. 전하는 메시지는 똑같았다. 그러나 그는 그런 뜻을 알아차리지 못한 것처럼 행동했다.

"그래. 여기 일 다 끝나자마자 전화할게. 안녕, 해나."

"안녕, 해리."

전화를 끊은 보슈는 전화기를 차창 밖으로 던져버리고 싶은 충동과 맞서 싸웠다. 해나 스톤을 딸과 함께하는 삶에 초대해도 되는 인물이라고 생각한 것은 어리석었다. 그가 너무 빨리 움직인 것이다. 너무 빨리 꿈을 꾼 것이다.

보슈는 휴대전화를 외투 주머니 속으로 밀어 넣었고, 해나 스톤과의 이루지 못한 사랑을 조지 어빙이 땅속에 묻힌 것만큼이나 깊이 마음속에 묻었다.

26
무너진 신뢰

보슈가 칸막이 자리로 들어가 보니 추는 없었고 추의 책상 위에 큰 서류봉투가 여러 개 쌓여 있었다. 보슈는 서류가방을 자기 책상에 올려놓고 추의 책상으로 가서 봉투들을 쭉 펼쳐보았다. 조지 어빙의 신용카드 회사에서 보내온 카드 내역서와 다른 기록들이었다. 사망 사건을 철저히 수사하기 위해서는 신용카드 이용내역을 살피는 일이 매우 중요했다. 피해자의 살림살이를 파악하는 데 큰 도움이 되었다.

맨 밑에 있는 봉투가 가장 얇았고 과학수사연구소에서 보내온 것이었다. 보슈는 어떤 사건에 관한 것일까 궁금해하면서 봉투를 열었다.

봉투 속에는 조지 어빙의 셔츠에 대한 분석결과 보고서가 들어 있었다. 감식 결과 짙은 감색 와이셔츠의 오른쪽 어깨판 안쪽에서 혈흔과 상피세포—피부—가 발견되었다. 부검할 때 초승달 모양의 멍 자국과 찢긴 상처를 발견한 어빙의 오른쪽 어깨 바로 그 부분이었다.

보슈는 추의 의자에 앉아 보고서를 읽으면서 감식 결과가 갖는 의미를 생각해보았다. 그 결과를 바탕으로 적어도 두 개의 시나리오가 가능했다. 하나는 어빙이 목이 졸릴 때 그 셔츠를 입고 있었고 목을 조른 사람의 시계가 셔츠를 꽉 누르면서 어빙의 어깨 피부에 상처가 생겼다는 것이다. 두 번째 시나리오는 상처가 생긴 다음에 셔츠를 입혔고 혈흔과 상피세포가 셔츠에 묻었다는 것이다.

보슈는 두 가지 이유로 두 번째 시나리오는 가능성이 희박하다고 생각했다. 우선 첫째로, 바닥에서 단추가 발견된 것으로 보아 어빙이 그 셔츠를 입고 있을 때 몸싸움이 있었을 것 같았다. 두 번째로, 어빙이 알몸으로 떨어져 사망한 것을 보면 상처가 난 다음 셔츠를 입혔다가 다시 벗겼을 것 같지는 않았다.

보슈는 첫 번째 시나리오에 집중했다. 그 시나리오에 따르면 누군가가 어빙 뒤에서 갑자기 달려들어 목조르기 제압술을 실시했다. 몸싸움이 있었다. 오른쪽 소매에서 단추가 뜯겨 나갔고 범인은 어깨를 서서히 강하게 누르면서 피해자를 제압했다. 셔츠를 입고 있었음에도 불구하고 그 과정에서 어깨에 멍이 생기고 피부가 떨어져 나갔다.

몇 분간 생각을 거듭해본 결과, 보슈는 어떤 각도에서 생각해도 결론은 항상 맥퀼런을 향한다는 사실을 깨달았다. 추에게 말했듯이 이젠 맥퀼런을 불러들일 때가 된 것이다.

보슈는 자기 책상으로 가서 맥퀼런 체포 작전을 구상하기 시작했다. 긴급체포는 하지 않기로 결정했다. 맥퀼런이 경찰국에 제 발로 걸어와서 조사에 응하는 임의동행의 형식을 취해보기로 했다. 이런 노력이 성공하지 못하면 그때 가서 수갑을 채우고 체포하면 될 일이었다.

맥퀼런은 전직 경찰이었고, 따라서 위험한 체포 대상이었다. 전직 경찰관 거의 모두가 총기를 소유하고 있었고 총기 사용법을 잘 알고 있었다. 추를 시켜서 ATF(주류, 담배, 화기 단속국—옮긴이) 총기 등록기록을 확인해보기야 하겠지만, 확인 결과 등록된 총기가 없다고 해도 안심할 일은 아니었다. 경찰은 늘 거리에서 총기를 압수했다. 그러나 압수한 총기 전부를 국가에 반납하는 건 아니었다. ATF 총기 등록기록은 맥퀼런이 합법적으로 소유한 총기에 대한 정보만을 알려줄 것이다.

이런 염려 때문에 보슈는 우선 맥퀼런의 집으로는 찾아가지 않기로 결정했다. 집으로 찾아가면 맥퀼런은 자신이 소유한 무기에 너무 가까이 있게 될 것이다. 동일한 이유로 그의 차로 접근하는 것도 좋은 방법이 아니었다.

보슈는 B&W 차고와 배차 사무실 내부를 이미 보았다. 이 점이 그에게는 전략적인 이점으로 작용했다. 또한 그곳은 맥퀼런이 무장하고 있을 가능성이 가장 적은 곳이기도 했다. 택시를 몰고 할리우드의 뒷골목을 돌아다니고 있으면 몰라도 사무실에 앉아 택시를 배차하는 일은 그리 위험한 일이 아니었으니까.

책상 위에 놓인 일반전화의 전화벨이 울렸고 액정화면에 'LA 타임스'라고 떴다. 보슈는 음성사서함으로 넘어가게 그냥 둘까 하다가 전화를 받았다.

"미제사건 전담반입니다."

"보슈 형사님 계세요?"

"접니다."

"안녕하세요, 형사님, 길 건너 〈LA 타임스〉의 에밀리 고메스-곤즈마트 기자인데요. 조지 어빙 살인사건 수사에 관한 기사를 쓰고 있는데, 몇 가지 여쭤볼 게 있어서 전화 드렸습니다."

보슈는 얼어붙은 듯 한참을 잠자코 있었다. 갑자기 담배가 피우고 싶어졌다. 이 기자에 대해서는 익히 들어서 잘 알고 있었다. 쓰기로 한 이야기에 대해서는 물불 안 가리고 달려들어 취재해서 기사를 써내기 때문에 '고고(GoGo)'라는 별명이 붙은 여자였다.

"형사님?"

"네, 미안해요, 지금 뭘 하고 있는 중이라……. 살인사건이라고 했는데, 무슨 이유로 그렇게 생각하죠? 사망 사건을 수사하고 있는 건 맞지만, 살인사건이라고 한 적은 없는데. 그렇게 결론 내린 적 없습니다."

이젠 그녀가 잠깐 침묵하다가 대꾸했다.

"제가 입수한 정보에 따르면 살인사건 수사이고 곧 용의자를 체포할 걸로 아는데요. 어쩌면 벌써 체포했을 수도 있고요. 용의자는 어빙 시의원과 그 아들에게 원한을 품은 전직 경찰관이고요. 그래서 전화 드렸어요, 형사님. 제가 말씀드린 내용이 맞는지 확인해주시겠어요? 그리고 용의자를 벌써 체포하셨나요?"

보슈는 그녀가 그렇게 세세한 것까지 정확히 알고 있는 것에 깜짝 놀랐다.

"이봐요, 기자님, 어떤 것도 확인해줄 수 없어요. 그리고 아직 아무도 체포하지 않았고. 어디서 그런 이야기를 들었는지 모르겠지만 사실이 아닙니다."

그녀의 목소리가 바뀌었다. '이거 왜 이러세요?'라고 말하는 것 같은 어조로 나지막이 속삭였다.

"형사님, 제 정보가 사실이라는 거 형사님도 저도 잘 알고 있잖아요." 그녀가 말했다. "우린 기사를 낼 거니까 형사님이 코멘트를 해주시면 좋겠어요. 어쨌거나 형사님이 수사책임자니까. 하지만 확인을 못 해준다거나 안 해주신다면, 형사님 코멘트 없이 낼 거고, 형사님이 답변을 거부했다고 쓰겠습니다."

보슈의 머릿속이 바쁘게 돌아가고 있었다. 그는 일이 앞으로 어떻게 전개될지 알고 있었다. 기사는 조간신문에 실리겠지만, 그보다 훨씬 먼저 신문사 웹사이트에 인터넷 기사가 뜰 것이다. 그리고 그 기사가 디지털 세상에 등록되면 이 도시에 있는 모든 텔레비전과 라디오 방송국의 편성

책임자가 읽을 것이다. 기사가 〈LA 타임스〉 웹사이트에 등록되고 한 시간도 채 안 되어 매스컴에서 난리가 날 것이다. 그러면 기사에 실명이 거론되든 안 되든, 맥퀼런은 보슈가 자기를 잡으러 올 거라는 걸 알게 될 것이다.

그런 일이 일어나게 할 수는 없었다. 기자들이 달려들어 어떤 식으로든 수사에 영향을 미치게 할 수는 없었다. 지금 여기서 거래를 해야 한다는 생각이 들었다.

"취재원이 누구죠?" 보슈가 물었다. 이 문제의 해결방법을 모색할 시간을 벌기 위해 던져본 질문이었다.

고고는 보슈가 예상했던 대로 웃음을 터뜨렸다.

"형사님, 왜 이러세요. 취재원을 밝힐 수 없다는 거 잘 아시면서. 형사님도 비밀 취재원이 되고 싶으시다면 마찬가지로 절대적인 보호를 해드릴게요. 취재원을 밝히느니 제가 감옥 갑니다. 그런데 비밀 취재원보다는 실명으로 코멘트해주시면 더 좋겠고요."

보슈는 고개를 들고 칸막이 자리 밖을 내다보았다. 형사과 사무실은 거의 비어 있었다. 팀 마샤는 반장실 옆에 있는 자기 자리에 앉아 있었다. 반장실 문은 늘 그렇듯 닫혀 있었고 경위가 그 안에 숨어 있는지 회의에 가고 없는지 알 수가 없었다.

"실명으로 코멘트하는 거 나는 상관없는데, 정치적인 이해관계가 얽혀 있는 이런 사건에선 실명으로 코멘트를 하려면 상부의 허락을 받아야 돼요." 보슈가 말했다. "내 밥줄이 걸린 일일 수 있으니까, 허락을 받을 때까지 잠깐 기다려줘요."

보슈가 밥줄이 걸려 있다고 말한 것은 기자의 동정을 사고 싶어서였다. 다른 사람이 직장을 잃게 만들고 싶어 하는 사람은 아무도 없다. 아무리 차갑고 계산적인 기자라고 해도.

"시간 끌려는 핑계로 들리는데요, 보슈 형사님. 형사님이 코멘트를 해주시든 안 해주시든 오늘 기사를 완성해서 올릴 겁니다."

"알겠어요. 시간을 얼마나 줄 수 있죠? 곧 연락할게요."

잠깐 침묵이 흐르는 동안 보슈는 그녀가 컴퓨터 자판을 두드리는 소리를 들은 것 같았다.

"마감시각이 5시예요. 그전에 연락 주셔야 합니다."

보슈는 손목시계를 보았다. 그녀가 말한 5시까지 세 시간이 남아 있었다. 그 정도면 맥퀼런을 체포하는 데 충분할 것 같았다. 일단 맥퀼런을 구금하면, 그다음엔 인터넷에 무슨 기사가 뜨든, 얼마나 많은 기자와 피디들이 보슈에게 혹은 경찰 홍보실에 전화를 하든 상관없었다.

"기자님 직통번호를 알려줘요." 보슈가 말했다. "5시 전에 연락드리지."

그녀에게 전화를 걸 생각은 전혀 없었지만 그래도 그녀의 이름과 전화번호를 수첩에 받아 적었다.

보슈는 전화를 끊자마자 휴대전화로 키즈 라이더에게 전화를 걸었다. 라이더는 즉시 전화를 받았지만 소리를 들어보니 차 안에 있는 것 같았다.

"네, 선배?"

"혼자야?"

"네."

"〈타임스〉가 냄새를 맡았어. 국장이나 시의원한테서 들었겠지. 어느 쪽이든, 기사가 너무 빨리 나오면 난 망하는 거야."

"잠깐만요, 잠깐만요. 선배는 그걸 어떻게 알아요?"

"기자한테서 전화가 왔어. 우리가 이 사건을 살인사건으로 보고 수사하고 있고 전직 경찰관을 용의자로 특정했다는 걸 알고 있대. 모든 걸 다 알고 있더라고."

"기자 이름이 뭔데요?"

"에밀리 고메스-곤즈마트. 본 적은 없지만 명성은 익히 들어 알고 있지. 별명이 고고야, 기사를 하나 물면 놓지를 않아서."

"우리 쪽 사람은 아니에요."

그 말은 고고가 경찰국장이 믿고 접촉하는 기자들 명단에는 들어 있지 않다는 뜻이었다. 그렇다면 그녀의 취재원은 어빈 어빙이거나 어빙 의원의 보좌관들 중 한 명일 것이다.

"용의자가 있다는 걸 알고 있었다고요?" 라이더가 말했다.

"응. 이름 빼고 다 알고 있던데. 곧 체포하려고 하거나 벌써 했을 거라는 것까지 알고 있었어."

"에이, 기자들은 보통 실제보다 더 많이 아는 것처럼 허풍을 떨잖아요, 상대방을 속여서 확인받으려는 심산으로."

"용의자를 특정했고 전직 경찰관이라는 것까지 알고 있더라니까. 허풍이 아니었어. 모든 걸 알고 있더라고. 그러니까 위에서 당신들이 어빙한테 전화해서 한 소리 단단히 해줘야겠어. 아들 일에 왜 이렇게 훼방을 놓느냐고. 이 일을 지금 공개하는 게 정치적인 이점이 있나 보지?"

"아뇨, 없어요. 그래서 그 얘기가 어빙 입에서 나왔을 거라는 걸 믿지 못하겠다는 거예요. 사실 국장님이 어빙 의원과 통화하면서 진전 상황을 알려줄 때 내가 그 방에 같이 있었거든요. 국장님은 용의자에 대해서는 말을 아꼈어요. 어빙이 이름을 대라고 요구할 걸 알았기 때문에요. 그래서 그 얘긴 안 하더라고요. 어깨에 난 자국과 목조르기 제압술 이야기는 했지만 용의자를 특정했다는 말은 하지 않았어요. 아직 수사 중이라고만 했지."

보슈는 라이더가 한 말의 의미를 생각해보았다. 하이 징고에 해당되는 내용이었고 키즈 라이더 말고는 믿을 사람이 없다는 걸 그는 알고 있었다.

"선배, 나 지금 운전 중이니까 선배가 인터넷으로 〈타임스〉 웹사이트에 한번 들어가 봐요. 검색창에 그 기자 이름을 치고 검색해보세요. 그 기자가 지금까지 쓴 기사들이 쭉 뜰 거예요. 전에도 어빙과 관련하여 기사를 썼는지 살펴보세요. 거기 이름이 언급된 경찰국 취재원이 있을지도 몰라요. 예전 기사들을 잘 읽어보면 분명히 나올 거예요."

좋은 아이디어였다.

"좋아, 그렇게 할게. 그런데 시간이 별로 없어. 이 일로 맥퀄런 문제를 빨리 해결해야 하게 생겼거든. 파트너가 들어오는 대로 잡으러 갈 거야."

"준비가 된 거예요, 진짜?"

"달리 방법이 없어. 5시면 인터넷에 기사들이 떠돌아다닐 거야. 그전에 잡아와야 돼."

"상황 종료되면 알려줘요."

"알았어."

보슈는 전화를 끊고 바로 추에게 전화를 걸었다. 샤토마몽트 일을 끝내도 벌써 끝냈을 시각이었다.

"어디야?"

"들어가고 있습니다. 성과는 전혀 없고요."

"상관없어. 오늘 맥퀄런 잡아들인다."

"그러시죠."

"그래, 그러자고. 빨리 들어와."

보슈는 전화를 끊고 전화기를 책상에 내려놓았다. 손가락으로 책상을 톡톡 두드렸다. 현재 상황이 마음에 안 들었다. 수사 내용과 일정이 외부의 영향을 받고 있었다. 그래서 느낌이 안 좋았다. 물론 맥퀄런을 잡아 들여 신문할 계획이었다. 그러나 전에는 보슈 자신이 속도를 조절하고 있었다. 그런데 지금은 타인이 속도를 조절해주고 있어서 그는 우리에 갇힌 호랑이가 된 것 같은 기분이었다. 갇혀 있어 화가 나 있고, 언제고 철창

사이로 발톱을 내밀어 지나가는 무엇이라도 할퀴려 드는 호랑이.

보슈는 일어서서 팀 마샤의 책상으로 갔다.

"경위 안에 있어?"

"응, 안에 있어."

"들어가도 될까? 보고해야 하는데."

"들어가 봐. 문을 열게 할 수 있다면."

보슈는 광장 공포증을 앓는 경위의 사무실 문을 두드렸다. 잠깐 아무 소리도 없더니 곧 듀발이 들어오라고 말하는 소리가 들렸다. 보슈가 안으로 들어갔다. 경위는 책상 앞에 앉아서 컴퓨터로 일하고 있었다. 눈을 들어 누군지 보더니 말하면서 타이핑을 끝냈다.

"무슨 일이에요, 해리?"

"어빙 사건과 관련해서 용의자 한 명을 연행하려고요, 오늘."

이 말에 경위가 고개를 들었다.

"임의동행 형식을 취해보고, 그게 잘 안 되면 수갑을 채워서라도 데려올게요."

"보고해줘서 정말 고마워요."

진지한 감사의 인사로는 들리지 않았다. 보슈는 24시간 넘게 경위에게 진척상황을 보고하지 않았고 그동안 많은 일이 일어났다. 그는 경위의 책상 앞에 있는 의자를 끌어내 앉았다. 그러고는 경위에게 수사 진척상황을 간략히 보고했다. 기자와 통화한 것까지 설명하는 데 10분이 걸렸다.

"그때그때 보고하지 않아서 미안해요." 보슈가 말했다. "상황이 급박하게 돌아가는 바람에 어쩔 수가 없었어요. 국장실에는 보고했어요. 아까 장례식에서 부관을 만난 김에 얘기했죠. 시의원에게는 자기들이 알리겠다고 하더라고요."

"흠, 나를 깜깜이로 내버려둔 걸 고마워해야 할 것 같네요. 덕분에 〈타임스)에 정보를 누설한 용의자는 아니게 됐으니까. 제보자가 누군지는 알아요?"

"어빙 의원이나 어빙 의원의 보좌관들 중 한 명이겠죠."

"하지만 그렇게 해서 어빙이 얻는 게 뭐죠? 자기 얼굴에 침 뱉기가 될 텐데."

듣고 보니 일리가 있는 말이었다. 듀발 경위의 말이 옳았다. 자신을 부패한 인사로 보이게 만들 이야기를 어빙이 뭐하러 언론에 흘리겠는가? 상식적으로 이해할 수 없는 일이었다.

"그러게요." 보슈가 말했다. "나도 잘 모르겠네요. 내가 아는 건 그 이야기가 어떤 식으로든 길을 건너갔다는 사실뿐입니다."

듀발은 타임스 건물이 내다보이는 창문에 쳐진 블라인드를 흘끗 쳐다보았다. 기자들이 항상 자기를 지켜보고 있을 거라는 경위의 피해망상이 사실로 확인됐다고 생각하는 것 같았다. 보슈가 일어섰다. 할 말은 다 한 뒤였다.

"지원인력은요, 해리?" 듀발이 물었다. "추와 둘이서 할 수 있겠어요?"

"네. 맥퀄런은 우리가 오는 걸 모를 거예요. 그리고 아까도 말했지만 임의동행 형식으로 데려온다니까요."

듀발은 잠깐 생각하더니 고개를 끄덕였다.

"좋아요, 보고해요. 이번에는 무슨 일이 있을 때마다 재깍재깍."

"그러죠."

"그 말은 오늘 밤에 보고해야 한다는 뜻이에요."

"알았어요."

보슈는 칸막이 자리로 돌아갔다. 추는 아직 돌아오지 않았다.

정보가 어빙의 진영에서 흘러나온 것이 아닐 수도 있다니, 보슈는 혼란스러웠다. 그렇다면 남은 것은 경찰국장실이었다. 거기서 라이더 모르게 일련의 조치들이 취해졌거나, 라이더도 알고 있었지만 보슈에게 진실을 이야기하지 않았을 가능성이 있었다. 보슈는 자기 컴퓨터로 가서 타임스 웹사이트를 열었다. 검색창에 에밀리 고메스-곤즈마트를 치고 엔터키를 눌렀다.

곧 모니터에는 그 기자의 이름이 나온 기사들 제목이 최신기사 순으로 정렬되어 주르륵 떴다. 마우스로 화면을 밀어내리면서 제목을 훑어보던 보슈는 얼마 지나지 않아 고고가 정치나 시 정부에 관한 기사를 쓰지 않았다는 결론에 도달했다. 그전 해에 그녀가 쓴 기사 중에는 어빈 어빙이나 조지 어빙과 조금이라도 관련 있는 기사가 전혀 없었다. 그녀는 범죄 사건 특집 전문 기자인 것 같았다. 발생 후 세월이 좀 흐른 범죄를 재조명하고 피해자와 그 가족의 현재 모습을 소개하는 기사들이 주를 이루었다. 보슈는 몇 개를 클릭해서 처음 몇 문단을 읽고 다시 기사 목록으로 돌아갔다.

보슈가 마우스를 내리면서 3년치가 넘는 기사의 제목을 훑어봤지만 고메스-곤즈마트가 쓴 기사 중에는 조지 어빙 사건 관련자 누구하고라도 관련 있는 기사가 하나도 없었다. 그러다가 2008년도 초기에 쓴 기사의 제목이 갑자기 눈에 확 들어왔다.

삼합회, 중국계 시민들에게 자릿세 요구

보슈가 기사를 열었다. 도입부에는 차이나타운에서 약재상을 운영하는 할머니가 삼합회 간부에게 30년 넘게 매달 자릿세를 내왔다는 일화가 소개되어 있었다. 그다음에는 소상공인들이 자신들을 보호해주는 대가로 홍콩에 근거지를 둔 삼합회라는 폭력조직에게 자릿세를 상납해온 오랜 문화적 전통을 소개했다. 그리고 나서 삼합회의 소행이라고 의심을 받고 있는, 최근에 일어난 차이나타운 상점 주인의 피살 사건을 소개하고 있었다.

보슈는 그 기사의 아홉 번째 문단을 읽다가 깜짝 놀라 돌처럼 굳어버렸다.

"삼합회는 LA에 분명히 존재하고 활발히 활동하고 있습니다." LA 경찰국 아시아인 조직범죄 전담반의 데이비드 추 형사가 말했다. "그들은 지난 3백 년간 홍콩인들을 갈취했듯이 지금은 LA 시민들을 갈취하고 있는 거죠."

보슈는 그 문단을 한참 동안 노려보았다. 추는 2년 전에 미제사건 전담반으로 전보되어 와서 보슈와 파트너로 일해왔다. 그전에는 아시아인 조직범죄 전담반에서 일했는데 거기서 에밀리 고메스-곤즈마트를 처음 만났고 그 이후로도 관계를 지속해온 모양이었다.

보슈는 모니터 화면을 끄고 회전의자를 돌려 앉았다. 아직도 추는 소식이 없었다. 그는 파트너의 자리로 의자를 굴려가 추가 책상 위에 놓아둔 노트북 컴퓨터를 켰다. 화면이 켜지자 이메일 아이콘을 클릭하고는 다시 뒤돌아보며 추가 사무실에 들어오지 않은 것을 확인했다. 그러고 나서 '메일 쓰기'를 열어 받는 사람 주소란에 '고고'를 쳤다.

아무 일도 일어나지 않았다. 보슈는 고고를 삭제하고 에밀리를 쳤다. 그러자 이전에 사용한 이메일 주소를 자동으로 완성해주는 기능이 실행되어 주소란에 emilygg@latimes.com이 자동적으로 채워졌다.

보슈는 분노가 치미는 것을 느꼈다. 다시 한 번 주위를 돌아본 후 파트너 이메일 계정의 보낸메일함으로 들어가 emillygg에게 보낸 이메일을 모두 찾아보았다. 여러 통이 있었다. 보슈는 하나씩 열어 읽기 시작했고 곧 아무 문제 없는 메일이라는 것을 깨달았다. 추는 약속 시각과 장소를 정하는 용도로만 이메일을 사용했는데, 주로 길 건너 타임스 건물의 카페를 약속장소로 정했다. 이메일만 가지고는 그가 그 기자와 어떤 관계였는지 판단할 수가 없었다.

보슈는 이메일 화면을 닫고 시스템을 종료한 후 노트북을 덮었다. 볼건 다 보았고 어떤 상황인지 다 파악했다. 그는 자기 책상으로 의자를 굴려가 앞으로 할 일을 고민했다. 자신의 파트너가 수사를 방해했다. 이 일은 맥퀼런이 기소될 경우 재판에까지 영향을 미칠 수 있었다. 피고인 측 변호인이 추의 부적절한 행동에 대해 알게 된다면 그의 신뢰성은 물론이고 수사의 신뢰성에도 의문을 제기할 수 있었다.

그것은 사건 수사에 끼친 피해에 불과했다. 그들의 파트너 관계에 입혀진 회복할 수 없는 상처에 관해서는 아직 말도 꺼내지 않은 것이다. 보슈는 그들의 파트너 관계가 지금 이 순간 완전히 끝났다고 생각했다.

"보슈 형사님! 출동 준비 됐습니까?"

보슈가 돌아보니 추가 칸막이 자리로 들어와 있었다.

"응, 준비됐어." 보슈가 말했다.

27
임의동행

택시 회사 차고는 경찰서와 흡사했다. 지리적 관할권 안에 널리 퍼져 있는 택시들의 연료 보급과 정비, 차량 배차 등을 위한 기지로서의 역할만을 했다. 그리고 물론 이 택시들이 운전사를 보급받는 장소이기도 했다. 택시들은 기계적 결함으로 운행차량 명단에서 빠지기 전에는 항상 일선에서 뛰고 있었다. 그런 면에서 일종의 리듬이 느껴졌다. 차가 들어오고 차가 나가고. 운전사가 들어오고 운전사가 나가고. 정비공이 들어오고 정비공이 나가고. 배차 담당자가 들어오고 배차 담당자가 나가고.

보슈와 추가 고워 거리에 차를 세우고 앉아 블랙 앤 화이트 택시 회사의 차고 앞을 지켜본 지 한 시간 가까이 지났을 때, 마크 맥퀼런으로 보이는 남자가 길가에 차를 세우고 내려서 열린 차고 문 안으로 걸어 들어갔다. 그는 보슈가 예상했던 모습이 아니었다. 보슈는 25년 전에 사진으로 보았던 맥퀼런의 모습을 예상했었다. 목조르기 제압술로 인한 사망 사건 특별수사반의 희생양으로 언론에 널리 뿌려진 사진 속의 맥퀼런. 짧게 깎은 머리에, 경동맥은 물론이고 두개골이라도 부술 수 있을 만큼 단단해 보이는 이두박근을 가진, 스물여덟 살의 종마 같은 남자.

B&W 택시 차고로 들어간 남자는 어깨보다 엉덩이가 더 튼실해 보였고, 희끗희끗한 회색 머리를 아무렇게나 하나로 묶었으며, 별로 가고 싶지 않은 곳에 마지못해 가는 사람처럼 흐느적흐느적 걸었다.

"저자야." 보슈가 말했다. "저자인 것 같아."

그의 입에서 20분 만에 처음으로 나온 말이었다. 이젠 추에게 할 말이 별로 없었다.

"확실합니까?" 추가 물었다.

보슈는 추가 출력한 맥퀼런의 운전면허증 사진 사본을 내려다보았다. 3년 전 것이었지만 맞다고 확신했다.

"응. 가자."

보슈는 파트너의 대답을 기다리지 않았다. 차에서 내려 고워 거리를 대각선으로 가로질러 차고 쪽으로 걸어갔다. 차의 다른 쪽 문이 닫히는 소리에 이어 추가 그를 따라잡으려고 포장도로를 바삐 걸어오는 소리가 들렸다.

"형사님, 우리가 같이하는 겁니까, 아니면 원맨쇼 시간입니까?" 추가 큰 소리로 물었다.

"같이." 보슈가 대답했다.

마지막으로, 그는 생각했다.

그들의 눈이 차고의 어둠침침한 불빛에 적응하기까지 잠깐 시간이 걸렸다. 차고 안은 지난번 방문 때보다 더 부산스러웠다. 근무교대 시간이었다. 운전사와 차 들이 들락거리고 있었다. 보슈와 추는 그들이 왔다는 소식을 누가 미리 맥퀼런에게 전하기 전에 서둘러 배차 사무실로 향했다.

보슈는 노크한 후 바로 문을 열었다. 안으로 들어가면서 보니까 전에 보았던 것처럼 남자 두 명이 있었다. 그러나 이번에는 한 명은 맥퀼런이었고 다른 한 명도 새로운 남자였다. 맥퀼런은 계기판 앞에 서서 자기가 낄 무전용 헤드폰에 살균제를 뿌리고 있었다. 정장 차림의 남자 둘이 나타났는데도 놀라는 기색이 거의 없었다. 오히려 기다리고 있었다는 듯 고개를 끄덕이기까지 했다.

"무엇을 도와드릴까요, 형사님들?" 맥퀼런이 말했다.

"마크 맥퀼런 씨?" 보슈가 물었다.

"네, 전데요."

"LA 경찰국의 보슈 형사와 추 형사입니다. 몇 가지 물어볼 게 있어서 왔는데……."

맥퀼런은 다시 고개를 끄덕이더니 다른 배차 담당자를 돌아보았다.

"앤디, 자리 좀 지켜줄래? 오래 걸리지 않을 거야, 아마도."

다른 남자가 고개를 끄덕였고 손으로 오케이 사인을 보여주었다.

"아니, 좀 오래 걸릴 수도 있어요." 보슈가 말했다. "그러니까 누굴 대신 앉혀놓고 가는 게 좋을 것 같은데."

이번에는 맥퀼런이 보슈를 똑바로 쳐다보면서 말했다.

"앤디, 제프한테 전화해서 나오라고 해. 최대한 빨리 돌아올게."

보슈가 돌아서서 문을 가리켰다. 맥퀼런이 문을 향해 걸어가기 시작했다. 그는 헐렁한 셔츠를, 끝자락을 밖으로 내어서 입고 있었다. 보슈는 맥퀼런의 뒤를 따라가면서 줄곧 그의 두 손을 주시했다. 차고로 나가자 보슈는 맥퀼런의 등에 한 손을 얹고 잭(자동차 타이어를 갈 때처럼 무거운 것을 들어 올릴 때 쓰는 기구-옮긴이)에 올라가 있는 택시를 향해 그의 등을 밀었다.

"괜찮다면 두 손을 자동차 덮개 위에 잠깐만 올려놔 주겠어?"

맥퀼런이 보슈가 시키는 대로 하자 두 손목이 셔츠 소매의 소맷동을 지나 쑥 뻗어 나왔다. 보슈는 보고 싶었던 것을 먼저 확인했다. 맥퀼런은 오른 손목에 군용시계 스타일의 손목시계를 차고 있었다. 철로 된 커다란 베젤에는 초승달 같은 무늬가 올록볼록하게 반복되고 있었다.

"괜찮지, 물론." 맥퀄런이 말했다. "그리고 미리 말해두는데 허리띠 오른쪽 앞쪽에 내가 늘 갖고 다니는 2연발 권총이 있을 거야. 이 일이 세상에서 가장 안전한 직업은 아니거든. 형사님들 일이 더 힘들다는 건 알지만 우리도 저 안에서 밤새워 일해. 차고 문은 항상 열려 있고. 교대 때는 근무 끝내고 들어오는 운전사의 돈 통을 우리가 받고. 그리고 운전사들 중에 착하지 않은 친구들도 꽤 있어. 무슨 말인지 알려나 모르겠네."

보슈는 맥퀄런의 두둑한 허리를 감싸 안고 무기를 찾아냈다. 권총을 꺼내서 추에게 들어 보였다. 코브라 데린저 빅보어. 세련되고 작은 장난감 권총 같았다. 38구경 탄알 두 발을 발사할 수 있었고 가까이서 사용하면 어느 정도 피해를 입힐 수 있었다. 이 코브라 권총은 맥퀄런이 등록을 해서 추가 ATF 사이트에서 확인한 총기 목록에 올라 있었다. 보슈는 권총을 자기 주머니에 넣었다.

"총기 은닉 휴대 허가증은 갖고 있나?" 보슈가 물었다.

"아니."

"그래, 없을 것 같았어."

맥퀄런의 몸을 툭툭 만지면서 몸수색을 하던 보슈는 오른쪽 앞주머니에 휴대전화가 들어 있는 것을 느꼈다. 그러나 못 찾은 척하고 그냥 넘어갔다.

"조사를 위해 임의동행하는 사람들까지 다 이렇게 몸수색을 하나?" 맥퀄런이 물었다.

"규칙이 그래." 보슈가 말했다. "몸수색을 하지 않은 상태에서는 수갑을 채우지 않고 차에 태울 수가 없거든."

보슈가 말한 규칙은 경찰국의 규칙이라기보다는 자기가 정한 규칙이었다. ATF 총기 등록기록에서 코브라 권총을 보았을 때 보슈는 그것이 맥퀼런이 항상 휴대하는 권총일 거라고 추측했다. 휴대하는 것 말고 소형 권총을 갖고 있을 이유가 뭐란 말인가. 보슈는 그 권총과, ATF의 레이더망에 잡히지 않았을지도 모르는 다른 총기를 맥퀼런에게서 빼앗는 것을 최우선과제로 삼았다.

"자, 됐고." 보슈가 말했다. "갑시다."

그들은 차고에서 걸어 나와 늦은 오후의 햇살 속으로 걸어 들어갔다. 두 형사는 맥퀼런의 양옆에서 걸으면서 그들의 차가 있는 곳으로 그를 데려갔다.

"이 자발적인 대화를 위해 어디로 가는 거야?" 맥퀼런이 물었다.

"경찰국 본부." 보슈가 대답했다.

"새 건물은 못 봤지만 별거 없으면 그냥 할리우드로 가지그래. 회사와 가까우니까 더 빨리 복귀할 수 있을 것 같은데."

밀당이 시작되었다. 보슈의 입장에서 제일 중요한 것은 맥퀼런으로부터 지속적인 협조를 얻어내는 거였다. 맥퀼런이 변호사를 불러달라고 말하고 입을 다물어버리는 순간 모든 것이 정지된다. 맥퀼런은 전직 경찰이기 때문에 이 사실을 잘 알고 있었다. 그는 그들을 가지고 놀고 있었다.

"방이 있는지 알아봐야겠군." 보슈가 말했다. "파트너, 전화 좀 해봐."

보슈는 '파트너'라고 암호를 사용했다. 추가 전화기를 꺼내는 동안 보슈는 승용차의 뒷문을 열고 맥퀼런이 차에 탈 때까지 붙잡고 있었다. 그런 다음 문을 닫고 자동차 엔진 덮개 너머로 추를 보면서 손으로 뭔가를 자르는 시늉을 했다. 할리우드로 안 간다는 뜻이었다.

모두가 차에 탄 후 추는 할리우드 경찰서 형사과장과 통화하는 시늉을 했다.

"경위님, 강력계의 추 형사입니다. 파트너와 제가 할리우드 서 근처에 있는데요, 괜찮으시다면 한 시간 정도 할리우드의 조사실 하나를 빌리고 싶습니다. 5분 안에 도착할 수 있을 것 같고요. 괜찮겠습니까?"

긴 침묵이 이어지더니 이윽고 추가 "네, 알겠습니다"를 세 번 되풀이했다. 그리고 나서 경위에게 감사를 표한 후 전화를 끊었다.

"방 없대요. 오늘 DVD 불법 제작자들을 잡아들여서 조사실 세 개가 꽉 찼답니다. 두 시간은 걸릴 거라네요."

보슈가 맥퀄런을 흘끗 쳐다보면서 어깨를 으쓱거렸다.

"새 건물 구경하러 가야겠는데, 맥퀄런."

"그런 것 같구먼."

보슈는 맥퀄런이 추의 거짓 통화에 넘어가지 않았다고 확신했다. 경찰국 본부까지 가는 동안 보슈는 정보를 얻거나 맥퀄런의 경계심을 누그러뜨리기 위해서 이것저것 말을 걸어보았다. 그러나 전직 경찰은 그런 술수를 잘 알고 있어서 차를 타고 가는 내내 입을 꾹 다물고 있었다. 보슈는 이런 모습을 보면서 조사하기가 어렵겠다고 생각했다. 전직 경찰이 입을 열게 하는 것보다 더 어려운 일은 없었다.

하지만 그래도 괜찮았다. 보슈는 도전을 두려워하지 않았고 또 맥퀄런은 예상 못 했을 비장의 무기를 준비해두고 있었다.

경찰국에 도착한 그들은 맥퀄런을 데리고 거대한 강력계 사무실을 거쳐서 미제사건 전담반의 조사실 두 개 중 한 곳으로 들어갔다.

"가서 잠깐 일 좀 보고 올게." 보슈가 말했다.

"허허, 다 아는데 뭘." 맥퀄런이 말했다. "한 시간이나 지나서 들어올 거지?"

"아니, 그렇게 오래 안 걸려. 곧 돌아와."

보슈가 문을 밀어 닫자 문이 자동으로 잠겼다. 보슈는 바로 옆에 있는 비디오실로 들어가 녹화기와 녹음기를 켠 후 미제사건 전담반 사무실로 갔다. 추는 자기 책상 앞에 앉아서 조지 어빙의 신용카드 내역서가 든 봉투를 개봉하고 있었다. 보슈도 자기 자리에 앉았다.

"저 사람 얼마나 혼자 내버려두시려고요?" 추가 물었다.

"글쎄. 한 30분쯤. 아까 몸수색할 때 휴대전화를 모른 척 넘어갔거든. 어디 전화를 걸어서 말실수라도 하면 다 녹화가 될 거야. 운이 좋다면 말이지."

"전에도 그런 일 있었는데. 저자가 오늘 밤에 여길 걸어 나갈 거라고 생각하세요?"

"그럴 것 같진 않아. 아무것도 안 불어도. 시계 봤어?"

"아뇨, 긴 소매 입었잖아요."

"난 봤어. 딱 맞더라고. 입건하고 시계를 뺏어서 감식반에 보내는 거야. 유전자 감식과 상처 모양 일치 검사를 신청하는 거지. DNA는 시간이 꽤 걸리겠지만 상처 모양 일치 검사는 내일 점심때쯤이면 결과가 나오겠지. 일치하면 검찰로 넘기는 거고."

"괜찮은 계획이네요. 커피 한 잔 사러 갈 건데, 뭐 좀 사다 드릴까요?"

보슈는 고개를 돌려 파트너를 물끄러미 바라보았다. 추는 그에게 등을 보이고 있었다. 신용카드 내역서를 차곡차곡 쌓아놓고 가장자리 각을 맞추고 있었다.

"아냐, 됐어."

"저자가 혼자 땀 좀 뺄 동안, 저는 이걸 다 읽어보려고요. 또 모르죠, 뭐 건질 게 있는지."

추가 일어서서 신용카드 내역서를 초록색 새 파일에 집어넣었다.

"맞아, 또 모르지."

보슈는 추가 사무실을 나가는 모습을 지켜보았다. 그러고는 일어나서 반장실로 가서 고개를 들이밀고 듀발 경위에게 맥퀄런을 조사실 1호실에 데려다놨다고 보고했다. 그가 임의동행에 응해 자발적으로 왔다고도 말했다.

그러고 나서 자기 책상으로 돌아가 딸에게 문자를 보내 안전하게 하교했는지 확인했다. 매들린은 항상 오른손에 휴대전화를 들고 있었고 서로에게 답장 보내기를 미루지 않는다는 규칙이 있었기 때문에 재빨리 답장을 보냈다.

잘 왔어. 어젯밤에 일하고 있었던 거 아니었어?

보슈는 딸이 뭘 보고 그러는지 알 수가 없었다. 그날 아침에 그는 전날 밤 해나 스톤이 왔다 갔다는 것을 보여줄 만한 흔적들을 애써 지우고 출근했다. 그는 시치미를 떼는 답장을 보냈지만 딸은 그를 옴짝달싹 못하게 하는 답장을 보내왔다.

보슈에 와인 잔이 두 개 있던데.

그들은 항상 식기세척기를 생산업체 이름으로 불렀다. 보슈는 그걸 미처 생각지 못했다는 사실을 깨달았다. 잠깐 생각하다가 다시 문자를 보냈다.

선반에서 먼지가 쌓여가고 있어서 아빠가 씻었어. 너 웬일이냐, 집안일에 신경을 다 쓰고

딸이 이 말을 믿어줄 것 같진 않았지만 2분을 기다렸는데도 아무런 답장이 없었다. 보슈는 딸에게 사실대로 말하지 않은 것이 마음에 걸렸지만 자신의 연애 생활에 관해 딸과 의논하기에는 지금은 때가 적절하지 않은

것 같았다.

추에게 충분히 시간을 줬다고 생각한 보슈는 엘리베이터를 타고 1층으로 내려갔다. 경찰국 본부 정문을 나가 스프링 거리로 나섰고 길을 건너가 로스앤젤레스 타임스 건물로 들어갔다.

타임스 건물 1층에 카페가 있었다. 반면에 경찰국 건물에는 스낵 자판기 몇 대뿐이었다. 2년 전 경찰국 신청사가 문을 열었을 때 타임스는 이웃사랑의 일환으로 경찰국 전 직원에게 카페를 개방했다. 보슈는 그것이 한때 막강한 파워를 자랑했지만 지금은 재정난에 시달리고 있는 신문사가 적어도 카페에서만큼은 수익을 내고 싶은 바람에서 시작한 가식적인 제스처라고 생각했다.

보슈는 경찰 배지를 보여주고 검색대를 통과해, 동굴 같은 공간에 수십 년간 놓여 있던 낡은 인쇄기들을 치우고 만든 카페로 들어갔다. 긴 방과 같은 구조였는데 한쪽으로는 뷔페 줄이 있었고 다른 쪽에는 테이블이 놓여 있었다. 보슈는 파트너가 자기를 보기 전에 자기가 먼저 추를 찾기를 바라면서 카페 안을 재빨리 둘러보았다.

추는 카페 입구의 반대편 끝에 있는 테이블에, 보슈에게 등을 보인 채 앉아 있었다. 라틴계로 보이는 여자와 함께였다. 여자는 수첩에 필기하고 있었다. 보슈는 그 테이블로 걸어가 의자를 끌어내 앉았다. 추와 여자는 찰스 맨슨('맨슨 패밀리'라는 범죄조직의 우두머리이자 35명 이상을 살해한 연쇄살인범—옮긴이)이 합석한 것 같은 표정을 지었다.

"마음이 바뀌어서 커피가 마시고 싶어졌어." 보슈가 말했다.

"형사님, 전 그냥……." 추가 말을 더듬었다.

"알아, 여기 있는 에밀리에게 우리 사건 수사에 관해서 다 말해주고 있었다는 거."

보슈는 고메스-곤즈마트를 똑바로 쳐다보았다.

"안 그래, 에밀리?" 보슈가 말했다. "아니, 고고라고 부를까?"

"저기요, 보슈 형사님, 형사님이 생각하시는 그런 거 아닙니다." 추가 말했다.

"정말 아니야? 내 눈에는 자네가 타임스 홈그라운드에서 〈타임스〉를 위해 수사 진척상황을 다 까발리고 있는 것처럼 보이는데."

보슈는 재빨리 팔을 뻗어 테이블 위에 놓인 수첩을 집어 들었다.

"이보세요!" 고메스-곤즈마트가 소리쳤다. "그거 제 건데요."

보슈는 펼쳐진 페이지에 적힌 메모를 읽었다. 메모는 속기로 되어 있었지만 '맥퀸'라는 말이 반복적으로 표기되어 있고 '시계 상처 일치 = 열쇠'라는 구문도 있었다. 그것만으로도 보슈가 의심하던 것이 사실이었다는 것을 확인하기에 충분했다. 그는 기자에게 수첩을 돌려주었다.

"저는 갈게요." 그녀가 보슈의 손에서 수첩을 낚아채면서 말했다.

"아직은 안 돼." 보슈가 말했다. "당신들 둘이 여기 앉아서 새로운 작전을 짜야 되거든."

"저한테 이래라저래라 하지 마세요!" 고메스-곤즈마트가 날카롭게 맞받아쳤다.

그녀가 의자를 뒤로 어찌나 세게 밀었던지 일어서는 것과 동시에 의자가 쓰러졌다.

"당신 말이 맞아, 그러면 안 되지." 보슈가 말했다. "하지만 지금 당신 남자친구의 미래와 직장이 내 손에 달려 있거든. 그러니까 그런 것이 당신에게 중요한 의미가 있다면, 거기 앉아서 내 말 끝까지 들어."

보슈는 말을 마치고 그녀를 지켜보았다. 그녀는 지갑 끈을 어깨에 메고 갈 준비를 했다.

"에밀리?" 추가 말했다.

"자기야, 미안해." 그녀가 말했다. "난 기사를 써야 돼."

고메스-곤즈마트가 자리를 떴고 추는 얼굴에서 피가 다 빠져나간 듯 핼쑥해졌다. 그가 넋을 잃고 앉아 있자 정신이 번쩍 들게 보슈가 고함을 쳤다.

"추, 도대체 무슨 짓을 한 거야?"

"전 그냥……."

"무슨 짓을 했건 큰일 났어. 자네가 일을 다 그르친 거니까 저 여자를 막아 세울 방법을 생각해보는 게 좋을 거야. 정확히 무슨 말을 했어?"

"그…… 그러니까 우리가 맥퀼런을 잡아들였고 자백을 받아내기 위해 조사를 할 거라고 했어요. 하지만 시계 모양과 피해자의 몸에 난 상처의 모양이 일치하면 자백을 하든 안 하든 상관없을 거라고도 했고요."

　보슈는 너무 화가 나서 추의 뒤통수를 후려갈기고 싶은 것을 가까스로 참았다.

"언제부터 그 여자한테 다 일러바치기 시작했어?"

"사건을 맡은 날부터요. 전부터 알던 여자예요. 몇 년 전에 취재할 때 도움을 주면서 만났고 데이트도 몇 번 했어요. 처음부터 제가 좋아했습니다."

"그래서 그 여자가 이번 주에 짠하고 나타나서 자네 거시기를 붙들고 내 사건을 들쑤시기 시작했구먼."

　추가 처음으로 보슈를 돌아보았다.

"네, 맞아요, 형사님. 형사님 사건이죠. 우리 사건이 아니라, 당신 사건."

"그런데, 왜, 데이비드? 왜 일을 이 지경으로 만들었어?"

"이 지경으로 만든 건 형사님이죠. 그리고 데이비드라고 부르지 마세요. 이름을 알고 계시다니 놀랍군요."

"뭐? 내가 이 지경으로 만든 거라고? 그건 또……."

"네, 형사님이요. 형사님이 절 물먹였잖습니까. 아무 얘기도 안 해주고 끼워주지도 않았잖아요. 형사님은 이 사건을 맡아 수사하면서 저는 다른 사건을 쫓아다니게 만들었고요. 그런 게 이번이 처음도 아니고. 거의 매번 그랬잖습니까. 파트너에게 그렇게 해서는 안 되죠. 형사님이 저를 제대로 대우해줬다면 저도 이러진 않았을 거라고요!"

보슈는 마음을 진정시키고 목소리를 차분하게 하려고 애썼다. 주변 테이블에 앉은 사람들이 관심을 갖기 시작했다는 것을 느낄 수 있었다. 신문사 사람들.

"이제 우린 파트너가 아니야." 보슈가 말했다. "이 두 사건 수사를 끝내는 즉시, 부서 이동을 신청하라고. 어디로 가든 내 알 바 아니고, 미제사건 전담반을 떠나주기만 하면 돼. 안 그러면 자네가 한 일을 다 알릴 거야. 여자에게 환심을 사려고 수사 정보를 어떻게 팔아치웠는지 다 말할 거고. 그럼 자넨 떠돌이 개가 되겠지. 감찰계를 제외하고는 어느 부서도, 어느 누구도 자넬 받아들이려고 하지 않을걸. 사무실 밖을 빙빙 돌면서 자리를 구걸하게 되겠지."

보슈가 일어서서 자리를 떴다. 추가 작은 소리로 그의 이름을 부르는 것을 들었지만 그는 뒤돌아보지 않았다.

28
자살 방조

보슈가 조사실 1호실로 돌아갔을 때 맥쿼런은 탁자 위에 두 팔꿈치를 대고 팔짱을 끼고 앉아서 기다리고 있었다. 문소리가 나자 손목시계를 확인하고는—앞으로 하게 될 대화에서 손목시계가 중요한 화제가 될 것임을 모르고 있는 것이 분명했다—보슈를 올려다보았다.

"35분 만에 왔네." 맥쿼런이 말했다. "한 시간은 너끈히 넘을 거라고 생각했는데."

보슈는 그의 맞은편 의자에 앉으면서 얇은 초록색 파일을 탁자 위에 올려놓았다.

"미안." 보슈가 말했다. "윗분들한테 보고를 해야 해서."

"괜찮아. 직장에 전화했어. 오늘 밤 나를 대신할 대타 구해놨더라고. 필요하면 쓴다고."

"잘됐네. 그럼 시작해볼까. 당신이 여기 온 이유를 알고 있을 것 같은데. 일요일 밤에 대해 이야기를 나누고 싶었어. 먼저 당신을 보호하고 이 조사를 공식화하기 위해서 당신의 권리에 대해 알려줘야겠군. 당신은 자발적으로 이곳에 왔지만 여기 온 사람들에게 그들이 처한 상황을 먼저 알리고 시작하는 게 내 습관이라서."

"내가 살인 용의자라는 말이야?"

보슈는 손가락으로 파일을 톡톡 두드렸다.

"대답하기 곤란한 질문이군. 먼저 당신 대답부터 들어보고 나서 결론을
내릴 생각이야."

보슈는 파일을 열고 맨 위에 있는 종이를 꺼냈다. 그것은 헌법이 보장
하는 맥퀼런의 권리가 적혀 있고 그런 권리를 포기한다는 내용이 있는 권
리 포기각서였다. 거기 명시된 맥퀼런의 권리 중에는 조사받는 동안 변호
인이 입회할 권리도 포함되어 있었다. 보슈는 그 권리 포기각서를 큰 소
리로 읽어준 후 맥퀼런에게 서명을 요구했다. 보슈가 펜을 건네자 경찰관
출신의 택시회사 배차 담당자는 주저 없이 서명했다.

"지금부터 나에게 협조하고 일요일 저녁 일에 대해서 기꺼이 말해줄 거
지?" 보슈가 말했다.

"어느 정도까지는."

"어느 정도까지라니?"

"아직은 잘 모르겠지만, 조사가 어떤 식으로 이루어지는지는 내가 좀
알거든. 경찰을 그만둔 지 꽤 오래되긴 했지만, 변하지 않는 것들이 있으
니까. 당신은 나를 꼬드겨서 유치장에 처넣으려고 하고 있잖아. 난 당신
이 잘못 알고 있는 게 있으니까 내가 피해를 보지 않는 한도 내에서 당신
을 도울 수 있으면 도우려고 하고 있고. 딱 그 정도까지 협조하겠다고."

보슈는 의자에 등을 기댔다.

"날 기억해?" 보슈가 물었다. "내 이름 기억해?"

맥퀼런이 고개를 끄덕였다.

"물론이지. 그 특별수사반 반원 모두를 기억하지."

"어빈 어빙까지 포함해서."

"물론. 최고 책임자가 항상 제일 많이 주목받잖아."

"그때 난 말단이어서 발언권이 거의 없었어. 하지만 당신이 재수 없이 걸렸다고 생각했었지. 희생양이 필요했는데 그게 당신이었던 거라고."

맥퀼런은 탁자 위에 놓인 두 손을 맞잡아 깍지를 꼈다.

"세월이 이만큼 흐르고 나니까 그런 게 하나도 안 중요해, 보슈. 그러니까 괜히 동정하는 척하지 마."

보슈는 고개를 끄덕이고 앞으로 몸을 기울였다. 맥퀼런은 정공법을 원했다. 변호사를 부르지 않고 보슈와 정면대결을 할 수 있다고 생각했다니 맥퀼런은 굉장히 똑똑하거나 굉장히 어리석었다. 보슈는 그가 원하는 것을 주기로 결정했다.

"좋아, 그럼 인사치레는 이쯤하고. 왜 조지 어빙을 호텔 발코니에서 밀어 떨어뜨렸어?"

맥퀼런의 얼굴에 슬며시 미소가 피어올랐다.

"그 이야기를 하기 전에 몇 가지 약속을 받아두고 싶은데."

"무슨 약속?"

"무기에 대해서 기소하지 않겠다는 것. 내가 얘기하는 작은 일에 대해서도 기소하지 않겠다는 것."

보슈는 고개를 가로저었다.

"조사가 어떤 식으로 이루어지는지 다 안다면서. 그럼 내가 그런 식으로 거래를 할 수 없다는 것도 알겠네. 그건 검사가 할 일이야. 검사에게 당신이 협조적이었다고 말해줄 수는 있어. 심지어 기소하지 말라고 부탁도 할 수 있지. 하지만 내가 그런 거래를 할 수는 없어. 그건 당신도 잘 알 거라고 생각하는데."

"이봐, 당신은 조지 어빙한테 무슨 일이 있었는지 알고 싶은 거 아냐. 내가 말해줄 수 있어. 말해줄 거고. 하지만 내가 말한 조건을 들어주지 않으면 말 못 해."

"총과 작은 일에 대해 기소하지 않는다, 그 작은 일이 무엇이든 간에."

"그렇지. 도중에 일어난 사소한 일."

보슈는 이해가 안 됐다. 맥퀼런이 조지 어빙을 살해했다고 인정할 거라면, 총기 은닉 휴대와 같은 혐의들은 부차적이고 소모적인 것들이었다. 맥퀼런이 그런 것들을 걱정한다는 것은 어빙의 죽음과 관련해서 어떠한 책임도 인정하지 않겠다는 뜻이었다.

그렇다면 누가 누구를 가지고 노는가 하는 문제가 생긴 건데, 보슈는 자기가 주도권을 쥐어야 한다고 생각했다.

"내가 약속할 수 있는 건 당신을 돕겠다는 것밖에 없어." 보슈가 말했다. "당신이 일요일 밤 일에 대해서 이야기해주고, 또 그게 사실이라면 당신이 말한 작은 일에 관해서는 크게 신경 쓰지 않을게. 그게 지금 내가 약속할 수 있는 최선이야."

"그것에 관해서는 당신이 하는 말을 믿는 수밖에 없겠군, 보슈."

"약속할게. 시작할까?"

"이미 시작했잖아. 그리고 내 대답은 '나는 샤토마몽트의 발코니에서 조지 어빙을 밀어 떨어뜨리지 않았다'야. 조지 어빙 스스로가 발코니에서 몸을 던졌지."

보슈는 의자에 등을 기대고 앉아 손가락으로 탁자를 톡톡 두드렸다.

"이봐, 맥퀼런, 나더러 그 말을 믿으라고? 당신 말을 믿어줄 사람이 한 명이라도 있을 것 같아?"

"믿어달라는 게 아니야. 내가 그를 죽이지 않았다고 말하는 거지. 당신은 완전히 잘못 판단한 거야. 선입견이 있는 데다 정황증거 몇 가지가 맞아떨어지기까지 하니까 그걸 종합해서 내가 조지 어빙을 죽였다는 가설을 만들어낸 거지. 하지만 난 안 죽였어. 그러니까 당신은 내가 죽였다는 걸 입증할 수 없을걸."

"입증할 수 없기를 바라겠지."

"아니, 이건 내 바람과는 아무 상관이 없어. 입증할 수 없다는 걸 내가 알고 있을 뿐이야. 내가 죽이지 않았으니까."

"처음부터 시작하자. 당신은 어빈 어빙을 증오하고 있어. 25년 전에 그가 당신에게 한 일 때문에. 곤경에 빠진 당신을 도와주지 않았을 뿐만 아니라 일자리까지 빼앗았거든. 목숨을 빼앗진 않았지만."

"증오라는 건 참 힘든 말이야. 그래, 맞아, 과거에는 그를 증오했어. 하지만 다 오래전 일이야."

"일요일 밤에는 어땠어? 그땐 어빈 어빙을 증오했어?"

"그땐 그 사람 생각을 하지 않았는데."

"맞다, 그땐 그의 아들 조지 어빙에 대해서 생각하고 있었겠군. 이번에 당신 일을 빼앗으려 했던 친구. 일요일 밤에 조지 어빙을 증오했어?"

맥퀄런은 고개를 가로저었다.

"그 질문에는 대답 안 할게. 대답할 필요가 없으니까. 하지만 내가 조지 어빙을 어떻게 생각하든, 어빙을 죽이진 않았어. 어빙 스스로 목숨을 끊었지."

"왜 그렇게 확신하지?"

"어빙이 그럴 거라고 내게 말했으니까."

보슈는 맥퀄런이 받아치는 모든 것에 맞설 준비가 되어 있었지만, 이 대답에 대해서는 전혀 준비되어 있지 않았다.

"조지 어빙이 자살할 거라고 말했다고?"

"응."

"언제 그렇게 말했어?"

"일요일 밤에. 그 호텔 방에서. 거기 투숙한 이유가 그거라고 했어. 뛰어내릴 거라고 했어. 난 어빙이 뛰어내리기 전에 거길 빠져나왔고."

보슈는 잠깐 질문을 멈추고 생각했다. 맥퀼런에게는 이 순간을 준비할 시간이 며칠이나 있었다. 모든 사실들을 뒷받침해줄 정교한 스토리를 만들어낼 수 있었을 것이다. 하지만 지금 보슈 앞에 놓인 파일에는 조지 어빙의 어깨뼈에 생긴 상처를 찍은 사진이 들어 있었다. 그것은 수사의 흐름을 바꿔놓을 중요한 증거였다. 맥퀼런이 아무리 준비를 철저히 했어도 그 사진을 해명할 수는 없을 것이다.

"조지 어빙과 이런 대화를 나누게 된 경위를 설명해봐. 하나도 빼놓지 말고. 자세하게."

맥퀼런은 숨을 크게 한번 들이쉬더니 천천히 내뱉었다.

"내가 지금 얼마나 큰 모험을 하고 있는지 알아? 당신하고 얘기하는 거 말이야. 당신이 어떤 증거를 확보했는지 혹은 확보했다고 생각하는지는 모르지만, 내가 이건 알아. 내가 진실을 말해도 당신이 그걸 왜곡해서 날 파멸시킬 수 있다는 거. 게다가 이 방엔 변호사도 없고."

"알아서 해, 마크. 얘기하고 싶으면 하고 하기 싫으면 말고. 변호사를 원하면 불러줄게. 그럼 이야기는 끝나는 거지. 모든 게 다 끝이고 우린 거기에 따라 움직이면 되는 거야. 예전에 경찰이었으니까 일이 어떻게 돌아가는지는 잘 알 거야. 당신이 오늘 밤 여길 나가서 집에 갈 수 있는 방법은 딱 하나밖에 없어. 진실을 말하는 거."

보슈는 마치 선택권을 맥퀼런에게 주듯이 손으로 건네는 시늉을 했다. 맥퀼런은 고개를 끄덕였다. 지금이 아니면 영원히 기회가 없다는 것을 맥퀼런은 알고 있었다. 변호사는 입 꾹 다물고 가만히 앉아 있으라고 조언할 것이다. 경찰이 법정에 가서 증거를 내놓을 때까지 가만히 두고만 보라고 조언할 것이다. 경찰이 이미 가지고 있지 않은 것은 절대로 주지 말라고. 좋은 충고지만 항상 적용되는 것은 아니다. 무언가 말해야 할 때도 있다.

"그 호텔 방에 조지 어빙과 함께 있었어." 맥퀼런이 입을 열었다. "일요일 밤에. 아니, 월요일 새벽이라고 해야 맞겠군. 어빙을 만나러 올라갔었어. 화가 났거든. 난…… 내가 뭘 원했는지는 잘 모르겠어. 내 인생을 또 망치고 싶진 않았어. 어빙에게…… 겁을 좀 줘야겠다고 생각했어. 한번 붙어보고 싶었어. 하지만……."

맥퀼런이 손가락으로 단호하게 보슈를 가리켰다.

"……내가 그 방을 나올 때 조지 어빙은 살아 있었어."

보슈는 이제 맥퀼런을 살인 혐의로 체포 구금하기에 충분한 내용이 테이프에 담겼다는 것을 깨달았다. 맥퀼런이 방금 어빙이 추락사하기 전에 머물던 호텔 객실에 함께 있었다고 인정했다. 그러나 보슈는 흥분한 기색을 전혀 보이지 않았다. 얻어내야 할 게 더 있었다.

"그전으로 돌아가자." 보슈가 말했다. "조지 어빙이 호텔에 투숙했다는 사실과 어느 호텔인지는 어떻게 알았어?"

맥퀼런은 별 바보 같은 질문을 다 듣는다는 듯 어깨를 으쓱거렸다.

"후치 롤린스가 말해줬다는 것 알잖아." 맥퀼런이 말했다. "일요일 밤에 손님을 거기에 내려주면서 어빙이 들어가는 걸 봤다고 하더라고. 어빙을 봤다는 얘길 내게 해준 건 언젠가 내가 휴게실에서 어빙 부자에 대해 얘기하는 걸 들었기 때문이야. 음주운전 사건이 연달아 터지고 나서 직원회의를 열고 모두에게 말했거든. '이게 다 이 자식들의 음모야. 이 자식이 그 배후 조종자고.' 이렇게 말이지. 구글에서 조지 어빙의 사진을 뽑아서 돌리기도 했고."

"그래서 롤린스가 당신한테 알려줬군, 조지 어빙이 호텔로 들어가고 있다고. 그런데 어빙이 투숙했다는 건 어떻게 알았고 어느 방인지는 또 어떻게 알았어?"

"호텔에 전화해봤어. 호텔 직원들은 보안상의 이유로 객실 호수를 알려주지 않을 것이고, 그렇다고 내가 그 방으로 전화를 연결해달라고 할 수도 없었지. 연결해서 뭐라고 하겠어? '야, 너 몇 호실에 있냐?'라고 물어보겠어, 어쩌겠어. 그럴 수도 없고. 그래서 호텔 프런트에 전화해서 주차장을 연결해달라고 했어. 조지 어빙이 주차대행 직원한테 차를 맡기는 걸 봤다고 후치가 그랬거든. 그래서 주차장에 전화를 걸어서 나 조지 어빙인데 차 안에 휴대전화를 놔뒀는지 확인해주겠냐고 했어. 그리고 찾으면 갖다 달라면서 내 방 번호 아느냐고 물었지. 그랬더니 그 직원이 '네, 79호실에 계시죠? 전화기를 찾으면 바로 올려 보내드리겠습니다.' 그러더라고. 그렇게 해서 알게 된 거야."

보슈는 고개를 끄덕였다. 영리한 계획이었다. 그러나 동시에 사전 계획의 증거이기도 했다. 맥퀄런은 진술을 통해 자신을 일급살인 혐의로 점점 더 몰아가고 있었다. 보슈가 해야 할 일이라고는 일반적인 질문들을 던지면서 나아갈 방향을 제시하는 것뿐이었고 나머지는 맥퀄런이 다 했다. 맥퀄런은 브레이크가 고장 난 차를 타고 언덕 내리막길을 쏜살같이 달려 내려가고 있었다.

"그러고 나서 자정에 퇴근한 뒤에 그 호텔로 갔어." 맥퀄런이 말했다. "누구 눈에 띄거나 카메라에 잡히는 건 원하지 않았기 때문에 호텔 건물을 돌아가 봤더니 옆쪽에 비상계단 사다리가 있더라고. 그 사다리가 옥상까지 연결되어 있었어. 층계참마다 발코니가 있어서 필요하면 그리로 뛰어내려 쉴 수도 있었고."

"장갑을 끼고 있었어?"

"응, 장갑을 끼고 상하의가 붙은 작업복을 입었지. 트렁크에 항상 넣어 가지고 다니거든. 직장에서 언제고 자동차 밑에 기어들어가야 하는 일이 생길 수 있으니까. 그리고 그걸 입으면 누가 보더라도 시설관리직원으로 보겠다는 계산도 있었고."

"그런 걸 트렁크에 넣어 다닌다고? 배차 담당자잖아."

"나 그 회사 공동 소유주야. 시 정부와 맺은 독점사업자 계약에는 내 이름이 올라가 있지 않지만. 내가 공동 소유주라는 걸 알았다면 독점사업권을 줬겠어? 그런데 어쨌든 그 회사 지분의 3분의 1은 내가 갖고 있어."

맥퀼런의 말을 들으니 왜 그가 그렇게까지 어빙에게 집착했는지 어느 정도 이해가 갔다. 수사에 있어 잠재적인 구멍이 또 한 번 용의자 자신에 의해 메워지는 꼴이 되었다.

"그래서 비상계단 사다리를 타고 7층으로 올라갔군. 그게 몇 시였어?"

"자정에 근무가 끝났으니까 거기 갔을 땐 12시 30분쯤 됐을 거야."

"7층에 도착해서는 어떤 일이 있었어?"

"운이 좋았지. 7층에는 비상문이 없었어. 복도로 들어가는 문이 없더라고. 발코니에 두 개의 다른 객실로 들어가는 유리문 두 개만 있었어. 왼쪽에 하나, 오른쪽에 하나. 오른쪽 유리문을 들여다보니까 거기 그 친구가 있더라고. 어빙이 소파에 앉아 있었어."

맥퀼런은 거기서 말을 멈췄다. 그날 밤의 기억을 되살리고 있는 것 같았다. 발코니 문 너머로 본 장면을 떠올리고 있는 것 같았다. 보슈는 이야기가 이어지게 해야 한다고, 자신은 최대한 말을 아끼고 맥퀼런이 말하게 해야 한다고 생각했다.

"드디어 어빙을 찾아냈군."

"응, 거기 앉아서 잭다니엘을 병나발 불고 있더라고. 마치 뭘 기다리고 있는 것 같았어."

"그래서 어떻게 됐어?"

"위스키를 마지막 한 모금까지 다 마시더니 갑자기 벌떡 일어서서 나를 향해 걸어오기 시작했어. 내가 발코니에 서서 자길 보고 있는 걸 아는 것처럼."

"그래서?"

"문 옆에 있는 벽에 몸을 바짝 기대고 숨었지. 어빙은 유리문에 자기 모습이 비치기 때문에 나를 못 봤을 거라는 생각이 들더라고. 발코니로 나오는 거였어. 그래서 문 옆 벽에 기대서 있는데 문을 열고 나오더니 난간으로 곧장 걸어가서 빈 병을 있는 힘껏 던졌어. 그러고는 허리를 굽히고 아래를 내려다보기 시작했지. 마치 토하기라도 할 것처럼. 그러다가 돌아서면 거기 서 있는 나를 발견하게 될 판이었어. 숨을 데가 한 군데도 없더라고."

"어빙이 토했어?"

"아니, 안 했어. 그냥……."

갑자기 문을 쾅쾅 두드리는 소리가 나서 보슈는 뛸 듯이 놀랐다.

"거기까지 하고 잠깐만 쉬자." 보슈가 말했다.

보슈가 일어서서 몸으로 문손잡이를 가려서 맥컬런이 보지 못하게 했다. 그러고는 도어락 비밀번호를 누른 후 문을 열었다. 추가 문 앞에 서 있었다. 보슈는 팔을 뻗어 추의 목을 조르고 싶은 것을 가까스로 참고 침착하게 밖으로 나가 문을 닫았다.

"빌어먹을, 지금 뭐 하는 짓이야? 조사할 때 그렇게 불쑥 끼어들면 안 된다는 거 몰라? 뭐야, 자네가 신입이야?"

"드릴 말씀이 있어서요. 기사 막았습니다. 내보내지 않을 거예요."

"거참 잘됐군. 그런데 조사가 끝나고 나서 말해줄 수도 있었잖아. 이자가 모든 걸 불려고 하는 찰나에 그렇게 문을 두드리면 어떡하냐고, 빌어먹을."

"기사가 나올 거라고 생각하셨으니까 조사를 진행하실 거라고는 생각 안 했죠. 어쨌든 기사는 오늘 안 나올 겁니다, 형사님."

"나중에 얘기해."

보슈는 조사실 문을 향해 돌아섰다.

"제가 폐 끼친 건 어떻게든 만회하겠습니다, 형사님. 약속합니다."

보슈는 다시 추를 향해 돌아섰다.

"약속은 됐고. 뭔가 하고 싶으면, 문 두드리지 말고 이 친구 손목시계에 대한 압수수색영장이나 작성해줘. 판사의 지시라고 딱지를 붙여서 감식 반에 보내고 싶으니까."

"알겠습니다, 형사님."

"좋아. 가."

보슈는 조사실 비밀번호를 누른 후 다시 들어가 맥퀄런의 맞은편에 앉 았다.

"중요한 일이라도 있나 봐?" 맥퀄런이 물었다.

"아냐, 별거 아냐. 하던 이야기 계속하지. 그러니까 어빙이 발코니에 있 었고······."

"나는 어빙 뒤 벽에 붙어서 있었어. 어빙이 방 안으로 들어가려고 돌아 서면 무방비 상태로 거기 서 있는 나를 발견하게 될 판이었지."

"그래서 어떻게 했어?"

"본능대로 움직였어. 어빙 뒤로 다가가서 그를 잡았어. 그러고는 방 안 으로 끌고 들어가기 시작했어. 맞은편 언덕에 집들이 많더라고. 누가 우 릴 볼 수도 있겠다 싶어서 어빙을 방 안으로 데리고 들어가려고 했지."

"어빙을 잡았다고 했는데, 정확히 어떻게 잡았어?"

"목을 감싸 안았어. 목조르기 제압술을 썼지. 옛날에 했던 것처럼."

맥퀄런은 의미심장한 이야기를 하는 것처럼 보슈를 똑바로 쳐다보며 말했다.

"어빙이 버둥거렸어? 저항하던가?"

"응, 깜짝 놀라더라고. 막 버둥거리기 시작했지만 취해 있어서 상대가 안 됐지. 나한테 질질 끌려서 방 안으로 들어갔어. 청새치처럼 파닥거렸지만 오래 가진 않았고. 오래 갈 수가 있나, 그 제압술을 쓰는데. 곧 잠이 들었어."

보슈는 맥퀄런이 말을 계속하려나 싶어서 잠자코 기다렸지만 그뿐이었다.

"의식을 잃었구먼." 보슈가 말했다.

"맞아." 맥퀄런이 말했다.

"그래서 어떻게 됐어?"

"금방 다시 숨을 쉬기 시작했지만 잠이 들었더라고. 말했잖아, 잭다니엘을 한 병 다 마셨다고. 코를 드르렁드르렁 골더구먼. 흔들어 깨워야 했어. 겨우 정신이 들긴 했는데 취해서 흐리멍덩한 눈으로 날 봤어. 내가 누군지 전혀 모르겠는지 어리둥절해하고. 그래서 내 소개를 해야 했지. 내가 누구고 여기에는 왜 왔는지. 어빙은 바닥에 누워 윗몸을 약간 일으키고 한 팔꿈치로 몸을 지탱하고 있었어. 그리고 난 어빙 위에 하느님처럼 우뚝 서 있었고."

"어빙에게 무슨 말을 했어?"

"애먼 사람을 괴롭히고 있다고, 네 아버지한테 그렇게 당했는데 너한테도 당하고 있진 않을 거라고. 그런데 그때부터 일이 이상하게 돌아가더라고. 그 친구가 뭘 하려고 했는지 몰랐기 때문에 그렇게 느껴졌지."

"잠깐만. 이해가 잘 안 가네. 일이 이상하게 돌아가다니, 무슨 뜻이야?"

"어빙이 나를 비웃기 시작했어. 내가 자기를 덮쳐서 목조르기로 제압했는데 그게 웃기다고 생각한 거야. 놈을 겁주려고 했는데 놈은 너무 취해서 정신이 없는 거야. 바닥을 떼굴떼굴 구르면서 웃어젖히더란 말이지."

보슈는 맥퀄런에게 들은 말을 한참 동안 곱씹었다. 대화가 이렇게 흘러

가는 게 마음에 들지 않았다. 그가 예상했던 방향이 전혀 아니었기 때문이었다.

"그게 다야? 웃기만 했어? 말은 한 마디도 안 하고?"

"응, 그러다가 웃음이 잦아들고 난 다음에 그러더라고, 이젠 아무것도 걱정할 것 없다고."

"또 다른 말은?"

"그게 다야. 걱정할 것 없으니까 집에 가라고 하더라고. 작별인사를 하듯 손을 흔들기까지 했어."

"걱정할 것 없다고 어떻게 그렇게 자신하는지 물어봤어?"

"물어볼 필요가 없다고 생각했어."

"왜?"

"무슨 말인지 이해했으니까. 어빙은 스스로 목숨을 끊으려고 거기 투숙했던 거야. 발코니로 나가서 난간 아래를 내려다본 건 투신할 자리를 고르고 있었던 거고. 어빙은 투신자살을 계획하고 있었고 실행에 옮길 용기를 얻기 위해 잭다니엘을 퍼마시고 있었던 거야. 그래서 난 그 방을 나왔고 어빙은…… 어빙은 진짜로 뛰어내렸더군."

보슈는 아무 말도 하지 않았다. 맥퀼런의 이야기는 정교한 변명이거나 굉장히 이상한 진실이었다. 사실인지 확인해봐야 할 부분이 몇 개 있었다. 혈중알코올농도 검사 결과도 아직 안 나왔고, 잭다니엘 병 이야기는 처음 듣는 거였다. 어빙이 체크인하는 모습이 담긴 CCTV 영상에서도 잭다니엘 병은 보지 못했다. 어빙이 술병을 들고 객실로 들어가는 걸 봤다는 목격자도 없었다.

"잭다니엘 병 이야기 좀 해봐." 보슈가 말했다.

"말했잖아, 병나발을 불고는 던져버렸다고."

"크기가 어느 정도였어? 750mL 병을 얘기하는 거야?"

"아니, 아니, 더 작은 거. 여섯 잔짜리."

"무슨 말인지 모르겠군."

"작은 음료수병처럼 생긴 거 있잖아. 딱 여섯 잔 나오는 거. 내가 잭다니엘을 마시기 때문에 그 병을 알아봤어. 우린 그런 병을 여섯 잔짜리라고 부르지."

보슈는 여섯 잔이라면 대략 300mL~350mL쯤 되겠다고 짐작했다. 그정도 크기의 음료수병 모양의 병이라면 충분히 숨기고 체크인할 수 있었을 것이다. 보슈는 또한 스위트룸 79호실 미니 부엌 카운터 위에 나란히 진열되어 있던 병들과 과자봉지들을 기억해냈다. 거기서 나온 것일 수도 있었다.

"그렇군. 그래서 병을 던지니까 어떻게 됐어?"

"어둠 속에서 깨져서 박살 나는 소리를 들었어. 길거리나 누구네 집 지붕이나 다른 어딘가에 떨어졌겠지."

"어느 방향으로 던졌어?"

"앞쪽으로."

보슈는 고개를 끄덕였다.

"그랬군. 잠깐 앉아 있어, 맥퀼런. 곧 돌아올게."

보슈는 일어나서 다시 비밀번호를 누른 후 조사실을 나갔다. 그러고는 복도를 걸어가 미제사건 전담반 사무실로 향했다.

보슈가 비디오실 앞을 지나가는데 문이 열리고 키즈 라이더가 나왔다. 조사과정을 지켜보고 있었던 것이다. 보슈는 놀라지 않았다. 라이더는 그가 맥퀼런을 연행해올 거라는 사실을 알고 있었다.

"충격이네요, 선배."

"그러게."

"맥퀼런 말을 믿어요?"

보슈는 걸음을 멈추고 라이더를 쳐다보았다.

"확인해야 할 부분이 몇 군데 있긴 하지만 이야기가 딱딱 들어맞잖아. 맥퀼런은 조사실에 들어가면서도 우리가 뭘 갖고 있는지 전혀 몰랐어. 바닥에서 주운 단추, 어깨에 난 상처, 세 시간이나 먼저 비상계단 사다리에서 그를 봤다는 목격자. 그런데 맥퀼런의 진술이 그런 증거에 딱딱 맞아떨어지잖아."

라이더는 뒷짐을 졌다.

"그와 동시에 자기가 그 방에 있었다고 인정했잖아요. 피해자의 목을 졸랐다고 인정했고."

"자기가 고인의 방에 있었다고 인정하다니, 굉장한 모험이었어."

"그래서 맥퀼런의 말을 믿어요?"

"모르겠어. 생각해볼 게 또 있어. 맥퀼런은 과거에 경찰이었잖아. 그러니까 알고 있겠지······."

보슈가 갑자기 말을 멈추고 두 손가락을 맞부딪쳐 딱 소리를 냈다.

"왜요?"

"알리바이가 있는 거야. 그걸 말하지 않은 거지. 어빙은 그 후로도 서너 시간은 뛰어내리지 않고 있었어. 맥퀼런은 확실한 알리바이가 있는데 우리가 자기를 구속할 건지 말 건지 두고 보는 거야. 혹시 구속하려 들면 그때 가서 알리바이를 대고 걸어 나가려는 거지. 그럼 경찰국은 망신살이 뻗치는 거고. 괴롭혀서 미안하다고 피해보상이라도 해줘야 하는 거 아닌가 몰라."

보슈는 고개를 끄덕였다. 꼭 그럴 것만 같았다.

"선배, 우린 이미 펌프에 마중물을 부었어요. 어빈 어빙은 용의자를 체포했다는 발표를 기다리고 있어요. 〈타임스〉도 이미 기사를 썼다면서요."

"엿 먹으라 그래, 어빙은. 뭘 기다리든 내 알 바 아냐. 그리고 파트너가 그러는데 〈타임스〉도 걱정할 것 없대.”

“왜요?”

“어떻게 했는지는 모르겠는데 기사화하지 않겠다는 약속을 받아냈대. 추에게 잭다니엘 병에 대해 알아보라고 해야겠다. 그리고 난 도로 들어가서 알리바이를 들어봐야겠어.”

“그러세요. 나도 10시까진 들어가 봐야 돼요. 조사 끝나자마자 전화 주세요. 결과를 알아야 하니까.”

“알았어.”

보슈는 복도를 걸어가 미제사건 전담반 사무실로 들어갔다. 추가 컴퓨터 앞에 앉아 있었다.

“자네가 확인해줄 게 있어. 샤토 객실 봉쇄 풀었어?”

“아뇨, 말씀이 없으셔서…….”

“잘됐군. 호텔에 전화해서 스위트룸에 잭다니엘 병을 비치하는지 물어봐. 미니어처 말고 좀 더 큰 병. 음료수병 크기 정도. 그렇다고 하면 79호실에 놔둔 것들 중에 사라진 게 있는지 확인해보라고 하고.”

“문에 접근금지 테이프를 붙여놨는데요.”

“자르고 들어가라고 해. 그 일이 끝나면 법의관실에 연락해서 어빙의 혈중알코올농도 검사 결과가 나왔는지 알아보고. 난 맥퀼런한테로 돌아가 있을게.”

“형사님, 대답을 들으면 조사실로 들어갈까요?”

“아냐, 들어오지 마. 내가 나올 때까지 기다려.”

보슈가 비밀번호를 누르고 문을 열었다. 그러고는 재빨리 자기 자리로 돌아가 앉았다.

“왜 이렇게 빨리 돌아왔어?” 맥퀼런이 물었다.

"잊은 게 있어서. 당신한테서 아직 못 들은 이야기가 있어서, 맥퀼런."

"아니, 난 다 얘기했는데. 그 방에서 무슨 일이 있었는지 정확히 다 얘기했어."

"그래, 그런데 그다음에 무슨 일이 있었는지는 말 안 했잖아."

"그다음에는 뭐, 어빙이 투신했지."

"어빙 얘기를 하는 게 아니야. 당신 얘기를 하는 거지, 당신이 한 일에 대해서. 당신은 어빙이 무슨 짓을 할지 알고 있었는데도, 누구한테라도 알려서 투신을 막으려고 애써보기는커녕, 자기 몸만 빠져나오고 어빙은 투신하게 내버려뒀어. 하지만 당신은 영리해서 나 같은 사람이 나타나 그 일에 대해 꼬투리를 잡으리라는 걸 알고 있었지."

보슈는 의자에 등을 기대고 앉아 맥퀼런의 표정을 살피면서 고개를 끄덕였다.

"그래서 거길 나가서 알리바이를 만들어놓은 거야."

맥퀼런은 여전히 무표정한 얼굴이었다.

"당신은 우리가 당신을 체포해주길 바라면서 여기 들어왔어. 체포하려고 하면 알리바이를 대고 경찰국에 망신을 주려고. 옛날에 당신을 괴롭히고 쫓아낸 것에 대해서 복수를 하려고. 복수를 위해 어빙을 이용할 생각이었던 거야."

맥퀼런은 아직도 표정의 변화가 없었다. 보슈는 탁자 위로 몸을 숙이고 그를 노려보았다.

"체포하지 않을 거니까 다 털어놔, 맥퀼런. 당신 마음대로 쇼를 하게 내버려두지 않을 거야. 25년 전에 경찰국이 당신에게 한 짓에 대해서 내가 어떻게 생각하든 그것하고는 상관없이."

맥퀼런이 마침내 고개를 끄덕이더니 주먹으로 허공을 때리는 시늉을 했다. 마치 '아깝다, 한번 해볼 만했는데'라고 말하는 것 같았다.

"선셋 맞은편에 있는 스탠더드 호텔에 주차해놨었어. 거기 직원들을 잘 알거든."

스탠더드는 샤토마몽트에서 두세 블록 떨어진 곳에 있는 작은 호텔이었다.

"스탠더드 호텔은 우리 단골 고객이야. 엄밀히 따지면, 거긴 웨스트할리우드라 우리가 영업할 수 없는 곳이지만 도어맨들을 구워삶아놨거든. 손님이 택시를 불러달라고 하면 우리 택시를 부르지. 우린 항상 그 근처에 한 대씩 대기시키고 있고."

"그래서 어빙을 만나고 나서 거기로 갔다고?"

"응, 거기 24/7이라는 식당이 있거든. 24시간 영업하고 카운터 위에 CCTV 카메라가 달려 있지. 거기 들어가서 해 뜰 때까지 카운터를 떠나지 않았어. 가서 녹화 영상을 확인해보면 내가 나와 있을 거야. 어빙이 투신할 때, 난 거기서 커피를 마시고 있었어."

보슈는 도무지 이해가 안 간다는 듯이 고개를 가로저었다.

"당신이 스탠더드에 도착하기 전에, 당신이 아직 샤토마몽트에 있을 때나 스탠더드로 걸어가고 있을 때, 어빙이 뛰어내리지 않을 거라는 건 어떻게 알았어? 뛰어내릴 가능성이 충분히 있었는데."

맥퀼런이 어깨를 으쓱거렸다.

"어빙이 일시적으로 의식을 잃은 상태였거든."

맥퀼런을 한참 동안 노려보던 보슈는 그 말이 무슨 뜻인지 알아차렸다. 맥퀼런이 어빙에게 목조르기 제압술을 한 번 더 실시한 것이다.

보슈는 몸을 앞으로 숙이며 맥퀼런을 노려보았다.

"어빙을 다시 잠들게 했군. 목조르기 제압술을 다시 실시해서 어빙이 숨이 붙은 상태로 마룻바닥에서 코를 골고 자게 해놓고 방에서 나왔다는 거잖아."

보슈는 거실 바닥에 있던 알람시계가 떠올랐다.

"당신이 침실로 가서 알람시계를 갖고 나왔군. 그러고는 플러그를 꽂아서 그걸 마룻바닥에, 어빙 옆에 놓고 알람 시각을 새벽 4시로 설정해놓은 거야. 어빙이 그때 깰 수 있게. 당신이 스탠더드에 앉아서 뜨거운 커피를 마시면서 알리바이를 만드는 동안 어빙이 투신할 수 있게."

맥퀼런이 또 어깨를 으쓱거렸다. 더 할 말이 없는 거였다.

"당신은 악한 사람이야, 맥퀼런. 이제 가도 돼."

맥퀼런은 의기양양하게 웃으면서 고개를 끄덕였다.

"고마워."

"고맙긴. 지난 25년 동안 나는 당신이 부당한 대우를 받았다고 생각했어. 그런데 지금 생각해보니 그들의 판단이 옳았던 것 같군. 당신은 나쁜 사람이야. 그 말은 당신이 나쁜 경찰관이었다는 뜻이겠지."

"나에 대해 뭘 안다고 그래, 보슈."

"이건 알아. 당신은 그날 밤 어빙을 어떻게 하기 위해서 그 방으로 올라갔어. 단순히 말싸움이나 하려고 비상계단을 타고 올라가지는 않지. 그래서 난 당신이 예전에 부당한 대우를 받았다는 걸 신경 안 쓰기로 했어. 내가 중요하게 생각하는 건 당신은 어빙이 무슨 짓을 할지 알았으면서도 막으려고 애써보지 않았다는 거야. 그냥 그 일이 일어나게 내버려뒀지. 아니, 사실, 그 일이 일어나게 당신이 도운 거야. 내겐 그게 결코 작은 일이 아니야. 지금은 자살방조가 범죄는 아니지만, 앞으로는 범죄가 되게 만들 거야. 이 사건을 종결하면 당신을 대배심 앞에 세울 검사를 찾아다닐 거야. 오늘 밤엔 당신이 여길 걸어 나갈 수 있겠지만, 다음번에는 쉽지 않을 거야."

맥퀼런은 보슈가 말하는 동안 계속 고개를 끄덕거렸다. 마치 보슈의 마지막 발언이 빨리 끝나기를 바라면서 조바심을 내며 들어주는 듯했다. 보슈의 말이 끝나자 맥퀼런이 태연한 표정으로 대꾸했다.

"내가 어떤 처지에 있는지 알게 해줘서 고마워."

"별말씀을 다. 알게 됐다니 나도 기뻐."

"B&W로는 어떻게 돌아가지? 아까는 태워준다고 했는데."

보슈가 일어나서 문을 향해 걸어가면서 말했다.

"택시 불러."

29
서서히 드러나는 진실

보슈가 칸막이 자리로 돌아갔을 때 추는 전화를 끊고 있었다.

"뭐 좀 건졌어?" 보슈가 물었다.

추는 책상에 놓인 메모장을 내려다보면서 대답했다.

"네, 호텔 직원 말이 스위트룸에 잭다니엘을 비치한답니다. 350mL가 들어가는 음료수병 모양의 병으로요. 그리고 79호실에서 한 병이 사라졌다고 하네요."

보슈는 고개를 끄덕였다. 맥퀼런의 진술이 사실임이 다시 한 번 확인된 것이다.

"혈중알코올농도 검사 결과는?"

추가 고개를 가로저었다.

"아직 안 나왔어요. 법의관실에서는 다음 주에나 나온다고 하네요."

보슈는 고개를 가로저었다. 법의관실이 혈액검사를 서두르도록 키즈 라이더와 국장을 통해 압력을 넣지 않은 것이 후회스러웠다. 그는 자기 책상으로 가서 살인사건 파일 위에 보고서를 쌓기 시작했다. 그렇게 추에게 등을 돌린 채로 물었다.

"어떻게 기사가 안 나가게 막았어?"

"에밀리한테 전화했죠. 기사를 실으면 상관을 찾아가서 네가 정보를 얻는 대가로 성 상납을 했다는 걸 다 말하겠다고 했어요. 신문사에도 윤리 규정이란 게 있을 것 아닙니까. 에밀리가 일자리는 잃지 않을지 몰라도 오명을 얻게 되겠죠. 그걸 에밀리도 잘 알고 있고요. 동료들이 자기를 달리 보기 시작할 거라는 것도."

"아주 신사답게 처리했네. 신용카드 내역서는 어디 있어?"

"여기요. 어떻게 되어가고 있습니까?"

추는 신용카드 회사들로부터 받은 조지 어빙의 거래 내역서를 담은 파일을 보슈에게 건네주었다.

"이거 다 내가 집으로 가져갈게."

"맥퀄런은요? 입건하는 겁니까?"

"아냐. 보냈어."

"풀어줬다고요?"

"응."

"시계 압수수색영장은요? 출력하려던 참인데."

"필요 없을 것 같아. 자기가 어빙 목을 졸랐다고 인정했어."

"그걸 인정했는데 풀어줬다고요? 도대체 왜…….."

"이봐, 추, 지금 그 이야길 시시콜콜 다 해줄 시간이 없어. 내가 하는 일이 마음에 안 들면 비디오실 가서 녹화 테이프를 봐. 아니다, 그보다는 선셋스트립에 있는 스탠더드 호텔에 좀 가봐. 어디 있는지 알지?"

"네, 그런데 거긴 왜요?"

"거기 24시간 하는 식당에 가서 카운터 위의 CCTV 카메라가 일요일 밤부터 월요일 아침까지 찍은 영상이 담긴 디스크를 가져와."

"알겠습니다. 그런데 거기 뭐가 있는데요?"

"맥퀼런의 알리바이. 확인하는 대로 전화해줘."

보슈는 신용카드 내역서를 비롯한 여러 보고서를 서류가방에 넣고 살인사건 파일은 따로 들었다. 파일이 너무 두꺼워서 서류가방에 들어가지 않았다. 그는 칸막이 자리를 나갔다.

"어쩌시려고요?" 추가 보슈의 등에 대고 물었다.

보슈가 걸음을 멈추고 추를 돌아보았다.

"처음부터 다시 시작하려고."

보슈는 사무실 출입문을 향해 걸어가다가 경위의 상황판 앞에 멈춰 서서 자기 자석을 '외출' 칸에 붙였다. 문을 향해 돌아서는데 추가 문 앞에 서 있는 것이 보였다.

"저한테 이러시면 안 되죠." 추가 말했다.

"자초했잖아. 자네가 선택한 일이야. 난 어떤 일도 자네와 함께하고 싶지 않아."

"제가 실수했습니다. 그래서 말씀드렸잖아요, 아뇨, 약속했잖아요, 이 일은 어떻게 해서든 만회하겠다고."

보슈는 팔을 뻗어 추의 팔을 잡고 옆으로 부드럽게 끌어낸 후 문을 열었다. 그러고는 아무 말도 하지 않고 복도로 나갔다.

퇴근길에 보슈는 이스트할리우드로 가서 웨스턴에 있는 엘 마타도르 트럭 뒤에 차를 세웠다. 웨스턴 거리가 이스트할리우드에 있는 건 모순이 아니냐던 추의 말이 생각났다. LA에만 있는 모순이지, 보슈는 차에서 내리면서 생각했다.

아직 이른 시각이어선지 트럭 앞에 손님이 한 명도 없었다. 주인은 저녁 장사를 할 준비를 하고 있었다. 보슈는 타코 네 개를 만들 양의 카르네 아사다(고기를 양념에 재워 굽는 멕시코식 바비큐 요리-옮긴이)를 테이크아웃

컵에 넣어주고, 토르티야는 따로 포일에 말아달라고 했다. 사이드로 과카몰레(아보카도를 으깬 것에 양파, 토마토, 고추 등을 섞어 만든 멕시코 요리-옮긴이)와 밥과 살사 소스도 주문했다. 주인은 모든 음식을 종이봉투에 담았다. 기다리는 동안 보슈는 딸에게 문자를 보내 너무 바빠서 집에 가서도 저녁 준비할 시간이 없을 것 같아 저녁거리를 사간다고 말했다. 딸은 괜찮다고 배고파 죽겠으니 빨리 오라고 답장을 보내왔다.

20분 후 보슈가 집 현관문을 열고 들어갔을 때 딸은 거실에서 음악을 들으면서 책을 읽고 있었다. 그는 한 손에는 타코 봉투를, 다른 손에는 서류가방을 들고 살인사건 파일을 옆구리에 낀 채 현관 복도에 멈춰 섰다.

"왜?" 딸이 물었다.

"아트 페퍼를 듣고 있었어?"

"응. 책 읽을 때 배경음악으로 좋아."

보슈는 웃으면서 부엌으로 들어갔다.

"뭐 마실래?"

"여기 물 있어."

보슈는 타코와 사이드 요리까지 모두 한 접시에 담아서 딸에게 갖다 주었다. 그러고는 부엌으로 돌아와 싱크대 위로 몸을 숙이고 자기 몫의 타코를 먹었다. 다 먹고 나선 수도꼭지에 입을 대고 수돗물을 마셨다. 종이 타월로 얼굴을 닦고 나서 식탁으로 돌아가 일할 준비를 하기 시작했다.

"학교는 어땠어?" 보슈가 서류가방을 열면서 물었다. "오늘도 점심 안 먹었니?"

"늘 그렇듯 재미없었지 뭐. 수학 시험공부 하느라고 점심 안 먹었어."

"잘 봤어?"

"낙제했을 것 같아."

보슈는 딸이 엄살을 떨고 있다는 걸 알았다. 매들린은 공부를 잘했다.

수학을 싫어했지만 그것은 자기 삶에서 수학을 써먹을 일이 없을 것 같다고 생각했기 때문이었다. 지금처럼 장래희망이 경찰관일 때에는 특히 더.

"잘 봤겠지. 그거 필독서야? 뭔데?"

매디는 책을 들어 보여주었다. 스티븐 킹의 《스탠드》였다.

"내가 선택해서 읽는 책."

"학교 참고도서치고는 꽤 두꺼운데."

"진짜 재밌어. 아빠가 저녁도 나랑 같이 안 먹고 이렇게 질문을 퍼부어 대는 건 와인 잔 이야기를 피하고 싶어서지?"

매디가 날카롭게 질문했다.

"피하는 거 아니거든. 할 일이 있고 또 와인 잔이 식기세척기에 들어 있었던 이유는 이미 설명했잖아."

"그런데 한 개에 립스틱이 묻어 있게 된 경위는 설명 안 했어."

보슈가 매디를 쳐다보았다. 립스틱은 미처 생각 못 했었다.

"도대체 누가 형사야?" 보슈가 물었다.

"말 돌리지 마, 아빠." 매들린이 말했다. "내 말은 아빠의 여자친구에 대해서 나한테 거짓말할 필요가 없다는 거야."

"여자친구 아니야. 앞으로도 아닐 거고. 잘 안 됐어. 거짓말해서 미안한데 이제 그만하자. 아빠한테 여자친구가 생기면 꼭 알려줄게. 마찬가지로 너도 남자친구가 생기면 꼭 말해줘야 돼."

"응."

"남자친구 없지, 아직?"

"없어."

"좋아. 내 말은 네가 나한테 숨기는 게 없어서 좋다는 거야. 남자친구가 없어서 좋다는 게 아니고. 난 그런 아빠는 되고 싶지 않다."

"알아들었어."

"그래야지."

"그런데 아빠, 왜 그렇게 화가 났어?"

"난……."

딸의 말이 맞다는 걸 깨닫고 그는 말을 멈췄다. 그는 뭔가에 화가 나면 다른 데서 티를 냈다.

"1분 전에 내가 한 말 기억나? 누가 형사냐고 했던 거?"

"응, 나 여기 앉아 있었거든요."

"월요일 밤에 너 내가 가져온 비디오 봤잖아, 어떤 남자가 호텔에 투숙하는 거. 그걸 보고 넌 그 남자가 스스로 뛰어내린 거라고 단언했어. 딱 30초간 본 것을 토대로 넌 그가 투신했다고 결론지었잖아."

"그래서?"

"아빠 그걸 살인사건으로 보고 이번 주 내내 범인을 잡겠다고 뛰어다녔어. 그런데 아니더라고. 네 말이 맞았어. 넌 딱 한 번 보고 알았는데 아빠 그렇지 못했어. 아빠가 늙나 보다, 매디."

매들린의 표정에 연민이 어렸다.

"잊어버려, 아빠. 다음엔 잘할 거야. 모든 사건을 다 해결할 순 없다고 말한 사람이 누구더라? 아빠잖아. 그리고 이번에도 결국엔 해결했잖아."

"고맙다, 매디."

"그리고 아빠를 더 힘들게 하고 싶진 않지만……."

보슈가 딸을 바라보았다. 매디는 뭔가 자랑할 게 있는 것 같았다.

"괜찮아, 말해. 뭔데?"

"와인 잔에 립스틱 같은 건 없었어. 그냥 한번 떠본 거야."

보슈는 고개를 절레절레했다.

"너 이거 알아, 매디? 언젠가는 네가 조사실에 꼭 필요한 사람이 될 거야. 너의 표정, 너의 기술이면, 다들 네 앞에서 자기 비밀을 술술 불걸."

매들린은 아빠를 향해 웃어 보이고는 다시 책을 읽기 시작했다. 보슈는 딸이 타코 한 개를 남긴 것을 보고 가져와서 먹을까 하다가 포기하고 살인사건 파일을 펼쳐서 묶여 있지 않은 자료들을 식탁에 펼쳐놓았다.

"너 공성 망치(옛날에 성문이나 성벽을 두들겨 부수는 데 쓰던 나무 기둥같이 생긴 무기—옮긴이)가 어떻게 움직이는지 알아?" 보슈가 물었다.

"뭐?" 딸이 되물었다.

"공성 망치가 뭔지는 아니?"

"알지 물론. 그런데 무슨 얘길 하는 거야, 아빠?"

"이번처럼 수사하다가 난관에 부딪혔을 때, 아빠는 조서를 비롯한 모든 수사자료로 다시 돌아간다."

보슈는 식탁 위에 놓인 살인사건 파일을 가리켰다.

"공성 망치를 두들기듯 이걸 다시 보는 거야. 공성 망치를 뒤로 한껏 잡아당겼다가 앞으로 밀어내면서 잠긴 문을 두들겨 부숴버리잖아. 모든 것을 다시 살펴보는 것이 바로 그렇게 공성 망치를 두들기는 것과 같은 거야. 뒤로 잡아당겼다가 온 힘을 다해 앞으로 밀어내는 거지."

매들린은 아빠가 이런 충고를 해주는 것이 이상한지 어리둥절한 표정을 지었다.

"알았어, 아빠."

"미안. 책 읽어."

"방금 전에 아빠가 그랬잖아, 그 남자가 투신했다고. 그런데 왜 난관에 부딪혔다는 거야?"

"생각하는 것과 입증할 수 있는 것은 완전히 다른 문제거든. 이런 사건에서는 모든 의문을 풀고 확실히 해결해야 돼. 어쨌든 이건 내 문제니까, 책 계속 읽어."

매들린은 다시 책을 읽기 시작했다. 그리고 보슈는 자기 일로 돌아갔다. 먼저 클럽으로 고정해서 파일에 넣어온 모든 보고서와 조서 들을 찬찬히 다시 읽었다. 그는 정보가 머릿속에 흘러넘치게 했고 새로운 각도와 색깔을 찾아보았다. 조지 어빙이 투신했다고 믿는 것만으로는 부족했다. 그 사실을 경찰 수뇌부에게 그리고 무엇보다도 자기 자신에게 입증할 수 있어야 했다. 그러나 아직은 그 수준에 이르지 못했다. 자살은 미리 계획된 살인이었다. 동기와 기회와 방법을 찾아야 했다. 각각에 대해서 어느 정도는 알아냈지만 아직 충분하지 않았다.

CD체인저가 다음 CD로 옮겨갔고, 보슈는 다음 곡이 쳇 베이커의 트럼펫 연주곡임을 금방 알아차렸다. 독일 곡을 리메이크한 〈나이트 버드〉라는 곡이었다. 보슈는 1982년 샌프란시스코, 오패럴에 있는 클럽에서 베이커가 그 곡을 연주하는 것을 직접 들었다. 그의 라이브 연주를 들은 것은 그때가 유일했다. 그때쯤엔 베이커의 트레이드마크 같았던 동안 외모와 웨스트코스트의 시원시원한 매력이 마약에 찌든 삶 때문에 다 사라지고 없었지만, 트럼펫 소리가 어두운 밤에 울려 퍼지는 우수에 젖은 인간의 목소리같이 들리게 하는 능력은 여전했다. 그로부터 6년 후 그는 암스테르담에 있는 호텔 창문에서 추락사했다.

보슈가 딸을 바라보았다.

"네가 이 CD 넣었니?"

매들린이 책에서 고개를 들었다.

"이거 쳇 베이커지? 응, 아빠가 맡은 사건하고 복도에 있는 시 때문에 들어보고 싶었어."

보슈는 일어서서 침실 복도로 가서 전등을 켰다. 시 한 편이 적힌 종이를 담은 액자가 벽에 걸려 있었다. 거의 20년 전쯤 보슈는 베니스비치에 있는 식당에서 그 시를 지은 존 하비라는 시인을 우연히 만났다. 하비가 거기서 시 낭송을 하고 있었다. 식당 안에 있던 손님들 중에 쳇 베이커를 아는 사람은 아무도 없는 것 같았다. 그러나 보슈는 알고 있었고 하비가 낭송하는 그 시가 마음에 들었다. 보슈가 일어서서 하비에게 그 시 복사본을 팔겠느냐고 물었다. 하비는 낭송하던 그 시를 적은 종이를 보슈에게 주었다.

보슈가 그 시를 마지막으로 읽고 나서 그 액자 앞을 천 번도 넘게 지나다닌 것 같았다.

첫 베이커가

호텔 방 창밖을 내다본다

암스텔 호텔 너머 운하 옆에서

자전거를 타는 소녀를 바라본다

소녀는 손을 흔든다

소녀가 미소 지을 때 그는 옛날로 돌아간다

모든 할리우드의 제작자들이 달려들어

그의 삶을 달콤쌉싸름한 이야기로 바꿔놓으려고 하던 때로

그가 끝없이 추락하고,

피어 안젤리, 캐럴 린리, 나탈리 우드와 사랑에 빠졌던 때로

쉰두 살의 어느 가을날

그는 스튜디오로 걸어 들어가

〈마이 퍼니 발렌타인〉의 아름다운 멜로디를 연주했었지

이제 그는 창문에서 고개를 들고

소녀의 미소 너머로 완벽한 파란 하늘을 올려다보다가 깨닫는다

오늘이 그가 진정으로 날 수 있는

드문 날들 중에 하루라는 것을.

보슈는 식탁으로 돌아가 앉았다.

"위키피디아에서 쳇 베이커를 찾아봤어." 매디가 말했다. "투신자살인지 사고로 인한 추락사인지 확실히 모른대. 마약상들이 밀어서 떨어진 거라고 주장하는 사람들도 있다던데."

보슈는 고개를 끄덕였다.

"그러게, 그렇게 영원히 미궁에 빠진 사건들이 종종 있어."

그는 다시 일을 시작했다. 그동안 축적된 보고서에 대한 재검토를 계속했다. 로버트 메이슨 순경을 조사하고 나서 자신이 작성한 참고인 진술조서를 읽어보니 뭔가 놓치고 있는 것 같은 기분이 들었다. 조서는 완벽했지만 메이슨과의 대화에서 뭔가를 간과했다는 느낌이 들었다. 분명히 거기 있는데 잡을 수가 없었다. 보슈는 두 눈을 감고 메이슨이 자기 질문에 대답하는 소리를 들으려고 애썼다.

보슈는 메이슨이 꼿꼿하게 앉아서 손짓을 해가며 자기와 조지 어빙이 친한 친구였다고 말하는 모습을 떠올렸다. 결혼식 때 들러리를 섰고, 신혼 첫날밤을 보낼 호텔 방도 예약해줬고…….

그 순간 보슈의 머릿속에 퍼뜩 드는 생각이 있었다. 신혼 첫날밤을 보낼 호텔 방을 예약해줬다고 말하면서 메이슨은 형사과장실 쪽을 엄지손가락으로 가리켰었다. 서쪽을 가리킨 것이다. 샤토마몽트 호텔도 서쪽에 있었다.

보슈는 일어나서 딸의 독서를 방해하지 않고 통화하기 위해 재빨리 베란다로 나갔다. 베란다 문을 닫고 나서 LA 경찰국 상황실로 전화를 걸었다. 그러고는 상담원에게 순찰근무 중인 6-아담-65에게 무전을 보내 보슈의 휴대전화로 연락 바란다고 말해달라고 요청했다. 긴급 사안이라고 했다.

상담원에게 휴대전화번호를 일러주고 있는데 통화대기음이 울렸다. 상담원이 보슈의 전화번호를 바르게 말하는 걸 듣고 나서 보슈는 대기 중인 전화를 받았다. 추 형사였다. 보슈는 굳이 인사말을 할 필요를 느끼지 못했다.

"그 식당에 가봤어?"

"네, 맥퀄런이 말한 그대로였습니다. 밤새워 거기 있었더라고요. 카메라 밑에 앉아 있을 필요가 있다는 걸 알았던 거죠. 그런데 그것 때문에 전화한 건 아니고, 제가 뭘 발견한 것 같습니다."

"뭘?"

"모든 것을 다시 살펴보다 보니까 말이 안 되는 게 있더라고요. 아들이 내려올 준비를 일찍 했던데요."

"무슨 소릴 하는 거야? 아들이라니?"

"조지 어빙의 아들이요. 샌프란시스코에서 집에 올 준비를 일찍 했더라고요. 아멕스 카드로 결제했고요. 오늘 밤에 다시 확인했습니다. 채드 어빙이라는 그 아들은 자기 아버지가 죽기도 전에 집에 올 비행기 표를 예약해놨더라고요."

"잠깐만 기다려봐."

보슈는 집 안으로 들어가서 식탁으로 갔다. 식탁 위에 펼쳐놓은 서류들을 뒤져서 아메리칸 익스프레스 카드 내역서를 찾아냈다. 지난 3년간 조지 어빙이 아멕스 카드로 결제한 내역을 출력한 종이였다. 총 22페이지였는데 불과 한 시간 전에 보슈가 면밀히 살펴봤지만 특이한 항목을 전혀 발견하지 못했었다.

"아멕스 카드 내역서는 나한테 있는데, 자넨 어떻게 본 거야?"

"인터넷으로요. 수색영장을 청구할 때 전 항상 출력본과 디지털 계정 접근정보를 함께 요구하거든요. 그런데 지금 제가 보고 있는 건 형사님이 갖고 있는 출력지에는 안 나왔을 겁니다. 이 비용은 어제 결제내역에 등록된 건데, 그땐 출력지가 이미 우편으로 우리에게 발송된 다음이었거든요."

"자넨 인터넷으로 실시간 등록 사항을 보고 있는 거네, 그러니까."

"맞습니다. 출력지에 나온 마지막 거래는 샤토마몽트 객실요금을 결제한 걸 거예요, 맞죠?"

"응, 여기 있어."

"네, 그런데 그다음으로 어제 아메리칸 항공이 309달러를 청구했더라고요."

"그랬군."

"그러니까 제가 되돌아가서 모든 것을 다시 보다가 아멕스 홈페이지에 들어가 다시 확인을 했어요. 디지털 계정 정보를 아직 갖고 있거든요. 그런데 어제 아메리칸 항공이 청구한 내역이 떴더라고요."

"그러니까 채드가 자기 아버지 카드를 썼단 말이야? 똑같은 카드를 받았겠지."

"아뇨, 저도 처음에는 그런 줄 알았는데 아니더라고요. 아멕스 보안담당자에게 전화해서 자세히 알아봤습니다. 아멕스가 그 결제 내역을 어빙의 기록에 등록하는 데 사흘이 걸렸더라고요. 조지 어빙이 인터넷으로 항공권을 예약한 것은 일요일 오후였습니다. 추락사하기 열두 시간쯤 전에요. 아멕스에서 항공권 예약번호를 받아서 아메리칸 항공 웹사이트에 들어가 봤더니, 샌프란시스코 국제공항과 LA 국제공항을 오가는 왕복 항공권이더라고요. 월요일 오후 4시 샌프란시스코 공항 출발. 오늘 2시 LA 공항 출발. 그런데 돌아가는 날짜는 일요일로 바뀌었더라고요."

훌륭한 성과였지만 보슈는 아직 추를 칭찬할 마음이 없었다.

"하지만 항공사가 온라인 구매에 관한 확인서를 이메일로 보내지 않나? 어빙의 이메일을 확인했잖아. 거기에 아메리칸 항공에서 온 메일은 없었는데."

"제가 아메리칸 항공을 이용하고 인터넷으로 항공권을 구매해봐서 잘 아는데요, 이메일 확인서는 이메일 확인서 수령 여부를 묻는 칸에 표시를 해야 받습니다. 그리고 확인서를 다른 사람에게 보낼 수도 있고요. 여행 당사자인 아들이 확인서와 여행 일정표를 받아볼 수 있도록 조지 어빙이 아들의 이메일을 적어놨을 수도 있는 거죠."

생각을 해봐야 했다. 이것은 이제까진 몰랐던 중요한 정보였다. 어빙은 죽기 전에 아들에게 LA행 항공권을 사주었다. 단순히 아들이 집에 다니러 올 수 있도록 배려한 것일 수도 있지만, 자살을 계획한 어빙이 자기가 죽은 후 아들이 집에 와서 가족과 함께 있을 수 있도록 배려한 것일 수도 있었다. 맥퀼런의 진술과 맞아떨어지는 또 하나의 퍼즐이었다. 그리고 로버트 메이슨의 주장과도 맞아떨어지는.

"이건 결국 어빙이 자살했다는 뜻인 것 같습니다." 추가 말했다. "그날 밤 투신할 계획을 세우고 아들에게 항공권을 사준 거죠. 자기가 죽은 후에 아들이 집에 와서 엄마와 함께 있게 하려고요. 또 아들과 통화한 것도 설명이 되네요. 항공권 이야기를 하려고 그날 저녁에 아들에게 전화한 거 아닐까요."

보슈는 대꾸하지 않았다. 그의 전화가 삐삐거리기 시작했다. 메이슨의 전화가 들어오고 있었다.

"저 잘했죠, 형사님?" 추가 말했다. "말씀드렸잖습니까, 실수는 꼭 만회하겠다고."

"수고했어, 그런데 그걸로 만회할 수 있는 건 아무것도 없어." 보슈가 말했다.

보슈는 딸이 책에서 고개를 들고 자기를 보고 있는 것을 알아차렸다. 그가 하는 말을 들은 것이 틀림없었다.

"형사님, 전 제 일을 사랑합니다." 추가 말했다. "그러니까 딴 데로……."

보슈가 그의 말을 잘랐다.

"전화 들어온다. 받아야 돼."

보슈는 추와의 통화를 끊고 대기 중인 다음 통화로 연결했다. 메이슨이 상황실의 무전을 받고 연락한 거였다.

"어빙 부부가 첫날밤을 보낼 수 있도록 자네가 예약해줬다던 호텔 방 있잖아. 샤토마몽트 호텔 스위트룸이었지?"

메이슨은 한참 동안 침묵하다가 말했다.

"데버러와 시의원이 그 얘긴 안 했나 보죠?"

"응, 안 했어. 그래서 자넨 어빙이 투신했다고 확신했던 거로군. 그 방이었어. 신혼 첫날밤에 묵었던 그 스위트룸."

"네, 맞습니다. 되는 일이 없고 너무 힘드니까 거기로 올라갔겠죠."

보슈는 고개를 끄덕였다. 메이슨에게가 아니라 자기 자신에게 고개를 끄덕여 보였다.

"그래, 메이슨, 전화해줘서 고마워."

보슈는 전화를 끊었다. 그러고는 전화기를 식탁에 내려놓고, 소파에 앉아 책을 읽고 있는 딸을 바라보았다. 매들린은 그의 눈길을 느꼈는지 스티븐 킹의 책에서 고개를 들고 그를 쳐다보았다.

"괜찮아, 아빠?" 매들린이 물었다.

"아니, 안 괜찮아." 보슈가 말했다.

30
진실의 무게

저녁 8시 30분, 보슈는 조지 어빙이 살았던 집 앞에 차를 세웠다. 집 안에 불이 켜져 있었지만 차고 문은 닫혀 있었고 진입로에도 차가 없었다. 몇 분 지켜보았지만 불 켜진 창문 안에서는 아무런 움직임도 보이지 않았다. 데버러 어빙과 그녀의 아들이 집 안에 있는지는 몰라도, 인기척은 전혀 없었다.

보슈는 전화기를 꺼내 약속했던 대로 딸에게 문자메시지를 보냈다. 딸을 혼자 집에 두고 나오면서 늦어도 두 시간 안에 돌아올 것이고 목적지에 도착했을 때와 떠날 때 문자로 보고하겠다고 약속했었다.

딸에게서 금방 답장이 왔다.

잘 있어. 숙제 끝냈고, 〈캐슬〉 다운받아 보고 있어.

보슈는 전화기를 주머니에 넣고 차에서 내렸다. 현관문을 두 번 두드리자 문이 열리고 데버러 어빙이 문 앞에 서 있었다.

"보슈 형사님?"

"너무 늦게 찾아와서 죄송합니다, 어빙 부인. 할 얘기가 있어서."

"내일 하시면 안 될까요?"

"미안하지만 그건 곤란한데요, 부인."

"그럼 들어오세요."

데버러 어빙은 문을 열고 보슈를 집 안으로 들여 거실 소파로 안내했다. 수사를 시작할 때 와서 앉았던 그 소파였다.

"오늘 장례식에서 뵀어요." 그녀가 말했다. "채드는 형사님과 이야기도 나눴다고 하던데."

"네. 채드 아직 있습니까?"

"주말까지 있을 거지만 지금은 집에 없어요. 옛 여자친구를 만나러 갔어요. 아시겠지만 그 아이에게 매우 힘든 시기예요, 지금이."

"네, 그렇겠죠."

"커피 드시겠어요? 집에 네스프레소가 있는데."

보슈는 그게 무슨 말인지 몰랐지만 어쨌든 고개를 저었다.

"괜찮습니다, 어빙 부인."

"데버러라고 불러주세요."

"그러죠, 데버러."

"곧 용의자를 체포한다는 소식을 전하려고 오신 거예요?"

"어, 아뇨, 아닙니다. 용의자를 체포하는 일은 없을 거라는 말을 하러 왔습니다."

그녀가 놀란 표정을 지었다.

"아버님은…… 어, 어빙 의원은 용의자가 있다고 하시던데요. 조지와 경쟁하던 회사의 직원이라고."

"아뇨, 내가 길을 잘못 들어서 헛다리를 짚은 거였어요."

보슈는 데버러 어빙의 반응을 살폈다. 순간적으로 지나가는 표정 변화 같은 것은 없었다. 진짜로 놀란 것 같았다.

"사실 당신 때문에 길을 잘못 든 거였죠." 그가 말했다. "당신과 시의원과 심지어 채드까지 내게 말을 아껴요. 그래서 필요한 정보를 얻지 못했고, 그러다 보니 있지도 않은 살인범을 잡겠다고 돌아다니게 된 거 아닙니까."

이젠 데버러 어빙이 언짢은 기색을 내비치기 시작했다.

"무슨 말씀이세요? 아버님 말씀으로는 폭행을 당한 증거가 있다고 하던데요. 범인이 조지의 목을 졸랐다고요. 경찰이 범인일 가능성이 크다고도 하셨고요. 살인을 저지른 경찰관을 덮어주려고 이러시는 거예요?"

"그렇지 않아요, 데버러. 그렇지 않다는 것 당신도 잘 알잖아요. 그날 내가 여기 왔을 때 시의원이 당신에게 무슨 말을 할지 지시했잖습니까. 무슨 말은 하고 무슨 말은 빼라고."

"무슨 말씀을 하시는 건지 정말 모르겠네요."

"남편이 투숙한 그 객실이 당신들 부부가 신혼 첫날밤을 보낸 방이더군요. 아들이 월요일에 집에 오도록 이미 일정도 짜여 있었고. 심지어 그날 밤 남편이 집을 나가기도 전에 짜여 있었잖아요. 안 그렇습니까?"

보슈는 자기가 한 말을 데버러 어빙이 곱씹어볼 시간을 충분히 주었다. 그래서 자기가 무엇을 갖고 있고 무엇을 알고 있는지 그녀가 깨닫게 했다.

"부부가 아들에게 할 말이 있었기 때문에 채드를 집으로 불렀잖아요, 그렇죠?"

"말도 안 돼요!"

"그런가요? 그럼 채드부터 만나서 물어봐야겠군요. 일요일 오후에 항공권을 받았을 때 무슨 이야기를 들었는지."

"채드는 건드리지 말아요. 지금 얼마나 힘들어하고 있는데."

"그럼 당신이 말해봐요, 데버러. 왜 자꾸 숨기려고 하죠? 돈 문제는 아닌 것 같은데. 보험증서를 확인해봤더니 전부 만기가 됐고 자살 관련 단서조항도 없던데. 남편의 죽음이 자살이든 아니든 당신이 보험금을 받는 거더군요."

"남편은 자살하지 않았어요! 아버님한테 전화해야겠네요. 형사님이 하시는 말씀을 전해야겠어요."

그녀가 일어서기 시작했다.

"조지에게 이혼하자고 했습니까? 그래요? 그래서 조지가 결혼기념일을 객실 금고의 비밀번호로 설정한 건가요? 그래서 뛰어내렸고요? 아들이 이미 떠났는데 이젠 아내도 떠나려고 하고. 절친한 친구 바비 메이슨도 이미 잃었고. 이제 남은 건 아버지의 수금원 노릇을 하는 일밖에 없으니."

데버러 어빙은 여자들이 애용하는 최후의 수단을 사용하기 시작했다. 그녀가 울기 시작했다.

"나쁜 놈! 좋은 사람의 이름을 더럽히려 하다니. 그게 당신이 원하는 거야? 그래야 직성이 풀리겠어?"

보슈는 한참 동안 잠자코 있었다.

"아뇨, 어빙 부인, 그렇지 않아요."

"지금 당장 이 집에서 나가요. 오늘 남편을 묻고 왔는데……. 어서 내 집에서 나가요!"

보슈는 고개를 끄덕였지만 일어서려고도 하지 않았다.

"당신 이야기를 들어야 나가죠."

"무슨 이야기를 하라는 거예요! 할 이야기 없어요!"

"그럼 채드에게 들어야겠군요. 채드를 기다려야겠구먼."

"이봐요, 형사님, 채드는 아무것도 몰라요. 이제 겨우 열아홉 살이에요. 아직 애라고요. 채드에게 이런 이야기를 하면 그 아이의 인생을 망치는 거예요."

보슈는 데버러 어빙이 아들 보호에 열을 올리고 있다는 것을, 아버지가 자살했다는 사실을 아들이 모르게 하려고 애쓰고 있다는 것을 깨달았다.

"그럼 당신이 말해줘요. 마지막 기회입니다, 어빙 부인."

데버러 어빙은 의자의 팔걸이를 꽉 붙잡고 고개를 숙였다.

"조지에게 우리 이제 그만 끝내자고 말했어요."

"그랬더니 어떻게 받아들이던가요?"

"충격을 받더라고요. 파경이 다가오는 걸 보지 못했나 보더라고요. 그건 다 자기가 어떤 사람이 되었는지 깨닫지 못했기 때문이에요. 자기가 기회주의자에 예스맨에 형사님이 말했듯이 아버님의 수금원이 된 것을 모르고 있었죠. 채드가 이미 집을 떠났으니 나도 떠나기로 결심했어요. 집에는 조지 말고 아무도 없었으니까요. 더 머물 이유가 없었죠. 나는 다른 뭔가를 원해서 집을 나가려고 했던 게 아니에요. 남편으로부터 도망치려고 했던 거죠."

보슈는 몸을 숙이고 두 무릎에 팔꿈치를 괴고 데버러 어빙을 바라보고 있었고, 그런 모습이 더욱 친숙한 분위기를 만들었다.

"언제 그런 대화를 나눴죠?" 보슈가 물었다.

"일주일 전에요. 일주일간 조지가 계속 설득했지만 난 마음을 바꾸지 않았어요. 조지에게 말했어요, 채드를 부르라고. 안 그러면 내가 가서 얘기하겠다고. 그래서 일요일에 조지가 항공권을 예약한 거예요."

보슈는 고개를 끄덕였다. 세부사항이 모두 딱딱 맞아떨어지고 있었다.

"시의원은요? 의원님도 알고 계신가요?"

"모르시는 것 같아요. 나는 말하지 않았고요. 그 후에도 그 이야기는 한 번도 나오지 않았어요. 그날 아버님이 여기 오셔서 조지가 죽었다고 말씀하셨을 때도 그런 얘긴 안 하셨고, 오늘 장례식에서도 안 하셨어요."

보슈는 이 사실이 큰 의미는 없다고 생각했다. 어빈 어빙은 아들 부부의 불화를 알고도 내색하지 않으면서 수사가 어느 방향으로 가는지 지켜보고 있었을 것이다. 어빈 어빙이 무엇을 알았는가, 언제 알았는가 하는 것은 중요하지 않았다.

　"일요일 저녁에 조지가 집을 나가면서 뭐라고 하고 나갔습니까?"

　"전에도 말씀드렸듯이 드라이브하러 간다고 하고 나갔어요. 그 말뿐이었어요. 어디로 가는지도 말하지 않았고요."

　"조지가 죽기 전 일주일간 부인을 설득할 때 자살하겠다고 협박한 적이 있습니까?"

　"아뇨, 없어요."

　"확실합니까?"

　"물론 확실하죠. 내가 왜 형사님께 거짓말을 하겠어요."

　"며칠 밤에 걸쳐 이혼 얘기를 했다고 하셨는데, 조지는 부인의 결심을 받아들이지 못했나요?"

　"네. 보내주지 않겠다고 하더라고요. 그래서 내가 그랬죠, 당신이 선택할 수 있는 문제가 아니라고. 떠날 거라고, 다 준비가 됐다고요. 성급한 결정이 아니었거든요. 우린 꽤 오랫동안 사랑 없는 결혼생활을 해왔어요. 채드가 샌프란시스코 대학교에서 입학허가서를 받은 날부터 난 떠날 궁리를 시작했어요."

　"어디 갈 곳은 있었나요?"

　"집, 차, 직장, 다 있었어요."

　"어디에?"

　"샌프란시스코요. 채드 옆에."

　"이런 이야기를 왜 처음부터 하지 않았죠? 숨긴 이유가 뭡니까?"

　"아들 때문에요. 아버지가 죽었는데 어떻게 죽었는지 아직 확실하지 않잖아요. 그런 상황인데 부모가 이혼하려고 했었다는 것까지 그 아이가 알 필요가 있을까요. 그런 괴로움까지 보태고 싶지 않았어요."

보슈는 고개를 가로저었다. 데버러 어빙은 자신의 기만적인 태도 때문에 맥퀄런이 살인 누명을 쓸 뻔했다는 사실에는 신경도 쓰지 않는 것 같았다.

그때 집 안 어딘가에서 무슨 소리가 들렸고 데버러가 긴장했다.

"뒷문이에요. 채드가 왔어요. 이 얘긴 그 아이한테 하지 마세요. 부탁드려요."

"어차피 알게 될 텐데요. 만나봐야 하니까. 조지가 비행기 타고 집에 오라고 얘기하면서 무슨 말이라도 했을 거고요."

"아뇨, 안 했어요. 통화할 때 제가 옆에 있었어요. 조지는 채드한테 집에 급한 사정이 생겨서 그러니까 며칠간 집에 왔다 가라고만 했어요. 건강은 다들 좋으니까 걱정 말라고 안심시키고, 그냥 집에 오라고만 했어요. 이 이야기는 채드한테 하지 마세요. 제가 할게요."

"엄마?"

집 안 어딘가에서 채드가 불렀다.

"거실에 있어, 채드." 그의 어머니가 큰 소리로 대답했다.

그러고 나서 그녀는 애원하는 눈으로 보슈를 쳐다보았다.

"제발요." 그녀가 속삭였다.

채드 어빙이 거실로 들어왔다. 골프셔츠에 청바지를 입고 있었다. 머리가 헝클어져 있어서 장례식에서 보았던 깔끔하게 빗질한 모습과는 완전 딴판이었다.

"채드, 안녕?" 보슈가 인사했다.

청년이 목례를 했다.

"안녕하세요. 여긴 어쩐 일이세요? 아버지를 살해한 용의자를 체포하셨어요?"

"아냐, 채드." 그의 어머니가 재빨리 끼어들었다. "보슈 형사님은 네 아버지에 대해 더 물어볼 게 있어서 오신 거야. 사업과 관련해서 몇 가지 물어보셔서 엄마가 대답해드렸어. 그게 다야. 그리고 이제 막 가시려던 참이고."

지금처럼 다른 사람이 대신 말하고 게다가 거짓말을 하고 심지어 자기를 문밖으로 내쫓는 걸 보슈가 가만히 두고 보는 경우는 매우 드물었다. 그러나 보슈는 데버러의 연극에 잘 따라주었다. 심지어 자리에서 일어서기까지 했다.

"그래, 필요한 건 얼추 다 얻은 것 같군. 자네와도 얘기를 좀 더 하고 싶은데, 내일 하도록 하지. 내일도 집에 있을 거지, 채드?"

보슈는 계속 데버러를 쳐다보면서 말했다. 메시지는 분명했다. 채드에게 자기가 얘기하고 싶으면 오늘 밤에 하라는 것이다. 내일 아침에는 보슈가 다시 올 테니까.

"네, 일요일까지 있을 겁니다."

보슈는 고개를 끄덕였다. 그러고는 소파가 있는 공간에서 물러나왔다.

"어빙 부인, 제 전화번호 갖고 계시죠. 무슨 일이 있으면 연락 주세요. 나가는 길은 아니까 나오실 필요 없습니다."

보슈는 거실을 나가 현관문을 열고 집을 나왔다. 진입로를 걸어 나와 잔디밭을 대각선으로 가로질러 자기 차로 향했다.

걷고 있는데 문자메시지가 들어왔다. 물론 딸한테서 온 거였다. 그에게 문자를 보내는 사람은 딸밖에 없었다.

침대에 누워서 책 읽다가 자려고. 잘 자, 아빠.

보슈는 자기 차 옆에 서서 바로 답장을 보냈다.

집에 가는 중. ……O?

금방 답장이 왔다.

오션(Ocean).

이건 보슈 부녀가 하는 놀이로, 좀 더 고차원적인 목표를 가지고 하는 놀이였다. 보슈는 딸에게 LA 경찰국의 음성문자를 가르쳐준 후 문자를 주고받을 때 종종 테스트를 했다. 함께 차를 타고 가다가도 보슈가 자동차 번호판을 가리키면 매들린이 무선통신 영문 통화법에 따라 번호를 바꿔 불렀다.

보슈가 답장을 보냈다.

TMG.

역시 내 딸(That's my girl).

보슈는 차에 탄 후 창문을 내리고 어빙의 집을 올려다보았다. 이제 1층은 전부 불이 꺼져 있었다. 그러나 그 가족은, 아니 남은 가족들은 아직도 2층에서 깨어 있으면서 조지 어빙이 남기고 간 잔해를 치우고 있을 것이다.

보슈는 시동을 켜고 출발해서 벤추라 대로를 향해 달려갔다. 운전을 하면서 휴대전화로 추에게 전화를 걸었다. 계기판의 시계를 보니 9시 38분이었다. 시간이 많이 있었다. 〈타임스〉 조간판의 마감시각은 밤 11시였다.

"보슈 형사님? 어쩐 일이십니까?"

"추, 〈타임스〉의 여자친구한테 전화해서……."

"여자친구 아니라니까요. 제가 실수한 건 맞지만 자꾸 이렇게 칼을 꽂고 돌려대시면 저도 열 받죠."

"열 받는 건 나지, 자네 때문에. 그런데 이건 좀 해줘. 그 여자한테 전화해서 기삿거리를 주라고. 이름은 대지 말라고 해. 그냥 '소식통에 따르면'이라고 쓰라고 해. LA 경찰국은……."

"에밀리가 저를 믿겠습니까, 형사님. 똥물을 끼얹어주겠다고 협박해서 기사를 막았는데. 이젠 저랑 말도 안 섞으려고 할걸요."

"아냐, 섞으려고 할 거야. 기사를 원한다면. 먼저 미안하다, 용서를 구하는 의미로 기삿거리를 주겠다고 써서 이메일을 보내. 그러고 나서 전화를 걸어. 구체적인 이름은 대지 마. 그냥 소식통. LA 경찰국은 내일 조지 어빙 사건을 종결했다고 발표할 거다, 그의 죽음은 자살로 결론이 났다, 이렇게 말하는 거지. 그리고 일주일에 걸쳐 수사한 결과 어빙의 결혼생활에 문제가 있었고 일과 관련해서도 스트레스가 심했다는 결론을 내렸다는 말도 꼭 하고. 알겠어? 꼭 그렇게 기사가 나와야 돼."

"그럼 형사님이 직접 연락하시지 그러세요?"

보슈는 벤추라로 접어들어 카후엥가 고갯길을 향해 달렸다.

"내 여자친구가 아니라 자네 여자친구니까. 자, 이제 전화를 하거나 문자를 보내거나 이메일을 보내서 내가 말한 대로 해."

"더 많은 걸 원할걸요. 이건 너무 일반적이잖아요. 에밀리의 표현을 빌자면 '쌈박한 디테일'을 원할 거라고요."

보슈는 잠깐 생각했다.

"어빙이 투신한 객실이 20년 전 그가 신혼 첫날밤에 묵었던 스위트룸이었다고 해."

"우와, 그거 좋네요. 좋아할 겁니다. 또 다른 건요?"

"다른 건 없어. 그것만으로도 충분하잖아."

"그런데 왜 지금이죠? 내일 아침에 전화하면 왜 안 되죠?"

"이 기사가 내일 조간신문에 나오면 막기 어려울 테니까. 내가 원하는 게 그거야. 이 기사를 꼭 내는 것. 정치적인 압력에 영향 안 받고. 이건 시의원이 만족할 결론이 아니야. 그럼 결국 국장도 만족하지 못할 거고."

"하지만 진실이고요?"

"하지만 진실이지. 진실을 알리자는 거지. 고고한테 말해. 이거 제대로 내주면 좋아할 만한 후속 기사도 내게 해주겠다고."

"어떤 후속 기사요?"

"그건 나중에 말해줄게. 우선 이 일부터 하라고. 마감 맞춰야 되니까."

"앞으로도 계속 이러실 겁니까, 형사님? 저한테 할 일과 기한만 딱 말해주고 끝내실 거냐고요. 저는 발언권이 없고요?"

"발언권이 있을 거야, 추. 다음 파트너하고 일할 때."

보슈는 전화를 끊었다. 집으로 달려가면서 자신이 추진하는 일에 대해 생각했다. 신문사와, 어빙과, 추와 관련한 일들에 대해.

그는 위험한 조치들을 취하고 있었다. 자신이 수사와 관련해서 길을 잘못 들어 너무나 헤매고 다녔기 때문에 이러는 게 아닌가 하는 생각이 들었다. 자기 자신을 벌하고 있는 건 아닌가, 혹은 길을 잘못 들게 한 사람들을 벌하고 있는 건 아닌가 하는 생각도 들었다.

집을 향해 우드로윌슨 거리를 올라가기 시작했을 때 전화벨이 울렸다. 추가 기자와 통화했고 내일 자 〈타임스〉 조간에 기사가 실릴 거라고 보고하려고 전화했을 거라고 생각했는데, 받아보니 추가 아니었다.

"해나, 나 지금 일하는 중인데."

"아, 통화나 할까 했는데."

"혼자 있고 몇 분 시간은 있는데, 말했듯이 일하는 중이야."

"범죄현장이에요?"

"아니, 참고인 조사. 무슨 일 있어, 해나?"

"음, 두 가지요. 클레이턴 펠과 관련해서 뭐 새로운 소식이라도 있어요? 클레이턴이 볼 때마다 어떻게 됐느냐고 물어서요. 뭐라도 얘기해줄 게 있으면 좋겠는데."

"현재로서는 별것 없는데. 다른 사건에 매달리고 있어서 잠시 미뤄둔 상태야. 하지만 그 사건이 곧 종결될 거니까 펠 사건으로 바로 돌아갈 거야. 클레이턴에게 그렇게 말해줘. 칠턴 하디를 찾아낼 테니까 걱정하지 말라고."

"알았어요, 해리."

"또 한 가지는?"

보슈는 무슨 얘긴지 알았지만 그녀가 전화했으니 그녀가 말하게 할 작정이었다.

"우리 얘기예요, 해리. 내가 아들 얘기해서 일을 그르친 거 알아요. 미안하게 생각하고 있고 그것 때문에 우리 관계가 완전히 끝난 게 아니기를 바라고 있어요. 당신을 많이 좋아해요, 해리. 다시 만나면 좋겠고요."

보슈는 자기 집 앞에 차를 세웠다. 딸이 현관 등을 켜둔 것이 보였다. 그는 차 안에 그대로 앉아 있었다.

"해나…… 사실 난 계속 일만 했어. 사건 두 개를 맡아서 동시에 수사하느라고 정신이 없었고. 이번 주말 동안, 아니 다음 주 초까지 각자의 감정을 정리해보는 게 어떨까? 그런 다음에 내가 전화할게. 아니, 원한다면 당신이 해도 되고."

"좋아요, 해리. 다음 주에 얘기해요."

"그래, 해나. 잘 자고 주말 즐겁게 보내."

보슈는 차 문을 열고 기어 나오다시피 했다. 너무 피곤했다. 진실을 안다는 것이 너무 큰 짐이었다. 지금 그가 원하는 것은 아무도 쫓아올 수 없는 검은 꿈속으로 빠져드는 것뿐이었다.

31

어디에나 적은 있다

보슈는 금요일 아침에 늦게 출근했다. 딸의 등교 준비가 늦어졌기 때문이었다. 미제사건 전담반 사무실로 들어가 자기 자리로 향하면서 보니까 동료들은 다들 와서 자기 자리에 앉아 있었다. 다들 안 보는 척하면서 그를 슬쩍슬쩍 훔쳐보았고, 그것은 그가 데이비드 추를 시켜 에밀리 고메스-곤즈마트에게 제보한 기사가 그날 아침 〈타임스〉에 실렸다는 뜻이었다. 보슈는 자기 칸막이 자리로 들어가면서 늘 그러듯이 반장실을 흘끗 쳐다보았다. 문이 닫혀 있었고 블라인드가 내려져 있었다. 경위도 지각이거나 아니면 숨어 있는 것이다.

〈타임스〉한 부가 보슈의 책상 위에서 그를 기다리고 있었다. 파트너의 배려였다.

"보셨어요?" 추가 자기 자리에서 물었다.

"아니, 나 〈타임스〉 구독 안 하잖아."

보슈는 서류가방을 의자 옆에 내려놓고 자리에 앉았다. 기사를 찾으려고 신문을 뒤적일 필요가 없었다. 그 기사는 1면 좌측 하단에 실려 있었다. 기사 제목만 봐도 충분했다.

LA 경찰국, 시의원 아들의 죽음을 자살로 결론지어

기사를 작성한 기자 이름을 쓰는 칸에 에밀리 고메스-곤즈마트와 함께 테드 헤밍스라는 다른 기자의 이름도 적혀 있었다. 보슈가 들어본 적 없는 이름이었다. 기사를 읽으려고 하는데 책상에 놓인 일반전화의 전화벨이 울렸다. 미제사건 전담반 총무 팀 마샤였다.

"해리, 당신하고 추, 국장님 호출이야. 당장 올라오래. 경위는 벌써 올라가 있어. 다들 당신들을 기다리고 있어."

"커피 한 잔 마시려고 했는데 그냥 올라가는 게 좋겠다, 그렇지?"

"그래, 그게 좋겠어. 행운을 빌어. 시의원도 와 있는 걸로 알고 있어."

"경고 고마워."

보슈가 일어서서 추를 돌아보았다. 추는 통화 중이었다. 보슈는 국장실로 올라가야 한다는 뜻으로 천장을 가리켰다. 추는 전화를 끊고 일어서서 의자 등받이에 걸쳐놓은 스포츠코트를 벗겼다.

"국장실이요?" 추가 물었다.

"응. 다들 우릴 기다리고 있대."

"가서 어떻게 하죠?"

"자넨 최대한 말을 아껴. 질문에 대한 대답은 내가 할게. 내가 하는 말에 동의하지 않더라도 그런 내색을 하거나 말을 하지는 말아줘. 그냥 동의하는 걸로 하고 넘어가자고."

"좋으실 대로."

보슈는 파트너의 빈정거리는 어조가 귀에 거슬렸다.

"그래, 나 좋을 대로 하는 거야."

더 이상의 논의가 필요 없었다. 그들은 아무 말 없이 엘리베이터를 타고 올라갔고, 국장실로 들어가자 경찰국장이 기다리고 있는 회의실로 즉시 안내되었다. 경찰국장은 말할 것도 없고 고위간부를 이렇게나 빨리 만날 수 있다니 놀라울 지경이었다.

경찰국장의 회의실은 마치 법률회사 회의실 같은 모습이었다. 반짝반짝 윤이 나는 기다란 테이블이 놓여 있고 전면 유리창 너머로 도심의 풍경이 펼쳐지고 있었다. 테이블 상석에 경찰국장이 앉아 있었고 그 오른쪽에는 키즈 라이더가 앉아 있었다. 그 반대편으로 상석과 가까운 세 자리에는 어빈 어빙 의원과 보좌관 두 명이 앉아 있었다.

그들 맞은편에는 듀발 경위가 전면 유리창을 등지고 앉아 있었고 보슈와 추를 보더니 자기 옆으로 와서 앉으라고 손짓했다. 보슈는 한 사람의 자살 사건을 논의하기 위해 여덟 명이나 모여 있다는 사실이 놀라웠다. 하지만 20년 전에 죽은 릴리 프라이스나 그 세월 동안 거리를 활보하고 있는 칠턴 하디에 대해서는 조금이라도 관심 있는 사람이 이 건물 안에 한 명도 없을 것 같았다.

경찰국장이 먼저 입을 열었다.

"자, 다들 모였군요. 여러분 모두 오늘 자 〈타임스〉 기사를 오프라인으로든 온라인으로든 읽었을 거라고 생각합니다. 이 사건 수사 결과가 언론에 먼저 공개된 것에 대해 다들 적잖이 놀랐을 거라고 생각하고……."

"놀란 정도가 아니지." 어빙이 끼어들었다. "빌어먹을 〈LA 타임스〉가 어떻게 나보다도 먼저, 유가족보다도 먼저 이 정보를 입수할 수 있었는지 몹시 궁금하군."

어빙은 자기가 얼마나 분노하고 있는지를 강조하기 위해 한 손가락으로 테이블을 꾹꾹 찔러가며 말했다. 다행히도 보슈는 회전의자에 앉아 있었다. 덕분에 그는 맞은편에 앉은 사람들을 바라보다가 조용히 의자를 돌려 상석에 앉은 국장을 바라볼 수 있었다. 보슈는 아무 대꾸도 하지 않고 이 방의 권력자가 발언 기회를 주기를 기다리고 있었다. 이 방의 권력자는 어빈 어빙이 아니었다. 그가 뭉툭한 손가락으로 아무리 테이블을 찔러대도 이 방의 권력자는 아니었다.

"보슈 형사, 이 일에 관해 자네가 아는 바를 말해보게." 마침내 국장이 보슈에게 발언권을 주었다.

보슈는 고개를 끄덕이고 의자를 다시 원래대로 돌려 어빙을 똑바로 쳐다보았다.

"우선 저는 신문기사에 대해 아무것도 모른다는 말씀부터 드립니다. 그 기사는 분명 제 입에서 나오지 않았지만, 별로 놀랍지도 않습니다. 수사 초기부터 정보가 물 새듯이 줄줄 새고 있었으니까요. 그 정보가 국장실에서 나왔는지, 아니면 시의회 보좌관들에게서 나왔는지, 그것도 아니라면 강력계에서 나왔는지는 중요하지 않습니다. 이미 기사는 나왔고 게다가 정확합니다. 그리고 시의원님이 하신 말씀 중 하나는 정정하고 넘어가고 싶은데요. 고인의 직계가족한테는 이미 최종 수사 결과를 통보했습니다. 사실 조지 어빙의 죽음을 자살이라고 결론짓는 데 있어 대단히 중요한 정보를 제공한 사람이 다름 아닌 미망인이었고요."

"데버러가?" 어빙이 되물었다. "데버러는 아무 말도 안 했잖나."

"맞습니다, 첫날은 아무 말도 안 했죠. 하지만 후속 조사 때는 결혼생활에 대해서, 남편의 삶과 일에 대해서 솔직하게 이야기해주더군요."

어빙은 테이블에 놓인 주먹 쥔 손을 자기 앞으로 끌어오며 의자에 등을 기댔다.

"바로 어제 여기 있는 경찰국장한테서 설명을 들었네. 내 아들의 죽음을 타살로 판단하고 수사하고 있고, 아들이 추락해서 치명적인 부상을 입기 전에 폭행을 당한 증거가 있으며, 범인은 전직 혹은 현직에 있는 경찰관일 가능성이 높다고 말이야. 그런데 오늘 아침 신문에는 전혀 다른 기사가 실렸더군. 자살이라고. 이게 뭔지 알겠나? 보복이지. 은폐고. 나는 자네의 알량한 수사에 대해서 시의회가 독자적으로 조사해줄 것을 청원하겠네. 그리고 다음 달 선거 후엔 누가 될지 모르겠지만 지방검사에게도 이 사건과 수사에 관해 재수사해달라고 요청할 생각이고.”

“어빈, 이 사건을 보슈 형사에게 맡기라고 요청한 사람은 바로 자네였네.” 경찰국장이 말했다. “결과가 어떻게 나오든 소신대로 수사하라고 해놓고 막상 나온 결과가 마음에 안 드니까 수사가 제대로 됐는지 조사하겠다고?”

국장은 경찰국 내 근무 경력이 어빙 의원만큼 오래되다 보니까 시의원을 이름으로 불렀다. 이 방에서 감히 시의원의 이름을 부를 사람은 국장밖에 없었다.

“내가 보슈 형사를 선택한 것은 올곧은 사람이라 주위 사람들의 입김에 휘둘려서 진실에서 멀어지는 일은 없을 거라고 생각했기 때문이네. 그런데 내가 사람을 잘못 본…….”

“해리 보슈 형사님은 이제까지 제가 만났던 그 어떤 사람보다도 올곧고 진실한 사람입니다. 이 방에 있는 어느 누구보다도요.”

추 형사였다. 방 안에 있는 사람들 모두가 갑작스러운 그의 말에 깜짝 놀라서 그를 돌아보았다. 심지어 보슈도 깜짝 놀랐다.

“우리가 지금 인신공격을 하고 있는 게 아니잖나.” 국장이 말했다. “먼저 우린…….”

“수사를 수사하는 일이 벌어진다면 결국에는 의원님의 기소로 이어질 겁니다.” 보슈가 감히 국장의 말을 끊고 폭탄을 터뜨렸다.

그 말에 모두가 경악했다. 그러나 어빙은 금방 회복했다.

“어디서 감히!” 어빙이 분노로 이글거리는 눈으로 보슈를 노려보며 말했다. “다른 사람들 앞에서 나에 대해 그런 말을 하다니. 자네가 이번 일로 경찰 배지를 반납하게 만들겠네! 난 50년 가까이 이 도시를 위해 봉사

해왔어. 그동안 부적절한 말이나 행동으로 비난받은 적이 한 번도 없었고. 이제 한 달 있으면 시의원 선거가 있고 내가 4선에 성공하게 될 텐데, 자넨 내가 자기들을 대표해주기를 바라는 시민들의 의지를 꺾을 수 없을 걸세."

회의실 안에 정적이 감돌았다. 어빙의 보좌관 하나가 가죽 서류철을 펼치자 안에 리걸패드가 있는 것이 보였다. 보좌관이 거기에 뭔가를 적었고, 보슈는 '보슈의 경찰 배지를 빼앗아라'라고 적는 것일지 모른다고 상상했다.

"보슈 형사님, 형사님 입장을 설명해보시죠?" 라이더가 말했다.

라이더는 어빙의 명성을 수호하는 무리에 가담한 듯 충격을 받은 목소리로, 심지어 분노가 느껴지는 목소리로 말했다. 그러나 보슈가 하고 싶은 말을 할 수 있도록 기회를 주는 것임을 보슈는 알고 있었다.

"조지 어빙은 로비스트를 자칭했지만 사실은 해결사이자 수금원에 불과했습니다. 영향력을 팔았죠. 경찰국과 시 법무관실에 근무하면서 확보한 연줄을 이용했지만 가장 중요한 연줄은 시의원인 아버지와의 연줄이었습니다. 뭘 원한다? 조지 어빙이 자기 아버지한테 말해서 얻어줄 수 있었습니다. 콘크리트 공급 계약이나 택시 독점사업권을 원한다? 조지를 찾아가면 되죠. 그걸 따다 줄 사람은 조지니까."

보슈는 택시 독점사업권을 언급하면서 어빙을 똑바로 쳐다보았다. 어빙의 한쪽 눈썹이 미세하게 떨리는 것을 보고 그것을 단서로 받아들였다. 이 늙은이는 보슈가 말하는 모든 내용을 이미 알고 있는 거였다.

"정말 기가 막히는군!" 어빙이 포효했다. "입 닥치지 못하겠나! 오랜 원한 때문에 내가 평생에 걸쳐 쌓아올린 명성에 먹칠을 하다니."

보슈는 잠자코 기다렸다. 지금은 경찰국장이 편을 정해야 하는 순간이었다. 보슈나 어빙 중 한쪽을 선택해야 했다.

"나는 보슈 형사의 말을 들어봐야 한다고 생각하는데." 경찰국장이 말했다.

국장도 어빙을 무섭게 노려보았다. 보슈는 국장이 큰 도박을 하고 있다고 생각했다. 국장은 시 정부의 권력자와 각을 세우고 보슈 편을 들고 있었다. 이 모두가 키즈 라이더 덕분이라는 것을 보슈는 알고 있었다.

"말해보게, 형사." 국장이 말했다.

보슈는 윗몸을 약간 숙이고 고개를 돌려 국장을 똑바로 쳐다보았다.

"두 달 전 조지 어빙은 제일 친한 친구와 절교했습니다. 경찰학교 시절부터 알았던 친구였죠. 두 사람이 절교하게 된 것은 조지와 그의 아버지가 그 경찰관을 이용했다는 것을 그가 알게 됐기 때문이었습니다. 수익성이 좋은 택시 독점사업권을 조지의 고객이 따내도록 하기 위해 자기를 이용했다는 것을 알게 된 거죠. 기존 독점사업자의 운전사들을 대상으로 음주운전 단속을 실시하라고 시의원이 직접 그 경관에게 요청했거든요. 단속으로 체포되는 운전사들이 많으면 독점사업권을 유지하려고 아무리 애를 써도 유지하기 힘들어질 것을 알았던 거죠."

어빙은 테이블 위로 윗몸을 숙이고 보슈를 손가락질했다.

"그 부분은 자네가 완전히 잘못 알고 있는 거야." 어빙이 말했다. "지금 누구 얘기를 하는 건지 아는데 그건 내 사무실로 들어온 민원을 처리하기 위해서 요청한 거였네. 사교 모임에서 전해 들은 민원이었지. 실은 내 손자의 졸업 축하파티에서."

보슈는 고개를 끄덕였다.

"네, 맞습니다, 아드님이 리젠트 택시와 10만 달러의 컨설팅 계약을 맺고 나서 2주 뒤에 열린 파티이기도 했죠. 차후로 리젠트 택시는 의원님이 불만을 표한 그 회사가 현재 갖고 있는 택시 독점사업권을 따내기 위해 경합에 나서겠다고 발표할 예정이었고요. 저는 지금 그냥 추측만 하는 정도지만 대배심은 그 두 가지 일이 우연히 일어났다고는 믿기 힘들어할 거 같은데요. 그리고 의원님은 그 민원을 제기한 시민의 이름을 댈 수 있으시겠죠? 그 민원인을 조사해보면 진실이 밝혀지지 않겠습니까."

보슈는 리걸패드를 든 보좌관을 날카롭게 쳐다보았다.

"내 말도 메모하지 그래요."

보슈는 다시 테이블 상석에 앉은 국장을 돌아보았다.

"문제의 그 경찰관은 자신이 어빙 부자에게 이용당하고 있었다는 사실을 알고 조지 어빙에게 따졌습니다. 그러고는 절교했죠. 불과 한 달 사이에 조지 어빙은 인생에서 가장 소중한 사람들 세 명을 잃었습니다. 친구는 그가 범죄자는 아닐지 몰라도 친구를 이용해먹은 나쁜 놈이라고 비난했죠. 외동아들은 대학 진학과 동시에 새로운 인생을 찾아 둥지를 떠났고요. 지난주엔 20년을 함께 산 아내가 이혼을 선언했습니다. 아들이 자립할 때까지진 참고 살았지만 이젠 다 끝났다고 갈라서자고 했죠."

어빈 어빙은 뺨을 얻어맞은 것 같은 반응을 보였다. 아들 부부의 파경 소식은 모르고 있었던 게 분명했다.

"조지는 데버러의 마음을 되돌리려고 일주일 동안 애썼습니다." 보슈가 말을 이었다. "하지만 허사였죠. 일요일, 그가 사망하기 열두 시간 전, 그는 그다음 날 아들이 집에 올 수 있도록 항공권을 구매했습니다. 아들에게 부모의 이혼 결정을 알려줄 계획이었던 거죠. 하지만 그날 밤 조지는 아무런 짐도 없이 샤토마몽트에 투숙했습니다. 79호실이 비어 있는 걸 알고는 그 방을 달라고 했죠. 데버러와 신혼 첫날밤을 보낸 곳이 바로 거기거든요.

조지는 다섯 시간 정도 그 방에 머물렀습니다. 우리가 알아낸 정보에 따르면 조지는 거기서 술을 퍼마시고 있었습니다. 350mL짜리 위스키 한 병을 다 비웠죠. 그러다가 마크 맥퀄런이라는 전직 경찰관의 방문을 받습니다. 맥퀄런은 조지가 그 호텔에 있다는 걸 우연히 알게 됐죠. 맥퀄런은 25년 전 어빙 부국장이 주도한 정치적 마녀사냥에 희생되어 경찰국에서 쫓겨난 사람입니다. 지금은 조지 어빙이 파괴하려 했던 택시 회사의 공동소유주고요. 그가 그 호텔로 조지를 찾아가서 따지다가, 네, 맞습니다, 조지를 폭행했습니다. 하지만 발코니 너머로 조지를 밀어버리진 않았습니다. 조지가 스스로 몸을 던졌을 때 맥퀄런은 샤토에서 세 블록 떨어진 곳에 있는 24시간 영업하는 식당에 앉아 있었습니다. 알리바이를 확인했고요. 지금까지 수사한 결과 내릴 수 있었던 유일한 결론이 이겁니다. 조지 어빙은 투신자살했습니다."

보고를 마친 보슈는 의자에 등을 기대고 앉았다. 테이블에 둘러앉은 사람들 중 누구한테서도 즉각적인 반응이 나오지 않았다. 어빙이 이 이야기의 모든 각도를 살펴보고 반박할 논리를 생각해내기까지 잠깐 시간이 걸렸다.

"맥퀄런을 체포해야 되네. 이건 치밀하게 계획된 범죄야. 보복이라고 했던 내 말이 맞았군. 맥퀄런은 내가 자기를 직장에서 쫓아냈다고 생각했구먼. 그래서 내 아들을 죽인 거야."

"맥퀄런은 확실한 알리바이가 있습니다. 새벽 2시부터 6시까지 그 식당에 앉아 있는 모습이 식당 내 CCTV 카메라에 찍혀 있었거든요." 보슈가 말했다. "두 사람은 조지가 사망하기 적어도 두 시간 전에 함께 있었습니다. 하지만 아드님이 투신했을 땐 맥퀄런은 그 호텔에 없었어요."

"그리고 항공권도 있죠." 추가 덧붙였다. "채드 어빙은 월요일에 벌써 여기로 날아왔습니다. 월요일에 유족들이 말했던 것처럼 아버지가 돌아가셨기 때문에 온 게 아니었죠. 이미 그전에 항공권을 갖고 있었거든요. 그건 맥퀄런이 기획했을 수가 없는 일이죠."

보슈가 파트너를 흘끗 쳐다보았다. 추가 침묵을 지키라는 보슈의 지시를 어긴 것이 벌써 두 번째였다. 그러나 두 번 다 좋은 결과를 가져왔다.

"어빙 의원, 이 정도면 충분히 들은 것 같은데." 경찰국장이 말했다. "보슈 형사와 추 형사, 오늘 오후 2시까지 최종적인 사건 조서가 내 책상에 올라와 있길 바라네. 그걸 읽어보고 나서 기자회견을 열 생각이거든. 짧게 끝낼 걸세. 수사 내용도 짧게 언급하는 정도로 끝낼 생각이고. 어빙 의원, 원한다면 기자회견에 참석해도 좋네. 하지만 이건 대단히 개인적인 문제라서 나서지 않고 조용히 끝내고 싶어 할지도 모르겠군. 어느 쪽이든 다 좋네. 참석할 거라면 연락해주게."

국장은 고개를 한번 끄덕이더니 잠깐 대답을 기다렸다. 아무런 반응이 없자 국장이 일어섰다. 회의가 끝났고 더불어 수사도 종결되었다. 어빙이 계속 밀고 나가 특별조사와 재수사를 요구할 수도 있었지만, 그 길은 정치적 위험이 곳곳에 도사리고 있는 험난한 길이었다.

보슈는 어빙이 현실주의자라서 이번 일을 그냥 넘어갈 거라고 생각했다. 그런데 경찰국장도 그냥 넘어갈까? 보슈가 정치적 부패라는 범죄의 여러 증거들을 찾아내 제시했다. 물론 주요 부패 사범이 사망한 상태라 수사하기가 힘들 것이다. 그리고 그들이 리젠트 택시를 도움으로써 뭔가를 얻을 수 있었는지 어떤지도 모르는 문제였다. 국장은 이 문제를 계속 파헤치려 할까, 아니면 보슈는 알지 못하는 차원의 카드 게임에서 유용하게 쓸 비장의 무기로 쥐고 있으려고 할까?

어느 쪽이든, 보슈는 경찰국을 부정적으로 보던 시 정부의 권력자를 긍정적인 시각으로 보는 지지자로 바꿀 수 있는 수단을 경찰국장에게 제공한 것이다. 국장이 제대로만 사용한다면, 중단된 초과근무수당이 다시 지급되도록 할 수도 있을 것이다. 보슈는 임무를 완수한 것에 만족했다. 오랜 악연이 이어지면서 새로운 반감까지 보태어졌지만, 그런 것은 중요하지 않았다. 어차피 적이 없는 세상에서 살 수는 없다. 어디에나 적은 있었다.

모두들 회의실을 나가려고 자리에서 일어섰다. 어빙과 보슈가 같이 나가 나란히 서서 엘리베이터를 기다린다면 참으로 어색한 상황이 될 것이 분명했다. 라이더가 보슈에게 추와 함께 자기 사무실로 오라고 지시함으로써 보슈를 구해주었다.

어빙과 그의 보좌관들이 경찰국장실을 나가는 동안, 보슈와 추는 라이더를 따라 그녀의 사무실로 들어갔다.

"뭐 마실 것 좀 드릴까요?" 라이더가 물었다. "사실은 아까 회의 시작할 때 물어봤어야 했는데……."

"난 됐어." 보슈가 말했다.

"저도요." 추가 말했다.

라이더가 추를 찬찬히 살펴보았다. 그녀는 추의 배신행위에 대해서는 아무것도 모르고 있었다.

"수고하셨어요, 형사님들." 라이더가 말했다. "그리고 추 형사, 파트너와 자기가 맡은 사건을 위해 기꺼이 나서서 옹호하는 거 보고 탄복했어. 잘했어."

"감사합니다, 경위님."

"자, 이제, 미안하지만 대기실로 나가서 기다려주겠어? 드롭 일정에 관해서 보슈 형사님과 의논할 게 있는데……."

"그럼요. 보슈 형사님, 밖에서 기다리겠습니다."

추가 방을 나가자 라이더가 문을 닫았다. 그녀와 보슈는 한참을 서로 바라보고만 있었다. 그녀가 천천히 미소를 지으면서 고개를 가로저었다.

"아까 회의실에서 기분 좋으셨겠어요." 라이더가 말했다. "어빙이 꼬리를 내리고 풀이 죽은 걸 봐서."

보슈는 고개를 가로저었다.

"아니, 별로. 이젠 그 사람 신경 안 써. 그런데 아직도 이해가 안 돼. 왜 나한테 수사를 맡겼을까?"

"그건 어빙이 말한 그대로가 아닐까요? 선배가 끈질기게 물고 늘어지는 근성이 있다는 걸 알고 있었고, 누군가가 아들을 이용해서 자기를 잡으려고 한 건 아닌지 알고 싶기도 했겠죠. 그런데 선배가 이렇게까지 다 알아낼 줄은 몰랐던 거죠."

보슈는 고개를 끄덕였다.

"그럴지도 모르겠군."

"그리고 어빙이 있는 자리라 국장님이 내색하진 않았지만, 선배가 국장님한테 황금티켓을 준 거예요. 그래서 국장님이 선배한테 보상해주고 싶어 하실 것 같은데…… 선배의 드롭 기간을 5년 꽉 차게 연장하는 걸 말씀드려볼까 하는데, 어때요, 선배?"

라이더는 추가로 21개월을 더 일할 수 있게 된다는 것에 보슈가 기뻐할 거라고 생각하면서 미소 지었다.

"생각해볼게." 보슈가 말했다.

"왜요? 쇠뿔도 단김에 빼랬는데."

"저기, 추를 미제사건 전담반에서 빼서 강력계로 옮길 수 있는지 알아봐줘. 거기서 좋은 일자리를 찾아주라고."

라이더가 눈을 가늘게 떴고, 그녀가 말하기 전에 보슈가 말을 이었다.

"아무것도 묻지 말고 그냥 그렇게 해줘."

"왜 그러는지 정말로 얘기 안 해줄 거예요?"

"응, 키즈, 안 해."

"알았어요. 알아볼게요. 지금쯤이면 어빙이 엘리베이터를 타고 내려갔을 거예요. 사무실로 돌아가서 조서를 작성해야죠. 2시까지예요, 알죠?"

"2시에 보자."

보슈는 라이더의 사무실을 나가 문을 닫았다. 추가 거기 앉아 있었다. 본인 의견도 물어보지 않고 부서 이동이 결정된 사실을 까맣게 모른 채, 아까 회의에서 용기 있게 발언한 것이 자랑스러운 듯 활짝 웃고 있었다.

32
옳은 길을 찾기 위해
틀린 길을 헤매야 한다

보슈 부녀에게는 토요일이 일찍 시작되었다. 그들은 어둠이 채 가시기도 전에 집을 나와서 차를 타고 언덕을 달려 내려가 101번 고속도로를 타고 시내로 들어간 후 남쪽으로 방향을 틀어 110번 고속도로를 타고 롱비치로 향했다. 거기서 첫 페리호를 타고 쌀쌀한 가운데 희미하게 동이 터오는 세상을 바라보면서 카타리나로 가는 동안에도 보슈는 손에 쥔 권총 케이스를 결코 놓지 않았다. 섬에 도착하자마자 그들은 아발론에 있는 팬케이크 카티지에서 아침을 먹었다. 그곳은 보슈가 LA의 듀파스 못지않다고 인정한 유일한 맛집이었다.

보슈는 사격대회가 끝나고 늦게 점심을 먹을 예정이니 아침을 든든히 먹으라고 딸에게 일렀다. 이른 오후에 배고픔을 살짝 느끼는 상태가 매들린이 계속 과녁에 집중하는 데 도움이 될 거라고 생각했다.

1년 전 매들린이 경찰이 되겠다고 선언하자 보슈는 총기에 대해서 그리고 총기의 안전한 사용법과 보관법에 대해서 가르치기 시작했다. 그런 것에 대해 철학적인 논의는 하지 않았다. 보슈는 경찰이었고 집 안에 총이 있었다. 어차피 그런 상황이니 무기를 안전하게 사용하고 보관하는 방법을 딸에게 가르치는 것이 부모의 도리라고 생각했다. 보슈는 자기가 가르치는 것에 그치지 않고 뉴홀에 있는 사격연습장에서 강습도 받게 했다.

매디는 사격술과 안전한 사용법에 관해서 상당한 수준의 지식과 실력을 갖추게 되었다. 종이과녁 쏘기를 시작하면서 안정된 손과 냉철한 눈을 갖게 되었다. 사격을 배운 지 6개월도 되지 않아 매디의 사격술은 보슈의 사격술을 훌쩍 넘어섰다. 그들은 훈련을 끝낼 때마다 일대일 시합을 했는데 얼마 지나지 않아 보슈는 매디를 이길 수 없게 되었다. 매디는 10미터 사격에서 계속 10점 과녁을 맞혔고 16발을 다 쏠 때까지도 전혀 흔들림이 없었다.

매들린은 곧 아버지의 총으로 아버지를 이기는 것만으로는 만족할 수 없게 되었다. 그래서 그들은 카타리나로 향했다. 매디의 첫 대회는 카타리나 섬 한쪽 끝에 있는 사격클럽에서 열린 주니어 대회였다. 10대의 참가자들과 겨루는 예선전이었다. 각 경기마다 10미터, 15미터, 25미터 떨어진 곳에서 종이과녁을 향해 6발을 쏴야 했다.

매디가 처음 참가하는 사격대회로 카타리나 대회를 선택한 것은 소규모의 토너먼트 경기이고, 매디가 어떤 경기를 했든 간에 하루를 즐겁게 놀 수 있기 때문이었다. 매디는 카타리나에 가본 적이 한 번도 없었고 보슈도 이 보초도(堡礁島)에 몇 년 만에 오는 거였다.

알고 보니 대회에 참가한 여학생은 매들린뿐이었다. 매디와 일곱 명의 남학생이 임의로 2인 1조로 편성되었다. 매디는 1차전 10미터 사격에서 부진했지만 15미터, 25미터 사격에서 7점, 8점을 연달아 쏘면서 승리했다. 보슈는 너무나 기쁘고 딸이 자랑스러워서 슈팅 라인으로 달려가 딸을 안아주고 싶었다. 그러나 그렇게 하면 매디가 여자아이란 걸 부각시킬 뿐이라는 생각이 들어서 자제했다. 대신 그는 슈팅 라인 뒤에 있는 피크닉 테이블 앞에 서서 혼자서 박수를 치고 있었다. 그러다가 남들에게 표정을 들키지 않으려고 선글라스를 꼈다.

　매들린은 2차전에서 탈락했지만 실망감을 잘 극복했다. 대회에 참가했고 첫 경기에서 승리했다는 사실만으로도 충분한 가치가 있는 여행이었다. 매디와 보슈는 대회장을 떠나지 않고 기다렸다가 결승전을 관전했고, 뒤이어 열린 성인 대회의 초반부도 구경했다. 성인 대회에 참가하라고 매디가 보슈를 들볶았지만 보슈는 완강하게 버텼다. 시력이 예전 같지 않아서 대회에 참가할 상태가 아니라는 걸 보슈 자신이 잘 알고 있었다.

　그들은 비지비에서 늦은 점심을 먹고 크레센트 상가를 걸으며 눈으로만 쇼핑을 한 뒤 4시발 페리호를 타고 본토로 돌아왔다. 바닷바람이 차서 선실 안에 앉아 있었고 오는 내내 보슈는 딸의 어깨를 한 팔로 감싸 안고 있었다. 그는 매디 또래의 다른 소녀들은 총기와 사격술에 대해 배우지 않는다는 것을 알았다. 그 소녀들은 아버지가 밤마다 살인사건 조서나 부검 사진, 사건 현장 사진을 들여다보는 모습을 지켜보는 일이 없을 것이다. 아버지가 총을 들고 집을 나가 나쁜 놈들을 잡으러 돌아다니는 동안 집에 혼자 남겨지지도 않을 것이다. 대다수의 부모들은 미래의 시민을 키우고 있었다. 의사, 교사, 어머니, 가업을 이어갈 후계자를 키우고 있었다. 그러나 보슈는 전사를 키우고 있었다.

　해나 스톤과 그녀의 아들이 잠깐 머릿속에 떠올랐다가 사라지자 보슈는 딸의 어깨를 꼭 잡았다. 이제까지 생각해온 것에 대해 의논할 때가 됐다 싶었다.

　"매디, 네가 원하지 않으면 이런 일 할 필요 없어." 보슈가 말했다. "아빠를 위해서는 하지 마, 매디. 사격 말이야. 경찰관이 되는 것도. 네가 하고 싶은 일을 해, 알았지? 너 스스로 선택해서."

　"알아, 아빠. 나 스스로 선택한 거고 내가 원하는 거야. 이건 우리 오래전에 얘기 끝냈잖아."

보슈는 매디가 과거는 묻어두고 새로운 삶을 살 수 있기를 바랐다. 그러나 정작 자신은 그렇게 할 수 없었고, 매디도 자기를 닮았을지 모른다는 생각이 자꾸 그를 따라다니며 괴롭혔다.

"그래, 우리 아기. 앞으로도 시간 많으니까 천천히 생각해."

몇 분이 지나는 동안 그는 이런저런 생각을 했다. 항구의 위장한 채유탑(採油塔)이 보이기 시작했다. 휴대전화로 전화가 와서 보니까 데이비드 추 형사였다. 받지 않고 메시지로 넘어가게 했다. 일 때문에, 아니 그보다는 한 번만 더 기회를 달라고 굽실거리는 추 형사 때문에 이 순간을 망치고 싶진 않았다. 그는 전화기를 집어넣고 딸의 정수리에 입을 맞췄다.

"아빠는 앞으로 항상 네 걱정을 하면서 살아야 할 것 같다." 보슈가 말했다. "네가 선생님 같은 안전한 직업을 갖겠다고 하면 안 그러겠지만."

"나 학교 싫어해, 아빠. 그런데 내가 왜 선생님이 되고 싶겠어?"

"글쎄. 시스템을 바꿔서 학교를 더 좋은 곳으로 만들고, 그래서 다음 세대의 아이들은 학교를 싫어하지 않게 하기 위해서?"

"교사 한 명 가지고? 됐거든요."

"딱 한 명이면 돼. 무엇이든 항상 한 명으로 시작하는 거야. 어쨌든 아까도 말했듯이 넌 네가 원하는 걸 해. 시간 많으니까 천천히 생각해보고. 아빠는 네가 무엇을 하든 항상 네 걱정을 하게 될 것 같다."

"아빠가 알고 있는 걸 전부 가르쳐주면 걱정 안 해도 되지. 그럼 내가 밖에 나가 일할 땐 아빠랑 똑같을 테니까, 아빠가 날 걱정할 필요가 없지 않을까."

보슈가 껄껄껄 웃었다.

"네가 밖에 나가서 아빠랑 똑같이 하고 다니면 아빠는 한 손에는 묵주를, 다른 손에는 토끼 발(행운의 부적 삼아 가지고 다니는 토끼의 왼쪽 뒷발—옮긴이)을 들고, 팔에는 네 잎 클로버를 문신한 채로 널 쫓아다녀야 할걸."

매디가 팔꿈치로 아빠의 옆구리를 툭 쳤다.

그렇게 또 몇 분이 흘렀다. 보슈는 휴대전화를 꺼내 추가 메시지를 남겼는지 확인했다. 아무것도 없었다. 보슈는 파트너가 한 번 더 애원하기 위해 전화했을 거라고 추측했다. 그런 건 음성사서함에 남길 수 있는 말이 아니었다.

보슈는 전화기를 치우고 부녀간의 대화를 좀 더 진지한 쪽으로 몰아갔다.

"그리고 매디, 너에게 또 하고 싶은 말이 있어."

"알아, 립스틱 아줌마랑 결혼한다는 거지?"

"아니, 지금 진지하게 얘기하는 거야. 그리고 립스틱은 없었다며."

"알았어. 뭔데?"

"아빠가 배지를 반납할까 생각 중이야. 은퇴하려고. 때가 된 것 같아."

매디는 한참 동안 아무 반응을 보이지 않았다. 보슈는 자기 말이 끝나기가 무섭게 그런 생각은 하지도 말라고 호들갑을 떨 거라고 예상했는데, 기특하게도 매디는 바람직하지 못할 가능성이 높은 반응을 즉각적으로 보이지 않고 보슈의 말을 곱씹으며 생각하는 것 같았다.

"그런데 왜?" 마침내 매디가 물었다.

"차츰 실력이 떨어지는 것 같아서. 무엇이든, 운동이든, 사격술이든, 음악 연주든, 심지어 창의적인 사고까지도 어느 순간이 되면 실력이 점차 떨어지기 마련이야. 잘은 모르겠지만 아빠가 지금 그런 순간을 맞고 있지 않나 하는 생각이 들어. 그래서 경찰국을 나오려는 거야. 사람들이 나이를 먹어가면서 실력과 판단력이 떨어져서 위험한 상황을 맞게 되는 걸 많이 봤거든. 그리고 네가 커서 무엇을 하기로 결정하든 지금 쑥쑥 크면서 환하게 빛나는 모습을 볼 기회를 놓치고 싶지 않아."

매들린은 동의하듯 고개를 끄덕였지만 입에서는 날카로운 인식에서 비롯된 반대의 말이 튀어나왔다.

"사건 하나 때문에 이런 생각을 하는 거야?"

"꼭 그 하나 때문만은 아니지만 좋은 예이긴 하지. 그 사건을 수사하면서 아빠가 완전히 헛다리를 짚었어. 5년 전이었다면 그런 일은 없었을 거야. 2년 전만 하더라도 없었을 거야. 형사 일을 하는 데 꼭 필요한 예리한 감각을 아빠가 잃어가고 있는 것 같아."

"하지만 때로는 옳은 길을 찾기 위해 틀린 길을 헤매고 다녀야 하기도 하는 거야."

매들린이 고개를 돌려 보슈를 똑바로 쳐다보며 말을 이었다.

"아까 아빠가 말했던 것처럼, 아빠 일은 아빠가 알아서 선택해. 그런데 내가 아빠라면 뭐든 그렇게 성급하게 결정하진 않을 것 같아."

"그래, 그래야지. 먼저 잡아야 할 범인이 있어. 이놈을 잡아넣고 나가면 좋겠다고 생각하고 있어."

"그런데 경찰 그만두면 뭐 하게?"

"잘 모르겠지만 한 가지는 알아. 더 좋은 아빠가 될 수 있을 거야. 더 많이 함께 있어주는 아빠."

"더 많이 함께 있어준다고 해서 반드시 더 좋은 아빠가 되는 건 아냐. 그걸 기억해."

보슈는 고개를 끄덕였다. 그는 자기가 열다섯 살짜리와 대화하고 있다는 걸 믿기 어려울 때가 가끔 있었다. 지금이 바로 그런 때였다.

33
타임스 기사

일요일 오전, 보슈는 센추리시티에 있는 쇼핑몰에 딸을 내려주었다. 매들린이 애슐린과 코너라는 친구들을 11시에 쇼핑몰에서 만나 쇼핑하고 먹고 수다 떨면서 하루를 보내기로 한 날이었다. 소녀들은 한 달에 한 번씩 쇼핑의 날을 정해놓고 매번 다른 쇼핑센터를 공략했다. 이번에는 보슈가 소녀들끼리만 남겨두고 떠나면서도 마음이 편했다. 질 나쁜 사람과 범죄자가 전혀 없고 완벽하게 안전한 쇼핑몰은 이 세상에 없었지만 일요일에는 쇼핑몰의 경비가 가장 삼엄하고 센추리시티 몰은 고객의 안전에 굉장히 신경을 쓰는 걸로 알려져 있었다. 사복 차림의 경비원이 쇼핑객을 위장해 돌아다니면서 경계근무를 했고 주말 안전요원 중 상당수가 부업 전선에 뛰어든 경찰관들이었다.

보슈는 쇼핑하는 일요일엔 딸을 내려주고 경찰국으로 가서 아무도 없는 사무실에서 혼자 일하곤 했다. 빈 사무실에서 느껴지는 주말의 호젓한 분위기가 좋았고 업무에 최대한 집중할 수 있었다. 그러나 이번에는 사무실로 들어가고 싶지 않았다. 그날 아침 일찍 우유와 커피를 사러 언덕을 내려가 편의점에 들렀을 때 〈LA타임스〉가 눈에 띄었다. 물건값을 계산하려고 줄을 서면서 보니까 조지 어빙의 죽음에 관한 또 하나의 1면 기사가 보였다. 신문을 사서 차 안에서 그 기사를 읽었다. 에밀리 고메스-곤즈마트가 쓴 그 기사는 조지 어빙이 리젠트 택시를 위해 한 일을 집중적으로 보도하면서, 그가 리젠트 택시 컨설팅을 맡은 이후로 할리우드 지역 택시 독점사업권을 놓고 경쟁 관계에 있는 블랙 앤 화이트가 여러 건의 법적 분쟁에 휘말린 것이 과연 우연일까 하는 의문을 제기했다. 뒤로 가면서 기사는 어빈 어빙에게로까지 촉수를 넓혔다. 블랙 앤 화이트 택시 기사의 체포 기록을 보고 로버트 메이슨을 찾아갔더니, 블랙 앤 화이트를 단속하라는 지시를 시의원으로부터 직접 받았다고 말했다고 적혀 있었다.

보슈는 그 기사가 시의회뿐만 아니라 경찰국 내에서도 파문을 일으킬 거라고 예상했다. 그래서 다음 날 아침 출근할 때까지 경찰국 근처에는 얼씬도 하지 않을 생각이었다.

차를 타고 쇼핑몰을 떠나면서 전화기를 꺼내 켜져 있는지 확인했다. 추에게서 아직까지 전화가 없다는 것이 놀라웠다. 고고가 그런 기사를 쓸 수 있게 정보를 제공한 사람이 자기가 아니라고 부인하기 위해서라도 전화가 올 법한데. 그리고 키즈 라이더에게서 전화가 없다는 것도 놀라웠다. 정오가 다 되어가는데 이 기사 문제로 전화를 하지 않았다면 결론은 하나였다. 키즈 라이더가 기사의 취재원이고 그래서 납작 엎드려 있는 것이다.

키즈 라이더가 단독으로 했든, 아니면 경찰국장의 암묵적인 지시에 따른 것이든—국장의 지시가 있었을 가능성이 더 컸다—, 어빈 어빙에게 침묵을 통한 협조를 강요하기보다는 어빈 어빙을 아예 쫓아내려는 작전이 시작된 거였다. 보슈는 그러한 선택에 찬성하지 않을 수 없었다. 어빙을 언론에 던져주고 부패가 의심되는 인물로 묘사하게 하면 경찰국의 위협 세력인 어빙을 제거할 수 있을 것이었다. 시의원 선거운동 마지막 달에는 많은 일이 일어날 수 있었다. 어쩌면 경찰국장이 지금 공격을 단행해서, 이 기사가 어빙은 안 된다는 분위기를 고조시키고 시의원 선거 결과에 영향을 미칠 수 있을 것인지 보기로 한 건지도 몰랐다. 어쩌면 어빙이 아니라 어빙의 경쟁자를 경찰국의 친구로 만들어보기로 결정한 건지도 몰랐다.

어느 쪽이든 보슈는 개의치 않았다. 그래 봤자 다 하이 징고였다. 그러나 그의 친구이자 예전에 파트너였던 키즈 라이더가 이젠 10층에서 정치 책략가로 완전히 자리를 잡았다는 사실은 충격이었다. 앞으로 그녀를 만날 땐 그런 사실을 명심하고 조심해야겠다고 생각했고, 그런 결론을 내리자 깊은 상실감이 들었다.

보슈는 지금은 자중하는 것이 최선이라는 걸 알고 있었다. 지금 그는 경찰국에서 마지막 나날들을 보내고 있는 거였다. 일주일 전 39개월을 더 근무할 수 있게 되었다는 소식을 들었을 때 그렇게 행복했는데 지금은 그 39개월이 복역해야 할 기간처럼 느껴졌다. 그는 오후에는 사무실에 가지 않고 업무와 관련된 어떤 일도 하지 않은 채 푹 쉬기로 결심했다.

휴대전화를 꺼낸 보슈는 혹시나 하는 마음에 해나 스톤의 휴대전화로 전화를 걸었다. 그녀가 즉시 전화를 받았다.

"해나, 집이야, 아니면 직장?"

"집이에요. 일요일엔 상담이 없거든요. 무슨 일이에요? 칠턴 하디를 찾았어요?"

기대감에 흥분한 목소리였다.

"어, 아니, 아직. 하지만 내일부턴 그 자식을 찾는 일에 전념할 수 있을 거야. 사실 오후에 한가해서 전화했어. 5시쯤 쇼핑몰에 딸을 데리러 갈 때까진 시간이 좀 있거든. 당신도 쉬는 날이면 같이 점심이나 할까 해서. 얘기도 좀 하고 싶고. 우리가 역경을 헤쳐 나갈 길이 있는지 찾아볼까 싶기도 하고."

사실 보슈는 해나 스톤을 물리칠 수가 없었다. 그는 항상 눈 속에 비극을 숨기고 있는 여자들에게 끌렸다. 그는 줄곧 해나에 대해 생각했고 그녀의 아들에 관해 확실하게 선을 긋는다면 둘이 함께하는 삶을 설계할 수도 있을 거라고 믿었다.

"너무 좋아요, 해리. 나도 얘기하고 싶어요. 이리로 올래요?"

보슈는 계기판에 붙은 시계를 보았다.

"여기 센추리시티거든. 12시쯤 태우러 갈게. 벤추라 대로에서 어디 갈 만한 곳이 있는지 생각해봐. 젠장, 초밥을 먹자고 해도 따라갈까 생각 중이야, 지금."

해나 스톤이 유쾌하게 웃었고, 보슈는 그녀의 웃음소리가 좋았다.

"아뇨, 그냥 이리로 오세요." 그녀가 말했다. "점심도 여기서 먹고 이야기도 여기서 하게. 우리 집에서 둘이 오붓하게. 뭘 좀 만들게요. 맛은 기대하지 말아요."

"어……."

"그러고 나서 무슨 일이 생기나 보자고요."

"정말?"

"그럼요."

보슈는 고개를 끄덕였다.

"좋아, 그럼 갈게."

34
하디의 집

월요일 아침 보슈가 출근해보니 데이비드 추 형사가 먼저 와서 앉아 있었다. 그는 보슈를 보자마자 회전의자를 돌려 앉아 칸막이 자리로 들어오는 보슈를 향해 항복하듯 두 손을 들어 보였다.

"형사님, 제가 아니라는 말씀밖에 드릴 말씀이 없습니다."

보슈는 서류가방을 바닥에 내려놓고 메시지와 보고서가 있는지 책상을 살폈다. 아무것도 없었다.

"무슨 말이야?"

"〈타임스〉 기사요. 보셨어요?"

"걱정하지 마. 자네가 아니라는 거 알아."

"그럼 누굽니까?"

보슈는 의자에 앉으면서 천장을 가리켰다. 10층에서 나온 기사라는 뜻이었다.

"하이 징고야." 보슈가 말했다. "위에서 누가 이런 작전을 쓰기로 결정한 거지."

"어빙을 통제하기 위해서요?"

"어빙을 쫓아내기 위해서. 선거 결과를 바꾸기 위해서. 어쨌든, 이젠 우리하고는 상관없는 일이야. 조서 제출했으니 끝난 거지. 오늘부턴 칠턴 하디야. 놈을 찾아야 돼. 22년이나 자유롭게 돌아다니고 있잖아. 오늘 안으로 잡아서 유치장에 처넣고 싶어."

"네, 그리고 제가 토요일에 전화를 드렸는데요. 일하러 사무실에 나왔는데, 칠턴 하디의 아버지를 보러 가실 건가 싶어서요. 그런데 딸내미 때문인지 전화를 안 받으시더라고요."

"응, 딸내미 때문에 좀 바빴어. 메시지를 안 남겨놨더구먼. 뭐 하러 사무실에 나왔어?"

추는 책상을 돌아보며 컴퓨터 화면을 가리켰다.

"칠턴 하디에 관해 배경조사를 하려고요." 그가 말했다. "그런데 별로 없었어요. 그 아버지의 부동산 매매에 관한 자료가 더 많던데요. 아버지 칠턴 애런 하디. 로스앨러미터스에서 15년째 거주. 콘도미니엄 아파트인데 자기 소유고요."

보슈는 고개를 끄덕였다. 좋은 정보였다.

"그리고 하디 부인도 찾아봤습니다. 부부가 이혼했고 부인이 어딘가에 살고 있어서 아들 칠턴 하디와 연결되는 게 아닐까 싶어서요."

"그랬더니?"

"별것 없더라고요. 부고만 한 개 찾았습니다. 97년 힐다 아메스 하디 사망. 아버지 칠턴 하디의 아내이자 아들 칠턴 하디의 어머니. 사인은 유방암. 다른 자식은 없고요."

"듣고 보니 로스앨러미터스에 내려가 봐야겠군."

"그렇다니까요."

"그럼 그 기사 때문에 난리가 나기 전에 빨리 여길 빠져 나가자. 펠의 운전면허증 사진이 든 파일을 갖고 와."

"펠은 왜요?"

"노인네가 아들을 감싸고 돌 수 있으니까. 연극을 좀 하자고. 펠을 이용해서."

보슈가 일어섰다.

"자석부터 외출로 옮겨놓고."

차를 타고 남쪽으로 45분을 달려 내려가자 로스앨러미터스가 나타났다. 오렌지 카운티 북단에 위치한 마을로, 동쪽의 애너하임과 서쪽의 실비치 사이에 오밀조밀 모여 있는 작은 주택가 중 하나였다.

로스앨러미터스로 내려가는 동안 보슈와 추는 아버지 칠턴 하디를 조사할 방법을 의논했다. 그런 다음 카텔라 거리와 로스앨러미터스 메디컬 센터 근처에 있는 그의 동네를 빙빙 돌다가 그가 사는 주택단지 앞 길가에 차를 세웠다. 여섯 채씩 한 조를 이룬 주택단지 안에는 긴 앞마당과 뒤쪽으로 차 두 대가 들어가는 차고가 있는 집들이 나란히 세워져 있었다.

"파일 갖고 내려." 보슈가 말했다. "가자."

인도를 따라 집 앞에 우체통이 늘어서 있었고 집마다 진입로가 있어 현관까지 연결되어 있었다. 아버지 하디의 집은 두 번째 건물이었다. 닫힌 현관문 앞에 방충망 문이 있었다. 보슈는 주저 없이 초인종을 누른 뒤 손가락 마디로 방충망의 알루미늄 틀을 두드렸다.

15초쯤 기다렸지만 아무런 반응이 없었다.

보슈가 다시 초인종을 누른 뒤 방충망 틀을 두드리려고 주먹을 들었을 때 집 안에서 작은 목소리가 들렸다.

"안에 누가 있어." 보슈가 말했다.

또다시 15초가 지나자 목소리가 다시 들렸는데 이번에는 문 바로 안쪽에서 선명하게 들렸다.

"네?"

"하디 씨?"

"그런데, 누구야?"

"경찰입니다. 문 좀 열어주세요."

"무슨 일이야?"

"몇 가지 여쭤볼 게 있어서 왔습니다. 문 좀 열어주시죠."

아무 대답이 없었다.

"하디 씨?"

그때 자물쇠 돌아가는 소리가 들렸다. 문이 천천히 열리더니 콜라병 바닥처럼 두꺼운 안경을 낀 남자가 15센티미터쯤 열린 틈으로 그들을 내다보았다. 부스스한 백발은 떡이 져 있었고, 수염을 2주는 안 깎은 듯 흰 구레나룻이 덥수룩했다. 투명한 플라스틱 관이 양쪽 귀 뒤에서 앞으로 넘어와 코 밑으로 연결되어 있어 콧구멍 속으로 산소를 공급하고 있었다. 줄무늬 잠옷 바지 위에 하늘색 환자복 같은 것을 입고 검은색 플라스틱 샌들을 신고 있었다.

보슈가 방충망 문을 열려고 했지만 잠겨 있었다.

"하디 씨, 말씀 좀 여쭤야 하겠습니다. 들어가도 되겠습니까?"

"무슨 일인데?"

"LA 경찰국에서 왔는데요, 사람을 찾고 있습니다. 어르신이 저희를 도와주실 수 있을 것 같은데요. 들어가도 되겠습니까?"

"누구를?"

"이렇게 밖에 서서 말씀드릴 수는 없고요. 안에 들어가서 말씀드려도 될까요?"

아버지 칠턴 하디가 잠깐 눈을 내리깔고 어찌할까 고민했다. 냉정하고 무심한 눈이었다. 아들의 눈이 누굴 닮았는지 알 것 같았다.

노인이 열린 현관문 틈으로 천천히 손을 뻗어 방충망 문의 잠금장치를 풀었다. 보슈는 방충망 문을 열고 나서 하디가 현관문에서 물러서기를 기다렸다가 문을 열고 들어갔다.

　하디는 지팡이에 의지한 채 천천히 걸어서 거실로 들어갔다. 뼈가 앙상한 한쪽 어깨에 산소통이 달린 끈을 매고 있었고 산소통에서 플라스틱 줄이 나와서 코로 연결되어 있었다.

　"집이 더러워." 하디가 의자를 향해 걸어가면서 말했다. "손님이 온 적이 없어서."

　"괜찮습니다, 하디 씨." 보슈가 말했다.

　하디는 낡은 쿠션 의자에 천천히 앉았다. 그 옆 탁자에 놓인 재떨이에는 담배꽁초가 수북했다. 집 안이 온통 담배 냄새와 노인네 냄새로 절어 있었고, 노인네 모습만큼이나 어수선하고 지저분했다. 보슈는 입으로 숨을 쉬기 시작했다. 하디는 보슈가 재떨이를 바라보는 것을 보았다.

　"병원에 가자고 온 건 아니겠지?"

　"아뇨, 하디 씨, 그것 때문에 온 건 아니고요. 저는 보슈 형사고 이쪽은 추 형사입니다. 우린 어르신의 아들, 칠턴 하디를 찾고 있습니다."

　하디는 이 말을 예상했다는 듯 고개를 끄덕였다.

　"요즘은 어디 사는지 몰라. 걔는 왜 찾아?"

　보슈는 하디와 눈높이를 맞추기 위해 낡은 쿠션 몇 개가 놓인 소파에 앉았다.

　"여기 앉아도 되겠습니까, 어르신?"

　"편하게 앉아. 내 아들이 어디 가서 무슨 짓을 했기에 형사 양반들이 여기까지 찾아온 건가?"

　보슈는 고개를 가로저었다.

　"저희가 알기로는 아무 짓도 안 했습니다. 다른 사람 일로 아드님과 얘기를 좀 하고 싶어서 찾는 겁니다. 오래전에 아드님과 함께 살았던 남자에 대해 배경조사를 하고 있거든요."

"누구?"

"클레이턴 펠이라는 친구인데요. 혹시 만난 적이 있으십니까?"

"클레이턴 파월?"

"아뇨, 어르신. 펠입니다. 클레이턴 펠. 아는 이름입니까?"

"아니, 잘 모르겠는데."

하디가 허리를 굽히고 손에다 기침을 하기 시작했다. 기침 발작으로 몸이 들썩였다.

"웬수 같은 담배 때문에. 그럼 그 펠이라는 작자는 무슨 짓을 했는데?"

"수사의 자세한 내용은 말씀드릴 수가 없고요. 그 친구가 나쁜 짓을 했는데 그 친구 배경을 알면 다루는 데 도움이 될 것 같아서요. 보여드리고 싶은 사진이 있는데요."

추가 펠의 머그샷을 꺼냈다. 하디는 한참 동안 쳐다보더니 고개를 가로저었다.

"모르겠는데."

"그 친구의 현재 모습입니다. 아드님과 함께 산 건 20년 전쯤이고요."

이젠 하디가 놀라는 표정을 지었다.

"20년 전? 그럼 그땐…… 오, 그 사내아이 말이구먼, 할리우드에서 자기 엄마와 함께 칠턴 집에 얹혀살았던."

"할리우드 근처에서요. 네, 그땐 아마 여덟 살쯤 되었을 겁니다. 기억나세요?"

하디는 고개를 끄덕였고 그와 동시에 다시 기침을 하기 시작했다.

"물 좀 가져다드릴까요, 하디 씨?"

하디는 손을 내저었지만 침을 튀겨가며 기침을 계속했다.

"칠턴이 두세 번 그 아이를 데리고 놀러 왔었어. 그게 다야."

"어르신께 그 아이 이야기를 하던가요?"

"다루기 힘든 아이라고 하더구먼. 애 엄마가 애를 맡겨놓고 싸돌아다닌 다고도 하고. 칠턴 개가 아빠 노릇을 할 인간이 못 되는데."

보슈는 그것이 중요한 정보라도 되는 것처럼 고개를 끄덕였다.

"지금은 칠턴이 어디 있습니까?"

"말했잖아. 모른다고. 요즘엔 통 안 와."

"마지막으로 보신 게 언제였죠?"

하디는 덥수룩하게 자란 턱수염을 긁적거리다가 손에다 대고 다시 기침을 했다. 보슈는 여전히 서 있는 추를 올려다보았다.

"파트너, 어르신께 물 좀 갖다 드리지 그래?"

"아냐, 괜찮아." 하디가 거절했다.

그러나 추는 '파트너'에 담긴 뜻을 알아차리고 계단 옆에 있는 복도를 걸어 부엌 혹은 화장실을 찾아갔다. 그러면서 그 집의 1층을 재빨리 둘러 볼 수 있을 것이었다.

"아드님을 언제 마지막으로 보셨는지 기억하세요?" 보슈가 다시 한 번 물었다.

"난…… 아니. 아주 오래전이라…… 기억이 안 나."

보슈는 세월이 흐르면서 가족들이, 부모와 자식이 서로에게서 멀어질 수 있다는 걸 충분히 이해한다는 듯 고개를 끄덕였다.

추는 싱크대에서 물을 한 잔 받아서 돌아왔다. 유리컵은 그다지 깨끗하지 않았다. 지문 얼룩이 곳곳에 묻어 있었다. 추는 하디에게 물을 건네면서 보슈를 향해 은밀히 고개를 한 번 가로저었다. 재빨리 집 안을 둘러보는 동안 특이한 것을 보지 못한 것이다.

하디는 물을 마셨고 보슈는 아들에 대한 정보를 얻으려고 다시 한 번

시도했다.

"아드님 전화번호나 주소 갖고 계십니까, 하디 씨? 꼭 한번 만나봐야 할 것 같아서요."

하디는 재떨이 옆에 유리컵을 내려놓았다. 그러고는 셔츠의 가슴주머니가 있어야 할 곳으로 손을 갖다 댔지만 입고 있는 환자복 같은 옷에는 가슴주머니가 없었다. 그것은 있지도 않은 담뱃갑을 꺼내려는 무의식적인 손놀림이었다. 보슈 자신이 골초였을 때 그랬기 때문에 잘 알았다.

"전화번호 없어." 하디가 말했다.

"주소는요?" 보슈가 물었다.

"없어."

하디는 자신의 대답이 자기가 아버지로서 실패했다는 사실을, 혹은 이름이 같은 그의 아들이 아들로서 실패했다는 사실을 보여주는 증거라는 생각이 들기 시작했는지 눈을 내리깔았다. 보슈는 참고인 조사 때 자주 그랬듯이, 질문을 두서없이 마구 던졌다. 추와 함께 짰던 조사 방법도 포기했다. 이젠 노인이 어떻게 생각하든, 클레이턴 펠을 수사한다고 생각하든 자기 아들을 수사한다고 생각하든, 개의치 않았다.

"아드님이 어릴 때 아드님과 함께 사셨습니까?"

하디가 낀 두꺼운 안경이 눈의 움직임을 확대해서 보여주었다. 하디의 눈이 그 질문에 반응을 보였다. 대답하면서 눈동자가 빠르게 움직였다.

"걔 엄마랑 나는 이혼했어. 결혼한 지 얼마 안 돼서 갈라섰지. 그래서 칠턴을 많이 못 봤어. 따로 살았으니까. 걔네 엄마는 죽었어. 걔를 엄마가 키웠는데. 양육비는 내가 보내줬지."

하디는 돈을 보내는 게 유일한 의무였던 것처럼 말했다. 보슈는 계속 고개를 끄덕여서 이해와 공감을 표시했다.

"전처가 아드님에게 문제가 생겼다거나 하는 얘길 어르신께 한 적이 있습니까?"

"아니…… 그 사내아이를 찾는다고 하지 않았나? 파월. 그런데 내 아들 어릴 때 얘기는 왜 자꾸 묻지?"

"펠입니다, 하디 씨. 클레이턴 펠."

"그 아이 때문에 온 게 아니구먼, 그렇지?"

연극은 끝났다. 보슈는 본색을 드러내기 시작했다.

"아드님이 여기 없죠, 그렇죠?"

"말했잖아. 어디 사는지 모른다고."

"그럼 집 안을 둘러보며 좀 찾아봐도 되겠습니까?"

하디가 입을 닦더니 고개를 가로저었다.

"그러려면 영장을 갖고 와야지." 그가 말했다.

"안전 문제가 걸려 있으면 영장 없어도 괜찮아요." 보슈가 말했다. "거기 좀 앉아 계세요, 하디 씨. 잠깐 돌아보고 오겠습니다. 추 형사가 곁에 있어드릴 겁니다."

"아니, 그럴 필요가……."

"어르신이 여기서 안전하게 살고 계신 건지 확인하려는 겁니다. 그뿐이에요."

보슈는 동요하는 하디와 그런 그를 진정시키려고 애쓰는 추를 거실에 남겨두고 나와서 복도를 걸어갔다. 이 집은 식당 겸 부엌이 거실 뒤에 붙은 전형적인 타운하우스 구조였다. 계단 밑에 벽장이 있었고 파우더룸도 있었다. 보슈는 추가 아까 물을 가지러 갔을 때 이미 다 살펴봤을 거라고 짐작하면서도 이 방들을 재빨리 들여다보았다. 그러고 나서 복도 끝에 있는 문을 열었다. 차고에는 차가 없었다. 대신 차곡차곡 쌓인 상자들로 발 디딜 틈이 없었고 한쪽 벽에는 낡은 매트리스가 벽에 기대 세워져 있었다.

보슈는 돌아서서 거실로 돌아갔다.

"차가 없나요, 하디 씨?" 그가 계단으로 다가가면서 물었다.

"필요하면 택시를 타지. 올라가지 마."

보슈가 네 계단을 올라가다가 멈춰 서서 하디를 쳐다보았다.

"왜요?"

"영장을 안 갖고 와서 권한이 없으니까."

"아드님이 2층에 있습니까?"

"아니, 그 위에는 아무도 없어. 그래도 허락 못 해."

"하디 씨, 우리 모두가 이 안에서 안전한지, 그리고 우리가 떠난 뒤에도 어르신이 안전할지 제가 보고 확인해야겠습니다."

보슈는 계속 올라갔다. 올라가지 말라는 말을 듣고 나니 조심하게 됐다. 그는 2층에 올라가자마자 권총을 꺼내 들었다.

2층도 타운하우스의 전형적인 구조를 따르고 있었다. 침실이 두 개 있었고 침실 사이에 욕조가 딸린 화장실이 있었다. 앞쪽 침실은 하디가 자는 방인 게 분명했다. 침대가 어질러져 있었고 방바닥에는 빨랫감이 나뒹굴고 있었다. 협탁에는 더러운 재떨이가, 서랍장 위에는 여분의 산소통 여러 개가 놓여 있었다. 사방 벽은 니코틴으로 누렇게 변해 있었고 모든 것에 먼지와 담뱃재가 앉아 있었다.

보슈는 산소통 한 개를 집어 들었다. 라벨에는 이 산소통엔 액화 산소가 들어 있고 의사의 처방을 받아야만 사용할 수 있다고 적혀 있었다. 레디에어라는 생산업체의 주문배달 전화번호도 나와 있었다. 보슈는 통의 무게를 가늠해보았다. 비어 있는 것 같은데 확신할 수는 없었다. 그는 산소통을 도로 내려놓고 벽장문을 향해 돌아섰다.

사람이 드나들 수 있는 큰 벽장이었는데 벽장 안에는 양쪽 옷걸이에 퀴퀴한 냄새가 나는 옷들이 걸려 있었다. 위쪽 선반에는 옆면에 유홀(이사업체―옮긴이)이라고 적힌 상자들이 잔뜩 쌓여 있었다. 바닥에는 신발과 입고 벗어던진 것 같은 옷들이 널브러져 있었다. 보슈는 벽장에서 나와 침실을 나가 복도를 걸어갔다.

두 번째 침실은 이 집에서 가장 깨끗한 방이었는데 사용하지 않기 때문인 것 같았다. 서랍장과 협탁이 있었지만 침대 틀 위에 매트리스는 없었다. 보슈는 아까 차고에서 봤던 매트리스와 박스 스프링을 떠올리고 그것들이 여기에서 나왔을 거라고 추측했다. 벽장을 열어보니 뭐가 잔뜩 들어 있었지만 그래도 나름 정돈된 느낌이었다. 옷은 장기 보관을 위해 비닐 커버를 덮어 가지런히 걸어두었다.

보슈는 다시 복도로 나와 화장실로 향했다.

"보슈 형사님, 위에 상황 괜찮습니까?" 추가 아래층에서 큰 소리로 물었다.

"다 좋아. 곧 내려갈게."

보슈는 권총을 권총집에 도로 넣고 화장실로 머리를 들이밀었다. 후줄근한 수건이 수건걸이에 걸려 있었고 변기 수조 위에 재떨이가 하나 더 놓여 있었다. 그 옆에는 플라스틱 방향제가 놓여 있었다. 그 모습을 보고 보슈는 웃음을 터뜨릴 뻔했다.

욕조 앞에 쳐진 비닐 커튼에는 곰팡이가 끼어 있었고 욕조에는 만들어지는 데 여러 해가 걸렸을 것 같은 때가 욕조 면을 따라 둥글게 끼어 있었다. 보슈는 구역질이 나오려고 해서 아래층으로 내려가려고 돌아섰다. 그러나 곧 마음이 바뀌어 다시 화장실을 향해 돌아섰다. 약장을 열었더니 세 개의 유리 선반 위에 처방약과 흡입기가 가득 놓여 있었다. 보슈는 아무것이나 하나 집어서 라벨을 읽어보았다. 상표 없는 테오필린(천식약-옮긴이)이라는 약으로 하다가 4년 전에 처방받은 거였다. 보슈는 그것을 도로 집어넣고 흡입기를 한 개 꺼냈다. 이것도 상표 없는 처방약이었는데 알부테롤(급성 천식에 쓰이는 기관지 확장제-옮긴이)이라고 적혀 있었다. 3년 전에 처방받은 거였다.

보슈는 다른 흡입기를 꺼내 살펴봤다. 그러고 나서 또 다른 것. 그렇게 해서 약장에 있는 흡입기와 약병을 전부 확인했다. 상표 없는 약이 다양하게 있었는데 몇 병은 가득 들어 있었지만 대다수는 거의 비어 있었다. 그러나 3년 전보다 더 최근에 처방받은 약은 없었다.

보슈가 물러서서 약장 문을 닫자 거울 속에 자기 얼굴이 있었다. 그는 자신의 갈색 눈을 한참 동안 물끄러미 바라보았다.

그러다가 문득 깨달았다.

보슈는 화장실을 나와 하디의 침실로 급히 돌아갔다. 거실에서 자기 목소리가 들리지 않도록 문을 닫았다. 산소통 한 개를 집어 들고 전화기를 꺼내 레디에어로 전화를 걸어 주문 및 배송 담당자를 바꿔달라고 했다. 마누엘이라는 사람한테로 연결되었다.

"마누엘, LA 경찰국의 보슈 형사인데, 수사 중에 부탁할 일이 있어서 전화했어요. 당신네 고객들 중 한 명에게 액화 산소를 마지막으로 배달한 게 언제인지 긴급히 알아야 하는데, 도와줄 수 있겠어요?"

마누엘은 처음에는 농담이라고, 친구가 장난 전화를 하는 거라고 생각했다.

"내 말 잘 들어요." 보슈가 엄격하게 말했다. "농담 아니에요. 긴급 수사 중이라니까 그러네. 지금 당장 이 정보가 필요하니까 당신이 나를 도와주든가 아니면 도와줄 수 있는 사람을 바꿔줘요."

침묵이 흘렀고, 추가 또 보슈를 부르는 소리가 들렸다. 보슈는 산소통을 내려놓고 전화기를 손으로 막은 뒤 침실 문을 열었다.

"금방 내려갈게." 보슈가 큰 소리로 말했다.

그러고는 다시 문을 닫고 전화기에서 손을 뗐다.

"마누엘, 듣고 있어요?"

"네. 고객 이름을 컴퓨터로 조회해보겠습니다."

"좋아요, 해봐요. 이름은 칠턴 애런 하디."

보슈가 기다리는 동안 자판 치는 소리가 들렸다.

"아, 여기 있네요." 마누엘이 말했다. "그런데 이젠 우리한테서 산소를 안 받는데요."

"무슨 뜻이죠?"

"마지막으로 배달한 게 2008년 7월로 나오네요. 고객이 사망했거나 다른 데서 산소를 받기 시작했을 겁니다. 더 싼 곳에서. 그런 식으로 고객을 많이 잃었거든요."

"확실해요?"

"지금 제 눈으로 보고 있는데요."

"고마워요, 마누엘."

보슈는 전화를 끊었다. 그는 전화기를 집어넣고 총을 다시 꺼냈다.

35
벗겨진 가면

계단을 내려가는 동안 보슈는 아드레날린이 솟구치는 것을 느꼈다. 거실로 가보니 하디는 의자에서 움직이지 않았지만 지금은 담배를 피우고 있었다. 추는 소파 팔걸이에 걸터앉아 하디를 감시하고 있었다.

"산소통은 잠그게 했습니다." 추가 말했다. "우릴 날려버리면 어쩌나 싶어서요."

"산소통에 아무것도 안 들어 있어." 보슈가 말했다.

"네?"

보슈는 대답하지 않았다. 거실을 가로질러 하디 앞에 가서 섰다.

"일어나."

하디가 어리둥절한 표정으로 보슈를 올려다보았다.

"일어나라고 했다."

"무슨 일이야?"

보슈는 앉아 있는 하디의 셔츠를 두 손으로 움켜쥐고 의자에서 일으켜 세웠다. 그러고는 하디를 돌려세워서 벽으로 밀어붙였다.

"형사님, 뭐 하시는 겁니까?" 추가 물었다. "어르신한테……."

"그놈이야." 보슈가 말했다.

"네?"

"아버지가 아니라 아들이라고."

보슈는 허리띠에서 수갑을 벗겨서 하디의 두 팔을 뒤로 돌려 수갑을 채웠다.

"칠턴 하디, 릴리 프라이스 살인 혐의로 체포한다."

보슈가 미란다의 원칙을 고지하는 동안 하디는 아무 말도 하지 않았다. 얼굴을 돌려 뺨을 벽에 대고 살짝 미소까지 짓고 있었다.

"형사님, 아버지가 2층에 있습니까?" 추가 보슈 뒤에서 물었다.

"아니."

"그럼 어디 있죠?"

"죽은 것 같아. 아들이 아버지 행세를 하면서 연금을 받고 사회복지 혜택을 누리면서 살았던 거지. 파일 열어봐. 운전면허증 사진 어디 있지?"

추가 아들 칠턴 애런 하디의 클로즈업 사진을 갖고 다가왔다. 보슈는 하디를 돌려세워 그의 가슴을 한 손으로 밀어 벽에 붙여 세웠다. 그러고는 그의 얼굴 옆에 사진을 갖다 댔다. 두꺼운 안경을 홱 벗기자 안경이 바닥으로 떨어졌다.

"맞잖아. 면허증 사진 찍을 땐 머리를 민 거지. 외모를 바꾼 거야. 아버지 사진은 안 뽑았지? 뽑았어야 되는데."

보슈가 사진을 추에게 돌려주었다. 하디의 미소가 더 크게 번져갔다.

"이게 재미있어?" 보슈가 물었다.

하디가 고개를 끄덕였다.

"재미있지 그럼. 증거도 없고 자백도 없고 아무것도 없으면서 이러는 거잖아."

이젠 목소리가 달라져 있었다. 더 깊고 중후한 목소리였다. 연약한 노인의 가느다랗고 떨리는 목소리가 아니었다.

"그리고 이 집을 불법 수색한 것도 완전 재미있고. 내가 수색을 허락했다고 믿을 판사는 한 명도 없을걸. 아무것도 못 찾아내서 아쉬워서 어쩌지. 판사가 당신 면상을 향해 증거물을 던져버리는 걸 보면 진짜 재미있을 텐데."

보슈는 하디의 멱살을 잡고 벽에서 떼어냈다가 다시 벽에 갖다 박았다. 분노가 걷잡을 수 없이 커지고 있었다.

"이봐, 파트너?" 보슈가 말했다. "차에 가서 자네 노트북 좀 갖고 와. 지금 당장 압수수색영장 작성하게."

"형사님, 휴대전화로 벌써 확인해봤는데요, 여긴 와이파이가 안 터집니다. 어떻게 보내시려고요?"

"파트너, 잔말 말고 가서 노트북 갖고 와. 와이파이 걱정은 영장 다 쓴 다음에 하자고. 그리고 나갈 때 문 꼭 닫아주고."

"알겠습니다, 파트너. 가서 갖고 올게요."

보슈의 말뜻을 알아차린 것이다.

보슈는 추와 말하는 동안에도 하디에게서 눈을 떼지 않았다. 하디의 눈이 상황을 파악하는 것을 지켜보았다. 곧 보슈와 단둘이 남겨지게 될 것을 알아차리자 날카롭게 반짝이는 차가운 눈빛 속에 두려움이 서서히 밀려들어왔다. 보슈는 현관문이 닫히는 소리가 나자마자 글록 권총을 꺼내 하디의 턱살에 총부리를 들이댔다.

"그러니까 이 개자식아, 여기서 끝내자. 네 말이 맞으니까. 우리가 확보한 게 충분치가 않거든. 그래도 네가 하루라도 더 활개 치고 다니게 내버려둘 수는 없지."

보슈는 하디를 벽에서 거칠게 잡아당겨 바닥으로 홱 밀어버렸다. 하디가 협탁에 부딪혔다가 바닥에 나자빠지면서 협탁에서 재떨이와 물 컵이 카펫 위로 떨어졌다. 보슈는 자빠진 하디의 몸통에 올라탔다.

"이렇게 해야겠어. 우린 넌 줄 몰랐던 거야. 계속 네 아버지인 줄 알았는데, 내 파트너가 차에 간 사이에 네가 나한테 달려든 거지. 총을 뺏으려고 몸싸움을 벌이다가, 어떻게 됐겠어? 네가 진 거야."

보슈는 권총을 옆으로 들고 하디의 얼굴 앞에 들어 보여주었다.

"두 발을 쏠 거야. 한 발은 네 놈의 그 시커먼 심장을 향해 쏠 거고, 그런 다음 수갑을 풀고, 죽은 네 놈의 두 손에 내 글록 권총을 쥐여주고 벽을 향해 한 발을 쏘는 거지. 그렇게 해서 우리 둘 다 총기 잔여물을 묻히고 있으면 어떻게 된 건지 아무도 모를걸."

보슈는 허리를 굽히고 총열이 위로 향하게 해서 하디의 가슴을 겨눴다.

"자, 이런 식으로." 보슈가 말했다.

"잠깐만!" 하디가 외쳤다. "이러지 마!"

보슈는 하디의 눈에서 공포를 보았다.

"이건 릴리 프라이스와 클레이턴 펠을 위해서, 네가 죽이고 상처 입히고 파괴한 모든 사람들을 위해서 하는 일이야."

"제발."

"제발? 릴리도 너한테 그렇게 말했어? 제발 살려달라고?"

보슈가 총의 각도를 약간 바꾸고 몸을 더 깊이 숙이자 그의 가슴이 하디의 가슴에서 겨우 15센티미터 정도 떨어지게 되었다.

"알았어, 인정. 1989년 베니스비치. 다 말할게. 날 잡아가. 아버지 이야기도 해줄게. 내가 노친네를 욕조에서 익사시켰어."

보슈는 고개를 가로저었다.

"살아서 여길 나가려고 내가 듣고 싶은 얘기를 할 거잖아. 그게 무슨 소용이 있어, 하디. 너무 늦었어. 그런 단계는 지났다고. 네가 범행을 자백한다고 해도 법적 효력이 없을 거거든. 강요된 자백이니까. 잘 알면서."

보슈는 글록의 슬라이드를 잡아당겨 총알 한 개를 장전했다.

"아무짝에도 쓸모없는 자백 같은 건 원하지 않아. 증거를 원하지. 은닉품."

"은닉품이 뭔데?"

"숨겨둔 물건. 너 같은 놈들이 소중하게 모셔두는 것 있잖아. 사진이라든가 기념품이라든가. 목숨을 건지고 싶으면 그런 은닉품이 어디 있는지 불어, 하디."

보슈가 기다렸지만 하디는 아무 말도 하지 않았다. 보슈는 다시 그의 가슴에 총을 겨눴다.

"알았어, 알았어." 하디가 절박한 목소리로 말했다. "옆집이야. 옆집에 다 있어. 아버지는 집을 두 채 갖고 있었어. 그 집은 내가 가짜 이름으로 권리증을 받아놨지. 가서 둘러봐. 필요한 건 거기 다 있을 거야."

보슈가 한참 동안 하디를 노려보았다.

"거짓말하면 죽는다."

보슈는 총을 거둬 권총집에 넣고 일어섰다.

"어떻게 들어가지?"

"부엌 조리대 위에 열쇠가 있어."

묘한 미소가 하디의 얼굴에 다시 나타났다. 방금 전엔 목숨을 건지려고 필사적이더니 지금은 웃고 있었다. 보슈는 그것이 자부심 넘치는 표정이라는 걸 알아차렸다.

"가서 확인해봐." 하디가 부추겼다. "보슈 형사, 당신은 유명해질 거야. 최고 기록 보유자를 잡았으니까."

"그래? 몇 명인데?"

"37명. 37개의 십자가를 세웠지."

보슈는 피해자가 많을 거라고 예상은 했지만 그렇게 많을 줄은 몰랐다.

하디가 피해자의 수를 부풀리는 수작을 부리는 건 아닐까 하는 생각도 들었다. 살아서 저 문을 나가기 위해 무슨 말이라도 하고 뭐라도 내주는 거다. 그가 해야 할 일은 이 순간을 견디고 살아남는 거니까. 그러면 무명의 살인범에서 환상과 공포의 대상으로 거듭날 수 있었다. 이름만 들어도 무서워서 벌벌 떠는 살인마로. 보슈는 그것이 하디 같은 연쇄살인범들이 꿈을 실현하는 마지막 단계라는 걸 알고 있었다. 하디는 분명히 자신의 범행이 드러나고 유명해지는 순간을 기다리며 살았을 것이다. 하디 같은 인간들은 그런 순간을 꿈꾸니까.

보슈는 부드럽고 신속한 동작으로 글록을 권총집에서 다시 꺼내 하디를 겨누었다.

"안 돼!" 하디가 소리쳤다. "거래했잖아, 우리!"

"웃기고 있네."

보슈는 방아쇠를 당겼다. 격발장치에서 딸칵하고 금속성이 났고 총에 맞은 것처럼 하디의 몸이 뒤로 확 젖혀졌지만 약실에 총알은 없었다. 장전하지 않은 총이었다. 보슈가 아까 2층 침실에서 총알을 빼놓았었다.

보슈는 고개를 끄덕였다. 하디가 깜빡 속아 넘어갔다. 어떤 경찰관도 총알 한 개를 장전할 필요는 없었을 것이다. 경찰관이 약실을 빈 채로 두진 않을 것이기 때문에. 총알 한 개를 장전하는 데 걸리는 2초 동안 생명을 잃을 수도 있는 LA에서는 특히 더. 이게 다 보슈가 용의자를 속이고 겁을 줘야 하는 상황에서 하는 연극이었다.

보슈는 허리를 굽히고 하디의 몸을 뒤집어 엎드리게 했다. 권총을 그의 등에 놓고 재킷 주머니에서 케이블타이 두 개를 꺼냈다. 하나로는 하디의 두 발목을 모아 단단히 묶고 다른 하나로는 두 손목을 묶은 다음 수갑을 풀었다. 보슈가 직접 하디를 유치장으로 호송할 것 같지는 않았기 때문에 그대로 뒀다가 수갑을 잃고 싶지 않았다.

보슈는 일어서서 수갑을 다시 허리띠에 걸었다. 그러고는 재킷 주머니에 손을 넣어 총알을 한 줌 꺼냈다. 권총에서 빈 탄창을 꺼내 재장전을 시작했다. 장전이 끝나자 탄창을 제자리로 밀어 넣었고 총알 한 개를 약실로 보낸 후 권총을 권총집에 꽂았다.

"한 개는 항상 약실에 넣어둬야 돼." 보슈가 하디에게 말했다.

문이 열리고 추가 노트북을 들고 들어왔다. 그는 바닥에 엎드려 있는 하디를 쳐다보았다. 그는 보슈가 어떤 연극을 했는지 알지 못했다.

"살아 있습니까?"

"응. 잘 보고 있어. 캥거루처럼 뛰어다니게 하지 말고."

보슈는 복도를 걸어 부엌으로 가서 하디가 말했던 조리대 위에서 열쇠꾸러미를 발견했다. 그는 거실로 돌아와, 추와 함께 밖에 나가 앞으로의 처리 방향에 대해서 은밀히 의논하는 동안 하디를 붙잡아둘 방법을 찾아보려고 거실 안을 두리번거렸다. 두세 달 전 경찰국에는 캥거루라 불리는 은행 강도 용의자에 대해 당혹스러운 소문이 돌았다. 경찰은 그의 발목과 손목을 묶어서 은행 바닥에 앉혀두고 숨어 있다고 생각되는 다른 용의자를 찾으러 돌아다녔다. 15분 뒤 다른 순찰차에 앉은 경찰관들은 그 은행에서 세 블록 떨어진 거리에서 캥거루처럼 콩콩 뛰어다니는 남자를 보았다.

드디어 보슈에게 좋은 생각이 떠올랐다.

"소파 끝을 잡아봐." 보슈가 말했다.

"뭐 하시게요?" 추가 물었다.

보슈는 그에게 소파 끝을 가리켰다.

"소파를 뒤집자고."

그들은 소파를 뒤집어 하디의 몸 위로 엎어놓았다. 그러자 소파가 텐트처럼 그의 몸을 덮어서 두 팔과 두 다리가 묶인 상태에서는 일어설 수가 없게 되었다.

"이게 뭐야?" 하디가 항의했다. "당신들 뭐 하는 거야?"

"그대로 가만히 있어, 하디." 보슈가 대답했다. "너무 오래 놔두진 않을 거야."

보슈가 추에게 현관문을 가리켜 보였다. 그들이 밖으로 나가는데 하디가 소리쳤다.

"조심해, 보슈!"

보슈가 그를 돌아보았다.

"뭘?"

"곧 보게 될 걸 조심하라고. 오늘 이후로 당신은 절대로 예전과 같지 않게 될 거야."

보슈는 문손잡이를 잡고 한참을 서 있었다. 뒤집힌 소파 밑에서 밖으로 튀어나온 하디의 발이 보였다.

"두고 봐야지." 보슈가 말했다.

그는 집 밖으로 나가서 문을 닫았다.

36

이게 바로 우리가
이런 일을 하는 이유

지금은 마치 미로 끝에 서 있는데 길을 더듬어 출발점으로 돌아가야만 하는 것 같은 상황이었다. 보슈와 추에게는 수색하고 싶은 장소가 있었다. 하디가 연쇄살인의 기념품을 숨겨두었다고 주장하는 옆집이었다. 이제 그들은 압수수색영장에 집어넣을 수 있고 고등법원 판사가 수긍하고 허가할 수 있는 경위를 생각해내야 했다. 어떤 일련의 사건들과 법적인 조치들이 있었기에 그 집을 수색할 필요가 생겼는지를 조리 있게 밝히는 수색영장을 작성해야 했다.

보슈는 추가 노트북을 가지러 차에 간 사이에 하디의 거실에서 있었던 일을 추에게 말하지 않았다. 어빙 사건을 수사하면서 추를 믿지 못하게 되었을 뿐만 아니라, 자신이 분명히 하디에게 자백을 강요했고 그런 위법 행위를 타인에게 털어놓을 생각이 조금도 없었기 때문이었다. 하디가 자백을 강요받았다고 주장하면 보슈는 그 사실을 부인하고 정말 괘씸하기 짝이 없는 방어 전술이라고 치부해버릴 생각이었다. 그의 주장을 공격할 수 있는 사람은 하디 말고는 아무도 없으니까 그렇게 할 수 있었다.

그래서 보슈는 추에게 지금 해야 할 일을 설명했고 그 일을 할 방법을 논의했다.

"아버지 칠턴 하디는 사망한 것 같고, 이 타운하우스 두 채가 다 그 아버지의 소유인 것 같아. 두 채 다 수색해야 돼. 그것도 지금 당장. 어떻게 하면 좋을까?"

그들은 타운하우스 단지 앞 잔디밭에 서 있었다. 추는 그 질문의 대답이 건물 벽에 낙서처럼 적혀 있기라도 한 것처럼 6A호와 6B호의 외관을 바라보았다.

"6B호에 대한 상당한 근거는 문제없을 것 같은데요." 추가 말했다. "아들 하디가 거기서 아버지 행세를 하며 살고 있는 것을 발견했으니까요. 아버지 하디에게 무슨 일이 있었는지 알아내기 위해 집 안을 수색할 권리가 우리에게 있죠. 급박한 상황이니까요. 거긴 문제없습니다."

"그럼 6A호는? 정말 봐야 할 곳은 거기야."

"그래서 우린…… 우린 그냥…… 아, 알았다, 이렇게 하죠. 우린 아버지 칠턴 하디를 조사하러 왔는데 얘기를 나누다 보니까 우리 앞에 앉아 있는 사람이 사실은 아들 칠턴 하디라는 것을 깨달은 거죠. 아버지 하디는 흔적도 없고. 그래서 우린 아버지 칠턴 하디가 묶인 채로 어디 갇혀 있을지도 모른다고 생각한 겁니다. 살아 있을지도 모르고 어쩌면 죽어 있을지도 모른다고 말이죠. 그래서 부동산 감정평가사의 데이터베이스에서 주택소유권자 명단을 쭉 뽑아보니, 하, 이것 봐라, 아버지 칠턴 하디가 바로 옆집도 갖고 있었는데 소유권이 이전되었고 그 소유권 이전이 허위로 진행된 것 같은 냄새가 풀풀 나는 거죠. 그럼 그 아버지가 살아 있는지, 어떤 위험에 처해 있는지 알아보기 위해서 그 집 안에 들어가 볼 의무가 생기는 거죠. 이번에도 역시 급박한 상황이라서."

보슈는 고개를 끄덕이면서 동시에 얼굴을 찌푸렸다. 그 이야기가 마음에 들지 않았다. 그 집 안으로 들어가기 위해 꾸며낸 이야기처럼 느껴졌다. 사실이 그러했지만. 판사가 수색영장에 서명해줄 수 있겠지만 우호적인 판사를 찾아야 할 것이다. 보슈는 확실한 것을 원했다. 어느 판사라도 승인해줄 논리를, 그리고 뒤따르는 법정 공방에도 흔들리지 않는 논리를 원했다.

보슈는 그 집들에 접근할 방법이 자기 손에 쥐어져 있다는 걸 깨달았다. 여러 가지 의미로 그러했다. 그는 열쇠고리를 높이 들고 살펴보았다. 거기에는 열쇠 여섯 개가 달려 있었다. 한 개는 닷지 로고가 붙어 있는 것으로 보아 자동차 열쇠가 분명했다. 일반 치수의 슈리지 열쇠는 아마도 타운하우스 두 채의 현관문 열쇠인 것 같았고 그보다 작은 열쇠도 세 개 있었다. 그중 두 개는 그들이 타운하우스 앞 인도를 지나갈 때 보았던 우편함을 여는 열쇠였다.

"여기 열쇠고리에 우편함 열쇠가 두 개 있어. 가보자." 보슈가 말했다.

그들은 우편함이 늘어서 있는 곳으로 향했다. 보슈는 6단지 우편함에 열쇠를 넣어 돌려보았다. 6A호와 6B호의 우편함이 열렸다. 보슈는 6A호에 적힌 이름이 드류라는 것을 보고는, 하디가 재치를 발휘했다고 생각했다. 하디와 드류(1930년대에 나온 소년 소녀 탐정 시리즈의 주인공인 하디 형제들과 낸시 드류를 가리킴 - 옮긴이)가 로스앨러미터스에서 옆집에 살다니.

"자, 이렇게 하자. 우린 하디의 소지품 중에서 우편함 열쇠 두 개를 발견했어." 보슈가 말했다. "그래서 우편함에 와보고는 하디가 두 개의 우편함에 접근할 수 있었다는 것을 알게 되지. 6A호와 6B호. 그리고 슈리지 데드볼트 열쇠도 두 개를 갖고 있는 것을 보고 하디가 6A호와 6B호에 드나들 수 있었다고 믿게 된 거야. 그래서 주택보유자 기록을 확인했더니 6A호의 집주인이 아버지 칠턴 하디에서 딴 사람으로 바뀌어 있는 거지. 그런데 그게 이상한 게 아들이 아버지 행세를 하기 시작한 이후에 소유권 이전이 이뤄졌거든. 그러니까 A호를 살펴볼 필요가 있는 거지, 노인네가 거기 갇혀 있는지 어떤지 확인해야 하니까. 그래서 문을 두드렸는데 아무 대답이 없는 거야. 그래서 들어가게 해달라고 수색영장을 청구하는 거지."

추가 고개를 끄덕였다. 마음에 드는 모양이었다.

"설득력 있는데요. 제가 그런 식으로 작성할까요?"

"응. 작성해. 안에 들어가서 하디 감시하면서 작성해봐."

보슈가 열쇠고리를 들었다.

"난 6A호에 들어가서 이렇게 애쓸 가치가 있나 미리 한번 둘러볼게."

이런 것을 영장의 선집행이라고 불렀다. 판사에게 공식적으로 영장을 발부받기 전에 대상 장소를 먼저 수색하는 것이다. 이렇게 하는 것이 경찰의 관행이긴 했지만, 알려지면 당사자는 경찰국에서 해고될 수 있고 심지어 감옥에 갈 수도 있었다. 그러나 사실 수색 대상이 되는 건물이나 차량에서 무엇이 발견될 건지 잘 아는 상태에서 영장이 발부되는 경우가 많았다. 그것이 가능했던 것은 경찰이 미리 들어가 봤기 때문이었다.

"그럴 필요가 있겠습니까, 형사님?" 추가 물었다.

"응. 내가 하디를 속이는 동안 놈도 나를 속인 건지 모르잖아. 우리가 시간 낭비하는 게 아니라는 걸 빨리 확인하고 싶어."

"그럼 제가 그 사실을 모르고 있게 안으로 들어갈 때까지 기다리시죠."

보슈는 웨이터처럼 팔을 펴들고 허리를 약간 굽혀 인사하면서 6B호 문을 가리켰다. 추가 그곳으로 걸어가다가 갑자기 멈춰 서더니 되돌아왔다.

"우리가 여기 와서 무슨 일을 하고 있는지 다른 LA 경찰국에는 언제 알리실 겁니까?"

"다른 LA 경찰국은 또 뭐야?"

"로스앨러미터스 경찰국이요."

"아직은 아냐." 보슈가 말했다. "영장이 나오면 그때 알리지 뭐."

"그럼 기분 나빠할 텐데요."

"그러든지 말든지. 우리 사건 범인 우리가 체포하겠다는데 왜."

보슈는 로스앨러미터스 규모의 경찰국은 '진짜' LA 경찰국에 쉽게 밟힐 수 있다는 걸 알고 있었다.

추는 6B호 문을 향해 다시 걸어가기 시작했고 보슈는 차로 돌아갔다. 그는 트렁크를 열고 도구상자에서 라텍스 장갑을 몇 켤레 꺼내 외투 주머니에 넣었다. 혹시 필요할까 싶어 손전등도 집어 든 후 트렁크를 닫았다.

보슈는 6A호로 걸어가다가 6B호에서 들려오는 고함소리에 걸음을 멈췄다. 하디의 목소리였다.

보슈는 6B호로 돌아가 현관문을 열고 들어갔다. 하디는 아직도 소파 밑에 엎드려 있었다. 추는 부엌에서 갖고 온 식탁 의자에 앉아서 노트북으로 영장을 작성하고 있었다. 보슈가 들어가자 하디가 조용해졌다.

"뭐라고 소리치는 거야?"

"처음에는 담배를 달라더니 지금은 변호사를 불러달랍니다."

보슈는 뒤집어진 소파를 내려다보았다.

"입건하는 대로 통화하게 해줄게."

"그럼 입건을 하든가!"

"먼저 현장부터 확보해야지. 그리고 계속 그렇게 소리 지르면 재갈을 물리는 수밖에 없어."

"변호사를 부를 권리가 있다며. 당신 입으로 그렇게 말했잖아."

"다른 사람들이 통화할 수 있을 때 너도 통화할 수 있게 해준다니까. 입건하고 나서."

보슈가 문을 향해 돌아섰다.

"이봐, 보슈?"

보슈가 뒤돌아보았다.

"들어가 봤어?"

보슈는 대답하지 않았다. 하디가 말을 이었다.

"우리 이야기를 영화로 만들려고 할 거야."

추가 보슈를 흘끗 올려다보았다. 세상에는 자신의 전설적인 악행이 만들어낸 악명과 공포를 즐기는 살인범들이 있었다. 전설 속의 악령이 현실이 된 것이다. 도시의 전설이 도시의 현실이 된 것이다. 하디는 아주 오랜 세월을 숨어서 지냈다. 이젠 그가 스포트라이트를 받을 때가 된 것이다.

"아무렴." 보슈가 말했다. "넌 가장 유명한 사형수가 될 거야."

"이거 왜 이래. 내가 향후 20년은 주삿바늘을 피할 수 있다는 거 잘 알면서. 적어도 20년은 말이지. 영화에서 누가 내 역할을 맡을 거 같아?"

보슈는 대답하지 않았다. 현관 계단으로 걸어 나가 태연히 주위를 돌아보며 근처에 지나가는 보행자나 운전자가 있는지 살폈다. 아무도 없었다. 그는 6A호 현관으로 재빨리 걸어가서 주머니에서 하디의 열쇠고리를 꺼냈다. 슈리지 열쇠 하나를 데드볼트에 넣었더니 돌아갔다. 운 좋게도 단번에 열린 것이다. 또한 그 열쇠가 문손잡이 자물쇠도 열었다. 보슈는 문을 밀어 열고 들어가서 문을 닫았다.

보슈는 현관 입구에 서서 라텍스 장갑을 꼈다. 집 안은 밤처럼 깜깜했다. 그는 장갑 낀 손으로 벽을 더듬어 전등 스위치를 찾아냈다.

천장 등의 희미한 불빛 속에 드러난 6A호는 공포의 집이었다. 앞쪽 창문들 앞에 가벽이 설치되어 방음벽 역할을 함과 동시에 어둠과 은밀함을 보장했다. 거실의 사방 벽은 살인과 강간과 고문 장면을 담은 사진 콜라주와 신문기사들을 전시하는 화랑 역할을 하고 있었다. 샌디에이고와 피닉스, 라스베이거스 같은 먼 지역의 신문기사들도 눈에 띄었다. 미제 납치사건, 시신유기 사건, 실종사건 등에 관한 기사들이었다. 이 사건들을 전부 하디가 저지른 거라면 그는 여행자였다. 사냥 지역이 광범위했다.

보슈는 사진들을 살펴보았다. 하디의 피해자들은 젊은 남자들과 여자들이었다. 어린이도 여러 명 있었다. 보슈는 천천히 걸으면서 끔찍한 사진들을 자세히 살펴보았다. 그러다가 〈로스앤젤레스 타임스〉 1면 전면기사 앞에서 멈춰 섰다. 색이 누렇게 바래고 종이가 갈라져 있었는데, 어린 소녀가 웃고 있는 사진 옆에 웨스트밸리의 쇼핑몰에서 그 소녀가 실종됐다는 소식을 전하는 기사가 실려 있었다. 보슈는 가까이 가서 기사를 읽다가 그 소녀의 이름을 보니까 퍼뜩 떠오르는 것이 있었다. 그는 그 이름과 사건을 알고 있었고 하디의 운전면허증에 적힌 주소가 그렇게 익숙하게 느껴진 이유를 이제야 알게 되었다.

잠시 후 보슈는 끔찍한 사진들로부터 도망쳤다. 지금은 수색 전에 한번 훑어보는 단계였다. 계속 움직여야 했다. 차고 문 앞에 다다른 보슈는 그 문을 열기도 전에 그 안에서 무엇을 발견할지 알 것 같았다. 차고에는 흰색 승합차가 한 대 서 있었다. 하디가 납치할 때 사용한 가장 중요한 범행 도구였다.

신형 닷지였다. 보슈는 열쇠로 차 문을 열고 안을 들여다보았다. 매트리스와 강력접착테이프 두 개가 걸린 공구걸이 판을 제외하고는 아무것도 없었다. 보슈는 점화장치에 열쇠를 꽂고 시동을 켜서 주행거리를 확인했다. 그 승합차의 주행거리는 22만 5천 킬로미터가 넘었다. 이 살인범의 활동영역이 얼마나 광범위했는가를 보여주는 또 하나의 증거였다. 보슈는 시동을 끄고 차 문을 다시 잠갔다.

어떤 증거물들을 확보했는지 알 수 있을 만큼 충분히 보았지만 그런데도 2층에 올라가보고 싶은 생각이 자꾸 들었다. 2층 앞쪽 침실부터 들어가 보니 그 안에는 가구가 전혀 없었다. 옷만 몇 무더기 쌓여 있었다. 팝스타가 그려진 티셔츠와 몇 벌의 청바지가 있었고 브래지어와 팬티와 허리띠는 따로 쌓여 있었다. 피해자들의 옷이었다.

걸어 들어갈 수 있는 벽장에는 걸쇠와 맹꽁이자물쇠가 채워져 있었다. 보슈는 열쇠고리를 다시 꺼내 가장 작은 열쇠를 맹꽁이자물쇠에 넣고 돌렸다. 벽장문이 열리자 그는 바깥벽에 있는 스위치를 켰다. 벽장 안은 비어 있었다. 벽과 천장과 바닥에는 검은색 페인트칠이 되어 있었다. 뒤쪽 벽, 바닥에서 1미터 정도의 높이에 쇠로 된 두꺼운 고리 볼트 두 개가 박혀 있었다. 이곳은 하디가 피해자들을 숨겨두는 창고였던 것이 틀림없다. 보슈는 재갈이 물리고 온몸이 묶인 채 볼트에 고정된 상태로 이 벽장 안에 갇혀 있었을 사람들을 떠올렸다. 생애의 마지막 시간을 보내면서 하디가 고통을 끝내주기만을 기다렸을 사람들을 떠올렸다.

뒤쪽 침실에는 침구 없이 매트리스만 있는 침대가 있었다. 구석에는 카메라 없이 카메라 삼각대만 놓여 있었다. 벽장문을 열어보니 그 안은 전자제품 창고였다. 비디오카메라, 오래된 스틸 카메라, 폴라로이드 카메라, 노트북 컴퓨터가 있었고 위쪽 선반에는 DVD케이스와 비디오테이프가 일렬로 세워져 있었다. 선반 하나에는 오래된 구두 상자 세 개가 놓여 있었다. 보슈는 상자 한 개를 끌어내려 열었다. 그 안에는 오래된 폴라로이드 사진이 가득 들어 있었다. 대개가 빛이 바랜 옛날 사진이었는데, 많은 젊은 남녀들이 얼굴이 찍히지 않은 남자와 함께 구강성교를 하는 모습을 찍은 거였다.

보슈는 구두 상자를 제자리에 갖다 놓고 벽장문을 닫았다. 그러고는 복도로 나갔다. 화장실은 6B호 화장실만큼이나 더러웠고 욕조 면을 따라 둥그렇게 적갈색으로 물들어 있어서 하디가 피를 씻어낸 곳이라는 것을 알 수 있었다. 보슈는 화장실에서 나와 복도에 있는 벽장을 열었다. 그 안에는 높이가 130센티미터 정도 되고 볼링핀 모양을 한 검은색 플라스틱 케이스가 들어 있었다. 케이스 꼭대기에 손잡이가 달려 있었다. 보슈는 그 손잡이를 잡고 앞으로 기울였다. 케이스 바닥에 바퀴가 두 개 달려 있어서 복도로 굴려 나올 수 있었다. 케이스는 비어 있는 것 같았다. 보슈는 악기를 담아놓는 케이스가 아니었을까 생각했다.

그러나 그때 보슈는 케이스의 옆면에 제조업체의 이름을 적은 금속판이 붙어 있는 것을 보았다. 거기에 '골프+고 시스템'이라고 적혀 있는 것을 보고는 비행기를 탈 때 골프채를 담아가는 골프가방이라는 것을 알아차렸다. 그는 그 가방을 카펫 위에 눕혀놓고 열었다. 두 개의 걸쇠를 열쇠 하나로 잠글 수 있게 되어 있었다. 가방 안은 비어 있었지만 가방을 열 때 보니까 가방 꼭대기 면에 10센트짜리 동전 크기로 가장자리가 매끄럽지 않은 구멍 세 개가 뚫려 있었다.

보슈는 가방을 닫고 똑바로 세운 후 나중에 공식적으로 압수수색을 할 때 찾을 수 있도록 벽장에 도로 갖다 놓았다. 그러고는 벽장문을 닫고 아래층으로 내려갔다.

계단을 절반 정도 내려가던 그는 갑자기 걸음을 멈추고 난간을 움켜잡았다. 골프가방에 있던 10센트짜리 동전 크기의 구멍은 가방 안에 공기가 통하게 하기 위해 뚫은 거라는 생각이 퍼뜩 들었다. 어린이나 키가 작은 어른은 그 안에 들어갈 수 있었을 것이다. 보슈는 그 잔인하고 패륜적인 행위에 충격을 받았다. 피비린내가 나는 것 같았다. 살려달라고 숨죽여 애원하는 소리가 들리는 것 같았다. 이곳의 고통이 실감되었다.

보슈는 잠깐 벽에 몸을 기대고 있다가 미끄러지듯 계단에 주저앉았다. 두 팔꿈치를 무릎에 대고 몸을 앞으로 숙였다. 과호흡을 하고 있었다. 그는 숨을 천천히 쉬려고 애썼다. 머리카락 속으로 손을 넣어 머리를 쓸어 넘기고는 그 손으로 입을 막았다.

보슈는 두 눈을 감았다. 그 옛날 죽음의 현장에 있었던 기억이 되살아났다. 그는 집에서 멀리 떨어진 곳의 땅굴에서 몸을 웅크리고 있었다. 그때 그는 어렸고 무서워 벌벌 떨면서 숨을 제대로 쉬려고 애쓰고 있었다.

그게 중요했다. 숨쉬기. 호흡을 가다듬으면 두려움을 통제할 수 있었다.

그는 그곳에 2분 정도 앉아 있었지만 하룻밤이 다 가버린 것 같은 느낌이 들었다. 마침내 호흡이 정상으로 돌아왔고 땅굴의 기억이 희미해졌다.

그때 휴대전화에서 전화벨이 울려서 그를 어둠의 순간에서 끌어내주었다. 그는 전화기를 꺼내 액정화면을 확인했다. 추 형사였다.

"왜?"

"보슈 형사님, 괜찮으십니까? 거기 너무 오래 계셔서요."

"괜찮아. 곧 건너갈게."

"잘됐죠?"

그 말은 6A호에서 필요한 증거물을 찾았느냐는 뜻이었다.

"응, 잘됐어."

보슈는 전화를 끊고 나서 팀 마샤의 직통 전화번호로 전화를 걸었다. 그러고는 미제사건 전담반 총무에게 수사 진행 상황을 두루뭉술하게 설명했다.

"여기 지원인력이 필요해." 보슈가 말했다. "할 일이 굉장히 많을 것 같거든. 홍보팀도 필요하고 여기 경찰국과의 공조를 위한 연락담당자도 필요할 거야. 이번 주 내내 여기 있어야 할 것 같으니까 지휘본부도 세워야 할 것 같고."

"알았어, 내가 알아서 할게." 마샤가 말했다. "경위한테 보고하고 인원차출 시작할게. 얘길 들어보니 몽땅 다 내려보내야 할 것 같은데."

"그래, 그게 좋을 것 같아."

"자네 괜찮아, 해리? 목소리가 좀 이상한데."

"괜찮아."

보슈는 마샤에게 주소를 불러준 뒤 전화를 끊었다. 2분 정도 가만히 앉아 있다가 키즈민 라이더의 휴대전화로 전화를 걸었다.

"선배, 왜 전화했는지 아는데 아주 신중하게 생각하고 결정했다는 말밖에 할 말이 없어요. 경찰국을 위해 최선의 결정을 내린 거예요. 그것에 대해서 선배와 왈가왈부할 생각도 없고요. 얘기 안 하는 게 선배를 위해서도 좋을 거 같고."

라이더는 어빙과 택시 독점사업권에 관한 〈타임스〉 기사 얘기를 하고 있었다. 이제 보슈에게는 그 사건이 너무나 먼 옛날의 일로 느껴졌다. 그리고 너무나 부질없는 일로 느껴졌다.

"그것 때문에 전화한 거 아냐."

"아. 그럼, 무슨 일인데요? 목소리가 별로 안 좋은데요."

"괜찮아. 방금 거물을 하나 잡았는데 국장님이 알고 싶어 하실 것 같아서 전화한 거야. 9~10년 전에 웨스트밸리에서 발생했던 맨디 필립스 사건 기억해?"

"아뇨, 설명해주세요."

"열세 살짜리 여자아이가 거기 쇼핑몰에서 납치됐어. 시신도 발견되지 않았고, 체포된 용의자도 없고."

"그 범인을 잡았어요?"

"응, 그리고 그놈이 어떻게 한 줄 알아? 3년 전에 운전면허증을 땄거든. 그런데 그 여자애의 주소를 자기 주소라고 적어놓은 거 있지."

라이더는 하디의 뻔뻔함에 놀랐는지 잠시 할 말을 잃었다.

"놈을 잡아서 정말 다행이네요." 마침내 라이더가 말했다.

"그런데 피해자가 그 아이 한 명이 아니야. 나 지금 추와 함께 놈을 체포하고 상황을 정리하러 오렌지 카운티에 내려와 있거든. 그런데 일이 커질 것 같아. 놈은 37명을 죽였다고 주장하고 있어."

"오 하느님!"

"벽장문을 열어보니까 카메라와 사진과 테이프가 한가득이야. 비디오

테이프도 있더라고. 아주 오래전부터 이 짓을 해왔던 거지."

보슈는 영장을 선집행하면서 찾아낸 것을 라이더에게 털어놓은 것이 굉장한 모험이라는 걸 알고 있었다. 두 사람은 예전엔 파트너로 함께 일했지만 그때 존재했던 공고한 연대감에 이젠 서서히 금이 가고 있었다. 그럼에도 불구하고 보슈는 위험을 무릅썼다. 정치적 고려와 고위층의 간섭 같은 것은 다 제쳐두고, 라이더를 믿을 수 없다면 아무도 믿을 수 없을 것이기 때문이었다.

"듀발 경위한테 전부 얘기했어요?"

"총무한테 말했어. 전부 다는 아니고, 필요한 만큼만. 반원들 다 데리고 내려올 것 같아."

"알았어요, 나도 상황을 지켜볼게요. 국장님이 거기 내려가실지는 모르겠지만, 분명히 참여는 하고 싶어 하실 거예요. 여기 강당을 써먹을 수 있겠네요, 이럴 때 쓰라고 만들어놨으니."

경찰국 신청사 1층에는 시상식이나 특별 행사나 대규모의 기자회견을 할 때 쓸 수 있도록 강당이 마련되어 있었다. 이번에도 그곳에서 기자회견을 열겠다는 뜻이었다.

"알았어. 그런데 그것 때문에 전화한 것은 아니야."

"그럼 주요 용건은 뭔데요?"

"내 파트너를 부서 이동 시키는 것과 관련해서 무슨 조치를 취했어?"

"어, 아뇨. 오늘 아침에 좀 바빴어요."

"잘됐군. 그럼 하지 마. 없던 일로 하자고."

"정말요?"

"응."

"알았어요."

"그리고 당신이 얘기했던 또 다른 거 말이야. 5년 꽉 채워 일할 수 있게 해준다는 거. 아직도 유효한가?"

"내가 그 제안을 했을 땐 그렇게 해줄 수 있다는 확신이 있어서 그런 거예요. 그런데 이 사건이 종결되고 나면 굳이 내가 나설 필요도 없을 것 같은데요. 위에서 선배를 계속 붙잡아놓고 싶어 할걸요. 유명해질 거예요, 선배."

"유명해지는 건 바라지 않아. 그냥 수사를 계속하고 싶을 뿐이지."

"알아요. 꽉 찬 5년 받아볼게요."

"고마워, 키즈. 이제 그만 끊어야겠다. 많은 일들이 일어나고 있어서 말이야."

"행운을 빌어요, 선배. 너무 드러내놓고 들쑤시진 말고요."

규칙을 어기지 말라는 뜻이었다. 너무 중대한 사건이니까.

"알았어."

"그리고 선배?"

"응."

"이게 바로 우리가 이런 일을 하는 이유예요. 이자와 같은 인간들 때문에. 이런 괴물들은 우리가 막아 세울 때까지 결코 멈추지 않거든요. 숭고한 일이에요, 우리가 하는 일. 그걸 잊지 마세요. 선배가 얼마나 많은 사람들을 구했는지 기억하시라고요."

보슈는 고개를 끄덕였다. 아까 보았던 골프가방이 떠올랐다. 그것은 영원히 그의 기억 속에 남게 될 것 같았다. 6A호에 들어가면 보슈의 인생이 결코 예전과 같지 않을 거라고 경고했던 하디의 말이 옳았다.

"그래도 충분치 않아." 보슈가 말했다.

보슈는 전화를 끊고 생각에 잠겼다. 이틀 전만 해도 앞으로 남은 39개월을 다 채울 수 있을 거라고는 생각하지 않았다. 그런데 이젠 5년 꽉 채워 근무하길 바랐다. 어빙 사건에서 그가 어떤 실수를 했고 어떤 실패를 했든, 임무는 끝나지 않았다는 것을 그는 이제야 깨달았다. 항상 임무가, 그가 해야 할 일이 있었다. 그의 사명.

이게 바로 우리가 이런 일을 하는 이유예요.

보슈는 고개를 끄덕였다. 키즈의 말이 옳았다.

그는 난간을 붙잡고 몸을 일으켜 세워서 다시 계단을 내려가기 시작했다. 어서 빨리 이 집을 나가 햇빛 속으로 들어가야 했다.

37

격려 연설

정오가 되기 전 조지 컴패니오니 고등법원 판사가 압수수색영장에 서명해줬고, 보슈와 추를 비롯한 미제사건 전담반원들은 타운하우스 6A호에 숨겨져 있던 공포의 증거물들을 공식적이고 합법적으로 수색해서 압류했다. 그런 다음 베이커와 키호 형사가 칠턴 하디를 전담반 차량에 태워 메트로폴리탄 구치소로 압송해서 입건하고 구금시켰다. 수사 책임자인 보슈와 추는 뒤에 남아 범죄현장 정리를 지휘했다.

하디가 아버지 행세를 하며 살면서 무시무시한 욕망을 실현시켰던 두 채의 타운하우스 밖의 거리는 시끌벅적한 서커스장 같은 분위기가 되었다. 끔찍한 범죄의 증거물이 발견되었다는 사실이 알려지면서 과학수사요원들과 두 카운티의 기자들뿐만 아니라 수사관들과 순경들까지 몰려들었기 때문이었다. 그 뉴스가 케이블과 지상파 텔레비전을 통해 보도되었을 뿐만 아니라 인터넷의 모든 뉴스 사이트에 등록되었기 때문에 곧 전 세계인들의 관심이 로스앨러미터스라는 이 작은 마을로 쏠리게 될 것이었다.

두 LA 경찰국 간의 관할권 다툼은 로스앤젤레스 경찰국이 사건 수사와 관계된 모든 측면들을 맡아서 처리하고 로스앨러미터스 경찰국은 군중 및 언론 통제와 현장보안 및 안전 문제를 맡아서 처리하는 것으로 신속히 정리되었다. 현장의 교통 통제와 하디가 살았던 타운하우스 단지 주민들의 대피도 로스앨러미터스 경찰국이 맡았다. 양측은 최소 일주일은 걸릴 것으로 예상되는 범죄현장 수사 기간 동안 열정적으로 달려들어 일했다. 조용하던 동네에 곧 몰려들 기자와 카메라와 중계 차량을 통제하기 위해 양측 모두 언론 담당 대변인을 현장에 파견했다.

경찰국장과 강력계장이 머리를 맞대고 총괄적인 수사계획을 마련했고 그 계획 중 하나는 발표 즉시 사람들을 놀라게 했다. 미제사건 전담반장인 듀발 경위가 수사책임자의 자리에서 밀려났다. 그녀의 전담반이 맡은 최고로 영광스럽고 가장 중요한 수사를 지휘하는 권한이 강력계의 다른 전담반장인 래리 갠들 경위에게 돌아갔다. 갠들 경위는 듀발보다 경력이 오래되었고 언론을 훨씬 더 잘 다룰 줄 아는 사람으로 평가받았다. 그런 갠들이 현재 진행 중인 수사를 지휘하게 된 것이다.

보슈는 그 조치에 대해 아무런 불만이 없었다. 미제사건 전담반에 배정되기 전에 갠들의 살인사건 전담반에서 함께 일했는데 서로 마음이 잘 맞아 즐겁게 일했던 기억이 있었다. 갠들은 자신의 수사관들을 신뢰했고 자기부터 소매를 걷어붙이고 솔선수범하는 간부였다. 문을 닫고 블라인드를 내리고 숨어 지내는 관리자가 아니었다.

갠들은 제일 먼저 보슈와 추와 의논한 뒤에 현장에 있는 수사관들을 불러 모아 회의를 했다. 갠들이 6A호 안에 있던 과학수사계의 사진기사들과 감식전문가들을 잠깐 집 밖으로 내보낸 뒤 수사관들 모두가 어두운 거실에 모여 섰다.

"자, 여러분, 잘 들어요." 갠들이 말했다. "나는 우리가 햇빛과 신선한 공기가 있는 집 밖에서 모여야 한다고 생각하지 않았습니다. 어둡고 죽음의 냄새가 코를 찌르는 바로 이 집 안에서 모이는 것이 더 좋겠다고 생각했죠. 이 어둠과 죽음의 냄새야말로 많은 사람들이 이곳에서 끔찍하게 죽어 갔다는 것을 보여주는 증거니까. 많은 사람들이 여기서 고문당하고 살해됐어요. 우리가 여기서 최선을 다해 무고한 희생자들의 넋을 기리고 그들의 명예를 지켜줘야 합니다. 원칙과 절차를 무시하는 일은 안 돼요. 규칙을 어기는 일도 있어서는 안 되고. 수사를 올바른 방식으로 진행합시다. 이 하디라는 자가 지금 베이커와 키호 형사와 함께 저 차 안에 앉아서 모든 죄를 자백하고 있든 그렇지 않든 나는 관심 없어요. 우리는 여기서 절대적이고 확실한 증거를 찾아 이자의 범행을 명명백백하게 밝혀야 합니다. 이자가 다시는 햇빛을 보지 못하게 합시다. 우리의 목표는 이자의 사형입니다. 알겠습니까?"

몇 명이 고개를 끄덕였다. 갠들 경위가 미식축구팀 코치처럼 격려의 연설을 하는 것을 보슈는 지금 처음 보았다. 마음에 들었고, 이 수사가 얼마나 중요한 의미가 있는지를 모두에게 상기시킨 바람직한 조치였다고 생각했다.

서론을 끝낸 후 갠들은 팀별로 임무를 분배했다. 두 채의 타운하우스 안에서 진행될 수사의 상당 부분은 법과학적 증거를 수집하는 것이었지만, 수사의 핵심은 두 번째 침실 벽장 속에서 발견된 비디오와 집 안 곳곳 벽에 붙어 있는 사진들을 분석하는 것이었다. 미제사건 전담반 형사들은 피해자들이 누군지, 어디에서 왔는지, 그리고 그들에게 무슨 일이 있었는지를 파악해서 문서화하는 임무를 맡았다. 굉장히 암울한 임무가 될 것이 분명했다. 아까 추는 그 방대한 양의 비디오테이프와 DVD에 어떤 장면이 담겨 있을지 감을 잡기 위해서 침실 벽장에서 찾은 DVD 한 개를 컴퓨터에 넣어 재생시켜보았었다. 거기에는 하디가 여자를 성폭행하고 고문하는 장면이 담겨 있었다. 여자가 얼마나 고통스러웠으면 하디가 입에 물린 재갈을 끌어내리자마자 제발 죽여달라고, 이 고통을 끝내달라고 애원했다. 여자는 목이 졸려 의식을 잃었지만 여전히 숨을 쉬고 있는 상태에서 하디가 카메라를 돌아보며 빙긋 웃었다. 그 장면을 끝으로 비디오가 끝났다. 하디는 여자에게서 원하던 것을 다 얻은 것이다.

경찰로 살아온 수십 년 동안 보슈는 이렇게 속을 뒤집어놓는 끔찍한 장면을 본 적이 없었다. 그 DVD 디스크에는 영원히 잊히지 않을, 그래서 마음 한편에 묻어두려고 무진 애써야 할 영상이 담겨 있었다. 그런데 그런 디스크와 테이프가 수십 개 더 있었고 사진도 수백 장이 있었다. 하나하나 다 살펴보고 묘사하고 분류해서 증거물로 삼아야 했다. 그것은 영혼을 바짝바짝 타들어가게 하는 고통스러운 작업이 될 것이고, 강력계 형사들만 갖고 있는 영혼의 상처를 더 보탤 것이 분명했다. 갠들 경위는 이 끔찍한 임무를 수행하면서 문제가 있으면 누구나 경찰국 행동과학 전담반의 심리치료사들과 상담할 것을 권했다. 강력계 형사라는 직업이 수반하는 끔찍한 공포를 마음에 꾹꾹 눌러 담고 살아가는 것은 암을 치료하지 않고 사는 것과 같다는 것을 경찰이면 누구나 알고 있었다. 그런데도 그 마음의 짐을 내려놓기 위해 전문가의 도움을 받는 것이 나약함을 드러내는 거라고 생각하는 사람들이 많았다. 어떤 경찰관도 나약하게 보이고 싶어 하지 않았다. 나쁜 놈들의 눈에든, 동료들의 눈에든.

다음으로 갠들은 수사 지휘자인 보슈와 추에게 발언권을 넘겼고, 그들은 하디를 찾아내고 나란히 있는 타운하우스 두 채를 발견하게 된 경위를 간략히 설명했다.

또한 그들은 수사의 상반된 측면에 대해서도 강조했다. 한편으로는 수사에 속도를 낼 필요가 있었지만 또 한편으로는 철저히 수사하기 위해서 신중하게 움직일 필요도 있었다.

경찰국은 하디를 체포하고 48시간 안에 그를 기소할 법적 의무가 있었다. 기소하면 그는 수요일에 법원에 첫 출두 해서 판사 앞에 서야 했다. 48시간 안에 기소하지 않으면 그를 석방해야 했다.

"우선 우린 한 가지 혐의로 하디를 기소할 겁니다." 보슈가 말했다. "한 명을 살해한 혐의로 기소하고 나중에 나머지 건도 준비되면 추가로 기소할 생각이죠. 그러니까 수요일엔 릴리 프라이스로 갑니다. 지금으로서는 좀 불안하긴 하지만 그래도 그 건이 가장 확실하니까. 하디의 DNA는 아니지만 DNA 일치 결과가 있고, 그 결과를 토대로 하디가 범행현장에 있었다는 사실을 입증할 수 있을 거니까. 지금부터 수요일 오전까지 이곳 어딘가에서 릴리의 모습을 찾게 되기를 바랍니다."

추는 원래의 사건 조서에서 빼낸 릴리 프라이스의 5×7 사진을 들어 보였다. 졸업앨범 사진이었다. 순수하고 아름다운 얼굴로 활짝 웃고 있었다. 그러나 하디의 기념품들 중에서 그녀의 사진을 발견한다면 이런 모습은 아닐 것이었다.

"릴리 프라이스 사건은 1989년에 발생했으니까 DVD에는 없을 겁니다. 하디가 비디오테이프를 DVD로 전환하고 있었던 게 아니라면요." 추가 말했다. "여기 전환기기가 없는 걸 보니 그런 일이 있었을 것 같지도 않고. 이런 비디오를 외부에 맡겨 전환시켰을 것 같지도 않고요."

"추 형사와 나는 스틸 사진을 훑어볼게요." 보슈가 말했다. "비디오테이프를 확인하는 사람들은 프라이스가 나오나 잘 좀 봐줘요. 이자의 테이프나 사진 속에서 프라이스를 찾는다면, 수요일에 법정에서 대박을 터뜨리게 되는 겁니다."

보슈와 추의 발언이 끝나자, 갠들이 다시 바통을 넘겨받아 격려의 말로 회의를 마무리했다.

"좋아요, 여러분." 갠들이 말했다. "이것으로 회의를 끝내겠습니다. 무엇을 해야 하는지는 다들 잘 알고 있을 테니, 이제부턴 실행에 옮깁시다. 우리의 노력이 헛되지 않게 합시다."

사람들이 흩어지기 시작했다. 보슈는 동료 형사들에게서 긴박감을 느낄 수 있었다. 갠들의 격려가 효과를 발휘한 것이다.

"그리고 또 한 가지." 갠들이 말했다. "이 사건과 관련해서는 업무시간에 제약이 없어요. 초과근무를 하면 그만큼 초과근무수당이 지급될 겁니다. 이는 국장님이 직접 승인하신 사안이에요."

경위가 환호성이나 박수갈채를 기대했다면 실망했을 것이다. 수사 자금이 풍족하게 흘러들어올 것이라는 좋은 소식에도 반응이 거의 없었다. 초과근무수당은 좋은 소식이었다. 지난 1년 동안 초과근무수당의 지급이 제대로 이루어지지 않고 있었다. 그러나 다들 수사하면서 금전적인 보답을 먼저 생각하는 것은 꺼려하는 분위기였다. 보슈는 이 집 안에 있는 사람은 누구나 초과근무수당을 받든 안 받든 필요한 시간만큼 일할 거라고 생각했다.

이것이 우리가 이 일을 하는 이유예요.

보슈는 아까 키즈 라이더가 한 말을 떠올렸다. 이 사건은 그 주장이 옳다는 것을 다른 어떤 사건보다도 더 잘 보여주고 있었다.

38

37개의 십자가

사진과 영상 증거물 수집을 담당한 세 팀의 형사들이 두 번째 침실 벽장에서 나온 모든 자료를 포장해서 증거물 상자에 담는 데 두 시간이 걸렸다. 경찰 표식이 없는 경찰차 세 대가 이 상자들을 싣고 로스앤젤레스 경찰국을 향해 달려가는 모습은 마치 엄숙한 장례행렬 같았다. 보슈와 추는 뒷좌석에 스틸 사진을 담은 상자 세 개를 실은 마지막 차를 타고 갔다. 가는 동안 두 사람은 말을 거의 하지 않았다. 자기들 앞에 놓인 음울한 임무를 어떻게 완수할까 생각하느라고 바빴다.

경찰국 홍보실이 이 행렬의 도착을 언론에 미리 흘린 덕분에 사진기자들과 카메라 기자들이 경찰국 출입구 밖에 줄지어 서서 형사들이 상자를 들고 들어가는 모습을 기록했다. 이것은 단순히 언론을 달래기 위해 취해진 조치가 아니었다. 오히려 언론을 이용해서 대중에게―그리고 미래의 배심원들에게―끔찍한 범죄에 대해 칠턴 하디가 유죄라는 사실을 인식시키려는 노력의 일환이었다. 경찰과 언론 사이에 항상 존재하는 은밀한 결탁이었다.

회의실 세 개 모두가 이른바 하디 사건 특별수사반에 배정되었다. 보슈와 추는 비디오기기가 없는 가장 작은 방을 골랐다. 스틸 사진을 살펴볼 예정이어서 비디오기기가 필요 없었다.

하디는 어떤 원칙이나 이유를 갖고 사진을 분류하지 않았다. 옛날 사진과 요즘 사진이 세 개의 구두 상자에 아무렇게나 던져져 벽장 선반에 올라가 있었다. 같은 사람을 찍은 여러 장의 사진이 여기저기 섞여 들어가 있을 수 있었다.

보슈와 추는 그 사진들을 살펴보면서 다양한 방법으로 분류를 시도했다. 우선 한 사람의 사진을 한데 모으려고 노력했다. 그런 다음엔 사진이 찍힌 연대를 추정해서 연대순으로 정리하려고 애썼다. 일부 사진은 날짜 스탬프가 찍혀 있어서 도움이 되었다. 비록 그때 사용한 카메라가 맞는 날짜로 설정되어 있었는지 어떤지는 알 길이 없었지만.

혼자 찍힌 사람이나 하디 혹은 하디의 몸으로 추정되는 남자의 몸과 함께 찍힌 사람은 대부분의 사진 속에서 분명히 살아 있었다. 그 혹은 그녀는 성행위를 하고 있거나 카메라를 바라보며 웃고 있었다. 두려움에 떨거나 고통스러워하면서 카메라를 보고 있는 경우도 있었다.

신원 파악을 가능케 하는 특징이 있는 사진들은 우선적으로 분류해 따로 모아두었다. 독특한 장신구를 했거나 문신이나 얼굴에 점이 있는 피해자들이었다. 나중에 신원을 파악할 때 이런 특징들이 도움이 될 것이었다.

보슈는 이렇게 사진 분류작업을 하면서 마음이 너무 아팠다. 피해자들의 눈을 보기가 가장 힘들었다. 너무나 많은 사람들이 자기는 살아남지 못할 거라는 걸 아는 눈으로 카메라를 보고 있었다. 그 눈들을 보고 있자니 보슈는 분노가 치밀어서 참을 수가 없었다. 수십 년 동안 하디는 무고한 사람들의 피를 뿌리며 마음대로 돌아다녔는데 그런 그를 아무도 발견하지 못했다. 그 결과, 피해자의 사진이 산더미처럼 쌓이는 지경에 이른 것이다.

문에서 노크 소리가 나더니 테디 베이커 형사가 파일을 들고 들어왔다.

"보고 싶어 하실 것 같아서 가져왔어요." 그녀가 말했다. "메트로폴리탄에서 입건할 때 찍은 거예요."

베이커는 파일을 펼쳐 8×10 사진 한 장을 꺼내 탁자에 내려놓았다. 남자의 등을 찍은 사진이었다. 한쪽 어깨뼈에서 다른 쪽 어깨뼈까지 수십 개의 검은 십자가가 서 있는 묘지 그림이 문신으로 새겨져 있었다. 십자가들 중 일부는 오래되어 색이 바래고 잉크가 번져 있었고, 또 어떤 것들은 선이 날카롭고 선명해서 새긴 지 얼마 되지 않은 것 같았다. 그 그림 밑에 검은색 잉크로 '베네 데세시트(Bene Decessit)'라고 새겨져 있었다.

보슈는 '평화롭게 잠들기'라고 적은 문신을 전에도 몇 번 보았는데, 그것은 보통 조직폭력배들이 자기가 죽인 사람의 숫자를 세려고 새기는 것이었다. 새로운 현상이었지만 놀랍지는 않았다. 묘지 그림을 의뢰하는 사람을 의심스럽게 생각하고 경찰 당국에 신고하지 않는 타투이스트를 하다가 찾아냈다는 사실도 그리 놀랍지 않았다.

"거물을 잡으셨네요, 형사님." 베이커가 말했다.

"십자가 개수 세어봤어?" 보슈가 물었다.

"네. 37개요."

보슈는 베이커나 다른 형사들에게 자기가 죽인 사람이 37명이라고 하다가 떠벌였다는 사실을 말하지 않았었다. 키즈 라이더에게만 그 얘기를 했었다. 그는 사진 속 하디의 등에 새겨진 '베네 데세시트'라는 문구를 손가락으로 쓰다듬었다.

"구글로 찾아봤는데요." 베이커가 말했다. "'잘 죽었다'는 뜻의 라틴어더라고요. 평화롭게 잠들기를 바란다는 뜻이래요."

보슈는 고개를 끄덕였다.

"별 미친 새끼를 다 보겠네." 추가 말했다.

"그 사진 여기 증거물에 넣어도 되겠어?" 보슈가 물었다.

"그럼요."

보슈는 사진을 탁자 한쪽에 잘 놓아두었다. 기소할 때 검찰에 제출할 증거물에 포함시킬 생각이었다.

"수고했어. 고마워, 테디." 그가 말했다.

이제 그만 가보라는 뜻이었다. 보슈는 사진 분류작업으로 빨리 돌아가고 싶었다. 릴리를 찾아야 했다.

"좀 도와드릴까요?" 베이커가 말했다. "갠들 경위님이 우리한텐 아무일도 안 주셨거든요. 눈에서 멀어지면 마음에서도 멀어진다는 말이 맞나 봐요."

베이커와 키호가 하디를 입건하기 위해 메트로폴리탄 구치소로 데려가고 없을 때 갠들 경위가 임무를 배분했었다. 이 사건은 모두가 참여하고 싶어 하는 사건이 되어가고 있었다.

"여긴 우리 둘로 충분한 것 같아, 테디." 파트너가 베이커에게 함께하자고 말하기 전에 보슈가 재빨리 먼저 말했다. "동영상 분석하는 사람들이 일손이 더 필요하지 않을까."

"네, 감사합니다. 거기 가서 물어볼게요."

그녀의 어조를 들어보니 속으로는 보슈를 이기적인 인간이라고 생각하는 것 같았다. 그녀가 문으로 걸어가다가 돌아서서 그들을 바라보았다.

"그런데 이상한 게 뭔 줄 아세요?" 베이커가 물었다.

"뭐가 이상한데?" 보슈가 되물었다.

"시체가 없다는 거요. 그 타운하우스에 DNA는 있잖아요. 그런데 시체는 다 어디 있죠? 어디다 숨긴 거죠?"

"일부는 발견됐잖아." 보슈가 말했다. "릴리 프라이스 같은 피해자들은 시신이 발견됐지. 다른 시신은 놈이 숨겨놨고. 그게 놈의 마지막 카드야.

우리가 이 일을 끝내고 나면 놈하고 협상을 할 텐데, 그때 놈이 갖고 있는 유일한 협상 카드가 그거야. 놈이 시신을 포기하고 어디다 숨겼는지 불면, 우리는 사형을 포기하는 거지."

"검사가 찬성할까요?"

"찬성하지 않기를 바라."

그제야 베이커는 방을 나갔고 보슈는 사진 분류작업으로 돌아갔다.

"형사님, 왜 그냥 보내셨어요?" 추가 물었다. "분류해야 할 사진이 1천 장은 되는 것 같은데."

"알아." 보슈가 말했다.

"그럼 베이커 형사 도움 좀 받으면 좋잖아요. 베이커와 키호도 다 같은 동료인데. 할 일이 없어서 찾고 있고."

"모르겠어. 그냥 그런 생각이 들어. 릴리 프라이스가 이 안 어딘가에 있다면 우리가 그 아이를 찾아야 한다는 그런 생각. 무슨 뜻인지 알겠어?"

"알 것 같습니다."

보슈가 한 발 뒤로 물러섰다.

"따라 나가봐. 가서 베이커 데려와."

"아뇨, 괜찮습니다. 이해합니다."

그들은 작업을 재개해, 조용히 사진을 보고 분류하고 쌓아놓았다. 참으로 괴로운 작업이었고 피해자가 너무 많았다. 살인과 강간의 피해자, 하디의 독선과 비인간성의 피해자가 너무 많았다. 보슈는 그것이 테디 베이커를 끼어들이고 싶지 않은 또 하나의 이유라는 것을 인정하지 않을 수 없었다. 베이커가 삶의 이면에 있는 어둠과 악을 본 적이 있는 베테랑 수사관이라는 사실은 중요치 않았다. 하디는 남녀를 불문하고 나약한 인간을 표적으로 삼은 괴물이었다는 사실도 중요치 않았다. 보슈는 여자가 있는 데서 그런 사진을 보는 것이 결코 편하지 않을 것 같았다. 그는 원래 그런 사람이었다.

20분이나 지났을까, 보슈는 추 형사가 사진을 확인한 후 그것을 손에 든 채로 어디에 놓을 건지 고민하다가 결정한 곳에 갖다 놓는 규칙적인 행동을 멈추는 것을 보았다. 보슈가 그를 바라보았다. 추는 폴라로이드 사진 한 장을 들여다보고 있었다.

"형사님, 찾은 것⋯⋯."

보슈가 사진을 낚아채 들여다보았다. 젊은 아가씨가 벌거벗은 채로 더러운 담요 위에 누워 있는 사진이었다. 눈을 감고 있어서 살았는지 죽었는지는 알 수가 없었다. 세월이 많이 흘러서 사진은 빛이 바래 있었다. 보슈는 릴리 프라이스가 죽기 18개월 전에 찍은 졸업사진 속의 웃는 얼굴 옆에 그 사진을 갖다 대보았다.

"맞죠?" 추가 물었다.

보슈는 대답하지 않았다. 이 사진과 저 사진을 번갈아가며 자세히 들여다보고 비교했다. 추는 자기 책상에서 가져왔지만 둘 다 한 번도 사용하지 않은 확대경을 보슈에게 건네주었다. 보슈는 그 사진 두 장을 탁자에 내려놓고 확대경으로 들여다보며 비교했다. 마침내 그가 고개를 끄덕이며 대답했다.

"맞는 것 같아. 이거 디지털 분석 의뢰해보자. 뭐라고 하는지."

추가 주먹으로 탁자를 내리쳤다.

"그 새끼 드디어 잡았네요, 형사님. 빼도 박도 못 하게 잡았다고요!"

보슈는 확대경을 탁자에 내려놓고 의자에 등을 기댔다.

"그래, 그런 것 같군." 그가 말했다.

그러고는 몸을 앞으로 기울이며 아직 확인하지 않은 사진 더미를 가리켰다.

"계속하자." 보슈가 말했다.

"더 있을까요?" 추가 물었다.

"누가 알겠어? 더 있을 수도 있지. 그리고 찾아야 할 사람이 한 명 더 있잖아."

"누구요?"

"클레이턴 펠. 그 친구가 그랬어, 하디가 자기 사진도 찍었다고. 안 버리고 놔뒀으면 여기 있을 거야."

39
진실의 증거

보슈는 심호흡을 한 번 하고 용기를 내어 전화번호를 눌렀다. 그토록 오랜 세월이 흘렀으니 아직도 그 전화번호를 쓰고 있는지는 알 수 없는 일이었다. 그는 벽시계를 보면서 시차 계산을 다시 해보았다. 오하이오는 LA보다 세 시간을 앞서갔다. 저녁식사 시간은 한참 지났지만 아직 깨어 있을 시각이었다.

벨이 세 번 울린 후 여자가 전화를 받았다.

"프라이스 부인?" 보슈가 물었다.

"네, 누구시죠?"

긴장한 어조였다. 아마도 전화기에 발신자 번호 표시가 되는 모양이었다. 그녀는 경찰 전화라는 것을 알고 있었다. 시간과 공간을 넘어서 걸려 온 경찰의 전화라는 것을 알고 있었다.

"프라이스 부인, 로스앤젤레스 경찰국의 보슈 형사입니다. 따님의 죽음에 관한 수사에 진전이 있어서 연락드렸습니다. 잠깐 말씀 좀 나눠야겠는데요."

그녀가 숨을 헐떡이는 소리가 들렸다. 그러고는 송화기를 막고 누군가와 이야기를 나누는 소리도 들렸다. 무슨 말을 하는지는 알아들을 수가 없었다.

"프라이스 부인?"

"네, 죄송해요. 남편과 얘기하느라고. 릴리의 아버지요. 다른 전화로 받으려고 2층으로 올라갔어요."

"좋습니다, 기다리겠……."

"TV 보도와 관련이 있나요? 폭스 채널에서 칠이라는 남자를 체포했다는 뉴스가 나오던데. 그걸 보면서 혹시 저 사람이 우리 릴리를 납치한 범인이 아닐까 생각하고 있었어요."

그녀가 울먹이는 목소리로 말했다.

"프라이스 부인, 잠깐만……."

딸깍하는 소리가 들렸다. 그녀의 남편이 다른 전화를 받은 거였다.

"빌 프라이스입니다."

"프라이스 씨, 부인께도 말씀드렸지만 저는 LA 경찰국의 해리 보슈 형사입니다. 따님의 죽음에 관한 수사에 진전이 있어서 알려드리려고 전화드렸습니다."

"릴리." 프라이스 씨가 말했다.

"네, 프라이스 씨, 따님 릴리의 죽음에 관해서요. 저는 미제로 남은 살인 사건을 재수사하는 미제사건 전담반에서 근무하는데요, 지난주에 중대한 상황 진전이 있었습니다. 릴리의 몸에서 발견된 혈흔의 DNA가 칠턴 하디라는 남자와 관련 있다는 사실이 밝혀졌죠. 하디의 혈흔은 아니지만 하디를 알고 있고 하디를 그 범죄와 연결시킬 수 있는 사람의 혈흔이더라고요. 그래서 오늘 칠턴 하디를 체포했고 따님을 살해한 혐의로 기소할 예정입니다. 그 사실을 알려드리려고 전화 드렸습니다."

수화기 너머로 프라이스 부인이 흐느끼는 소리만 들려왔다.

"지금으로선 더 드릴 말씀은 없습니다." 보슈가 말했다. "아직 계속 수사 중인데 기소를 진행하면서 상황 진전이 있을 때마다 알려드리겠습니다. 이자가 따님을 살해한 혐의로 기소됐다는 사실이 언론에 공개되면, 언론에서 선생님께 연락을 할 것 같은데요. 인터뷰에 응하시든 응하지 않으시든 선생님 뜻대로 하시면 됩니다. 질문 있으십니까?"

보슈는 데이튼 집에 있는 프라이스 부부를 상상해보았다. 하나의 전화선으로 연결된 두 대의 전화를 다른 층에서 받으면서 한 번도 만난 적 없는 형사와 통화하는 부부. 22년 전 그들은 대학 진학을 위해 딸을 로스앤젤레스로 보냈다. 그 후로 그 딸은 집에 돌아오지 않았다.

"질문 있어요." 프라이스 부인이 말했다. "잠깐만 기다려주세요."

수화기를 내려놓는 소리가 들리더니 그녀가 흐느끼는 소리가 배경으로 들렸다. 그녀 대신 남편이 말을 이었다.

"형사, 우리 딸을 잊지 않아줘서 고맙소. 이제 난 전화를 끊고 아래층으로 내려가서 아내와 함께 있어줘야겠군요."

"그러셔야죠. 곧 다시 연락드리겠습니다. 안녕히 계십시오."

프라이스 부인이 마음을 진정시키고 다시 전화기를 들었다.

"케이블 뉴스에서 그러던데, 경찰이 피해자들의 사진과 동영상을 확인하고 있다면서요. 그걸 TV로 내보내지는 않겠죠, 그렇죠? 릴리의 모습을 내보내지는 않는 거죠?"

보슈는 눈을 감고 전화기를 귀에 갖다 댄 손에 힘을 주었다.

"네, 부인, 그런 일은 없을 겁니다. 사진은 증거물이라 공개되지 않을 겁니다. 하지만 재판에서는 사용할 수도 있습니다. 혹시 재판에서 사용하게 되면, 담당 검사가 먼저 유가족과 의논을 할 거고요. 아니면 제가 연락드릴게요. 기소와 관련하여 일어나는 모든 일에 대해 알려드리겠습니다. 절 믿으세요."

"알았어요, 형사님. 고마워요. 이런 날이 오리라고는 생각도 못 했는데."

"네, 부인, 정말 오랜 세월이 흘렀군요."

"자녀가 있으세요, 형사님?"

"딸이 하나 있습니다."

"항상 가까이 두세요."

"네, 부인, 그러겠습니다. 곧 다시 연락드리겠습니다."

보슈가 전화를 끊었다.

"어떻게 지낸답니까?"

보슈는 회전의자에서 돌아앉았다. 추가 어느새 자기 자리로 돌아와 있었다.

"다른 유가족들과 비슷하게." 보슈가 말했다. "피해자가 두 명 더 생긴 거지……."

"그러게요. 어디 사는데요?"

"데이튼. 다른 친구들은 뭐 하고 있어?"

"다들 퇴근하려고 하는데요. 하루 치는 충분히 본 것 같습니다. 정말 끔찍하더라고요."

보슈는 고개를 끄덕였다. 다시 벽시계를 바라보았다. 열두 시간 가까이 근무한, 참으로 긴 하루였다. 추는 지난 여섯 시간 동안 고문하고 살인하는 모습을 담은 비디오를 살펴보았던 다른 형사팀들 이야기를 하고 있었다.

"괜찮다면 저도 퇴근하려고 하는데요."

"그럼, 괜찮고말고. 나도 나갈 거야."

"내일 우리 잘 하겠죠, 형사님?"

그들은 내일 아침 9시 지방검찰청에 들어가 수사상황을 설명하고 릴리 프라이스 살인죄로 하디를 검찰에 송치할 예정이었다. 보슈는 책상을 향해 비스듬히 돌아앉아 검찰청에 제출할 사건 조서를 담은 두꺼운 사건 파일에 손을 얹었다.

"그럼." 보슈가 말했다. "준비 잘 했잖아."

"네, 그럼 저는 퇴근합니다. 내일 아침에 뵐게요. 여기서 만나서 걸어가실래요?"

"그러자."

배낭족인 추는 어깨에 배낭을 둘러메고 칸막이 자리를 빠져나갔다.

"이봐, 데이비드." 보슈가 말했다. "가기 전에……."

추가 돌아서서 칸막이 자리의 1.2미터 높이의 벽에 몸을 기댔다.

"네?"

"오늘 잘했다고 말해주고 싶어서. 수고했어."

추가 고개를 끄덕였다.

"감사합니다, 형사님."

"그러니까 지난 일은 다 잊자, 알았지? 오늘부터 다시 시작하는 걸로."

"말씀드렸잖습니까, 다 만회하겠다고."

"그래, 그러니까 빨리 집에 가서 쉬어. 내일 보자."

"안녕히 들어가십시오, 형사님."

추는 행복한 얼굴로 퇴근했다. 보슈는 그의 얼굴에서 기대감이 스쳐지나가는 것을 보았다. 맥주를 한잔 하거나 저녁을 함께 먹으면서 유대감을 공고히 할 수도 있겠지만 보슈는 집에 빨리 들어가 봐야 했다. 집에 가서 프라이스 부인이 충고했던 일을 해야 했다.

경찰국 신청사는 5억 달러 가까이 들여서 4만6천 제곱미터의 부지에 석회암과 유리로 지은 10층짜리 건물이었지만, 건물 내에 간단한 요깃거리를 파는 스낵바 하나 없었고 주차는 소수의 고위간부에게만 허용되었다. 형사 3급인 보슈는 가까스로 그 기준 안에 들었지만 신청사의 지하주차장에 주차하는 것은 비용이 많이 드는 특전이었다. 매달 급료에서 주차요금이 공제되게 되어 있었다. 그는 신청사에서 세 블록 떨어진 구청사 파커 센터 뒤편에 있는 녹슬어가는 철조 주차건물에 아직도 무료로 주차할 수 있었기 때문에 신청사 지하주차장은 이용하지 않았다.

보슈는 세 블록을 걸어서 출퇴근하는 것을 개의치 않았다. 관청가를 관통해가는 길이었고, 하루 일을 계획하거나 하루 일이 끝난 후 긴장을 풀기에 좋은 거리였다.

시청 뒤쪽 메인 가(街) 횡단보도 앞을 지나가던 보슈는 검은색 링컨 타운카가 버스 전용차선으로 조용히 달려와 5미터 앞 보도 연석에 바짝 붙어 서는 것을 보았다.

보슈는 뒤 창문이 미끄러지듯 내려가는 것을 보았지만 못 본 척하고 앞을 바라보면서 계속 걸어갔다.

"보슈 형사."

보슈가 돌아보니 링컨 차의 뒷좌석 창문이 열려 있고 그 안에서 어빈 어빙이 그를 바라보고 있었다.

"서로에게 할 말이 더 없는 걸로 아는데요, 의원님."

보슈는 계속 걸어갔지만, 타운카가 금방 쫓아와 그가 걷는 속도에 맞춰 나란히 움직이기 시작했다. 보슈가 어빙에게 할 말은 없는지 몰라도 어빙은 할 말이 있는 게 분명했다.

"자네 몸은 총알도 꿰뚫을 수 없다고 생각하나, 보슈?"

보슈는 어빙에게 가라고 말하듯 손을 내저었다.

"지금 자네가 큰 사건 하나 해결했다고 해서 총알도 꿰뚫을 수 없는 몸이 되었다고 생각하면 오산이야. 세상에 방탄인 몸은 없지."

보슈는 더 이상 참을 수가 없었다. 그는 차를 향해 휙 돌아섰다. 그가 창문틀을 두 손으로 잡고 허리를 굽히고 어빙을 노려보자 어빙은 창문에서 뒤로 물러나 앉았다. 타운카가 천천히 멈춰 섰다. 뒷좌석에는 어빙 혼자 앉아 있었다.

"의원님, 저는 어제 나온 신문기사와는 아무 관련이 없습니다, 아시겠습니까? 제가 방탄인 몸을 가졌다고 생각하지도 않고요. 제가 대단한 사람이라고도 생각 안 합니다. 제 할 일을 하고 있을 뿐이죠."

"자네가 일을 그르쳤어, 그건 부인할 수 없는 사실이지."

"저는 아무 일도 그르치지 않았습니다. 말씀드렸죠, 그 기사하고는 아무 관련이 없다고. 불만이 있으시면 경찰국장님을 찾아가서 말씀하세요."

"지금 신문기사 얘기하는 거 같나, 내가? 〈LA 타임스〉인지 뭔지 하는 빌어먹을 놈의 신문은 관심도 없어. 지들 맘대로 써대라고 그래. 난 지금 자네 얘길 하는 걸세. 자네가 일을 망쳤어, 보슈. 난 자넬 믿었는데 자넨 내 믿음을 저버렸네."

보슈는 고개를 끄덕이고는 창문틀을 그대로 잡은 채 쭈그리고 앉았다.

"솔직히 제가 수사를 제대로 한 거 아닌가요. 그건 저도 의원님도 잘 알고 있는 사실일 겁니다. 아드님은 투신자살했고, 그 이유는 다른 누구보다도 의원님이 잘 알고 계실 테고요. 딱 하나 풀리지 않은 미스터리는 의원님이 왜 저한테 수사를 맡겼는가 하는 겁니다. 저를 잘 아시면서. 수사를 게을리하지 않는다는걸요."

"바보로군. 바로 그런 이유 때문에 자넬 고른 걸세. 다른 형사들은 조금이라도 기회가 있으면 이 사건을 빌미로 나를 이용해먹으려고 할 거거든. 하지만 자네는 강직하기 때문에 그런 짓을 하지 않을 거라는 걸 알았지. 내가 몰랐던 건 자네가 예전 파트너의 살랑거리는 궁둥이에 넋이 나가서 그녀가 파놓은 함정을 보지 못할 수도 있다는 사실이었어."

보슈는 껄껄 웃으면서 고개를 가로저으며 일어섰다.

"대단하십니다, 의원님. 분노를 솔직하게 표현하는 것하며, 저속한 언어를 적절하게 사용하고, 불신과 피해망상의 씨앗을 심는 것까지, 정말 대단하시네요. 그런 걸로 다른 사람들은 속일 수 있을지 몰라도 저는 못 속이십니다. 아드님은 투신했습니다. 달리 더 드릴 말씀이 없군요. 의원님과 미망인에게 삼가 조의를 표합니다. 그런데 제일 안타까운 사람은 의원님의 손자죠. 그 청년은 이런 일을 겪을 이유가 없으니까요."

보슈는 어빙을 노려보면서 그 노인이 분노를 참으려고 애쓰는 모습을 지켜보았다.

"자네에게 줄 게 있네, 보슈."

어빙이 몸을 돌리고 옆 좌석으로 팔을 뻗는 것을 보면서 보슈는 어빙이 다시 몸을 돌렸을 땐 자기를 향해 총을 겨눌 것 같다는 생각을 잠깐 했다. 어빙은 자존심이 너무 세고 오만하기 때문에 실제로 총을 쏠 수 있을 것 같았고, 자기는 책임을 면하고 그냥 넘어갈 수 있다고 믿을 것 같았다.

그러나 다시 보슈를 향해 돌아앉은 어빙은 열린 창문 밖으로 종이 한 장을 내밀었다.

"이게 뭡니까?" 보슈가 물었다.

"진실." 어빙이 말했다. "가져가게."

보슈는 그 종이를 낚아채서 들여다보았다. 전화 메시지를 메모한 사본이었는데, 작성날짜는 5월 24일, 상단에 적힌 수신자는 토니라는 사람이었다. 지역번호가 323인 회신번호가 있었고 손으로 쓴 메시지가 적혀 있었다.

> 글로리아 왈드론이라는 여성이 어젯밤 무소프랑크에서 B&W 택시를 탔는데 운전사
>
> 가 술에 취해 있었다고 민원을 제기함. 차를 세우게 하고 내렸다고 함. 차에서 술 냄새
>
> 가 났다고 함. 추가조사 지시 요망.

보슈는 전화 메시지 사본에서 고개를 들어 어빙을 바라보았다.

"이걸 저보고 어쩌라고요? 의원님이 오늘 아침에 쓰신 걸 수도 있잖습니까."

"그럴 수도 있겠지만 내가 쓴 게 아닐세."

"제가 이 전화번호로 전화를 걸면 어떻게 되는 거죠? 글로리아 왈드론이라는 여자가 전화를 받아서 자기가 이 민원을 제기했고 의원님은 채드 어빙의 파티에서 바비 메이슨을 우연히 만나 이야기하다가 생각난 김에 그 민원을 언급한 거라고 주장하겠죠? 저는 그 말 못 믿습니다, 의원님."

"실은 나도 못 믿네. 사용하지 않는 번호더군. 지금은. 그 당시엔 내 민원 담당 보좌관 토니 에스페란테가 그 여자한테 전화를 걸어서 자세한 이야기를 들었지. 그리고 난 토니한테서 그 이야기를 듣고 그 내용을 메이슨에게 전달했고. 하지만 지금은 그 번호가 사용되고 있지 않더군. 거기 날짜를 보게, 형사."

"봤습니다. 5월 24일이네요. 그게 무슨 의미가 있습니까?"

"5월 24일은 화요일이었네. 왈드론은 그 전날 밤에 무소에서 택시를 탔다고 했고."

보슈는 고개를 끄덕였다.

"무소는 월요일에 영업을 안 하죠." 보슈가 말했다. "그러니까 그 민원은 가짜였던 거네요. 실제로 그런 전화가 왔었다면 말이지만."

"그렇지."

"의원님이 함정에 빠진 거라고 말씀하시려는 겁니까, 지금? 그것도 의원님의 아들이 놓은 함정에요? 그래서 아들의 응찰을 돕고 있다는 걸 모른 채 순수한 마음으로 그 정보를 메이슨에게 전달했다고 말씀하시는 건가요?"

"함정은 내 아들이 놓은 게 아니라 다른 사람이 놓은 거지."

보슈가 사본을 들어 보였다.

"그리고 이게 의원님의 증거고요?"

"난 증거 따위는 필요 없네. 내가 알고 있으니까. 이젠 자네도 알고 있고. 나는 믿었던 사람에게 이용당했네. 인정하지. 그런데 자네도 마찬가지야. 저 위 10층에 있는 사람들한테 이용당한 거야. 자넨 그들에게 나를 제거할 수단을 제공했지. 그들은 나를 괴롭히고 몰아내기 위해서 자넬 이용한 거야."

"그건 의원님 생각이고요."

"아니, 내 생각이 아니라 진실이지. 언젠가는 자네도 알게 되겠지. 잘 보고 있게. 언젠가는 그들이 자네한테도 달려들 걸세. 그때가 되면 알게 되겠지."

보슈가 사본을 도로 건넸지만 어빙은 받지 않았다.

"가지고 있게. 형사는 자네니까."

어빙이 고개를 돌리고 운전사에게 무슨 말인가 하자 타운카가 움직이기 시작했다. 보슈는 검게 선팅을 한 창문이 스르르 올라가고 차가 운행 차선으로 들어가는 것을 지켜보았다. 그러고는 한참을 우두커니 서서 어빙에게서 들은 이야기를 곱씹어보았다. 그러고는 사본을 접어서 주머니에 넣었다.

40

증인 진술서

화요일 오전 보슈와 추가 부에나비스타 아파트에 도착했을 땐 11시 30분이 다 되어가고 있었다. 보슈가 해나 스톤에게 미리 연락해두었다. 스톤은 클레이턴 펠이 12시까지 시장에 출근해야 하지만 형사들이 올 때까지 잡고 있겠다고 약속했다.

출입구에서는 지체 없이 차단기가 올라갔다. 스톤이 그들을 맞으러 건물 입구로 나왔다. 보슈는 파트너와 함께 공적인 용건으로 와서 스톤을 보니 어색하게 느껴졌다. 보슈가 스톤에게 악수를 청했다. 추도 따라서 악수했다.

"형사님들을 위해 상담실 하나를 비워뒀어요. 괜찮으세요?"

"완벽합니다." 보슈가 말했다.

전날 밤 보슈는 한 시간 이상 스톤과 통화를 했다. 딸이 잠자리에 들고 난 후 늦은 시각이었다. 그날 일어난 일들 때문에 너무 흥분해 있어서 잠이 오지 않았다. 그는 스톤에게 전화를 걸었고 휴대전화를 들고 베란다에 앉아서 자정이 가까운 시각까지 통화를 했다. 많은 이야기를 나눴지만 주로 하디 사건에 관해서 이야기했다. 그 결과, 스톤은 텔레비전 뉴스를 보았거나 〈로스앤젤레스 타임스〉를 읽은 사람들보다 더 많은 것을 알게 되었다.

스톤은 보슈와 추를 두툼한 쿠션 의자 두 개와 소파가 있는 작은 상담실로 안내했다.

"가서 데려올게요." 스톤이 말했다. "이번에도 제가 참관해도 될까요?"

보슈는 고개를 끄덕였다.

"펠이 더 편안해하고 문서에 서명하게 할 수 있다면 뭐."

"하라고 할게요."

스톤이 그들을 남겨두고 방을 나가자 추가 두 눈을 치켜뜨고 보슈를 바라보았다.

"지난주에 조사할 때 보니까 스톤이 같이 있어야지만 말을 하더라고. 스톤을 믿는 거야. 경찰은 안 믿고."

"아, 네. 그런데 형사님, 닥터 스톤이 형사님을 좋아하는 것 같은데요."

"무슨 소리야?"

"웃으면서 형사님을 쳐다보는 거 보니까 그런 것 같습니다. 형사님만 원하신다면 저쪽은 이미 오케이인 것 같은데요."

보슈는 고개를 끄덕였다.

"기억해두지."

보슈는 소파에, 추는 쿠션 의자에 앉았다. 그 후로는 아무 말도 하지 않고 기다렸다. 그날 아침 그들은 두 시간이나 공들여 하디를 기소하는 데 필요한 서류를 모아서 검찰청 문서담당관에게 전달했다. 문서담당관의 이름은 오스카 베니테스였고 보슈가 전에도 몇 번 문서를 전달한 적이 있는 사람이었다. 선하고 똑똑하고 신중한 사람이었고 강력범죄 담당이었다. 경찰이 용의자를 기소하기 전에 충분한 논거를 갖추었는지 확인하는 것이 그의 임무였다. 결코 호락호락한 사람이 아니었고 보슈는 그런 점이 마음에 들었다.

베니테스는 그들이 모은 기소자료를 잘 받아주었다. 다만 몇 가지는 확실히 하거나 형식화할 것을 요구했다. 그중 하나가 칠턴 하디의 기소에 클레이턴 펠이 기여하는 부분이었다. 보슈와 추는 이 부분을 확실히 하기 위해 지금 여기 온 거였다. 베니테스는 펠의 인생 역정에 대해 듣고 난 후 펠이 주요 증인으로 역할을 해줄 수 있을지, 모종의 대가를 바라고 검찰을 위해 증언하려는 건 아닌지, 그러다가 마음이 바뀌어 반대편으로 넘어가 증언 내용을 바꾸려고 하지는 않을지 걱정했다. 그래서 베니테스는 펠을 문서화하기로, 다시 말해 펠의 진술서와 서명을 받기로 전략적인 결정을 내렸다. 진술서는 이야기의 세세한 부분에서 말을 바꾸지 못하게 확정할 뿐만 아니라 증거개시절차 때 피고인 측에 넘겨줘야 하기 때문에 증인의 진술서를 받는 일은 상당히 드물었다.

2~3분 후 스톤이 클레이턴 펠을 데리고 들어왔다. 보슈는 펠에게 남아 있는 의자를 가리켰다.

"클레이턴, 잘 지냈어? 거기 앉지그래. 내 파트너 추 형사, 기억하지?"

추와 펠은 가벼운 목례를 교환했다. 보슈는 계속 있을 거냐, 나갈 거냐고 묻는 것처럼 스톤을 바라보았다.

"클레이턴이 이번에도 함께 있어 달라는데요." 스톤이 말했다.

"좋습니다. 여기 소파에 같이 앉으시죠."

모두 자리에 앉자 보슈는 서류가방을 무릎 위에 놓고 열어서 파일을 꺼내며 이야기를 시작했다.

"클레이턴, 어젯밤 이후로 뉴스 봤어?"

"그럼요. 그 새끼 잡은 것 같던데."

펠은 의자 위로 두 다리를 올려 두 팔로 끌어안고 앉아 있었다. 덩치가 너무 작아서 속을 댄 커다란 의자에 어린아이가 앉아 있는 것 같았다.

"어제 칠턴 하디를 살인죄로 체포했어. 지난주에 얘기했던 그 살인사건의 범인으로."

"어우, 잘했어요. 그 새끼가 나한테 한 짓도 포함시켰어요?"

보슈는 펠이 바로 그 질문을 할 거라고 예상하던 중이었다.

"놈한테 여러 개의 혐의를 걸려고 하고 있어. 그래서 온 거야, 클레이턴. 네 도움이 필요해서."

"지난주에도 말했지만, 그래서 내가 얻는 게 뭐죠?"

"내가 지난주에도 말했지만, 놈을 영원히 치워버릴 수 있게 돕는 거지, 네가. 널 괴롭히던 놈을. 심지어 검사가 네가 증언해주길 바라면 법정에서 놈을 마주하게 될 수도 있어."

보슈는 서류가방 위에서 파일을 펼쳤다.

"오늘 아침에 파트너와 함께 검찰청에 들어가서 릴리 프라이스 살인죄로 하디를 기소하기 위해 마련한 서류를 제출하고 왔어. 지금도 우린 논거가 탄탄한데 수사가 계속될수록 상황은 더 좋아질 거야. 검찰은 오늘 중으로 하디를 살인죄로 기소할 계획이야. 검사에게 네 역할에 대해 말했고 네 혈흔이 피해자에게서 발견된 경위와……."

"무슨 역할이요?" 펠이 신경질적으로 외쳤다. "말했잖아요, 거기 있지도 않았다고. 그런데 내가 거기서 역할을 했다고 말했다고요, 검사한테?"

보슈는 파일을 서류가방 위로 툭 떨어뜨리고 두 손을 들어 진정하라는 손짓을 했다.

"잠깐만, 클레이턴, 그런 게 아냐. 단어 선택이 잘못된 거니까 내 말 끝까지 들어. 검사에게 사건 경위를 처음부터 끝까지 설명했어. 우리가 무엇을 알고 있는지, 어떤 증거들이 있는지, 그 증거들을 종합해서 어떤 그림을 그리고 있는지, 자세히 설명했다고, 알겠어? 네 혈흔이 피해자에게 묻어 있었지만 넌 거기 있지도 않았다고 말했어. 그뿐만 아니라 그 당시 넌 어린애였기 때문에 그 사건에 관련됐을 수도 없다고 설명했고. 그래서 검사도 다 알고 이해하고 있어, 알겠지? 너도 이자의 피해자였다는 것을 검사가 알고 있다고."

펠은 아무 대꾸도 하지 않았다. 그전 주에 그랬던 것처럼 고개를 돌려 보슈를 외면했다.

"클레이턴, 형사님 말씀 잘 들어봐." 스톤이 말했다. "중요한 일이야."

"출근해야 돼요."

"안 끼어들고 잘 들으면 늦지 않을 거야. 이건 아주 중요한 일이야. 이 사건을 위해서도 그렇고 너 자신을 위해서도 그렇고. 그러니까 형사님 똑바로 보고 잘 들어."

펠은 마지못해 고개를 돌리고 보슈를 바라보았다.

"알았어요, 알았어, 들을게요."

"좋아, 클레이턴, 솔직하게 말할게. 공소시효가 적용되지 않는 범죄가 딱 하나 있어. 그런데 공소시효가 뭔지 알아?"

"어느 정도의 시간이 지난 다음에는 기소할 수 없는 거요. 성범죄의 경우에는 보통 3년일걸요."

보슈는 펠이 공소시효에 관해서 오다가다 들은 정도 이상의 지식을 갖고 있다는 것을 깨달았다. 자신이 저지른 범죄 때문에 복역하는 동안 캘리포니아 법을 공부한 것이 틀림없었다. 펠의 대답은 지금 보슈 맞은편에 앉아서 툴툴거리는 이 작은 남자가 위험한 성범죄자이고, 성범죄자들은 항상 자기가 처한 상황을 잘 파악하고 있다는 사실을 상기시켜주었다.

대부분의 성범죄의 경우에는 공소시효가 3년이었다. 그러나 펠의 말은 틀렸다. 공소시효에는 범죄의 유형과 피해자의 나이를 근거로 한 여러 예외조항이 있었다. 펠에게 저지른 범죄에 대해 하디를 기소할 수 있는가에 관해서는 검찰이 판단해야 했다. 보슈는 기소하기엔 너무 늦었다고 생각했다. 펠이 여러 해 동안 교도소의 심의위원들에게 그 이야기를 했지만, 굳이 나서서 수사를 촉구한 사람은 아무도 없었다. 보슈는 칠턴 하디가 위험한 범죄자로서 날뛰던 시기는 끝났고 적어도 몇 건의 범죄에 관해서는 대가를 치러야 할 거라고 생각했다. 그러나 그가 클레이턴 펠에게 저지른 일에 대해서는 죗값을 치르지 않을 것 같았다.

"일반적으로는 그렇지." 보슈가 말했다. "보통 3년이야. 그러니까 넌 네가 한 질문의 대답을 알고 있겠네. 하디가 너에게 한 짓을 가지고 놈을 기소할 수는 없어, 클레이턴. 하지만 그건 별로 중요하지 않아. 왜냐면 넌 놈을 살인죄로 기소하는 데 중요한 역할을 할 수 있으니까. 검찰에 말해놨어. 릴리 프라이스의 몸에서 발견된 혈흔이 네 혈흔이고 그 피가 어떻게 거기 묻게 되었는지에 대해서는 네가 배심원들에게 설명할 수 있을 거라고. 하디가 너에게 한 짓에 대해서도, 성적·육체적 학대에 대해서도 증언할 수 있을 거라고 말했고. 넌 이른바 '다리 증언'을 하게 될 거야, 클레이턴. 그 아가씨에게서 채취한 DNA에서부터 칠턴 하디의 집 문간까지 다리를 놓는 것을 돕는 거지."

보슈가 다시 문서를 집어 들었다.

"지금 당장 검사가 필요로 하는 게 바로 네가 서명한 진술서야. 하디와 너와의 관계를 설명한 진술서. 지난주에 네 얘기를 들으면서 메모한 것을 토대로 오늘 아침에 파트너와 내가 이 진술서를 작성했어. 잘 읽어보고 이상 없으면 거기에 서명해줘. 그럼 넌 하디가 남은 인생을 사형수 감방에서 보내게 만들 수 있어."

보슈가 펠에게 진술서를 건넸지만 펠은 손을 내저으며 받지 않았다.

"그냥 형사님이 읽어주면 안 돼요?"

보슈는 펠이 글을 읽지 못하는 것을 알아차렸다. 그에 관한 기록 어디에도 그가 정규 교육을 받았다는 내용이 없었다. 집에서 독학으로 글을

익혔을 것 같지도 않았다.

보슈는 한 페이지 반 정도 분량의 진술서를 읽어주었다. 말을 적게 할 수록 효과는 더 크다는 격언에 따라 의도적으로 말을 아껴서 작성한 진술서였다. 사실의 개요만을 간략히 적었다. 릴리 프라이스 피살사건이 발생했을 당시 펠은 하디의 집에서 살고 있었고 거기 사는 동안 하디에게서 성적·육체적 학대를 당했음을 인정한다는 내용이었다. 하디의 허리띠 사용과 관련해서는 펠이 하디의 허리띠로 수시로 맞아서 등에 상처가 많이 났고 상처에서 피가 날 때도 많았다고 진술했다.

진술서에는 또한 펠이 최근에 용의자를 줄 세워놓은 사진에서 하디를 지목했고, 1980년대 말에 하디와 함께 살았던 집을 정확히 알아보았다는 내용도 들어 있었다.

"서명인은 위에 명시한 사실들에 동의하며 1989년 칠턴 애런 하디 주니어와 맺은 관계에 대해 사실만을 정확하게 서술했음을 밝혀둔다." 보슈가 진술서를 다 읽었다. "이게 끝이야."

보슈가 펠을 바라보니 펠은 동의한다는 듯 고개를 끄덕이고 있었다.

"괜찮아?" 보슈가 반응을 재촉했다.

"네, 괜찮아요." 펠이 말했다. "그런데 내가 그 새끼 자지를 빠는 모습을 그 새끼가 사진 찍었다는 내용이 들어 있네요."

"뭐 꼭 그런 표현은 아니지만 어쨌든……."

"그게 꼭 들어가야 돼요?"

"그래야 할 것 같아, 클레이턴. 하디가 찍었다는 그 사진을 찾았거든. 구두 상자를 찾아냈어. 그 사진이 네 진술을 확증해주기 때문에 그 얘길 진술서에 넣어야 할 것 같아."

"그게 무슨 뜻이죠?"

"확증? 네 말이 사실이라고 확인해준다는 거야. 증명해준다는 거지. 그

자가 이런 일을 하게 시켰다고 말하면서, 자 여기 내 말이 사실인 걸 보여주는 사진이 있다고 내미는 거지."

"그럼 그 사진을 사람들이 보겠네요?"

"극소수의 사람들만. 언론에 공개되진 않을 거야. 법정에서 하디가 유죄라는 걸 증명하는 증거로만 쓰일 거야."

"게다가 네가 부끄러워해야 할 것은 하나도 없어, 클레이." 스톤이 끼어들었다. "넌 아이였잖아. 하디는 어른이었고. 넌 하디의 손아귀에서 옴짝달싹 못했고. 하디가 널 괴롭히는데도 넌 괴롭힘을 당하는 것밖에 달리 방법이 없었잖아."

펠이 고개를 끄덕였다. 스톤이 아니라 자기 자신에게 고개를 끄덕여 보이는 것 같았다.

"진술서에 서명할래?" 보슈가 물었다.

이제 결정의 시간이 왔다.

"서명은 하겠지만 그다음에는 어떻게 되는데요?"

"진술서를 검찰에 다시 갖다 줄 거고 그럼 파일에 들어가서 검사가 오늘 오후에 기소할 때 증거자료로 제출하겠지."

"아니, 내 말은 그 새끼는 어떻게 되냐고요. 칠이란 새끼는 그다음에 어떻게 되는데요?"

보슈는 고개를 끄덕였다. 무슨 말인지 이제야 이해가 갔다.

"지금은 메트로폴리탄 구치소에 보석 없이 구금되어 있어. 검찰이 오늘 기소하면 내일 아침에 고등법원에서 기소인정 여부 절차에 부쳐질 거야. 보석 심리도 받을 것 같고."

"보석을 허가할 거라고요?"

"아니, 내가 언제 보석을 허가할 거랬어. 보석 심리를 받을 권리가 있다는 거지. 그 권리는 누구에게나 있어. 하지만 걱정할 필요 없어. 놈은 어디

못 갈 거야. 다시는 바깥 공기를 마시지 못할 거야."

"내가 거기 가서 판사님한테 말해도 돼요?"

보슈는 펠을 바라보았다. 무슨 말인지 즉시 이해했다. 펠이 그런 요구를 했다는 사실이 놀라웠다.

"어, 그건 별로 현명하지 않은 생각 같은데, 클레이턴. 넌 나중에 증인으로 나올 거잖아. 원한다면 검찰에 문의는 해보겠지만 아마 안 된다고 할 거야. 널 숨겨놓고 있다가 재판 때 짠하고 내놓고 싶어 하는 것 같거든. 널 보석 심리 법정에 앉히진 않으려고 할 거야, 특히 하디가 바로 앞에 있을 때는."

"알았어요. 그냥 한번 물어본 것뿐이에요."

"그래."

보슈는 들고 있는 증인 진술서로 서류가방을 가리켰다.

"이 위에다 놓고 서명할래? 그게 제일 좋을 것 같다. 평평한 바닥이라고는 여기뿐이라."

"네."

그 왜소한 남자가 의자에서 튀어 오르듯 일어나서 보슈에게 다가왔다. 보슈는 주머니에서 펜을 꺼내 그에게 건넸다. 펠은 허리를 굽히고, 얼굴은 보슈의 얼굴과 아주 가까이 있는 상태에서 펜을 들었다. 펠이 입을 열자 보슈는 뜨거운 입김이 얼굴에 닿는 것을 느꼈다.

"그 새끼를 어떻게 해야 하는지 알아요?"

"누구? 하디?"

"그래요, 하디."

"어떻게 해야 하는데?"

"그 새끼 불알 있는 데를 묶어서 대롱대롱 매달아야 돼요, 그 아가씨와 나와 다른 모든 피해자들에게 한 짓에 대한 대가로. 어젯밤에 TV 보니까 그 새끼가 무슨 짓을 했는지 다 나오더라고요. 땅을 깊이, 한 3미터쯤 파서 묻어버려야 돼요, 그 새끼. 그런데 그렇게 하지 않고 〈60분〉에 출연시켜서 스타로 만들 거란 말이죠."

보슈는 고개를 한 번 가로저었다. 펠이 너무 많이 앞서가고 있었다.

"하디를 스타로 만들어줄 거라는 말이 무슨 뜻인지는 잘 모르겠지만, 내 추측으로는 그래. 검찰이 사형을 구형할 거고 사형을 받아낼 것 같아."

펠이 조롱하듯 큰 소리로 웃었다.

"그것도 완전 웃기는 소리죠. 사형을 때리면 집행을 해야죠. 공짜 밥 먹여가며 20년씩 살려두는 게 아니라."

이번에는 보슈가 동의의 의미로 고개를 끄덕였지만 말은 더 하지 않았다. 펠이 진술서에 서명하더니 펜을 보슈에게 내밀었다. 보슈가 펜을 잡았지만 펠은 펜을 놓지 않았다. 두 사람은 한동안 서로를 바라보았다.

"형사님도 그런 거 나보다 더 싫어하잖아요." 펠이 속삭였다. "안 그래요, 보슈 형사님?"

마침내 펠이 펜을 놓자 보슈는 펜을 외투 안주머니에 집어넣었다.

"그래, 싫어하지." 보슈가 말했다.

그러자 펠이 뒤로 물러섰고 용무는 여기서 끝이 났다.

5분 후 추와 함께 출입문을 나서던 보슈가 갑자기 걸음을 멈췄다. 추가 돌아보자 보슈는 그에게 차 열쇠를 던져주었다.

"가서 시동 걸어." 보슈가 말했다. "펜을 잊고 왔네."

보슈는 해나 스톤의 사무실로 돌아갔다. 그녀는 그가 올 것을 예상하고 있었던 것 같았다. 대기실에 서서 기다리고 있었다.

"어서 오세요, 형사님."

그들은 상담실로 다시 들어갔고 스톤이 문을 닫았다. 그러고는 돌아서서 보슈에게 키스를 했다. 보슈는 당혹스러운 표정을 지었다.

"왜요?" 스톤이 물었다.

"모르겠어." 보슈가 말했다. "이렇게 공과 사를 구분 못 하면 안 될 것 같아서."

"알았어요, 미안해요. 그런데 당신이 돌아왔잖아요. 돌아올 거라는 내 예상대로."

"응, 그게……."

보슈는 일관되지 못한 자신의 말과 행동이 멋쩍어서 씩 웃었다.

"내일 밤 어때?" 보슈가 물었다. "하디의 기소인정 여부 절차가 끝난 다음에. 축하하고 싶다면 이상하게 들리겠지만 사실이 그래. 나쁜 놈을 하나 더 잡아넣고 나면 기분이 좋아지거든."

"그럴 것 같아요. 그래요, 내일 밤에 봐요."

보슈는 스톤을 남겨두고 상담실을 나왔다. 추가 현관 밖에 차를 세워놓아서 보슈는 바로 조수석에 올라탔다.

"그래서 전화번호는 따셨습니까?" 추가 물었다.

"운전이나 해." 보슈가 말했다.

41
대결

　수요일 오전 보슈와 추는 칠턴 하디 사건 재판의 첫 번째 절차를 참관하러 법원에 가기로 결정했다. 하디가 살인 혐의로 법정에 첫 출두를 해 심리를 받는 단계에는 형사들이 출석할 필요가 없었지만, 그래도 가서 보고 싶었다. 살인사건을 수사하면서 수사관이 세상의 진정한 괴물을 무너뜨리는 일이 드물게 일어났는데, 하디가 바로 그런 괴물들 중 하나였다. 그들은 하디가 쇠고랑을 차고 나타나 따가운 시선을 느끼면서 국민들 앞에 서는 것을 보고 싶었다.

　보슈가 메트로폴리탄 구치소에 확인해보니 하디는 백인 수용자들을 수송하는 버스에 타고 있었다. 그 버스는 두 번째로 출발할 예정이라고 했다. 그렇다면 그의 법정 출두 시각이 늦어져서 적어도 10시는 되어야 모습을 나타낼 것 같았다. 그렇다면 커피를 한 잔 마시면서 조간신문에 나온 이 사건 관련 기사들을 훑어볼 시간이 있었다.

　보슈와 추의 칸막이 자리 안에서는 전화벨이 계속 울려댔지만 아무도 받지 않았다. 기자들과 피디들은 현재 진행 중인 수사에 관해 코멘트나 내부자 정보를 요구하는 메시지를 연달아 남겼다. 보슈는 소음을 피해 법원으로 출발하기로 결심했다. 그와 추가 일어서서 재킷을 입는 동안—약속한 것도 아닌데 둘 다 제일 좋은 정장을 입고 왔다—사무실 안 곳곳에서 훔쳐보는 동료들의 시선이 느껴졌다. 보슈는 총무인 팀 마샤에게 가서 둘의 행선지를 밝혔다. 담당 검사가 얘기 좀 하자고 붙잡지 않는 이상 하디의 기소인정 여부 절차가 끝나면 곧장 돌아오겠다고 말했다.

"담당 검사가 누군데?" 마샤가 물었다.

"매기 맥퍼슨." 보슈가 말했다.

"매기 맥피어스? 밸리 검찰청에 있지 않나?"

"전에 거기 있었지. 지금은 여기 검찰청에서 강력사건을 담당하고 있어. 우리에겐 잘된 일이지."

마샤도 동의했다.

보슈와 추가 엘리베이터를 타고 1층으로 내려와 보니 경찰청사 밖에서 기자들이 기다리고 있었다. 몇 명이 보슈를 알아보고 우르르 몰려왔다. 보슈는 아무 말 없이 손을 내저어 그들을 쫓으면서 추와 함께 인도로 걸어갔다. 1번가를 건너가며 보슈는 거대한 타임스 건물을 가리켰다.

"여자친구한테 전해줘, 오늘 기사 좋았다고."

"여자친구 아니라니까요." 추가 항변했다. "그 여자와 관련해서는 제가 실수했지만 다 제자리로 돌려놨다고요. 기사는 아직 안 읽어봤지만 뭘 썼든 제 도움 없이 쓴 겁니다."

보슈는 고개를 끄덕였고 그 문제에 관해서는 이제 그만 추를 봐주기로 했다. 다 지나간 일이었다.

"그건 그렇고, 형사님 여자친구는 잘 지내십니까?" 추가 바로 반격했다.

"내 여자친구? 만나면 잘 지내는지 물어보고 바로 알려줄게."

"용기를 내세요, 형사님. 형사님이 먼저 다가가야 한다니까요. 그분은 형사님을 좋아합니다, 제가 그 표정 봤는데요, 뭘."

"일로 만난 관계를 그 이상으로 발전시켰다가 낭패 보고 이제 막 빠져 나온 게 누구더라?"

"형사님 상황은 완전히 다르다니까요."

그때 보슈의 휴대전화가 울려서 전화기를 꺼내 액정화면을 확인했다. 호랑이도 제 말 하면 온다더니, 해나 스톤이었다. 보슈는 전화기를 가리 키며 전화를 받았다. 추에게 보내는, 아무 소리 말라는 신호였다.

"닥터 스톤?"

"누가 옆에 있나 보네요."

목소리에서 긴장감이 느껴졌다.

"그래요, 그런데 무슨 일이죠?"

"이게 중요한 일인지 어떤지 잘 모르겠지만, 어젯밤에 클레이턴 펠이 귀가하지 않았어요. 그리고 알아보니까 형사님을 만나 진술서에 서명하 고 나가서 출근하지 않았더라고요."

보슈는 인도에서 걸음을 멈추고 서서 방금 들은 말을 되새겼다.

"그리고 아직도 돌아오지 않았고요?"

"네, 출근해보니까 그렇더라고요."

"직장에 전화해봤어요?"

"네, 클레이턴의 상사와 통화했어요. 어제 클레이턴이 전화해서 아파서 못 나간다고 하고 나타나지 않았대요. 하지만 여기선 형사님들이 가시고 나서 바로 나갔거든요. 출근한다면서."

"그렇군요. 가석방 담당관은요? 어젯밤에 가석방 담당관한테 그 사실 을 알렸어요?"

"아뇨, 어젯밤엔 안 알렸고요. 방금 전에 형사님한테 전화하기 전에 알 렸어요. 아무 소식 없었다면서 확인해보겠다고 하더라고요. 그 전화 끊고 바로 형사님한테 전화한 거예요."

"왜 오늘 아침까지 기다렸죠? 24시간 가까이 행방이 묘연한 건데."

"말씀드렸잖아요, 오늘 출근해서 알았다고. 전에도 말씀드렸지만 이건 자발적인 참여 프로그램이에요. 여기 규칙이 있고 그들이 여기 있을 때는 그 규칙을 지켜야 하지만, 저렇게 여길 나가면 우리가 할 수 있는 일이 거의 없어요. 돌아오기를 기다리다가 안 돌아오면 그가 프로그램을 떠났다고 보호관찰국에 통지를 해요. 하지만 이번 주에 여러 일들이 있었고 클레이턴이 증언을 하기로 했기 때문에 형사님도 알아야 한다고 생각했어요."

"그렇군요, 알겠습니다. 펠이 어디로 갔을지 짚이는 데가 있습니까? 근처에 친구나 가족이 사나요?"

"아뇨, 클레이턴에게는 아무도 없어요."

"그렇군요. 여기저기 전화 좀 걸어야겠어요. 또 무슨 소식 들으면 연락 주세요."

보슈는 전화기를 덮고 추를 바라보았다. 가슴속에서 불안한 느낌이 서서히 번져가고 있었다. 펠이 어디 있는지 알 것 같다는 생각이 들었다.

"클레이턴 펠이 사라졌대. 어제 우릴 만나고 나서 바로 뛴 것 같아."

"그럼 아마도……."

그러나 추는 적당한 대답을 알지 못했기 때문에 문장을 끝맺을 수가 없었다.

보슈는 대답을 알 것 같았다. 그는 경찰국 상황실에 전화를 걸어 상담원에게 클레이턴 펠이라는 이름을 조회해서 최근에 경찰과 어떤 접촉이 있었는지 알아봐 달라고 부탁했다.

"있네요." 상담원이 말했다. "어제 클레이턴 펠이라는 남자가 243 위반으로 체포되었습니다."

보슈는 캘리포니아 형법 243조가 무엇인지 잘 알았다. 경찰이라면 누구나 잘 알고 있었다. 치안관 폭행.

"어떤 조직이죠?" 보슈가 물었다.

"우리요. 경찰국. 그래서 구금됐다는 내용만 있고 자세하게는 안 나와 있네요."

보슈는 검찰에 넘길 기소자료를 준비하느라고 화요일 내내 나가 있었지만, 퇴근 무렵 사무실로 돌아왔을 때 경찰국 바로 앞 광장에서 순경이 폭행당했다는 이야기를 몇몇 전담반 형사들끼리 하는 것을 들었다. 아무 이유도 없이 공격당했다는 거였다. 그 폭행범이 순경을 붙잡고 질문을 하는가 싶더니 아무 이유도 없이 얼굴에 박치기를 해서 순경은 코가 부러지는 중상을 당했다. 그러나 그 폭행범은 '미친놈'이라고 불렸고 실명이 거론되지 않아서 펠인 줄 모르고 넘어갔었다.

이제야 보슈는 어찌 된 일인지 알아차렸다. 펠은 체포될 목적으로 시내 경찰국 근처로 온 것이다. 여기서 체포되면 메트로폴리탄 구치소에 구금되기 때문이었다. 그는 하디가 메트로폴리탄 구치소에 구금되어 있다고 확신했다. LA 경찰국이 시내에서 체포한 사람은 메트로폴리탄 구치소에 구금되고, 다른 지역에서 체포한 사람은 각 지역 구치소에 구금되었다.

보슈는 전화를 끊고 나서 휴대전화의 최근 통화 기록 목록으로 들어가 메트로폴리탄 구치소 상황실 번호를 눌렀다. 하디의 오늘 일정을 확인하기 위해 그가 아까 걸었던 전화번호였다.

"무슨 일입니까, 형사님?" 추가 물었다.

"큰일 났어." 보슈가 말했다.

상대방이 전화를 받았다.

"메트로폴리탄 구치소 칼라일 경사입니다. 잠깐만 기다려……."

"아뇨, 기다리게 하지 말아요. LA 경찰국 보슈 형사입니다. 조금 전에 전화했던."

"보슈 형사님, 지금 우리가 좀 바빠서요. 저도 빨리……."

"잘 들어요. 칠턴 하디를 살해하려는 시도가 있을 것 같아요. 내가 전화해서 물어봤던 그 친구말이오."

"이미 갔습니다, 보슈 형사님."

"갔다니 무슨 뜻이죠?"

"보안관 버스에 태워 보냈다고요. 기소인정 여부 심리를 받으러 법원으로 출발했습니다."

"버스에 또 누가 타고 있죠? 이름 좀 확인해줄 수 있어요? 클레이턴 펠. 폴-에드워드-링컨-링컨(PELL)."

"잠깐만요."

보슈가 추를 바라보며 상황을 설명하려는데 상황실 경사가 다시 전화를 받았다. 목소리에서는 분명 다급함이 느껴졌다.

"펠이 하디와 같은 버스에 탔어요. 이자는 누구입니까? 이 둘이 문제가 있다는 게 왜 우리한테 통지가 안 됐죠?"

"그건 나중에 얘기합시다. 버스가 지금 어디 있죠?"

"그걸 우리가 어떻게 압니까? 방금 떠났어요."

"경로 알아요? 어느 길로 가죠?"

"어…… 산페드로에서 1번가로 그다음엔 스프링으로 올라갈 겁니다. 주차장이 법원 남쪽에 있거든요."

"알겠어요. 지금 당장 보안관국으로 전화해서 상황을 설명하고 버스를 세우라고 해요. 펠이 하디에게 접근하지 못하게 막고."

"너무 늦은 게 아니어야 할 텐데요."

보슈는 아무 대꾸 없이 전화를 끊었다. 그러고는 돌아서서 경찰국을 향해 다시 걸어가기 시작했다.

"형사님, 무슨 일입니까?" 추가 따라오면서 큰 소리로 물었다.

"펠과 하디가 같은 호송버스에 타고 있어. 버스를 세워야 돼."

보슈는 스프링과 1번가의 교차로로 들어서면서 허리띠에서 경찰 배지를 떼어내 높이 들었다. 두 손을 번쩍 들어서 오가는 차들을 세운 뒤 교차로를 대각선으로 가로질렀다. 추가 그의 뒤를 따라갔다.

안전하게 길을 건넌 뒤 보슈는 경찰국 광장에 주차되어 있는, 검은색과 흰색의 경찰 표식이 있는 순찰차 세 대를 향해 달려갔다. 경찰복을 입은 순경이 첫 번째 순찰차의 앞 범퍼에 기대서서 휴대전화를 들여다보고 있었다. 보슈가 달려가면서 들고 있는 경찰 배지로 차 지붕을 탁탁 쳤다.

"이봐! 자네 차 좀 쓰자. 긴급 상황이 발생해서 그래."

보슈는 앞쪽 조수석 문을 열고 차에 탔다. 추는 뒷좌석에 탔다.

순경이 앞 범퍼에서 몸을 떼고 섰지만 운전석 문 쪽으로 가지는 않았다.

"안 됩니다. 국장님을 모시고 있거든요. 주택보유자들 회의에……."

"국장이 딴 차 타라 그래." 보슈가 말했다.

가만 보니 점화장치에 차 열쇠가 꽂혀 있고 시동이 걸려 있었다. 보슈는 두 다리를 들어 발판에서 빼내 운전석 쪽으로 뻗은 후 산탄총 거는 선반과 휴대전화 받침대에 걸리지 않게 몸을 뒤로 빼내 움직여서 운전석으로 옮겨 탔다.

"이봐요, 잠깐만요!" 순경이 외쳤다.

보슈는 기어를 드라이브로 넣고 보도 연석에서 확 벗어났다. 팔을 들어 사이렌과 경광등을 켜고 1번가를 달려 내려갔다. 세 블록을 10초 만에 주파한 뒤 산페드로를 향해 넓게 좌회전을 했다. 가능한 최대 속력으로 커브 길을 돌아 달렸다.

"저기 있다!" 추가 외쳤다.

보안관국 호송버스가 그들을 향해 느릿느릿 거리를 달려오고 있었다. 운전자는 메트로폴리탄 구치소의 칼라일로부터 소식을 못 들은 것 같았다. 보슈는 가속페달을 밟고 버스를 향해 곧장 달려갔다.

"형사님?" 추가 뒷좌석에서 소리쳤다. "뭐 하시는 겁니까? 저건 버스라고요!"

마지막 순간에 보슈가 브레이크를 밟으면서 핸들을 왼쪽으로 홱 꺾자 차가 옆으로 돌며 쭉 미끄러지다가 버스 바로 앞에서 멈춰 섰다. 버스도 휘청하면서 미끄러지더니 추가 앉은 뒷좌석 문에서 1미터 떨어진 곳에 멈춰 섰다.

보슈가 급히 차에서 내려 경찰 배지를 높이 들어 보이면서 버스 앞문을 향해 다가갔다. 그러고는 손바닥 끝으로 철문을 세게 두들겼다.

"LA 경찰입니다! 문 열어요. 긴급 상황입니다."

자동으로 문이 열렸고 제복을 입은 보안관 부관이 보슈를 향해 산탄총을 겨누고 있는 것이 보였다. 부관 뒤에 있는 운전사도—그도 제복을 입은 보안관 부관이었다—보슈를 향해 권총을 겨누고 있었다.

"배지 말고 신분증도 좀 봅시다."

"상황실에 전화해봐요. 메트로폴리탄 구치소가 정지 명령을 내렸는데."

보슈는 신분증이 든 지갑을 운전사에게 던졌다.

"이 버스에 탄 수용자가 같이 타고 있는 다른 수용자를 죽이려고 하고 있어요."

보슈가 그 말을 하기가 무섭게 버스 뒤쪽에서 소동이 일더니 싸움을 부추기는 소리가 들렸다.

"죽여! 죽여! 그 개새끼 죽여버려!"

부관 둘 다 뒤를 돌아보다가 얼어붙어버렸다.

"나 좀 탑시다!" 보슈가 소리쳤다.

운전사가 소리쳤다. "가요! 가! 빨리 들어가 봐요!"

운전사는 버스 뒤쪽으로 가는 '닭장 문'을 여는 빨간색 버튼을 손으로

쳤다. 산탄총을 든 부관이 뒤쪽으로 들어갔고 보슈도 따라가기 위해 버스 계단을 올라갔다.

"지원 요청해요!" 보슈가 운전사 곁을 지나 다른 부관을 따라 뒤쪽으로 들어가면서 외쳤다.

그 순간 앞서가던 부관이 넘어졌다. 수용자가 쇠고랑을 찬 발을 복도로 내밀어 발을 걸어 넘어뜨린 것이다. 그러나 보슈는 멈춰 서지 않았다. 부관의 등을 타넘고 버스 뒤쪽으로 계속 걸어갔다. 버스에 타고 있는 모든 수용자들의 관심이 오른쪽 뒤편에 쏠려 있었다. 클레이턴 펠이 거기 서서 앞에 있는 좌석 위로 몸을 숙이고 있었다. 펠은 칠턴 하디의 목에 쇠사슬을 감았고 뒤에서 사슬을 잡아당겨 목을 조르고 있었다. 하디의 얼굴은 보라색으로 변했고 눈알이 불룩 튀어나와 있었다. 하디의 두 손목이 허리에 두른 쇠고랑에 묶여 있었기 때문에 그는 자신을 방어하기 위해 아무것도 할 수 없었다.

"펠!" 보슈가 소리쳤다. "놈을 놔줘!"

보슈의 외침은 그와 반대로 하라고 외쳐대는 수용자들의 고함 소리에 묻혀버렸다. 보슈는 두 걸음 더 걸어가 펠을 향해 몸을 날렸다. 그러나 펠이 하디에게서 약간 물러서게는 했지만 둘을 완전히 떼어놓지는 못했다. 보슈는 펠의 수갑을 찬 두 손이 하디의 목을 감고 있는 쇠사슬에 연결되어 있다는 것을 알아차렸다. 원래 펠의 허리를 감고 있어야 할 쇠사슬이었다.

보슈는 펠에게 그만하라고 외치면서 쇠사슬을 향해 두 손을 뻗었다. 넘어진 부관은 곧 일어섰지만 산탄총에서 손을 떼고 보슈를 도와줄 수는 없었다. 추는 부관 옆을 지나가 하디의 목을 꽉 조르고 있는 쇠사슬을 잡으려고 애썼다.

"아니, 손을 잡아당겨." 보슈가 소리쳤다.

추가 펠의 한 손을, 보슈가 다른 손을 잡아당기자 곧 그 작은 남자는 둘에게 제압되었다. 보슈가 하디의 목에 걸려 있던 쇠사슬을 벗기자, 하디는 앞으로 넘어지면서 좌석 등판에 얼굴을 부딪친 뒤 복도로 쓰러졌다. 바로 추의 발 앞이었다.

"죽게 내버려둬!" 펠이 소리쳤다. "저 개새끼 뒈지게 내버려두라고!"

보슈는 펠을 그의 좌석으로 밀어 앉힌 후 몸무게를 실어 그를 꽉 눌렀다.

"이 바보야, 이 일로 또 들어가게 생겼잖아." 보슈가 말했다.

"상관없어. 어차피 밖에 아무것도 없고."

펠이 몸서리를 쳤다. 힘이 쭉 빠져나가는 모양이었다. 꺽꺽거리며 울면서 "저 새끼 뒈져야 되는데, 저 새끼 뒈져야 되는데……"를 반복했다.

보슈는 복도 쪽을 돌아보았다. 추와 부관이 하디를 보살피고 있었다. 하디는 의식이 없거나 죽은 것 같았다. 부관은 그의 목에 손을 대고 맥박이 있는지 살피고 있었고, 추는 고개를 숙여 하디의 입에 귀를 대고 숨소리가 들리는지 귀를 기울이고 있었다.

"구조대 불러." 부관이 운전사에게 소리쳤다. "빨리! 맥박이 안 잡히네."

"오고 있어." 운전사가 소리쳤다.

맥박이 안 잡힌다는 소식을 듣고 버스에 있는 다른 수용자들이 환호성을 질렀다. 쇠사슬을 흔들고 발을 쾅쾅 굴렀다. 하디가 누군지 아는 건지, 아니면 피를 보려는 충동 때문에 살인을 부추기는 건지 보슈는 알 수가 없었다.

그 와중에 보슈는 기침 소리를 듣고 고개를 숙여 하디를 살펴보았다. 의식이 돌아오고 있었다. 얼굴은 아직도 붉은빛이 짙고 눈은 초점 없이 멍한 눈빛이었다. 그러나 잠깐이나마 그 눈이 보슈에게 초점을 맞추는 걸 보슈는 놓치지 않았다. 부관의 어깨에 금방 가려지긴 했지만.

"됐어, 의식이 돌아왔어." 부관이 보고했다. "숨을 쉬고 있어."

이 소식에 여기저기서 야유가 쏟아졌다. 펠은 날카로운 목소리로 울부짖었다. 보슈 밑에서 그의 몸이 들썩였다. 그 울음소리가 고통과 절망으로 가득했던 그의 인생을 요약해서 보여주는 것 같았다.

42
죄책감

그날 밤 보슈는 베란다에 서서 빛의 리본이 펼쳐져 있는 고속도로를 내려다보고 있었다. 그는 아직도 제일 좋은 정장을 입고 있었다. 비록 왼쪽 어깨는 버스에서 펠과 몸싸움을 할 때 흙이 묻어 더러워져 있었지만. 술한잔 하고 싶었지만 마시지는 않았다. 음악이 들리게 거실 문을 열어두었다. 그는 침통한 마음일 때 항상 듣는 음악을 듣고 있었다. 프랭크 모건의 테너 색소폰 연주곡. 지금 기분에 이보다 더 잘 어울리는 음악은 없었다.

그는 해나 스톤과의 데이트를 취소했다. 낮에 있었던 일로 축하할 기분이 싹 사라졌고 이야기할 기분도 아니었다.

칠턴 하디는 보안관의 호송버스에서 받은 공격에도 크게 다친 데 없이 살아남았다. 카운티-USC 메디컬센터의 수용자 병실로 수송되었고 의사가 퇴원을 허락할 때까지 거기서 지내게 되었다. 기소인정 여부 절차는 그 이후로 미뤄졌다.

클레이턴 펠은 하디를 공격한 혐의로 다시 체포되었다. 게다가 가석방 조건 위반죄도 추가되어서 감옥으로 돌아갈 것이 확실했다.

보통 때 같으면 보슈는 연쇄 성범죄자가 감옥으로 돌아간다는 얘길 들으면 기뻐했을 것이다. 그런데 지금은 펠의 처지에 대해 안타까운 마음을 금할 수가 없었다. 왠지 모르게 자기 책임인 것 같은 느낌이 들었다. 자신에게 잘못이 있는 것 같은 느낌도 들었다.

끼어들어 일을 망친 것이 잘못인 것 같았다.

보슈가 1번가에 서서 상황을 종합하고 있었을 때 모든 것이 순리대로 되게 내버려두었다면 지금쯤 세상에는 괴물이 한 마리 사라졌을 것이다. 보슈가 이제까지 만나본 사람들 중에서 가장 악하고 타락한 사람이 사라졌을 것이다. 그러나 보슈는 개입을 했다. 그 괴물을 구하려고 애썼고, 그래 놓고 지금은 후회하며 괴로워하고 있었다. 하디는 죽어 마땅했지만 당장은 죽음을 맞지 않을 것이다. 어쩌면 자기가 범죄를 저지른 시기에서 아주 오랜 세월이 흘러 그의 죽음이 큰 의미가 없게 되고 나서야 죽음을 맞게 될지도 모른다. 그때까지 그는 법원과 감옥에서 장광설을 늘어놓을 것이고, 범죄자의 시대정신이 되어 인구에 회자되고, 그에 관한 책이 출판되고, 심지어 어둠의 세계에서는 우상으로 숭배받을 것이다.

보슈가 그 모든 것을 막을 수 있었는데 막지 않았다. 모두가 중요하거나 아무도 중요하지 않다는 원칙을 지켰다는 말로는 그 행동을 정당화할 수 없었다. 핑계가 되어주지도 못했다. 그는 오늘 자기가 한 행동에 대해 오랫동안 죄책감을 안고 살 거라는 것을 알고 있었다.

보슈는 보안관의 호송버스에서 일어난 일에 대해 경위서를 쓰고 동료 수사관들의 조사를 받으면서 그날 대부분의 시간을 보냈다. 펠은 사법제도를 잘 알고 있었기 때문에 하디에게 접근할 수 있었다고 결론이 났다. 펠은 방법과 일정을 알고 있었다. 백인들은 분리해서 따로 호송된다는 사실을 알았고, 따라서 자기가 죽이고 싶은 남자와 같은 버스를 타고 갈 가능성이 높다는 사실을 알았다. 두 손과 두 발에 쇠고랑이 채워질 거라는 것과 두 손을 묶은 쇠사슬은 허리를 감은 쇠사슬에 연결될 거라는 사실을 알았다. 자신은 엉덩이가 작으니까 그 허리를 감은 쇠사슬을 허리와 발밑으로 가뿐히 내려 벗어서 살인 무기로 쓸 수 있다는 사실도 알았다.

멋진 계획이었는데 보슈가 망쳤다. 그 사건은 보안관국 관할의 호송버스에서 발생했기 때문에 보안관국이 조사했다. 보슈를 조사한 부관은 보슈에게 왜 끼어들었냐고 단도직입적으로 물었다. 보슈는 모르겠다고 말했다. 그는 하디가 없으면 세상이 더 살기 좋은 곳이 될 거라는 생각은 하지 못한 채 본능과 충동에 따라 행동한 것이다.

금속과 유리로 된 강물이 끝도 없이 흘러가는 것을 보고 있는 동안 펠의 고통이 보슈의 마음을 할퀴어댔다. 그는 단 한 번밖에 없는 구원의 기회를 펠에게서 빼앗은 것이다. 자신이 입은 모든 피해와 자기가 다른 사람들에게 입힌 피해를 모두 만회하고 속죄할 수 있는 기회를 빼앗은 것이다. 보슈가 그 생각에 전적으로 동의하는 것은 아니었지만 이해는 했다. 누구나 구원을 바라니까. 무엇에 대해서든.

보슈가 그 소중한 기회를 펠에게서 낚아챈 것이다. 그것이 그가 프랭크 모건의 슬픈 음악을 들으면서 술 속으로 침잠해 들어가고 싶은 이유였다. 그는 그 성범죄자에게 미안함을 느꼈다.

색소폰 연주곡 위로 초인종 소리가 들렸다. 보슈가 집 안으로 들어갔지만 그가 거실을 가로질러 가는 동안 딸이 먼저 자기 방에서 뛰어나와 현관으로 갔다. 매들린은 보슈에게서 배운 대로 현관문 손잡이에 손을 올려놓고 문에 있는 작은 구멍에 눈을 대고 누가 왔는지 살폈다. 잠깐 멈칫하더니 현관문에서 떨어져 뒤로 몇 걸음 물러선 뒤 보슈를 지나쳐 안으로 들어갔다.

"키즈 아줌마야." 매디가 속삭였다.

매디는 돌아서서 복도로 들어갔다.

"그래, 그럼 무서워할 필요가 없지." 보슈가 말했다. "키즈 정도는 우리가 대적할 수 있으니까."

보슈가 현관문을 열었다.

"안녕하세요, 선배. 기분은 좀 어때요?"

"괜찮아, 키즈. 어쩐 일이야?"

"선배랑 베란다에 잠깐 앉았다 갈까 싶어서요."

보슈는 처음에는 아무 반응도 보이지 않았다. 그 시간이 너무 길어서 라이더가 어색해하는 줄도 모르고 그녀를 쳐다보고만 있었다.

"선배? 똑똑똑. 집에 누구 있어요?"

"아, 그래, 미안. 잠깐 딴…… 어서 들어와."

보슈는 문을 활짝 열고 라이더를 맞아들였다. 그녀는 베란다로 가는 길을 알고 있었다.

"집에 술은 전혀 없어. 물하고 탄산수만 있는데."

"물이 좋겠어요. 이따가 사무실에 들어가 봐야 하니까."

라이더가 침실 복도를 지나가는데 매디가 아직도 거기 서 있었다.

"안녕, 키즈 아줌마."

"안녕, 매디. 어떻게 지내?"

"잘 지내요."

"다행이다. 뭐 필요한 거 있으면 언제든지 연락해, 알았지?"

"고마워요."

보슈는 부엌으로 들어가서 냉장고에서 생수 두 병을 꺼냈다. 라이더보다 단 몇 초 뒤졌을 뿐인데 그녀는 벌써 베란다 난간 앞에 서서 경치와 소음을 받아들이고 있었다. 보슈는 매디가 둘의 대화를 듣지 못하게 거실 문을 닫았다.

"이 도시에서는 어디를 가도 이놈의 차 소리를 피할 수가 없다는 게 정말 신기해요." 라이더가 말했다. "이렇게 높은 데서도 들리네."

보슈가 그녀에게 생수를 건넸다.

"좀 이따가 사무실로 돌아갈 생각인 걸 보니 공식적인 방문이군. 뭔지 맞혀볼까? 국장의 의전 차량 한 대를 훔친 것에 대해 경위서를 써야 한다는 얘길 하러 왔구나, 그렇지?"

라이더가 파리를 내쫓듯 손을 내저었다.

"그건 별거 아닌데요, 뭘. 사실은 경고하러 왔어요."

"뭐에 대해서?"

"이제 시작이에요. 어빙 말이에요. 다음 달엔 전면전이 벌어질 거고 사상자가 생길 거예요. 조심하시고 준비하세요."

"나야 나, 키즈. 구체적으로 말해봐. 어빙이 뭘 하고 있는데? 나 벌써 사상자가 된 거야?"

"아뇨. 하지만 어빙은 우선 경찰위원회에 들어가서 칠턴 하디 사건 수사과정 전체를 특별조사 하라고 지시했어요. 하디의 체포부터 버스 사건까지 전체를요. 경찰위원회는 그 요구를 받아들일 거고요. 거기 위원들 대다수가 어빙이 뒷배를 봐줘서 한 자리씩 차지하고 있는 거거든요. 어빙이 하는 말이면 다 들어주게 되어 있어요."

보슈는 자신과 해나 스톤의 관계를 생각했고 그 관계를 어빙이 알면 어떻게 나올지 궁금했다. 그리고 하디의 집 압수수색영장을 선집행한 일에 대해서도 생각해보았다. 어빙이 그 사실을 알면 선거 때까지 날마다 기자회견을 열 것 같았다.

"좋아, 조사하라고 그래." 보슈가 말했다. "난 깨끗하니까."

"나도 알죠, 선배. 그런데 이 수사에서 선배가 맡은 역할보다 더 걱정되는 건 그전의 20년이라는 세월이에요. 하디가 법망을 피해 자유롭게 돌아다니는데도 수사가 이루어지지 않았던 그 세월 말이에요. 이런 일이 다 알려지면 경찰국이 얼마나 무능해 보이겠어요."

이제야 보슈는 라이더가 집에까지 찾아온 이유를 알 것 같았다. 이것은 경찰 수뇌부의 압력이 작용하고 있는 거였다. 하이 징고. 또한 앞으로 일어날 거라고 어빙이 경고했던 일이기도 했다.

보슈는 칠턴 하디가 저지른 범죄와 그 피해자들에 대해 미제사건 전담반이 더 많은 것을 기록하고 보고해서 진상을 밝힐수록 20여 년 동안 하디가 잡히지 않고 자유롭게 거리를 활보한 것에 대한 국민들의 분노가 더 커질 거라는 것을 알았다. 심지어 그자는 경찰이 무서워서 이 지역을 떠난 적도 없었으니.

"그래서 바라는 게 뭐야, 키즈? 릴리 프라이스에서 멈춰주길 바라? 그런 거야? 사건 하나로 끝내고 사형을 구형하라고? 어쨌든 사형을 받게 할 수 있으니까, 그렇지? 하디의 소굴에 사진이 걸려 있던 맨디 필립스 같은 다른 피해자들은 잊어버리라고? 맨디도 당신이 얘기하는 그 사상자들 중 한 명인데."

"아뇨, 선배, 선배가 멈추길 바라지 않아요. 멈출 수도 없고. 무엇보다도 이 사건이 전 세계에 보도됐잖아요. 피해자 모두를 위해 정의가 실현되기를 바라요. 알면서 왜 그래요."

"그럼 무슨 말을 하는 거야, 키즈? 바라는 게 뭐야?"

라이더는 잠깐 말을 망설였다. 마치 그 이야기를 하지 않을 방법을 찾고 있는 것처럼.

그러나 방법이 없었다. 보슈가 기다리고 있었다.

"조금만 속도를 늦춰주세요." 마침내 라이더가 말했다.

보슈는 고개를 끄덕였다. 무슨 말인지 이해했다.

"선거 때문이군. 선거 때까지 속도를 늦추고 천천히 수사하면서 어빙이 쫓겨나길 기다리자는 거잖아. 바라는 게 그거 맞지?"

보슈는 라이더가 그렇다고 말하면 둘의 관계가 결코 예전 같지 않을 것임을 알고 있었다.

"네, 내가 바라는 게 그거예요." 라이더가 말했다. "경찰국의 안녕을 위해 우리 모두가 바라는 것이기도 하고요."

두 단어…… 경찰국의 안녕. 결국 모든 것은 하이 징고로 귀결되었다. 보슈는 고개를 끄덕이고는 고개를 돌려 발 아래로 펼쳐진 도시의 풍경을 바라보았다. 키즈 라이더를 더는 보고 싶지 않았다.

"부탁해요, 선배." 라이더가 말했다. "마침 어빙이 쓰러졌어요. 그에게 다시 일어나서 우리를 해칠 기회를, 계속해서 경찰국에 위해를 가할 기회를 주지 마세요."

보슈는 나무 난간 위로 허리를 굽히고 베란다 밑의 관목 숲을 내려다보았다.

"재미있네." 보슈가 말했다. "이 모든 일을 겪고 나니까, 상황을 제대로 판단하고 심지어 진실을 말하고 있었던 사람은 어빈 어빙이었다는 생각이 드는군."

"무슨 말을 하는 거예요?"

"이해가 안 됐었어. 아들의 죽음을 수사하면 입찰 비리 사건에 자신이 연루되었다는 사실이 폭로될 수 있는데 어빙은 왜 수사를 요구했을까?"

"선배, 거기까지 갈 필요 없어요. 그건 종결된 사건이잖아요."

"어빙이 수사를 요구했던 건 자신이 비리에 연루되지 않았기 때문이었어. 정말로 깨끗했던 거지."

보슈는 더러워진 정장 재킷 주머니에 손을 넣어 어빙에게서 받은 전화 메시지 메모 사본을 꺼냈다. 받은 이후로 항상 지니고 다니던 거였다. 그는 라이더를 외면한 채로 그 메모를 그녀에게 건넸고, 그녀가 메모지를 펴서 훑어보는 동안 조용히 기다렸다.

"이게 뭐죠?" 라이더가 물었다.

"어빙이 결백하다는 증거."

"그냥 종이 쪼가리잖아요, 선배. 이런 건 언제라도 가짜로 만들 수 있어요. 그 어떤 것의 증거도 되지 못해요."

"그런데 당신과 나와 국장은 알잖아, 이게 진짜라는 걸. 사실이라는 걸."

"그건 선배 생각이고요. 이건 아무런 가치도 없는 거예요."

라이더는 그 종이를 다시 접어서 돌려주었다. 보슈는 그 종이를 주머니에 다시 넣었다.

"당신은 날 이용했어, 키즈. 어빙을 잡기 위해서. 그의 아들의 죽음을 이용했고, 내가 알아낸 사실들도 이용했지. 어빙을 때려눕힐 신문기사를 얻기 위해서."

라이더는 오랫동안 아무 말도 하지 않았다. 마침내 입을 열었을 땐 공식적인 대사를 했다. 그 어떤 것도 인정하지 않았다.

"딱 한 달이에요, 선배. 어빙은 경찰국의 입장에서 보면 눈엣가시예요. 그를 제거할 수 있다면 우린 더 크고 더 좋은 경찰국을 만들 수 있어요. 그러면 더 안전하고 더 좋은 도시를 만들 수 있게 되고요."

보슈는 허리를 똑바로 펴고 서서 도시의 풍경을 바라보았다. 붉은 노을이 보랏빛으로 변하고 있었다. 날이 어두워지고 있었다.

"그래, 좋아, 안 될 거 있나." 보슈가 말했다. "하지만 어빙을 제거하기 위해서 어빙 같은 사람이 되어야 한다면 무슨 의미가 있겠어?"

라이더는 두 손바닥으로 난간을 가볍게 탁 쳤다. 할 말은 다 했고 대화가 끝났다는 신호였다.

"갈게요, 선배. 사무실에 들어가 봐야 돼서."

"그래."

"물 고마워요."

"응."

보슈는 라이더가 거실 미닫이 문을 향해 걸어가면서 바닥의 나무판자가 삐걱거리는 소리를 들었다.

"그러니까 요전 날 당신이 나한테 했던 말은 그냥 해본 말이었어, 그렇지, 키즈?" 보슈가 여전히 그녀에게서 등을 돌린 채로 물었다. "그거 다 연극이었지?"

라이더가 멈춰 섰지만 아무 말도 하지 않았다.

"내가 당신한테 전화해서 하디에 대해 말했을 때, 당신은 우리가 하는 숭고한 일에 관해서 이렇게 말했어. '이게 우리가 이 일을 하는 이유예요.' 그런데 그거 그냥 연극 대사였던 거야? 그래, 키즈?"

잠시 침묵이 흘렀다. 보슈는 라이더가 그를 바라보면서 그가 돌아서서 자기를 봐주기를 기다리고 있다는 걸 알았다. 그러나 그렇게 할 수가 없었다.

"아뇨." 마침내 라이더가 말했다. "연극 대사 아니었어요. 진실이었어요. 그리고 언젠가는 선배도 깨닫고 고마워할 때가 있을 거예요. 선배가 해야 할 일을 할 수 있게 하려고 내가 해야 할 일을 하고 있다는 사실을."

라이더는 보슈의 반응을 기다렸지만 그는 아무 말도 하지 않았다.

보슈는 거실 문이 열렸다가 닫히는 소리를 들었다. 라이더가 떠났다. 보슈는 어두워져 가는 세상을 바라보며 잠깐 기다렸다가 대답했다.

"난 그렇게 생각하지 않아."

〈끝〉

감사의 글

이 이야기는 부분적으로 로버트 맥도널드의 제안으로 탄생하게 되었다. 그 점에 대해서 작가는 깊이 감사하고 있다.

그 외에도 이 작품을 위해 애써주신 분들이 많다. 아샤 머치닉, 빌 마시, 마이클 핏시, 파멜라 마셜, 데니스 뵈치에호프스키, 제이 스타인, 릭 잭슨, 팀 마샤, 존 휴턴, 테릴 리 랭크퍼드, 제인 데이비스, 헤더 리조, 린다 코넬리, 여러분께 진심으로 감사드린다.

드롭: 위기의 남자

1판 1쇄 발행 2018년 3월 12일
1판 2쇄 발행 2018년 12월 3일

지은이 마이클 코넬리
옮긴이 한정아

발행인 양원석
본부장 김순미
편집장 김건희
디자인 RHK 디자인팀 지현정, 김미선
해외저작권 황지현
제작 문태일
영업마케팅 최창규, 김용환, 정주호, 양정길, 이은혜, 조아라,
         신우섭, 유가형, 임도진, 김유정, 정문희
독자교정 박상익, 전희은, 김혜진

펴낸 곳 ㈜알에이치코리아
주소 서울시 금천구 가산디지털2로 53, 20층 (가산동, 한라시그마밸리)
편집문의 02-6443-8902   **구입문의** 02-6443-8838
홈페이지 http://rhk.co.kr
등록 2004년 1월 15일 제2-3726호

ISBN 978-89-255-6334-3 (04840)
     978-89-255-5518-8 (set)